中国文联晚霞文库

CHINA FEDERATION OF LITERARY AND ART CIRCLES "EVENING GLOW" LIBRARY

# 积微成著

## 文学创作之路探索拾零

魏军 著

CFP 中国电影出版社 2023 · 北京

图书在版编目（CIP）数据

积微成著：文学创作之路探索拾零/ 魏军著.. -- 北京：中国电影出版社, 2023.12
ISBN 978-7-106-05516-5

Ⅰ.①积… Ⅱ.①魏… Ⅲ.①中国文学—当代文学—文学创作研究 Ⅳ.①I206.7

中国国家版本馆CIP数据核字(2023)第009311号

责任编辑：甄晓文 邹 悦
封面设计：赵大羽
责任校对：林 娜
责任印制：孙 杉

出版发行 中国电影出版社（北京北三环东路22号） 邮编：100013
电话：64296664（总编室） 64216278（发行部）
64296742（读者服务部） E-mail：cfpbjb@126.com
经 销 新华书店
印 刷 中国电影出版社印刷厂
版 次 2023年12月第1版 2023年12月北京第1次印刷
开 本 710 mm × 1000 mm 1/16
印 张 18.5
字 数 330千字
定 价 80.00元

谨以此书

献给

孜孜不倦探索文学创作

立志成为作家的文学青年朋友们

# 从战士、警察到作家

**魏　军　中国法制文学理论创始人。大学本科学历，编审、国家一级作家。有从军、从警、从文、从政等社会实践经历。**

1951年8月23日响应“抗美援朝、保家卫国”伟大号召，于北京志愿参军。

1961至1965年担任首都国庆游行指挥部体育大军指挥部队容设计、训练、游行指挥。

1973年8月担任亚非拉乒乓球友好邀请赛团体操《银球传友谊》、开闭幕式编导。

1973年8月至1975年9月参与筹备第三届全运会团体操《红旗颂》，担任背景设计、训练和开闭幕式表演指挥。

1980年6月与老作家何洛教授等五位同志组织创办北京文艺学会，后当选为副会长。

1980年12月创办并独立编辑公安部群众出版社文学期刊《啄木鸟》，并请茅盾题写了刊名。

1981年9月在北京文艺学会常务理事会上，率先提出并创立了法律与文学的交叉学科——中国社会主义法制文学（简称中国法制文学），崭新的文学概念和中国法制文学理论受到社会关注和肯定，是中国法制文学理论创始人。

1981年1月应老作家峻青同志邀请，协助创办《文学报》，并请茅盾题写了报名和发刊词。

1981年10月创办成立了北京法制文学研究会并当选为会长。

1985年3月创办并主编北京法制文学研究会《侦破小说选刊》杂志（黄河文艺出版社出版）。

1985年5月创办并主编北京法制文学研究会《世界奇案佳作》丛刊（文化艺术出版社出版）。

1986年筹备并创办由公安部主管的"警官教育出版社"，被任命为社长兼总编辑，并担任党委直属支部书记、副编审。

2008年10月创办成立了中国法学会法制文学研究会，当选为会长兼秘书长。

2009年4月创办并主编《中国法制文学通讯》期刊，并请司法部邹瑜部长题写了刊名。

曾任中共中国文联机关党委常委、中共中国文联纪律检查委员会专职书记（1991年被评为"优秀党务工作者"）、中共中国文联机关总支副书记、中共中国电影家协会党委委员、中国电影出版社总支书记、中国电影出版社总编辑、中国文联系统高级职称评审委员会评委。

系中国作家协会会员、北京作家协会会员、中国电影家协会会员、中国散文学会会员、中国法学会理事、中国法学会法治文化研究会名誉会长、第一届中国通俗文艺研究会副会长。

1985年和1993年，两次被评为北京市"优秀社会科学工作者"。

发表中、短篇小说三百多篇，散文、诗歌、理（评）论文章五百多篇（首）。短篇小说《最后的奉献》1994年获首届中国通俗文艺短篇小说二等奖。

理论专著《法制文学与创作》1992年获首届中国通俗文艺优秀作品"理论佳作奖"，《中国法制文学导论》2009年获第一届中国法制文学原创作品大赛"特别贡献奖"。其法制文学作品，公检法专业性极强，两部理论专著均列为中国政法大学和部分政法院校硕士研究生教材。

出版小说集《海滨奇案》《昙花梦》《轻吻红罂粟》《魏军小说选——心声》等。出版长篇小说《不该公布的案件》《匿名信》《荣辱悲歌——一名志愿军女俘的坎坷人生》《遭遇流氓》（《遭遇流氓》2009年成为向新中国成立60周年十大法制文学长篇小说、纪实文学献礼入选作品），长篇电视小说《烽火青纱帐——冀中抗日锄奸反特惩叛记》，文集《不是文集的文集》等。出版影视剧本《魏军影视剧本选——军事·公安题材剧作专辑》，其中包括电影文学剧本《自焚》《黑色烟雾》《海市蜃楼》《前面就是公海》，电视剧本《戴黑纱的婚礼（上下集）》《鸟语之谜（上下集）》等多部。电视连续剧《卢沟枪声》《荣辱悲歌》《烽火青纱帐》于2015年12月入围第三届北京剧本推介会优秀作品。

编辑反特电影文学剧本《虎穴追踪》《徐秋影案件》《羊城暗哨》《秘密图纸》《冰山上的来客》《寂静的山林》《猎字99号》《保密局枪声》《蓝色档案》《黑三角》《东港谍影》《405谋杀案》《戴手铐的旅客》等40多部。

# 不同时期的戎装照

## 内容简介

经历是人社会生活的重要组成部分。洞悉社会，感受生活，是文学创作不可或缺的途径……

文学艺术源于生活，高于生活。优秀的文艺作品，是作者深入生活孕育的结晶，已是众人皆知的老生常谈。本书作者以深沉的情感，结合多年文学创作探索与实践，把与文学创作相关的生活点滴，集腋成裘，告诉读者应重温毛主席《在延安文艺座谈会上的讲话》，深入生活，写自己熟悉的生活，是文学创作成功之真谛，从而避免闭门造车，歪曲历史、游戏人生的不良文风。

文学是历史的记忆，是反映社会生活的一面镜子。文学要客观真实地反映历史和社会生活主流，抵御媚俗、庸俗、低俗和娱乐至死的西方文化侵蚀，才能创作出讴歌祖国、讴歌人民、讴歌英雄的文学作品，培养敏锐洞察社会、深切感受生活的能力。生活积累越丰厚，作者进入创作活动便能更加游刃有余，这也是坚定文化自信之根本。

本作品集文学性、知识性、逻辑性、法律专业性、趣味性、可读性于一体，图文并茂，结构严谨，文笔流畅，生动感人，深入浅出，有浓郁的生活气息，真实地反映了作者在社会生活实践中，孜孜不倦探索文学创作之得失。对立志成为作家的青年有借鉴和启迪作用。

# 前　言

文学是反映社会生活的一面镜子。客观真实地反映社会生活的文学作品，才是真正的文学作品；那些扭曲社会真实和生活主流的作品，不能称为社会主义文学，是应抛弃的哈哈镜。

文学是客观反映社会生活的历史教科书。任何一部文学作品，无不打上历史的烙印。歪曲历史、篡改历史，便不能真实反映历史，没有历史也就没有现在和将来。鲁迅先生在《现在的屠杀者》一文中指出："杀了'现在'，也便杀了'将来'——将来是子孙的时代。"

文学不是照相机。即使是照相机，摄影者也要对拍摄对象进行取景、剪裁、用光等艺术处理，才能拍出尚好的艺术作品。文学源于生活，高于生活就是这个道理，这已是众人皆知的老生常谈。虽是老生常谈，又揭示了艺术创作规律。如若践行这个创作规律，就要深入生活，提升敏锐地洞察社会和感受生活的能力，才能有感而发，创作出真实、感人、脍炙人口的作品，这自然也得益于长期的生活积累。

生活即人生经历，大凡成功者都有不寻常的经历，对于作家来说更是非常重要的。作家的经历，不论是惊天动地，还是默默无闻，本身就是一部生活长卷。经历得越多，生活积累就越丰厚。生活积累不是事先设计和计划好的，不因重大而追求，也不因平凡而放弃，而是集腋成裘，把众多细微之事溶入血液中，贮存在脑海里，成为历史的记忆。

为使文学青年朋友了解创作与生活的关系，故将吾生活琐事罗列成拙作，特辟《作家的灵感与作家的生活》一章介绍文学源于生活的真谛。笔者多年军旅、警营生活，抹不掉逝去的记忆与岁月，对反映法制文学的作品，有一种出乎自然的钟爱，因之本书对法制文学创作和研究多有赘述，供列位看官一哂。

余多年创作实践，虽未有惊人之作，但因坚持写自己的经历和熟悉的生活，尊重历史，客观反映社会生活主流，以创作正能量作品为己任，终于由文学爱好者忝列于作家其中。

自传、回忆录两者应是成功人士或知名人士之“专利”，吾非也。《积微成著——文学创作之路探索拾零》既非自传，亦非回忆录，只是将余从事文学创作琐碎生活点滴告诉读者。倘若对爱好文学的青年朋友，在走上文学创作道路有所帮助和启迪，亦能聊以自慰了。

# 目　录

# 第一章　游击小学黑屋子、泥孩子

抗战胜利后，冀中大地的黑暗中透过一束昏黄的曙光。这曙光还未来得及普照大地，蒋介石又点燃了内战之火，曙光被战火硝烟吞噬。一座由农家院闲弃的柴房里，坐着十几个孩子。屋子没有窗户，室内十分昏暗，这就是抗战胜利前后，仍坚持上课的冀中游击小学。老师正带孩子们朗读："哥哥大，弟弟小，哥哥骑竹马，快快跑。打倒小日本，杀敌立功劳。"谁也不知道，这个黑屋子里却放飞着一个孩子不为人知的梦想……

## 第一节　童年记忆与作家梦

我的家在冀中平原，确切地说是河北省保定市高阳县，高蠡暴动的发源地。1932年8月，在中共河北省委和保定特委直接领导下，一场震惊全国的反对国民党反动统治，在高阳、蠡县爆发的大规模农民武装斗争，是在敌强我弱的形势下，为创建红军、建立苏维埃政权的一次伟大尝试。暴动虽然失败了，但在这片沃土上撒下了革命的种子，给后来动员民众进行抗日战争和解放战争打下了良好的思想基础。

高阳县历史悠久，追溯到颛顼帝初国起，迄今已有5000多年历史。颛顼，上古帝王，系黄帝之孙，十岁时佐少昊，二十岁即帝位，初国于高阳，故号称高阳氏。

高阳古城周围九里，为颛顼所建，此地在高河之阳，故名高阳。在漫漫历史长河中，无论社会如何发展、朝代如何更替，"高阳"之名不易。

高阳物华天宝，人杰地灵，人才辈出，浩若繁星……查找2003年高阳县政协编撰的《高阳历代名人录》一书，清朝有"孙榜眼"，近代有抗日英雄佟麟阁，当代有志愿军女英雄解秀梅等，中华优秀儿女数不胜数。没想到吾以"中国法制文学理论创始人"之名也收入其中。

高阳不仅是留法勤工俭学的发祥地，还是闻名遐迩的纺织之乡、华侨之乡、戏曲之乡，仅戏曲就有老调、河北梆子、评戏、京剧等。北晋庄翟老庆戏班远近闻名，翟家戏班一家三代以戏为生，青衣、武生、老生样样俱全，后来演变成全村的戏班，每逢年节、庙会，搭台唱戏不在话下。除了北晋庄的戏班外，邻村也各有文艺绝活，时下流传的就有——板桥的狮子，南晋庄的钗，辛留佐的王八逗蛤蟆……

距高阳西约二十华里就是吾生于斯长于斯的北晋庄村，是方圆几十里内最大的村庄。虽名为村，街道却有着与乡村不同之称谓，如东关、西屯、南关、北关、十字街等。从街道名字看，不知是何时、何故由城镇衰败成乡村了。这里远离山水，是名副其实的一片贫瘠的土地，旱、涝、虫灾轮流光顾。遇上涝灾，乡亲们只好打鱼摸虾，待洪水泄后来年开春把地上泛起的盐碱刮下来熬硝卖。虫灾来了把包袱皮往地上一铺，提起四角就是一兜蚂蚱，往锅里一倒，加些腌咸菜水一煲，水熬干后蚂蚱又酥又脆。要是遇上旱灾，唯一的办法就是到关帝庙烧香磕头求雨。庙台门前两边分别放一口大水瓮，瓮里灌满水，放几只青蛙在瓮里游动。人们不分男女老幼，跪在庙前磕头，然后几个健壮的汉子赤着褐色背膀，头戴柳条圈，抬着关老爷敲锣打鼓走街串巷，虔诚地喊着乞求关老爷下雨的咒语……年复一年，日复一日过着听天命和面对黄土背朝天的苦日子。难怪乡亲们以村名编出自嘲的顺口溜：“南南板，北南板，‘查着’（合伙的意思）买了个破饭碗。南晋庄，北晋庄，查着买了个破粪筐。南于八（读‘包’），北于八，查着买了个破皮袄。南路台，北路台，查着买了个破口袋……”一语道出了乡亲们的贫困生活和无奈。

尽管如此，乡亲们还希望自己的子女能够上学识字。教室是借用一家置放柴草的土坯房改建的，没有窗户，屋里煞是昏暗。把水泥抹在墙上，再用猪血和锅烟灰混合物刷在上面代替黑板。一块块凹凸不平的木板搭在半米高的土坯垛子上代替课桌，石板和石笔代替了纸笔，随写随擦，倒也方便。学生坐的是用麦秸编制的二尺见方可随身携带的小稿荐，遇上敌人扫荡，挎在肩上，拎上石板就可到庄稼地里或坟茔里上课，就地取材用王八驮石碑代替黑板。学校只有一位女老师，姓李，名今，三十多岁，微胖，腿还有些瘸，是从高阳县城附近的北沙窝村请来的。面对这艰苦的环境和眼前这些茫然无助的孩子，她想起了人们给学校编的顺口溜——

黑屋子，
土台子，

里面坐着泥孩子。
泥孩子，
真叫好，
站岗送信查路条。
查路条，
理应当，
汉奸、坏蛋跑不了……

要说起坏蛋实在令人憎恨。一次日伪军进村扫荡，一个平日里游手好闲偷鸡摸狗姓陈的家伙，把几个伪军带到我家说："就是这家要聘闺女，有嫁妆，有钱。"伪军破门而入，把几件难能称为嫁妆的嫁妆一抢而空，一个没捞到东西的伪军，见大哥从茅房出来，以为大哥到茅房里藏钱，遂进茅房搜遍了每个墙缝，也没找到任何东西。这时从屋里走出一个伪军，见大哥站在院里，抄起一个油罐（用棉花籽榨的油，色黑，俗称黑油）向大哥头上砸去，大哥眼疾手快，用手去挡，正巧抓住了油罐提绳，油洒在脸上、身上，成了黑脸包公，两个伪军开怀大笑。随后他们走到草棚处，草棚里装满已轧碎的干草，伪军端详了一会儿，发现草棚空间与墙壁厚度不符，拿起一根秫秸（高粱秸）丈量说："有夹壁墙。"然后用镐将墙壁刨开，里面有一个盛地契的瓦罐和几袋粮食。伪军把地契撕碎扔在地上，扛起粮食走了。

冀中是游击区，也是根据地。日伪军经常白天从岗楼出来进村扫荡，八路军只能在夜间活动，可是刚一进村，就有狗叫，一犬狂吠，众犬狺狺，这就暴露了八路军的行动。因此冀中区党委和军分区，在冀中号召村民开展"打狗运动"，我们儿童团就走门串户宣传打狗为抗日，抗日要打狗的意义，时下有《打狗歌》为证——

打狗不要再可怜，
现在养狗讨人嫌，
八路来了它乱叫，
成了敌人情报员。

李老师想到此，鼻子一酸涌出一股热泪。她把头扭向黑板说："今天复习一下前天的课文，哪位同学……"李老师的话音儿没落就有同学举手，她指了指这位同学说："好，你背给大家……"那同学背诵道：

哥哥大，弟弟小，
哥哥骑竹马快快跑，
打倒小日本，
杀敌立功劳……

几天来，敌人没进村扫荡，人们的情绪趋于稳定，乡亲们难得有时间推碾、拉磨，准备已经断顿儿的粮食。姐姐把晒干的榆树皮碾碎，与高粱面和在一起，一家人高高兴兴包了一顿高粱面和榆树皮混合面饺子，煮熟后刚端到炕桌，就听到街上有人喊："敌人进村了……"

"快跑吧！"

于是把饺子倒在瓦罐里提着，跟随乡亲们朝村外跑去。乡亲们冲出自己家门，有拖儿带女的，有抱鸡牵羊的，有提包挎篮的，村里村外鸡飞牛叫一片混乱。

到了村外才发现我们一家人跑散了，我和二哥躲在离村足有二里地的玉米地里，忍着饥饿和乡亲们向村庄方向窥视。大约一顿饭的工夫，村里浓烟滚滚，不用问是日伪军放火烧村了……不知谁家的房子被烧了，我目睹着眼前的一切，陷入茫茫然……

集市是农村人进行货物交换的唯一途径，乡亲们把多余的农副产品拿到集上出售，然后再购买自己需要的生活资料，集市交易给人们带来很多方便，令人欢喜。集，一般设在大村，什么三七集、四九集，五天一集，我们村逢三七是集。保定沦陷后日本鬼子在冀中推行"铁壁合围、梳篦拉网"的蚕食政策，为防止我八路军突然袭击，对集市控制很严。记得有一年年关，日伪军强行把集市迁到岗楼前的空地，人们在岗楼日伪军虎视眈眈下冒险交易。虽心有余悸，但赖于年关，人们都想购些年货过年，也就顾及不得了。

中午快散集时分，集市上空一个足有二三十米长的巨大蜈蚣风筝，在主人收线中摇摆着下降。一阵旋风袭来，只见风筝向岗楼方向飘去，主人惊慌中用力拉线，风筝吃力过大，线拉断了，挂在吊桥杆上，守卫在吊桥旁的卫兵，用刺刀挑，够不着，他跳起来再挑，"叭"的一声，枪走火了，炸集了，赶集的人们四处逃遁，一片混乱。日伪军冲出岗楼，枪声起，"八路的干活"。这时炮仗市起火，刹那间鞭炮声，枪声连成一片，集市一片狼藉，日伪军四处搜捕也没找到八路的影子。从此，八路军多次利用赶集搜集敌人情报。

鬼子投降后，乡亲们兴奋不已，皆曰："拆鸡窝去！"大家手拿镐头、铁锹，把多年的仇恨都发泄在岗楼上了，有的搬砖，有的拆吊桥板。我和二哥偶得一根鬼子旗杆座横木作为战利品，不到半天岗楼被夷为平地。

解放战争时期，我军由战略防御转入战略进攻阶段，我舅父李华所在部队依然活跃在这片充满战火硝烟的燕赵大地上。这时家乡经常有部队驻扎和途经这里开往前线，每次舅父随部队经过此地，母亲总是站在村口，有时还在舅父手里塞几个鸡蛋，一直看到部队走出村口，她才含着眼泪往家走。由于战争硝烟未散，那时冀中家乡依然保留着抗战时期的青抗先、妇救会、民兵、武工队、儿童团等革命群众组织。我们儿童团经常在老师的带领下参加募捐和慰劳伤员的工作。老师还自编了“号房”小调街头剧和大一些的同学演出，剧的内容是动员对八路军有误解的老大娘腾出房子给部队住——

叫大娘，
你听我言，
你看同志们冻得多可怜，
我说大娘啊……

不管七路，还是八路，
闲着我的房子就不叫你住，
我说八路啊！

叫大娘，
你认真听，
我们就是当年的老红军……

叫八路，别把我蒙，
你们头上没有红五星……
…………

经过一番解释，大娘终于知道了头戴青天白日帽徽的，原来就是当年的红军，这才把最好的房子让给八路军住。

冀中人民有光荣的革命斗争传统，即使日本鬼子实施杀光、烧光、抢光的三光政策和“五一”大扫荡时，冀中人民也没屈服。冀中是地道战发源地，是名副其实的根据地和革命老区。冀中也是全国土地革命最早的地区之一。“土改”前后我校两次搬迁，先搬到富农蒋凤章家闲置的宅院，斗地主分土地后，又搬到地主刘茂林家的宅院。搬迁后的校舍与最初的土坯黑屋子有天壤之别。

冀中从住房就能看出一般人家的贫富差别。房子大体可分两种，一种为土坯房，这种房子因风吹雨淋，每年开春都要用麦秸泥抹刷墙壁和房顶。另一种是打斗房，外面用砖把土坯墙包裹起来，防止雨水冲刷，为防止漏雨开春时只抹刷房顶。地主刘茂林家的房子就不同了，所有房子一律是青砖卧垒，房顶用炉渣打轧后再用水泥封顶，犹如现今柏油马路一般，整个建筑不仅美观耐用，也省去了年年刷墙抹顶的麻烦，方圆几十里堪称蝎子的尾巴——独一份。这院落宽畅大气，分前后两个大院，各有东西厢房四五个房间为教室。前后院中间高台上四间，是老师备课和休息的所在。学校从黑屋子搬出后，李老师就再也没给我们上课了。现在老师有七八位，全是男性，老师多了，授课也稍有侧重。他们是王东发、李潭溪、张策、李钟秀、张士俊、张占鳌、冯树彬，校长是梁建阁。后来我才知道，他们都是区里派来的。宅院前原是地主家的打谷场，现在装上了自制篮球架子，作为老师同学们课外活动的操场。所谓课外活动，不外乎课间学生们在这块空地上，追逐、打闹、砸杏核、玩弹球游戏而已。我是弹球高手，不论是地滚球，还是支炮打，一般都能百发百中。学校规模和师资是高阳县村办学校屈指可数的。因此，十里八乡的农家子弟都慕名来北晋庄上学，学校初级小学四年，高级小学两年，史称完全小学（简称完小）。学生们年龄从六七岁到二十多岁不等，这也成了完全小学的一大特点。一次张策老师上美术课，教我们画狗。常言道："画人难画手，画兽难画狗。"我的画被评为"甲中"，并刊发在校壁报上，我高兴极了。

"土改"时学校除正常上课外，就是走街串巷扭秧歌宣传《土地法大纲》。这秧歌也与其他地方不同，既不像北京人腰扎红绸，碎步跳跃打腰鼓那种，也不像西北人摇头晃脑豪迈奔放的那种，而是多人在行进中左手叉腰，右手挥舞一方手帕，扭动腰肢，踩着四步节拍，无须伴奏，载歌载舞，可谓柔中有刚，一天下来不免腰酸腿疼，却其乐融融。为配合"复查"宣传党的政策，歌词多与时下党的政策有关。"复查"就是对平分土地和分地主、富有农浮财时出现的一些违反政策的问题加以纠正。一天老师给同学出了作文题，是写一首描写土改"复查"的诗，什么叫诗我不懂，老师说押韵就是诗，没想到我写的"诗"居然得了100分。后来老师把"复查"中出现的某些问题编成"拉洋片"的材料，进行宣传。至今我还记得有这么几句呢——

咳——

往上边瞧吧第一篇，
北官庄的坏干部搁在上边，
拿着公家的花生他开油坊，
复查出来的皮袄他自己个穿。
…………

这些宣传及时纠正了“土改”中出现的某些错误，受到群众欢迎。

1948年，我军由战略防御转入战略进攻，驻扎在村里的部队同志，经常到学校教我们唱歌。记得有一首就是歌颂刘邓大军的，开头有这么几句：“大反攻点将第一名，晋冀鲁豫刘伯承……”为支援前线，我的大哥参加了担架队，随部队上前线。部队在家乡扩兵时，为配合扩兵工作，王东发老师还给我们讲了一篇不知从哪抄来的文章，题目叫《我参军的第一天》，大意是一个新战士参军后得到了连长和同志们的关怀和照顾，打消了顾虑。我们配合扩兵，宣传一人当兵全家光荣和保卫胜利果实的重要意义。这时大哥从担架队回来，穿上了“二尺半”灰军装到县政府工作，二哥也在一人参军全家光荣的感召下参军了。听说他们部队在六合庄集训，我和母亲提着篮子去看他，那天部队集中在一个打谷场上，战士们个个身着灰军装，席地而坐聆听部队首长讲话。我和母亲与二哥没说几句话部队就开拔了。

部队在家乡为野战医院征召看护员，我和几个同学报了名，几个大些的同学，批准去了野战医院，我因年龄太小没被批准。

八路军改编为解放军时，由灰军装更换黄军装，因缺乏颜料，学校组织我们儿童团员采摘槐树花，给部队染军装。冀中八路军改编为解放军穿的第一批黄军装，就是用槐花染的。我和部队接触多了，从此对“兵”有了很深的感情。

后来学校成立了中学班，有一天，张士俊老师在课堂上讲了一篇杂文——《聪明人和傻子和奴才》后他说：“鲁迅姓周，名树人，他是一位作家，鲁迅是他的笔名……”

我问老师说：“什么是作家？”

老师想了想说：“作家，就是会编故事，会写书的人……”尽管老师没讲当作家应具备的条件……朦胧中我意识到作家是用自己的知识和先进思想通过作品在影响读者。我想起学过的课文：《表》——我八路军战士进驻一个空无一人的老乡家，指导员看到桌上有块金表，想起打仗时需要准确把握进攻时间，本想占为己有，但想起“三大纪律八项注意”，指导员擦了擦表上的尘埃，终于把它放回了原处。《西瓜兄弟》中八路军路经西瓜老大瓜地，尽管酷暑之下口渴难耐，战士们却秋毫不犯；日伪军从西瓜老二瓜地经过，西瓜遭殃。《抗日英雄王二小》是当时我们儿童团学习的榜样，我们站岗、放哨、查路条、采摘槐花给子弟兵染军装。作家通过自己的作品，赞扬真善美和鞭笞假恶丑，这不正是中华民族传统美德吗。我心想：作家是多么了不起的人啊！冥冥中对老师讲过的“人类灵魂工程师”似乎有些憧憬。啊，我们念的书原来都是作家写的?！我也要当作家，这就是我的初愿作家梦，至于怎样才能当作家，能不能当作家，不甚了了。

## 第二节　走进军营：我是一个兵

保定、北平解放后，舅父随部队进驻北京。1949年11 月11日我人民空军成立，部队先编入华北军区空军航空处，不久华北军区空军司令部、政治部成立。

我和舅父一家住在北京东单区煤渣胡同14号，与华北军区空军司令部军务处处长杨彩章同住一个小四合院。杨处长是河北省顺平县人，与舅父是河北老乡加战友。我舅妈和杨处长的夫人王毅都在政治部工作，所以我也叫她舅妈，有时又叫阿姨，两家人相处很好。华北军区空军司令部驻地在台基厂与现北京市委对面的大红门里，后院位于头条胡同，是政治部，与匈牙利大使馆毗邻。在营区外居住的当时只有三家，一家是司令员徐德操，他家住在协和医院后面的二十四间房胡同，另两家就是军务处杨彩章和训练处我舅父李华了。

那时正当抗美援朝、保家卫国运动如火如荼，举国上下积极支援前线，大批青少年踊跃报名参军、参战之时。1951年8月22日，吃过晚饭两家人在院里纳凉，胡同里时而传来送水的人力车的车轮滚压在煤渣地面上发出的“哧，哧——”的响声，响声过后，继而又传来一个中年妇女的叫买：“有破烂儿的我买，有旧衣裳的我买……”这声音萎靡、凄凉，叫卖声过后，接着又传来一阵阵拨动金属的撞击声：“噌——噌——”，悠扬久远。我抬起头，仰望天空，天空一片瓦蓝，一朵白云飘忽不定地变换着姿态，心中莫名涌上一股怅惘……

我问：“这是什么声音？”

舅妈收拾着碗筷说：“是剃头的。”

后来我才知道，剃头师傅用铁棍拨动的钢叉叫“唤头”。小小的四合院密不透风，却把解放不久的北京人的生活传进我的耳鼓……

8月的北京，天气依然炎热难耐，杨处长和舅父一边下棋，一边谈论当前国家形势——

杨处长说：“抗美援朝这仗快打一年了，部队的训练任务很重啊，你们训练处也该忙了。”

舅父说：“你不是也一直为征兵忙碌吗？”

“举国上下支援抗美援朝的热情很高啊，目前广大青少年积极要求参军、参干，征兵不会有困难。”

我听到杨处长说征兵的事，高兴地说：“杨叔叔，我也要当兵！”

杨处长和舅父先是一愣，他俩手拿棋子儿举棋不定。

“我也要当兵，杨叔叔。”我没等他们回答，又重复了一句。

“你为什么要当兵啊？”杨处长问。

“抗美援朝，保家卫国。”

“可你还不够参军年龄啊！”

“你不是说广大青少年积极报名参军、参干吗，我也是青少年啊。”

“告诉我，多大了？”杨处长认真地问。

我犹豫片刻撒谎说：“十五……周岁。”我的心狂跳着，心想一旦被揭穿，不仅参军无望，还会落下不诚实的名声。

舅父看了看我没说话。我明白了我的谎言已被舅父认可，心里这才如释重负。

杨处长见我态度坚决，没等舅父表态就说：“好，我收下你这个兵了。”又对舅父说：“老李，让他先到你们训练处过渡一段时间再分配工作。”

舅父这才说：“到训练处，不妥。”

杨处长思忖着：“也好，那就先到军务处吧。”随即对通信员说：“小黄，明天你到军需处给他领套军装。”

小黄，名叫黄清溪，是舅父的通信员，早在冀中部队开往前线作战路经我的家乡时，我就见过他，如今他依然跟随舅父。

小黄随即回答：“是！”

第二天，小黄给我领来一套黄军装。当时军装型号分为大、中、小号，发给我的虽说是小号，但13岁的我穿上还嫌又大又肥。舅妈替我把军装做了修改，剪短了裤腿与上衣下摆和衣袖，可笑的是下摆剪掉后，下面的口袋只剩下两个兜盖儿，衣兜成了名副其实的摆设。我对镜子一照，看到镜中我这副样子，心中第一次涌出一股思乡的怅惘——“这套军装或许要伴我一生一世啊……”

1951年8月23日，我身着这套不合身的黄军装，踏进了华北军区空军司令部军营。我这才发现军装有它特有的魅力，老年人穿上显得年轻，中年人穿上更显庄严，就连我这个十几岁的孩子都显得成熟多了，军装真好。同志们围着我，上下打量，“小鬼，你这套西服是从哪儿弄来的？”

“发的。”我涨红脸说。

“不对吧？”另一个人说：“怎么和我们的军装不一样啊！”

“怎么不一样？”我有些急了，“就是发的，不信你去问小黄，是他给我领的。”

“你看，我们的领子和你的就不一样。”他笑着说，“你的领子都到胸口了，这不是西服吗？”

我不知西服是何物：“你，你……”

众人哄笑。

第一次在部队吃晚饭，使我终生难忘。晚餐是炸油条，西红柿汤。我看到同志们端着搪瓷碗，从大桶里盛汤，然后又从簸箩里拿几根油条，蹲在一个角落里开吃。我也如法炮制，但喝第一口汤就深感不适，这汤酸里透着一股难以明说的味道。我们老家没有西红柿，自然不知其味。回想起来，现在的西红柿再也体会不到那种让人回味的真正的西红柿味道了。再说这油条，虽然和老家的馃子相差无几，但这油条又粗又硬，因没炸透，吃起来十分费力，吃了一根就嚼得两个太阳穴酸痛。

晚饭后杨处长的通信员高宽过来了：“小魏，我带你去军务处见莫科长。”

在场的同志有人重复说：“小魏。”从此我便有了两个名字，不认识的叫我小鬼，认识的叫我小魏。

晚上我在通信班找到了小黄。小黄说：“你的宿舍在二楼军务处。”

我为难地说：“我不认识他们，还是和你住在一起吧。”

“不行。”小黄说：“你是干部，这是通信班。”

我拗不过，只好乖乖地上楼去了。

楼上早有何参谋、郝参谋等人给我铺好了床。我想起了在学校宣传扩兵时，王东发老师给同学们讲的那篇《我参军的第一天》——“我参军的第一天，路上走着，心里直劲儿跳，一个人一个秉性，遇上一个古怪脾气的可糟糕……”看到同志们对我的照顾，打消了我的陌生感。

熄灯前我去厕所，白天去过一次，知道厕所在楼房一角，厕所里灯没亮，我见小便池上方有一个木盘，上面有黑胶布缠绕，想必那便是开关。我抓住缠有胶布的电线，用力上下扳动，突然感到仿佛鬼抓住了我的手，我“啊——”的一声提着裤子跑出厕所。军务处的参谋都跑过来问：“小鬼，怎么了？”

我指了指厕所，气喘吁吁地说不出话来……

同志们走进厕所开了灯一看，原来我把电线上缠绕的胶布弄脱落了，所幸有惊无险，从此我对电产生了一种特殊的敏感和恐惧。

第二天我从二楼走到一楼，看到几个楼门口分别挂着军务处、训练处、气象处、领航处、作战处、侦察处、机要处、后勤处等木牌，目不暇接。我的脑海中出现了一幕幕战士们在空军掩护下，英勇杀敌的悲壮场面，一时我找不到自己所在的位置……耳边又萦绕起：“大反攻点将第一名，晋冀鲁豫刘伯承……”的歌声和“有破烂儿的我买”的叫卖声……

我参军后没几天，经杨处长介绍和批准，又有三位同志来到军务处参军了。他们年龄都比我大，二十岁左右，一位女同志分配到唐山基地场站，两位男同志一位留在军务处，另一位分配到杨村机场。

11月部队换发棉军装，我领的军装当然还是小号的。20世纪50年代，北京冬天很冷，柏油马路都冻裂了，棉军装穿在身上，没有绒衣绒裤、毛衣毛裤辅助御寒，只有“空心”棉衣，虽说阵阵寒风从袖口、裤腿吹到前胸后背，我的心里却依然感到温暖。

从空军成立到1951年1月21日第一次入朝参战，只有短短两年的时间。年轻的空军当时的作战飞机不少还是活塞式，最好的作战飞机也就是米格-15（后增加了米格-15比斯），飞行员飞行时数最多的才几十小时。长、僚机协同作战，外场机务保障，空中指挥，空战经验……都难适应作战要求。面对敌强我弱，装备简陋，野战机场有时还遭到敌机轰炸，跑道有的用钢板铺设，在敌机轰炸中只能作为给击伤和带故障的飞机临时维修之用等困难，为确保空军投入战斗，党中央

飞行大队待命起飞出击

地勤人员检修飞机和加油

决定，所有空军部队、机关全部列编志愿军空军序列，成立中朝人民空军联合司令部（简称空联司），国内空军各部队、机关人员轮流赴朝。有的部队多次赴朝参战，得到了锻炼，在战争中学习战争。

1951年3月15日我人民空军部队、机关全体官兵正式编入志愿军空军作战序列后，随时待命轮换加入安东四道沟中朝人民空军联合司令部和浪头等多处空军基地。当时空联司司令员为刘震，副司令员是常乾坤和朝鲜空军的王链。1953年7月起，司令员为聂凤智，副司令员段苏权、成钧。我志愿军空军将士投入抗美援朝出国作战，不畏强敌，发扬拼刺刀的精神，第一次空战中，李汉就击落了美国飞机一架。后来年轻的飞行员多次击落美军王牌飞行员，打破了美国空中绞杀战和不可战胜的神话，一举拿下了空中米格走廊的制空权，保证了志愿军后勤补给线畅通，涌现出张积慧、王海、刘玉堤、赵宝桐、韩德彩、孙生禄等一大批空军战斗英雄。

1953年以贺龙为团长的中国人民赴朝慰问团，代表党和祖国人民慰问志愿军全体指战员，我和战友们荣幸地领到了慰问品。慰问品有一支钢笔，一个笔记本，手绢，军邮明信片若干和一个印着“赠给‘最可爱的人’”的茶缸，以及“和平万岁”抗美援朝纪念章一枚。所有慰问品除印有“中国人民赴朝慰问团赠”的字样外，笔记本里还有《共同纲领》原文，手绢上印有和平鸽衔着橄榄枝的图案。同志们收到祖国人民的慰问品个个兴奋不已，这是志愿军出国作战最有价值的慰问品啊，遗憾的是因我多次工作调动、搬家，除纪念章和一张未发出的“军邮”明信片外，其他均遗失了。

抗美援朝后期，虽说经过多次工作调动，我也没有忘记写作，常给军营壁报

慰问品

军邮明信片

写小品文和枪杆诗，印象最深的是我写的那首题为《槐花颂》的幼稚小诗——

多少画家
赞叹牡丹是花中之王
多少诗人
赞美玉兰的奇香
可我——
一名普通的战士
却眷恋着故乡槐花的芬芳
儿童时我采摘槐花
给子弟兵染军装
战士们出没在青纱帐
打得敌人见阎王
少年时我也穿上了黄军装
雄赳赳气昂昂
跨过鸭绿江
打败美帝野心狼
…………

抗美援朝时期，我在空军部队从后方到前方，从前方又到后方，先后经历了华北军区空军司令部、志愿军空联司、华北军区空军工程部、华北军区空军后勤部卫计委、通县空军基地场站、华北军区空军军事政治干部学校、军委空军军事训练部等单位。还曾在空军司令部和空军订货部重大会议帮助工作。因工作关系，对空军不同部队、机关建制、任务都有些了解，名副其实是一名老兵了。

我在华北军区空军工程部工作时，经常阅读《空军生活》杂志，顾名思义这是一本反映空军战斗、训练、学习与生活的内部刊物，通俗易懂，深受空军官兵喜爱，记得有一篇机场数来宝至今我还记得几句呢——

机场里玩意多，
来来往往跑汽车，
大卡车，
吉普车，
花花绿绿宣传车。
氧气车，冷气车，
大肚子的是加油车。
这些车真不差，
保证飞行作用大，
…………

《机场数来宝》一文，把机场各部门为保证飞行安全的战斗生活如数家珍，一一展示在读者面前，如：塔台、气象、空勤、地勤、通信、特设、油料、军械、炊事班，甚至连战友们戏称为“扫帚兵”的场务队扫跑道、轰鸟儿的事也赞扬有加。你别以为轰鸟儿是件让人笑掉大牙的工作，其实这也是保证飞行安全的大事。飞机起飞、降落、空中飞行，如果和鸟相撞，飞机受损就会发生事故，轻者三等事故，严重的可能造成飞机报废的二等事故甚至是机毁人亡的一等事故，你说重要不重要。机场一切工作都是为了保证安全飞行，只有保证飞行训练安全，才能保卫祖国的蓝天。

我对《空军生活》杂志爱不释手，偶然给《空军生活》编辑部寄去一篇小品文稿件——《吹竽》，居然被采用了！我手捧散发着墨香的杂志，心中涌出一种巨大的成就感，令我兴奋不已，从此写作成了我的夙愿。

后来我调到北京灯市口同福夹道7号军委空军军事训练部保密室工作。这个地方原是国民党空军的兵营，营房大门门栏上还有被抠掉的国民党党徽痕迹。这个营房与我驻过的所有军营不同，这个营房里竟有三个单位驻扎，前院是空军军事训练部和空军学校管理部。军事训练部部长是沙克，为人严肃认真，副部长姚克佑是一位儒将。空军学校管理部的领导是空军副司令员兼部长常乾坤，他是我空军缔造者之一，毕业于苏联伏龙芝空军军事学院，是飞行、机务、领航、军械、通信等多面手，为人随和，平易近人，休息时常和收发、警卫员打从苏联顾问学来的“嘟啦克”。军训部和军校部两部人员办公同院、同楼，来往自然密切，如同一个单位一般。两部保密室同在北楼一层，铁门铁窗，还有卫兵把守，可见其重要。

一天空军司令员刘亚楼到军训部和军校部进行保密检查工作，看到桌上“赠给最可爱的人”茶缸没有盖盖儿，便问：“茶缸为什么不盖盖儿？”

学校管理部保密室主任陈烽小心地说：“没发盖儿。”

“你当兵几年了？”刘司令员莫名地问。

陈烽心下忐忑支吾着做了回答。

空军的同志都知道刘亚楼司令员有刨根问底的习惯，不论你官职如何，一旦答不上来，必定挨训。幸好今天司令员心情不错，没有多问，陈烽主任躲过一次挨训的机会。

“老兵了。去，告诉后勤处，每人配发一个茶缸盖儿。”

陈烽犹豫片刻，走出保密室。

同福夹道7号，里院是空军工程部，训、校、工三部接合处有一个小游泳池，因无工作需要和纪律所限，我从未去过几步之遥的工程部，只是夏天游泳时才和工程部的同志有所接触。

前院军训部和军校部北楼、南楼中间有一块空地，空地上有一对篮球架，供打篮球和露天放电影。北楼大部是行政机构。两部保密室门前有一个已经晒裂的乒乓球台，供同志们挥拍，有时我也凑凑热闹打两下，我记得有一位名叫王赢的参谋，是两部打球高手，令人羡慕不已。南楼多是军事部门，军训部的轰炸处、歼机处、强机处、飞行检查处、领航处等就设在南楼。军训部是指挥空军全军军事训练的最高领导机关，保密工作不容忽视。两部从处长到参谋每人一个绿色帆布保密袋。参谋、科长、处长手提用火漆封好的保密袋，每天按时到保密室上班取，下班送，那是保密室最忙的时候。绝密文件须按阅读权限通知阅读人到保密室阅览室阅读，绝不可带出保密室。

我在保密室工作的数年中，接触秘密、机密、绝密文件无数，一向严格遵守保密制度，保密制度有一条最简单也是最重要的是必须做到“守口如瓶”。这要求我们平时养成遵守保密制度的良好习惯，焚烧打字蜡纸、废纸或上街，也严格遵守两个人以上同行，绝不可单独行动。保密是考验军人对党忠诚的试金石，坚定了我对党和国家的守护责任。我工作的几年来从没有发生过丢失文件和泄密事件，这也正是我走向成熟人生的开始，奠定了我爱党、爱国的一生。

军训部食堂除与军校部和工程部灶别相同外，还专门设有一个飞行检查员食堂，俗称飞行灶。食堂旁有一小会议室，米黄色的地板闪闪发光，也是举办舞会的地方。或许因年龄小吧，我只是开会时去过几次，以后再也没去过。和我同一保密室的一个战友是个舞迷，我常戏谑地对他说："看不惯，旁边站，试试看，累死算。"他一笑了之，我行我素，下次舞会照去不误。

20世纪50年代初，部队进行爱国主义和警惕性教育时，我阅读和观看了我国译介的大批苏联惊险反特文学作品和电影，如小说《红色保险箱》《射击场上的秘密》和电影《山中防哨》《最高的奖赏》《水银湖上的魔影》等。这些作品多以苏联卫国战争为背景，讴歌苏联红军和保安人员与敌特作斗争的事迹。那曲折动人的故事和扑朔迷离的情节深深吸引着我，使我对文学更加热爱。

在部队这个大熔炉里，经受了锻炼，我的思想有了很大进步，经过多次工作变更，我的作家梦早已淡漠，然，连我自己也不知道为什么闲暇之时总是无意中拿起笔来写点身边的见闻，不如此大有不吐不快之感。一次我写的一篇讽刺某人不认真听报告，交头接耳的小品文——《听报告》刊登在黑板报上，正好我舅父从华北军区空军司令部训练处来我部开会，一进院就看到这块黑板报，他在黑板报前驻足，看后不住点头，看来他不仅读到了我的文章，而且还表示赞同，这又唤起我写作的欲望。后来我阅读了一些古今中外文学作品还有《现代文学家索引》，以及有关作家成功经验之谈。我发现一些成名作家，大都有从事过记者和编辑工作的经历，鲁迅如此，茅盾亦如此……我想编辑和记者是通往作家之路的阶梯，所以曾一度对编辑、记者羡慕不已。可身处军营，偶阅军中报刊介绍高玉宝的事迹，使我懂得了生活是创作源泉的道理，写自己熟悉的生活，是文学创作的最佳途径。

我真正走向文学道路，是在20世纪50年代，作为业余作者的我，因给《解放军报》投稿，有幸认识了顾工同志。那时顾工已是蜚声文坛的著名诗人，他在《解放军报》社负责编辑诗歌和散文，他对我的习作给过无私的帮助和指正，是他告诉了我写诗的技巧。我又阅读了苏联诗人伊萨柯夫斯基写的《谈诗的秘密》。至今我还记得文中的大意："你想当工程师，你可读理工院校。你想当教师，你可读师范院校。你想当医生，你可读医学院校。你想当诗人吗？没有培养诗人的学校……"我终于悟出来了。啊，诗人，乃至作家，没有哪个专门学校培养。诗人、作家原来是社会培养的啊，正像战士作家高玉宝那样。

部队是个淬火成钢的大熔炉，使我得到多方面锻炼。1954年夏，北京暴雨成灾，新建的通县机场被洪水淹没，塔台在水中矮了半截，油罐漂在水面上，仿佛刚出水的潜艇，一架架飞机浮在水中，恰似一只只银灰色的鹅。一声令下，驻京空军部队冒着瓢泼大雨，奔赴机场。

新建的机场位于通县三间房、张家湾、垡头地区，七天七夜抗洪抢险，我们都是在泥水中度过，白天烈日当头，全身浸泡在汗水和泥水中，夜晚与青蛙、蚊虫为伴，争分夺秒昼夜不停，有时累得倒在泥水中就睡着了。贺参谋见我两眼像抹了胶似的，把我拉到用麻袋筑起的防水堤前说："小魏，你在这歇会儿吧……"说着掏出一根泥水浸泡的香肠，"吃吧，吃了就不困了"。

我接过香肠，还没等送到嘴边，就倒在泥水中睡着了……

洪水退去了，抗洪结束后，机场一片狼藉，污泥、垃圾随处可见。我部奉命留下清理机场，机场里又是一片繁忙景象，可喜的是久违的太阳终于回来了，天空一片瓦蓝，测试气象的气球又升上了天空。这本是飞行训练最佳气象条件，但此时机场除了人们清除污泥浊水忙碌的身影，却不闻马达轰鸣。太阳照在布满污泥浊水的大地和跑道上，散发出一股股闷热刺鼻的气味。

"小鬼，你去清理油罐吧。"

我走到那些曾像出水潜艇似的贮油罐旁，没等我说话就有人说："你还甭说，这活儿最适合这小家伙干。"

我板着面孔生气地说："我不是小家伙……"

"对，是小同志。"另一个同志接过话茬说，"自我介绍一下，我是油料科的李科员，贮油罐清理很简单。"李科员拿起两样物品说："这是钢丝刷，这是鸡皮布，先用钢丝刷把油罐里的铁锈刷干净，再用鸡皮布擦，擦拭得一尘不染就算完成任务，你进去看看就知道了。"

这时我才明白那个叫我小家伙的大家伙，为什么说这活儿适合我干了。我个子小，在油罐里活动空间大，便于操作，劳动强度不大，适合我做。我脱掉军装，赤裸着还没发育成熟的臂膀，只穿一条白五福布裤衩，在李科员的帮助下钻进了贮油罐。这贮油罐密不透风，伸手不见五指，里面飞扬着刚刚刷下来的浓浓铁锈渣，呛得我干咳几声，这才开始工作。劳累和窒息使我喘不过气来，不一会儿就大汗淋漓，铁锈沾在身上刺痒难耐，一阵阵恶心，差点把早晨喝的稀粥吐出来。

外面的同志听到油罐里的声音越来越缓慢，说："半个小时了，快让他出来休息休息吧。"

我听到此言，不知为何竟然一屁股歪倒在油罐里。外面的同志听到刷油罐的声音停止了，李科员急说："不好。"连忙钻到油罐里把我拖出来，放在一块干燥的地上。我不知躺了多久，微风吹拂我的身躯，终于我醒了过来，浑身沾满褐色铁锈，仿佛非洲的椰林男孩。

同志们见我醒了，有人打趣道："玛克西姆卡……"

我知道这是前不久部里放的一部外国电影里一个黑人小男孩的名字，逗得大家都笑了。

我在部队经历多次工作调动，只要领导告诉调动工作立马就走，从不问去何单位，做何工作。军人嘛，以服从命令为天职！我对部队各单位的工作性质和组织机构、装备、任务，战斗生活都很熟悉和了解，这些经历培养了我的适应能力，可称为是一名合格的兵了。军装从小号换成中号，后来又换成大号，随着年龄增长，先是小鬼、小魏这些个名字，后来有人改称大魏，再后来我就成老魏了，现在又有人叫我魏老，人这一生就是这样度过的。

20世纪50年代中叶，因为国防建设的需要，我国全面学习苏联经验，一些重要军事单位，都有苏联顾问。我国为学习"苏联支援陆海空志愿协会"之经验，便成立了以李达上将为会长的"中国人民国防体育协会"，国防体协设在北京崇文区，和国家体委同楼办公，各省市国防体协从部队抽调和派遣部分青年军官和军校教员，开展全民性的国防体育教育。国防体协按军兵种下设航空、滑翔、航空模型、跳伞、航海、摩托快艇、航海模型、摩托车、无线电、射击等俱乐部。我被分配到青岛参加全国航海干训班，学习航海快艇驾驶。到青岛后学员们住在体育场看台下，潮湿闷热自不必说，后来又搬到南海路第一海水浴场边一座孤零零的小楼，这是青岛航海俱乐部的礼堂，可供开会和演出。楼上有十几张两层双人床，我被分配住在二楼楼梯边缘双人床上铺，俯首下看着实有些心悸，心想如果翻身坠落楼下，那将是怎样的后果。晚上干训班学员自发在楼下开了个联欢会，一位梳着两条齐腰长辫的姑娘，朗诵了俄国诗人普希金的一首诗，受到同志们欢迎——

假如生活欺骗了你，
不要悲伤，不要心急！
阴郁的日子需要镇静。
相信吧，
那愉快的日子即将来临。

心永远憧憬着未来，
现在却常是阴沉：
一切都是瞬息，
一切都会过去；

而那过去了的，
就会变成亲切的怀恋。

这首诗我熟悉，我曾不止一次读过，曾几何时我对《普希金抒情诗选》爱不释手。我记得这是我国最伟大的俄文翻译家戈宝权的译作。长辫姑娘的朗诵又引发了我对文学的憧憬。有人告诉我她叫鹏途，是海军政治部文工团的演员，现在是航海干训班航海舰船模型班学员。

中国人民国防体育协会为干训班请来了苏联黑海舰队中校为顾问，据说该顾问曾是苏联全国无舵驶帆冠军。一天中央国防体协航海处曹思慧处长陪同顾问来干训班参观指导，并和全体学员照相留念。

干训班分为水上运动、机电、通信、航海模型、快艇等专业，我分到快艇班，当时学习快艇驾驶的全国只有七人，结业后分配到省（市）国防体协做教员工作。我们除学习快艇驾驶和专业技术外，还学习四行程、二行程内燃机工作原理，海军基础知识和理论，航海气象、舰艇分类、海军兵器、手旗通信、灯光通信、挂旗通信、驶帆、绳结、撇缆、制作碰垫等。有时乘和平轮出海实习，通过检验操舵、海图作业、六分仪测水平夹角、运用方位圈测绘船位、检验观通部门通信等科目实际操作学习成果。

第一天舢板荡桨几个小时下来，我的腹肌、大腿、双臂都十分酸痛。海风微微地吹，海浪轻轻地摇，乘风破浪拥抱大海，几天后学员们个个都浸染成一身褐色皮肤，仿佛渔民一般。从此我对海洋有了深厚的感情，闲暇无事便站在栈桥上倾听大海的涛声……

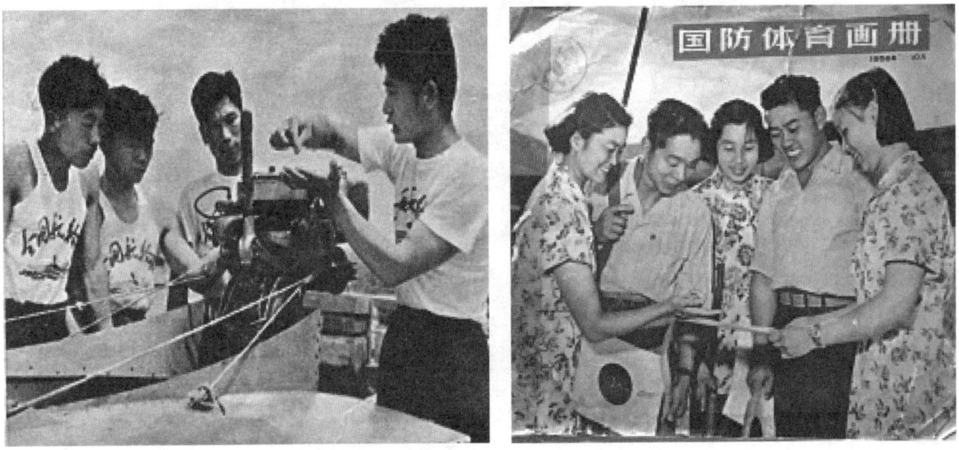


魏军（左图左1）和战友交流快艇驾驶经验，原载1956年10月《国防体育画册》

魏军（中）与战友合影

左为 陆文桐海军少尉，右为曾昭雄海军少尉

教员魏军和部分辅导员在帐篷前合影

前排左起：冀朝贞、周智民、周源

后排左起：姜吉顺、魏军、贾春厚、史清琪、张存中

八人赛艇在颐和园昆明湖训练

左为北京体育学院女队，右为北京大学队

学习结业后，我被分配到北京国防体协航海俱乐部任快艇教员，鹏途任航海模型教员。北京国防体协航海俱乐部除原在“重庆号”服役的几名同志外，还从海军军校调来三四位教员，共十几人，主任是从东海舰队调来的董和全海军大尉。

北京国防体协航海俱乐部位于北京什刹海后海一个小院，条件简陋自不必说。每当我驾驶摩托快艇试航时，后海四周铁栏杆上都趴满了围观人群，马达轰鸣，犹如飞机失速坠落惊心动魄，快艇在后海水面飞驰，浪花飞溅，受惊的鱼儿相继跃出水面。当时卫计委（现宋庆龄故居）和北京第四聋哑学校，诗人田间，作家肖军均在北京后海。因扰民不宜在此开展航海快艇活动，又因无可供快艇训练的场地，我便教授八人赛艇。八人赛艇因不属于军体项目，我没学过，于是借鉴舢板荡桨训练科目，对八人赛艇操作讲义进行改写。冬天后海水面冰封，于是又开办了海军航海基础知识培训班，课程有航海气象、舰船模型、航海通信、海军兵器、舰艇分类、内燃机工作原理、绳结、撇缆等。暑假期间我带几名中学生辅导员在颐和园组织高校学生进行八人赛艇训练。颐和园没有房子供居住和教学使用，我们因陋就简在颐和园船坞旁的岸边，搭了两顶帐篷供辅导员居住和休息，饭由大家轮流做，我上完课后再由辅导员辅导，虽说艰苦却其乐融融。

1956年夏，在青岛举行首届全国航海运动大会，北京代表团荣获团体冠军和舢舨荡桨、撇缆、女子手旗通信三个单项冠军，队员们捧着奖杯、奖状光荣地回到北京后海。

# 第二章　我从一个兵又回到老百姓

人的一生走怎样的路，自己是很难选择的，除非你非要和命运抗争，逆潮流而动。我作为军人，把一生都交给了党和国家，组织需要自然没有别的选择。那时我们最常说的一句话就是："党的需要，就是我的志愿。"多么朴素而忠贞的话语啊。这句话伴随了我一生，走平常路，做平凡事……

## 第一节　支援农业第一线

中国人民国防体育协会与国家体育运动委员会合并后，各省（市）国防体协也与当地体委合并，国防体育基本处于取消状态，原来我们被抽调和派遣的军官和军校教员，一部分回到了部队，大部分留在当地工作岗位。

1957年9月"反右"斗争结束后，不久就迎来了"大跃进"，大街小巷到处都能听到看到"鼓足干劲，力争上游，多快好省地建设社会主义"的标语和口号。北京有几十万干部响应国家号召支援农业第一线，就这样连我自己都不清楚是怎么脱了军装，换上了农装，又打起背包踏上了久别的、参军前曾赖以为生的黄土地。我们一行十几人乘坐敞篷汽车开出市区，经过颐和园北宫门，前面便是通往西山的狭窄公路，汽车在粗糙的柏油路面上行驶，车上人们随着汽车的颠簸，头颅也随之晃动，仿佛是对前途未卜的否定。我的梦想是什么？不甚了了……

冥冥之中我想起了参军前家乡的父老乡亲，是怎样面朝黄土背朝天地与命运抗争的情景。我想起了少年时放学回家后打草、拾柴、挖野菜、拣麦穗、摘棉花的艰辛。那是怎样一个世界啊？这个世界我并不陌生，现在我又要回归这个世界。这还是我认识的那个世界吗？少年时的艰辛之中不乏也有少许欢乐，打草时尚可和小伙伴逮蝈蝈，拣麦穗时也可以掏鸟窝……我的脑海中千头万绪，杂乱无章，就是没有亢奋和美好遐想，这是我有生以来第一次感到如此颓废和无奈，闭上双眼大地的景物隐没在一片昏暗中，只好听天由命了……

汽车行驶了多长时间，还有多长时间到达目的地，我无意关心。值得庆幸的是，尽管道路崎岖，但没有战争的硝烟，没有敌人飞机的扫射和盘旋……

汽车行驶到屯佃大桥停下了。

领队的说：“从这儿拐弯往南，沿着这条土路一直走，就到目的地了。汽车无法行驶，只能步行。”车上的人相继下车，把行李扔在路旁，泛起簇簇黄土。有人拣起行李拍了拍，尘土飘到领队脸上。“别拍了，往后天天和土打交道，有的是土，你拍得完吗?！”他说的是实话。

我和同伴们上了路，我们这个小分队的成员是从北京市体委下属单位抽调拼凑的，彼此并不认识，一路上各人想着自己的心事，揣测着未来的祸福，谁都无心思聊天攀谈。我们默默地走着，每踏出一步，地上就留下一个深沉的脚印。黄土淹没了鞋帮，谁也没有拍打。此时正值晚秋，地里的庄稼大部分都收割了，只有残留的玉米秸在一片片黄土地上迎着阵阵秋风战栗着。秋风吹打着干枯的叶片，发出阵阵悲凄、沙哑的声咽。大地一片凋零，令我们这群赶路者心里一阵寒冷……我们都是献身祖国多年，有的还是从战火中冲杀出来的国家干部，因此官方给了我们一个新的称谓——“下放干部”。谁也不知道这一去是暂时的还是永远……

大家默默地走着，身后的羊肠小路留下一片片扭曲的脚印，秋风扬起一簇簇尘沙，悄悄地把脚印抚平了，就像在朝鲜战场大雪纷飞中行军，飞雪把脚步印淹没、抚平，仿佛这里不曾有人走过。

大家默默地走着，疲惫的队伍中，除了有人发出的气喘吁吁声和脚下扑哧扑哧的黄土喷溅声，以及秋风肆虐折断玉米秸的脆响声外，再也没有别的声音，没有歌声，没有笑声，也没有行军途中鼓舞人心的快板声…… 我仿佛踏入了另一个世界，这个世界是什么样的呢，不甚了了。

大约又走了半个小时，太阳西斜，朦胧的尘雾遮着了一轮彤红的太阳，正向这群陌生的人们告别。我忽想起郭沫若《日暮的婚筵》中的诗句：

夕阳，笼罩在蔷薇花色的纱罗中，
好像满月一轮，寂然有所思索。
恋着她的海水也故意装出个平静的样儿，
可他嫩绿的绢衣却遮不过他心中的激动。
几个十二三岁的小姑娘，笑语娟娟地，
在枯草原中替他们准备着结欢的婚筵。
新嫁娘最后涨红着她丰满的脸儿，

　　被她最心爱的情郎拥抱着去了……

《日暮的婚筵》是以革命浪漫主义手法描写海上日暮时的风景诗。诗人用新娘被情郎拥入梦乡的娇羞与幸福，比拟日暮时分夕阳沉入大海的美丽景致，抒发了诗人对大自然的热爱和对美好幸福的婚恋生活的渴望与赞美。我看着被风沙尘雾“拥抱去了”的红日，心中涌出一股莫名的怅惘……

我这样想着，迎着夕阳，走进风屏沙雾的田野，眼前出现了几排平房的轮廓，我想，这大概就是我们的归宿吧。

这里曾是一个废弃的农场，因劳力不足，已经废弃两年多了，大部分土地已经交给当地人民公社生产队耕种，如今有了我们这批下放干部新军和曾“疯狂向社会主义进攻的右派大军”分批分期来农村改造，还愁缺少劳动力吗?!因此市农场局抓住了这个大好时机恢复了农场，我们便成了农场恢复后的第一批创业者。

我放下行李，稍事调整了一下沉闷的呼吸，这才抬起头来看了看同伴，只见同伴们个个满身黄土，脸上的汗渍宛如黄土地上干涸的小溪，不规则地延伸、流淌。这般尊容，倘若换个环境，定会引发一阵阵善意的戏谑和笑声，然而现在人们个个面无表情，呆站在自己的行李前，等待最后发落。

大约又过了半小时，领队带着一位中年男子走来，我意识到这个男人可能就是这儿的领导，今后的命运或许有一半要操在他的手中……

领队走到大家面前宣布道：“这位是王队长，今后大家在王队长领导下参加劳动。”他转向王队长又说：“队长给大家讲几句吧。”

部分下放干部合影

后排左1魏军，后排左2市体委人事科长赵子元，后排左6市体委主任张青季，后排右4副主任任超，前排左3市国防体协人事部主任崔国斌

王队长把一块写有“北京西郊农场”的木牌钉在墙上后说：“不讲了，吃了晚饭开会时再讲吧。”王队长很干脆，他指了指又说：“女同志住西边那幢房子，男同志人多，住这间大的，把行李搬进去洗洗脸，准备开饭。”

太阳下山了，没有灯光，没有月光，秋夜郊区大地一片漆黑，只有瑟瑟秋风，撕扯着田野残留的玉米秸的残根败叶，发出哀婉的呜咽。我出生在冀中平原，那里夜晚依然有羊咩、牛叫、蝉鸣，即使没有月光，尚有几盏萤火虫的灯笼在眼前游动，今天却不见昔日家乡田园夜色……

大家懒洋洋地拎着行李跨进门栏。

这是一间建造后一直没有启用的房子，有教室大，虽说是新房，但墙上已挂满了蛛网，墙角处有几个鼠洞。两条炕是用砖砌起约20厘米高的砖围子，里面铺着厚厚的稻草和麦秸，两炕中间是一条可供行走的通道。

晚上8点钟，大家坐在自己的铺位上，屋内那盏布满黄土的灯，终于点亮了，飞虫、蚱蜢们应灯光之邀，愉快地前来参加会议，它们伴着灯光哼着我们听不懂的歌儿，舞之蹈之，与在座的会议参加者的沉闷、缄默无语形成鲜明对比，室外瑟瑟秋风依然不知疲倦地发出悲凉的呜咽。

当领队和王队长走进房间，房子的主人们都从稻草铺成的“席梦思床”上坐直了身子，准备聆听教诲。

王队长不等领队发话，咳嗽一声直截了当地说：“咱们这儿叫西郊农场，今天来的都是你们市体委的同志，听说你们也是来自不同单位，大家认识一下吧。”

一阵沉默过后，领队掏出花名册点名，从领队念到的单位和姓名，我才知道这次下放的除有市体委机关、什刹海业余体校、东单体育场的同志外，其他都是刚合并到市体委原国防体协下属射击、无线电、摩托车、航海、跳伞俱乐部的同志。至于人的名字我只记住了坐在我身旁市体委机关那位，他姓雷，名振乾，熟悉后我叫他雷兄，因他也是业余文学爱好者，后来我们成为莫逆之交。

领队念完人名后，王队长继续说：“明、后天还有市卫生局、人民银行、保险公司、规划局、设计院的下放干部来。”他停了停说：“对，再过几天还有大学来的‘右派’老师和学生到农场接受改造。冷清了两年的农场，这下又热闹起来了……”

大家听说“右派”也到农场接受改造，面面相觑，岂不是我们也类同于他们了嘛……心中掠过一阵阵悲凉……

趁王队长点烟时，领队忙接过话茬说：“大家不必有什么顾虑，‘右派’是劳动改造，我们是支援农业第一线的下放干部，虽说都是劳动，但目的有本质的不同。”

领队做了个手势，示意王队长继续讲。

王队长吸口烟继续说："对，有本质的不同，这个、这个……对了，再有就是……"他搜肠刮肚地思索着说："为扩大农场发展，正准备筹划建立畜牧队、机耕队、园艺队、养鸡场，已经向市农场局打了报告，到时候上庄的社员也划归农场，再从城里招一批社会青年。"王队长勾画完农场发展蓝图后，他见大家疲惫不堪，个个像霜打的茄子，便说："咱们是农四队，主要活茬是在大田，明天平整土地，今天就说到这儿，散会。"

风依然刮个不停，我躺在草铺上，微风裹挟着尘沙从门缝、窗扉中涌进，洒在地铺上，洒在脸上。无奈我用被子把头盖上，不一会儿就感到窒息难忍，于是又掀起被子，就这样折腾了一夜没睡，第二天起床用手一抹，忽想起领队的高见"今后有的是土……"

啊，土地，生于斯，养于斯的土地，几千年来勤劳勇敢的中国人民，为你奋斗，为你挣扎，为你牺牲。今天我们也要攀着你的脊梁播种、耕耘、锄耪……

平整土地自然是取高处之土垫到低处，虽说不是重活、累活，但却是最磨人性子的活计。一望无边的黄土地，当你站在其中，即使用画家的目光那样审视，也难发现凸凹之处，只有灌溉之时才能显现，低处水流成河，高处滴水不沾。农民祖祖辈辈在土地上耕耘，他们对土地的熟知如同对自己的手指，我们却无所作为。尽管我也生于农村，但因少年离家未曾回，虽知农活有耕、耩、锄、耪，但没真正做过，看来如今要补上这一课了。

要说下放干部干农活是外行，可我们这身打扮比农民还农民。农民身上有多少土，我们身上就有多少土。所不同的是，多数下放干部都有一块手表，这是唯一能证明下放干部身份的物证。衣服带补丁自不用说，腰上还扎一条草绳或废电线，谁能认出我们是干部，如今叫"干部（不）了"更为贴切。铲土抬土不一会儿个个汗流浃背，却丝毫不见劳动成效。离我们不远处是修渠的同志，开沟、挖掘、打夯，半天工夫平地上凸显出一条几米长，上宽下窄的倒梯形水渠。

王队长走来，他蹲视着检查我们平地的质量，指了指说："那儿，再抬两筐。"

我听到后立即和雷兄把土倒在王队长所指的地方，然后扒平。

"不错，就这么干，这儿准备种水稻，地一定要平，不然没法上水。歇歇吧。"

歇歇时，男同志方便还好办，只要背对上风，掏出来别吹到身上了事。女同志可就没那么方便了，她们要到较远的坡地，找个遮身的地方，脱下裤子，任凭寒风吹打。常言道"小孩的屁股，大人的脸"。说的是人体最耐寒的部位，这些从城里来的女同胞算是体会到了。

在地里干活歇歇，只能席地而卧，或倚在渠堤、矮坡的避风处，算是最佳的选择。

几天后农四队真的来了一批“右派”，居然有五位和我们同住，从他们的自我介绍得知，他们来自北京师范大学，有四位是中文系二、三年级的学生，一位年龄稍大些的是历史系老师。因众所周知的原因，在此不便说出他们的姓名。在和他们相处的日子里，好像他们没有那么“猖狂”，不管是迫于形势，还是真心要脱胎换骨，总之干活很卖力气。处熟了，彼此也无戒备，有时还和我讨论文学创作呢。后来其中一位湖南籍的学生和我成了朋友，他经过改造，再后来成了某大学教授，这是后话。

农场确实如王队长所说，在毛主席提出的“以粮为纲”和“水利是农业的命脉”以及“农业的基本出路在于农业机械化”的教导下，农场一年内果真扩大发展起来了，畜牧队、机耕队、园艺队、养鸡场应运而生，这些成就不说功劳，但也有我们下放干部辛勤劳动的汗水。附近生产队划归农场后，又从城里招来一批社会青年，壮大了农场队伍。

北京市体委（含国防体协）下放干部与农场新农工青年学生在拖拉机上合影，魏军后排右1

一年来我们平整土地、挖渠、积肥、播种、割麦、插秧、灌溉样样都干。因为土地平整，渠道通畅，浇灌冬小麦时，我只要改开一个渠口，渠水就缓缓流入麦田，没有跑水的担忧。春风吹拂，眺望如翻滚着细浪的海洋般的麦田，让人情不自禁地唱起了“蚕豆花儿香啊，麦苗儿鲜”。

麦田田垄很长，足有五十多米，为方便起见，我创造了“曲线浇灌法”，即渠口麦垄终点与下一个麦垄相连，视地形可连三个或四个不等。这样改一个渠口就可浇灌三四个麦垄，腾出些时间，可用来看书，这得益于平整土地，否则凸凹不平难能浇灌畅通，劳累不说，还有跑水和浇不上水的尴尬。

浇灌、施肥，麦苗由碧绿的海洋，转瞬变成一片金黄，麦浪滚滚，丰收在望。麦收时节到了，我被编入由几名社员、社会青年组成的青年突击队，我担任队长，分组比赛抢收割麦。麦收时节最忌下雨，一旦遇上连续的雨天，打下的粮食不能归仓，因潮湿就要生芽，那损失可就大了，所以人们把麦收叫作“龙口夺粮”，力争颗粒归仓。

队员们一听说比赛割麦，个个摩拳擦掌。社员队员凭借生长在农村的优势，更是口出狂言第一非他（她）们莫属。比赛无须裁判，谁抢先割麦到田垄地头，就是本次回合第一，麦收结束后，得第一多者，被评为“先进生产者”。俩人一组，按体力和熟练程度分组，成了比赛是否公平的标准，经商量根据队员身体情况采取分配与自愿相结合，每两人一组，共五组。我和一名女社员一组，她在前面带我，并负责打腰儿，我在后面打捆儿，她割麦不仅速度快，而且麦茬低，腰儿打得又快又结实，不一会儿就把我甩在后面十米远。她回头看我，见我大汗淋漓，力不从心地拼命割麦，已是上气不接下气，鼓励说：“别急，到头我接你。”虽说她要接我，我怎能甘心落后，只好咬牙坚持。头不抬汗不擦，全身仿佛雨淋后无一干燥之处，闷头往前赶。果然不一会儿她割到麦垄尽头，我也奋力追赶，快割到地头了，于是我俩共同把最后几个麦捆捆好。再看其他组，有的还差十几个麦捆才能到地头儿呢。我松了口气，这时我才感到腰折了似的酸疼难忍，仰面朝天，躺在地坡上把弯曲的腰抻直，十几分钟才喘过气来……

几天后“龙口夺粮”结束了，我和那个社员被评为先进生产者，特发奖状鼓励。

上庄生产队划归农场后改为园艺队，以种植蔬菜为主，兼果树栽培。这时打破了以机关为组的劳动模式，我们与当地社员和农场农工混编成小组，从原来住的大通草铺，搬到社员家住，真正做到了同吃、同住、同劳动。社员、农工、下放干部、青年学生、“右派”如同一家。我们组有卫生局一个李姓名叫发明的同志，他原是宣武医院一名放射员，喜欢美术，据说曾拜师娄师白，我称他为画家，他欣然受之，有时我写诗，他配画，便成为好友。我和雷兄也常谈诗论道，他还送我一本《莎士比亚十四行诗》呢。这期间我又购买和阅读了普希金、马雅可夫斯基、海涅、裴多菲、雪莱、拜伦、布莱格等诗人的诗作，以及有关诗歌创作的理论书籍。劳动中我以诗的形式记录了劳动心得，并汇集后装订成册，取名为《田野放歌》，闲暇之余孤芳自赏，倒也别有一番情趣。

园艺队请来一位姓高名琦的老师傅，瘦瘦的，蹲着插秧育苗膝盖超过肩膀，看得出是常年蹲着干活锻炼的结果，有50多岁，教授蔬菜种植和管理。后来又新分配来一位北京农业大学的女大学生，名叫史定潮，高高的个头，红润的脸颊透着农村姑娘的豪放，她是队长兼团支部书记。她对选种、育种、栽培、界苗、中耕、温室建筑和管理、果树嫁接等园艺技术，都以书本要求为准则，这些知识的简单接受使我们收到了良好效果。然，不同土壤和环境下有时并不能奏效，果树嫁接成活率很低就是一例。

不管怎样，这些经历不仅使我掌握了一些农业知识，还学会了驾驭牲口，在菜地里中耕是一项技术性很高的活计，一头毛驴拉着中耕器在菜垄中耕作，一般需要两人完成，一人扶犁，一人牵驴。人、畜漫步田垄，一不小心就有毁苗的危险。地要耕得深浅适度，耕深了会伤及菜秧根部，耕浅了起不到松土保墒作用。耕到地头儿人、畜转弯处，更能体现驾驭者的功夫，初学者转弯时很难让驴子准确进入田垄，常常践踏菜秧。我把两根缰绳分别系在驴的笼头两侧牵在手中，有效地控制毛驴在菜地走直线的方向，同时限制毛驴贪吃菜苗的不羁行为。毛驴在规定的田垄中耕作，就不会偏离方向，无须别人协助，一人完成两人的活计，节省了劳力，提高了效率，避免了毁苗之事。

园艺队一片郁郁葱葱，有黄瓜、西红柿、茄子、扁豆、柿子椒、韭菜，应有尽有，收获颇丰。只有生姜回报甚少，高师傅说："姜的产量本来极低，咱们的姜块个大、丰满，已经不错了。"大家面对自己的劳动成果，个个欢喜若狂。

歇歇时大家凑在一起有说有笑。上庄的社员不分男女，个个风趣幽默，说起话来土味颇浓，间或蹦出几句令人捧腹的歇后语，那时我就搜集了上百条歇后语，以作今后创作之用。什么老虎拉大车——谁敢（赶），什么光着屁股推磨——转着圈儿显眼儿，什么狗戴嚼嘴——胡勒（lei）。有关屎壳郎的歇后语就能说上十几条。农村文化生活贫乏，说到兴头上调皮的小伙子，间或蹦出几句荤口，不免逗大家一笑，大姑娘小媳妇笑着掩面而去，只有身经百战的大嫂嗔骂几声："挨千刀的，是谁脱了裤子——把你露出来了。"

小伙子得寸进尺："是你脱了裤子呗……"说着要动手。

"柱子！"队长大叔看不过去了："你小子别洗脸盆里扎猛子——不知深浅。"大叔又说："茅房里跳高——过分（粪）了。"小媳妇和柱子俩人都不吱声啦，不然还不知惹出什么尴尬呢。

修建温室我还学会了泥瓦工呢，砌砖、勾砖缝都不在话下。

史定潮在上庄园艺队做出了应有的贡献，使园艺队得到了发展。后来她当了海淀区区长，几年后有一次我去海淀区委办事拜访过她，她还念念不忘我驾驭毛驴的事呢。

## 第二节　脱了农装换工装

“大跃进”如火如荼，各条线在“鼓足干劲，力争上游，多快好省地建设社会主义”的号召下，为1070万吨钢而战，人人热情高涨，掀起了全民炼钢运动。据说，因全民炼钢之需，王府井大街便道上的红砖，都有人挖去做耐火材料修炼铁炉了。我和雷兄、画家调到沙河正在兴建的北京铁厂参加大炼钢铁，虽说是炼钢，实际新建铁厂的小型高炉只能炼铁。沙河是北京昌平区的一个小镇，镇旁有一条通往北京的公路，路南是商业和居民区，北边有一条铁路，这是拟在此建设铁厂的重要条件。铁路是运输焦炭、矿石等冶炼物资的大动脉。铁路一侧是一片玉米地，这是征用的公社农田修建高炉的场地。几天后从北京几个工厂调来几十名工人，又从羊坊招来一批公社社员，这些社员成了北京铁厂第一批全民所有制下农改工的工人，加上下放干部全厂已有一百多号人马。厂里有几栋临时工棚，权做工人宿舍，每个工棚能住二三十人不等，自然是通铺，这和西郊农场撂地通铺已有天壤之别，铺位是用木板搭成的。工人、社员、下放干部无一例外，每人一套用棉纺厂废棉絮织成的再生杂色工作服和柳条安全帽一顶，我们穿戴在身上倍感工人阶级的自豪。只有几名从别处工厂调来担任炉前工的老师傅，才能领到白色防高温工装。

铁厂

我、雷兄、画家和几名今天的工人，昨天的社员，一起挥锹、抡镐铲除正在吐着红缨已经孕育了果实的玉米，这玉米比西郊农场的长势还好，十分逗人喜爱，如若不是因建铁厂毁掉了，今年一定有个好收成，我的心久久不能平静。想到我曾亲手播种、拔苗、锄草培育过的玉米，尽管不是我亲手培育的那片，依然痛心疾首。这时我才感悟到农民对庄稼的依赖和珍惜。玉米地铲平了，我们把掰下的玉米，送到伙房，或蒸或煮，全体职工美美地吃了一顿。北京铁厂在一片庄稼地里落地生根，没有办公楼，没有车间，没有厂房，唯一的标志性建筑就是全厂职工齐心协力，经过数个昼夜的艰苦奋战，拔地而起一座一百多米的高炉。说是高炉，其实在钢铁冶炼史上，这样的炼铁炉实难忝列高炉行列。但是它毕竟是工人、公社社员和下放干部亲手建造的产物，自然令人欢欣鼓舞，又何况它将为炼成1070万吨钢的奋斗目标添斤加两。

北京铁厂的高炉终于建成了。铁厂昼夜长明，白天阳光明媚，夜晚堆积在厂地的煤炭经过高温馏化闪烁着火焰的光芒，融入几十盏聚光灯的灯光中，折射出奇异的光芒，把大地照个通红。萤火虫们含羞熄灭了灯笼飞走了，只有燕子、蜻蜓仿佛在白昼中那样依然莫名地在天空飞翔。

卷扬机、鼓风机、破碎机发出嗡嗡的响声，与运送矿石、煤炭的火车的汽笛声构成了永不停歇的劳动交响曲，这时我想起了布莱格的诗句——

> …………
> 从不间断的是大地的诗歌，
> 当鸟儿疲于炎热的太阳在树荫里沉默，
> 大地的诗歌永不间断……

我被分配到卷扬机组，雷兄在鼓风机组，画家在破碎机组，这三个组是直接参与炼铁的工种。雷兄的工作环境最为优越，坐在房间里给高炉送风、送水，记录和控制高炉温度。看似轻闲但责任重大，一旦停风停水，瞬间炉体温度会升到上千摄氏度，高炉就有爆炸的危险。

画家就不同了，他的工作环境最为艰苦，破碎机安放在露天矿石料场，开动起来发出刺耳的“咔嚓，咔嚓”的响声。他们须分秒必争地用手把几十斤重的矿石，放进如同鳄鱼张开的血盆大口似的破碎机里，任其咀嚼吞噬，那声音使人不寒而栗，然后再把破碎后的矿石、焦炭按比例运送到卷扬机的料斗里，才算完成一次送料的工序。周而复始，一个班下来累得筋疲力尽，站都站不起来了。

卷扬机房在靠高炉的一侧，如果说高炉有危险，首先威胁到卷扬机房。说是机房，其实只不过是有顶无墙的遮雨工棚。料斗装完料，我扳动卷扬机把手，把料送到百米的高炉顶上，看似简单但全凭眼疾手快，料斗驶到炉顶撞击在碰杆上，料斗门便自动打开（开始是人工开斗，费时费力，操作困难还有一定危险），将料倒进炉膛，然后降下料斗再准备装料，直到炉膛里达到所需之料的数量，我和破碎组的画家才能暂时喘口气。

检修工不停地穿梭在鼓风机、破碎机、卷扬机房前，随时准备对设备进行检修。

炉前工手持钢钎昼夜守候在高炉前，仿佛忠诚的卫士把坚守在不容侵犯的阵地。他们透过黑色观测镜，时刻观察高炉温度和炉膛内的化学冶炼反应，高炉出铁质量、数量取决于他们的经验和用钢钎打开出铁口的时间及精准度。出铁口前铺有厚厚的沙土，沙土上有铁锭凹槽，凹槽里书写了“北京铁厂”的字样，这是铁厂献给祖国的第一块铁锭。出铁那天全厂工人聚集到高炉前，敲锣打鼓庆祝。只见炉前工师傅把钢钎对准出铁口用力撞击几下，一条火红的长龙随着钢钎喷薄而出，火龙流入沙槽里，工人们鼓掌、欢呼、雀跃。待铁锭冷却后，我们把铸有“北京铁厂”字样的第一块铁锭，系上红绸准备向上级报喜。

几天后上级派来一名女技术员兼炉长，她叫高玉枝，曾是北京工业学校毕业生，从事冶炼多年。她平易近人，常和我们聊天。她说：“市工业局对北京铁厂很重视，马上要安排北京钢铁学院的毕业生来铁厂实习。”两天后果然北京钢铁学院实习生来了。学生们一面实习，一面给我们讲授冶炼知识。负责讲课的那位是钢院冶炼专业的应届毕业生，他叫吴志华，二十四五岁，戴一副象牙黄镜架的眼镜，南方人，他讲了高炉构造、冶炼工艺、焙烧、电解以及化学反应等。他说：“现在我讲讲什么是焦比，焦比就是高炉炼铁时所消耗的焦炭数量和出铁量之比。换句话说，炼一吨生铁需要多少焦炭。”

听着吴志华的讲课，昨天的社员今天的工人们个个呆若木鸡，不知所云。经过几次上课，我对冶炼有了初步了解，也可称得上半个工人了，这时我对铁厂产生了永久的感情，又何况下放不知何时是了。20世纪50年代，工人阶级享有崇高威望，人人都争当工人，我已经做好留在铁厂的思想准备，更何况那时人们个个都羡慕工人阶级呢。有了这种思想基础，我和雷兄、画家经厂领导批准，创办了一份由我负责的油印《北铁工人报》，将铁厂的好人好事，技术革新等先进事迹刊登在《北铁工人报》上，起到了教育工人爱厂如家的作用，为炼出1070万吨钢起到了推动作用，在厂里掀起了技术革新的高潮。我改进了卷扬机空负荷料斗下滑操作法，提高了工效，受到厂里和工人的好评。在此期间我利用三班倒和工休时间，写了一部反映“大跃进”，歌颂工人阶级的电影剧本《青年一代》。现在看来《青年一代》根本算不上是剧本，甚至都难入文学作品之列，自我欣赏而已，也算是文学情结吧……好在《北铁工人报》每期都有我的打油诗刊登，半年过后我调离铁厂，当工人的梦想破灭了，又回到了原单位。雷兄和那位可能未来成为画家的同志依然留在铁厂……

现在我写这些文字时，猛然想到社会对“知青”命运的呼唤，大有殷切关爱之势，对他们返城寄予百倍的无可厚非的关注，因此“知青”们多数都有了相应的归宿，由于这种关爱，有的成了国家栋梁之材。然，当年那些百万响应国家号召，支援农业第一线，开赴“大跃进”第一线的下放干部，有的却永远留在了下放劳动的农村和农场，他们的命运如何，没人问津，甚至今天的人们有的还不曾知道有过下放干部之事。因此，我后来创作了短篇小说《烛光》(原载《河北文学》1981年第5期，1981年第8期《作品与争鸣》刊发了两篇争鸣文章，1986年12月收入时代文艺出版社的《感情危机》一书)，第一次披露一个在作品中未曾出场的下放干部，为兴修水利献身，没能看到自己创作的《小说中的小说》发表，抱憾离开了人世。这些下放干部在国家最困难的时候，无怨无悔奉献了青春乃至生命，如今已被人们永远遗忘……

# 第三章　首都国庆游行指挥部

脱了军装换农装，脱了农装换工装，脱了工装换民装。“民”是真正意义上的人民——“以劳动群众为主体的社会基本成员”，《现代汉语词典》如是说。如此这般我变换了多少不同的身份啊?!

下放结束后，本与体育无缘的我，但因曾在国防体育协会担任航海教员的缘故，阴差阳错与体育二字沾上了关系，被分配到北京体育师范学院学习和工作，就这样我进入了体育大家族中，成了文化教育界中的一员。本应换上运动装的我，又因国防体育区别于一般体育，北京体育师范学院真正的运动服与我无缘，只能着民装做教辅工作。好在文体有不分家之说，今后的前途如何不得而知，或许……又是另一条人生之路呢，总之人生之路随遇而安，就这样我在朦胧中踏上了体育文化教育征途。

体育不仅是强身健魄，体育和其他行业一样，要为国家，为人民做出应有的贡献和体现政治担当。那时毛主席为体界的题词是“发展体育运动，增强人民体质”，目的是“锻炼身体，保卫祖国，建设祖国”。体育竞赛提倡友谊第一，比赛第二，反对锦标主义，但又不是不要锦标，这就是政治。

我到北京体育师范学院后，1961年至1965年连续五年参加了由北京市委组办的首都国庆游行指挥部工作。总指挥部办公室设在天安门午门前西厢房，总指挥是北京市市长彭真，总指挥部由副总指挥北京市委秘书长辛毅主持工作，下设仪仗队、首都民兵师、少先队、文艺大队、体育大队五个分指挥部。体育大队游行指挥部的工作，有服装道具管理、秘书、财务、队容设计、组织训练和游行指挥等。麻雀虽小，五脏俱全，工作人员只有五人，可见其工作效率之优。体育大队游行指挥部由北京体育师范学院党总支书记张瑜负总责，他为人厚道谦和，爱惜人才，曾在延安“部艺”学习工作过。我负责体育大队组织训练、指挥和队容设计，这又是一项从未接触过的工作。组织训练方面，我具备军人的基本素质，应该没有问题，但队容设计可就隔行如隔山了。要想完成任务，唯一的办法就是借调专业人员。国庆游行是一项政治任务，那个年代一封介绍信就能获得各级党委的支持，中央工艺美术学院成了我可依靠的重要专家资源。中央工艺美院师生借到游行指挥部工作与实习两不误，遇到问题我们共同磋商。队容设计离不开美术，我对美术一窍不通。头一年工作时我只能扮演借调人员的角色，之后我下决心学习，首先从学写美术字开始。我和中央工艺美院师生的接触，更激发了我对文艺的热爱，特别是副总指挥辛毅同志，他是电影《停战以后》的编剧，他的言行对我有着潜移默化的影响。

首都国庆游行组织训练，每年9月夜晚在天安门广场要进行三四次彩排。虽是彩排，队伍调动、组织联络不亚于国庆节正式游行，彩排当天下午3时就开始从四面八方调动队伍，这时体育大队指挥部也从东长安街体育场办公室，迁至东交民巷国际俱乐部。深夜彩排结束，各指挥部工作人员可到东华门“馄饨侯”享受一碗馄饨，两个芝麻烧饼的美餐，这便是全部的待遇。

体育大队仪仗队进入天安门广场

国庆节天安门广场，是花的海洋，广场上有数以万计的中学生参加组字，五彩缤纷的花坛上，呈现出庄严的国徽，国徽两侧是1949和本年的数字，庄严肃穆。与广场遥相呼应的是天安门主席台上八盏巨大的红灯，在迎风飘扬的红旗辉映下，光彩夺目，令人神往……为感知游行队伍通过天安门时的真实效果，国庆游行预演前，我们不止一次站在天安门城楼上观看广场布置效果。1964年国庆节前，我给体育彩车排练时，忽想起抗美援朝志愿军汽车驾驶员，冒着敌人炮火，穿过敌人封锁线，给前方战士运送物资的情景——驾驶员巧妙地躲过敌机的扫射，使敌机误撞山巅而机毁人亡……结合体育彩车排练，我写了首诗歌《相会在天安门前——给一位战友》，如今他驾驶着满载运动健儿的解放牌汽车，接受党和毛主席的检阅。这首诗发表在《体育报》上。

首都国庆游行除各条战线的十几万群众游行的队伍外，就是经过半年左右专门训练的五个分指挥部游行队伍，体育大队游行队伍前导队举着毛主席“发展体育运动，增强人民体质”题词标语。参加体育大队游行的近万人，徒步方队有哑铃队、游泳队、射击队、登山队等，还有彩车、标语和与体育有关的模型，体育大队根据每年国内形势队容时有变化或更新，给人以全新的感觉。参加体育大队游行的人员，除部分专业运动员外，都是由大、中学校学生担任，如出现射击队方阵，还要请解放军参加，在短时间内要完成队列整齐划一，特别是有体育技巧表演的方队，着实不是件容易的事。我每天除了骑摩托车到各校检查训练外，彩车、标语设计定稿后，还要到天安门午门前工地检查施工情况，马不停蹄，虽苦犹荣。

指挥游行和队伍调动、疏散，看似轻松简单，其实不然。有一年国防体育航空运动方阵，队伍中有一架高级滑翔机，两翼宽几乎与长安街马路相同，为避免行进中影响其他游行队伍进入天安门广场，只能把滑翔机调至建国门外游行队

首都国庆游行体育大队女子游泳方阵走进天安门广场

伍最后待命。当体育大队开始向天安门广场东标语塔移动时，滑翔机应立即穿越群众游行队伍，补位到航空方阵队伍位置，但因滑翔机庞大超宽，无法前进。长安街待命进入天安门广场的游行队伍，人山人海，颇有针插不进的架势。好在我佩戴指挥工作证，驾驶两轮摩托车从人群中穿插，前往建国门调动趴窝的滑翔机入列，无人阻拦，有惊无险，终于按时把滑翔机调到指定位置，体育大队前导队按时进入整齐线。我和张瑜分别站在长安街两侧整齐线旁，等待运动员入场，当《运动员进行曲》奏响后，我俩同时挥动指挥旗下达进入广场口令，体育大队前导队正步向天安门广场迈进。体育大队从入场，到队尾通过西标语塔整齐线共10分钟。为了这10分钟，我们付出了150多天的日夜辛劳。国庆节游行当天，体育大队通过天安门广场西标语塔时，这时西单电报大楼响起《东方红》的乐曲声，标志着游行结束。来我国参加观礼的外国国家元首和嘉宾，对国庆游行队伍整齐划一，有条不紊，分秒不差，还有组织工作的严谨，个个称赞不已，"OK，只有中国人才能做到"。这时我骑摩托车急驰到月坛公园，等待疏散到来的游行队伍，至此一年一度的首都国庆游行圆满完成。

要说参加国庆游行最辛苦，又默默无闻的是谁，不是各方阵游行的参加者，也不是游行队伍的组织者，而是那些隐藏在彩车内推车的学生。彩车用三合板封闭后，里面密不透风，为保证彩车安全、准时通过天安门广场，一旦汽车发生故障和熄火，他们要保持游行队伍行进速度，把车推过天安门广场。车内一片漆黑，五、六个人钻到一辆车里，猴子般地或坐或趴在木架上。汽车排出没有燃烧完全的黑色气体，喷在身上，洒在脸上，他们从车里爬出来时个个烟熏火燎，完全没了人样，他们无法目睹国庆游行的欢乐，但个个洋溢着幸福与自豪的笑容，这就是那个时代的人的乐观精神……

国庆节每次游行队伍疏散结束后，我回到家里第一件事便是睡觉，这一觉要睡到10月2号下午五点，吃过晚饭接着睡，好迎接第二天上班。

1964年《东方红》大型歌舞在人民大会堂每次彩排，游行指挥部的同志们都有幸观摩学习，这是辛毅同志特意安排的。大型歌舞《东方红》参演人员多，合唱演员站在舞台两侧，舞台背景打破传统舞美设计，第一次采用幻灯，造型逼真，变换快捷，克服了幕起幕落的麻烦，使人眼花缭乱。场景转换时，有一次环顾四周才发现五个指挥部的同志们，均散坐成一个五米左右的圆圈，中心处竟是敬爱的周总理，这是我第一次近距离和周总理同看演出，心中自然也明白了游行指挥部同志们这次观看演出还肩负着保卫的责任呢。

国庆节过后我写了《体育彩车》一文，在《体育报》上发表。文章阐述了首都国庆游行自有体育大队参加以来，体育彩车的制作、创新、发展历史，给全国

国防体育无线电方队向天安门广场进军

各省庆祝国庆节游行制作彩车提供了借鉴。因此，是年体育大队指挥部的同志，应邀参加了天津市国庆节游行预演的观礼彩排。

# 第四章　体坛久旱逢甘雨

“文化大革命”以来，体育竞赛沉寂太久太久。我国体育比赛和国际体育交流，自第26届世界乒乓球锦标赛在北京工人体育馆举办，我国乒乓球获得团体冠军后，基本为零。体育事业发展受到的影响是不言而喻的。

## 第一节　小小银球传四海

1973年8月在北京举办亚非拉乒乓球友好邀请赛，举国上下一片欢腾，参加筹备工作的同志，都是有组织大型活动经验的同志。我和张瑜又一次搭档，参加在首都体育馆举办的邀请赛大型活动部开闭幕式和团体操“银球传友谊”的筹备工作。首都体育馆坐落在海淀区白石桥，与北京展览馆毗邻，是当时北京最大、设备最全的室内体育馆。体育馆宏伟、壮观，馆内米黄色的地板在灯光折射下，泛着一片片迷人的光芒。举办这次亚非拉乒乓球友好邀请赛，是“文化大革命”以来我国首次举办的国际体育盛会。邀请赛有80多个国家和地区参加，盛况空前，令人鼓舞。为方便工作，大型活动部全体工作人员，入驻与首都体育馆一路之隔的西苑大旅社。西苑大旅社，是举行大型会议之所在，客房舒适、伙食优越，这里有多年没见到的富强粉馒头供应，令人垂涎欲滴。大型活动部部长是北京市委军代表刘丰同志。团体操“银球传友谊”由参加过第二届全运会团体操编导的同志负责，张瑜挂帅。我是开闭幕式编导之一，具体负责开闭幕式仪队、会徽、引导员方阵组织训练。会徽持花方队和引导员均由女中学生组成。持旗方阵由中国人民解放军仪

邀请赛开幕式节目单

仗营组成。持花方阵和引导员服装、发型都要精心设计，经过多次研究确定后，我带持花队员和引导员到四联理发馆按设计好的发型理发，然后又请大北照相馆师傅，为女学生从不同角度前后左右每人拍了四张，备送中央“文化大革命”领导小组审查批准。“文化大革命”时期，国民大多着军装或灰、蓝中山装，邀请赛因属外事活动，国家十分重视。经有上级有关部门批准，大型活动部的同志可从国家体委仓库领取灰色毛凡尔丁中山装出国服一套，用毕归还。我们穿上这套出国服装，走在大街上博得众多羡慕的目光。

邀请赛开幕后，乒乓球比赛正式开始。

闭幕式要展示出中国人民对亚非拉人民的热情和友谊，决定创编一台以欢送舞为主的文体表演。文艺表演节目确定后，我去到北京什刹海业余体校，找武术

亚非拉乒乓球友好邀请赛开幕式仪仗队入场排练

亚非拉乒乓球友好邀请赛开幕式仪仗队入场

团体操“银球传友谊”火棒操表演

教练吴彬彬（后改名吴彬）、李俊峰，商量选拔参加武术表演的几名队员，其他队员确定后，经过多次研究，最后才决定同意李连杰参加表演。

方案确定后，我随即联系空政文工团、海政文工团、煤矿文工团和中央民族学院。刘丰令我写《欢送舞》歌词，盛情难却，我写后经中央民族学院音乐老师修改谱曲。闭幕式主题曲是由八一电影制片厂李伟才作曲、原北京军区空军文工团朱仁玉配器。录音那天，中央人民广播电台王健民把我和朱仁玉带到电台录音棚监听，乐队、录音师准备就绪后开始录音，我和朱仁玉坐在二楼监听室，注视着楼下录音棚的乐队，音乐起后，指挥喊道：“停！大镲往前走一米。对，就在那个位置，试一遍。”指挥棒举起，音乐起，“停！大鼓声太脆，把鼓槌包一包”。王健民立刻拿包鼓的布片去了。包好后，指挥说：“各位注意，再试一次……”就这样翻来覆去，从上午八点到晚上九点，折腾了整整一天，才把几分钟的音乐录完，中间休息时乐队吃了些自带的干粮，我和朱仁玉整整一天滴水未进。回到西苑旅社，甭说吃富强粉馒头，连窝头也没见到。

我说：“录音这么麻烦?！”

朱仁玉习以为常地说：“这是常有的事。”

一切就绪后如有空闲时间，我忙里偷闲还要到场地拍照。亚非拉乒乓球友好邀请赛闭幕后，我写了一篇《亚非拉人民友谊的颂歌——记团体操〈银球传友谊〉》，发表在《体育报》上。

## 第二节　红旗猎猎遍地歌

《红旗颂》团体操

亚非拉乒乓球友好邀请赛结束后，以张瑜为首的大型活动部参加创编团体操《银球传友谊》和开闭幕式的同志们，移住北京工人体育场19看台办公，筹备“中华人民共和国第三届运动会”团体操的创编。按国家体委体操司指示，这次编操再从全国部分高等体育院校抽调几名体操教师参加。因此，参加编操的除参加过一、二届全运会的北京体育学院和北京几所中学的体育老师外，还有上海、武汉、西安、成都、长春等体育院校体操教师和在京的作曲家、美术家等专业人员。人员落实后，团体操办公室宣告正式成立，于是将团体操《红旗颂》拟定的初步方案，报请国家体委审批。

一天，中共中央委员、国家体委主任庄则栋来到工人体育场，听取团体操办公室创编《红旗颂》的工作汇报。他随身挎一军用挎包，这是当年最时髦的。他落座后掏出一盒“中华牌”香烟，他向我点了点头，在首都体育馆我给引导员排练时，他看过我们的几次训练，算是有一面之交，他扔给我一支，这是我第二次享用上等香烟。第一次是在亚非拉乒乓球友好邀请赛，在人民大会堂设宴招待各国代表团时，我曾受用过大会堂特供“熊猫牌”香烟。庄则栋听完汇报，指示修改后，团体操办公室便抓紧投入创编工作。至此我到背景组参加《红旗颂》背景设计、训练指挥工作。

第三届全运会，自1973年8月亚非拉乒乓球友好邀请赛结束后，转入北京工人体育场，至1975年9月从组建第三届全运会团体操办公室，到正式闭幕历时两年。两年来我们按《红旗颂》脚本内容到胜利油田、大寨、红旗渠、首钢厂、迁安矿等参观、采风，获取宝贵资料充实创作。我们每到一处，都得到当地领导热情接待和支持，绝无扯皮、推诿之事，这就是那个年代人人顾全大局的责任担当与高尚品格。

1973年暮秋时节，团体操办公室创编人员一行29人，从胜利油田参观、采风后，翌日吃过早饭，乘大轿车拟再去新港参观，晨雾朦胧，路面湿漉漉的，路两侧白杨树把高出地面约一米的路基夹在其中，更显其道路狭窄、陡峭。一辆超大型平板拖车在我们车前缓缓行驶，我们因赶时间，司机几次试图超车无果，大约又过了半小时，前面有一岔路口，拖车转向后才让路于我们。前面路畅通，司机加大油门。我坐在前面右侧车门旁说："张师傅，不急，路滑。"

张师傅答非所问："整整压了半小时……"显然张师傅要赶时间。汽车在高高的公路上行驶，把路旁的白杨一一甩在后面，前面路面曲折，张师傅不停地转动方向盘，汽车失去了控制，左右摇摆撞断了一棵杯口粗的白杨，我紧握扶手，脚蹬挡板，眼看窗外从我身旁闪过一棵碗口粗的树杆，我一闭眼："小心……"话未了，汽车撞在树上，杨树无损，汽车受到阻力一头扎到路基下菜地水沟里。郑律成坐在汽车最后面的通道处，没有扶手可倚，"登、登、登……"惯性把他推到司机身上，若不是司机阻挡了他，说不定会冲出车窗呢，那后果是可想而知的。汽车一头扎在水沟里，宛如鸭子捉鱼，所幸无人受伤。

郑律成

大家破窗从车里爬出站在潮湿的公路上，个个惊魂未定，郑律成处事不惊，不知从何处拿来一个打火机，悠哉游哉地用打火机从油管裂缝处接油呢，大家见状这才缓解了呆若木鸡的窘态，仿佛什么也没发生似的。

汽车搁浅在水沟里，参观新港告吹。张瑜和我还有大宋同志留下处理，其他同志只好乘火车回北京了。

郑律成出生在朝鲜，1933年来中国参加革命，1937年到延安，1950年正式加入中国国籍。他的作品《延安颂》《延水谣》等在战争年代激励着人们"向前，向前……"从胜利走向胜利，一直唱到今天，经久不衰。"向前，向前，向前——我们的队伍向太阳……”这是《中国人民解放军进行曲》后定为《中国人民解放军军歌》，这首歌唱响军营，唱响学校，唱响全中国……郑律成成了大名鼎鼎的军歌之父。他的作品进行曲居多，激昂奋进、铿锵有力。我怎能想象他却有闲情逸致，悠哉游哉地坐在河边钓鱼的兴趣呢。有一次他让我陪他到通县（现北京市通州区）的一个路边河沟钓鱼，我原以为这是不错的消遣，就随他去了，没想到甩下鱼钩后，鱼在水漂处游来游去，我们左等右等鱼就是不上钩。我看到一条鱼又向鱼钩处游去，真想跳到河里去抓。郑律成见我心急，怕惊跑了鱼说：“别急，就要上钩了。”没想到这钓鱼如此折磨人，忙了几个小时，也没钓到几条鱼，从此我再不钓鱼了。

我们创编第三届全运会团体操《红旗颂》同时，原总政治部因筹备第三届全军运动会也住进工人体育场，并请我们帮助创编团体操，军运会团体操创编完成后，取名为《我们的队伍向太阳》。这是我与郑律成“向前，向前……”的不解之缘。1976年12月7日郑律成离开了我们。然，他那“脚踏着祖国大地，背负着民族希望”的旋律，一直鼓励着我们“向前，向前，向前……”。

全运会期间我撰文以脚本形式详细介绍了团体操《红旗颂》，并配东木、赵士英、张仲康、周令钊、毛文彪、李永平等画家速写发表在《新体育》杂志上。

第三届全运会团体操《红旗颂》由两万三千多名（含一万名背景表演人员）男女青少年、运动员和解放军战士表演，共八场（四十二节）。

第一场：《火红的战旗》

第1节：纵情欢呼毛主席革命路线伟大胜利。

红旗颂

东　木　速写

第二场:《大庆精神放光芒》

第1节：石油滚滚波浪翻，大庆工人无冬天。

第2节：横跨千山万岭险，成昆天堑变通途。

第3节：独立自主创新路，自力更生绘新图。

第4节：钢花四溅铁水流，奋发图强攀高峰。

赵士英　速写

张仲康　速写

第三场:《大寨红花遍地开》

第1节：钢肩铁手改山河，大干大变换新天。

第2节：秧苗似锦绿油油，社员心里喜洋洋。

第3节：大寨精神放光彩，人换思想地换装。

第4节：流水放歌传四方，荒坡野岭披春裳。

第5节：麦浪滚滚万里香，年年丰收广积粮。

第6节：载歌载舞庆丰收，社社队队好风光。

周令钊　速写

第四场:《提高警惕，保卫祖国》

第1节：人不犯我，我不犯人，人若犯我，我必犯人。

第2节：刀光闪闪，杀声震天；人民战士，赫赫军威。

第3节：军民联防，如铁似钢；敢来犯者，自取灭亡。

第4节：提高警惕，保卫祖国，加强防御，准备打仗。

毛文彪　速写

第五场:《文艺新花春满园》

第1节：毛主席《讲话》指航向。

第2节：红梅怒放报春来。

第3节：革命文艺放异彩。

第4节：万紫千红百花开。

第5节：繁花似锦歌如海。

第6节：高歌新人新时代。

毛文彪　速写

第六场：《一代新人在成长》

第1节：“以学为主，兼学别样。能文能武，又红又专。”

第2节：雨露滋润幼苗壮，一代新人在成长。

第3节：坚持农村干革命，广阔天地炼红心。

毛文彪　速写

第4节：走“五七”指示大道，为革命献出青春。
第5节：胸怀革命大目标，赤脚红心为人民。
第6节：高举红旗永向前，誓做革命接班人。

毛文彪　速写

第七场:《为革命锻炼身体》
第1节：少年强，意志昂，锻炼身体为革命，毛主席培育我成长。
第2节：“友谊——团结”。
第3节：叠罗汉——“攀高峰”。
第4节：技巧表演。
第5节：集体武术——长拳。
第6节：三人对打棍。

李永平　速写

赵士英　速写

第八场：《团结战斗，胜利前进》

第1节：大海航行靠舵手，乘风破浪向前方；热血似火，斗志如钢，革命红旗迎风扬。

第2节：马克思主义、列宁主义、毛泽东思想万岁！

第3节：我们的队伍浩浩荡荡，我们的团结坚强如钢，各民族人民并肩携手，行进在社会主义的大道上。

赵士英　速写

总结亚非拉乒乓球友好邀请赛团体操《银球传友谊》成功经验，对照第一、二届全运会团体操之得失，第三届全运会做了突破性的革新。一万多人的体操表演，用鲜明的主题，明快的节奏，铿锵有力、多变的队形，健美的动作，绚丽的画面，书写出祖国一片大好河山，吸引了广大工农兵观众。随着体育事业的发展，团体操表现的主题越来越广泛。单纯的体操动作和技巧造型，不能深刻表达团体操的思想内容。为学习背景设计，团体操以体育和文艺结缘，发挥健身强体和艺术欣赏的双重作用，背景烘托是不可或缺的。

第三届团体操《红旗颂》背景画面绚丽多彩，翻动快捷，出画精准，令人目不暇接，一万多人翻动背景本，不同内容上百幅的背景画面，组成一幅巨大的画卷，仿佛一个人操作一般。为使画面完整干净，不仅加大了背景本的尺寸，表演人员的头部，全部遮挡在背景本后面，通过背景本上的视线孔，观察背景指挥，增加了背景表演的难度，但取得了良好效果。最难能可贵是那些活动画面，更令

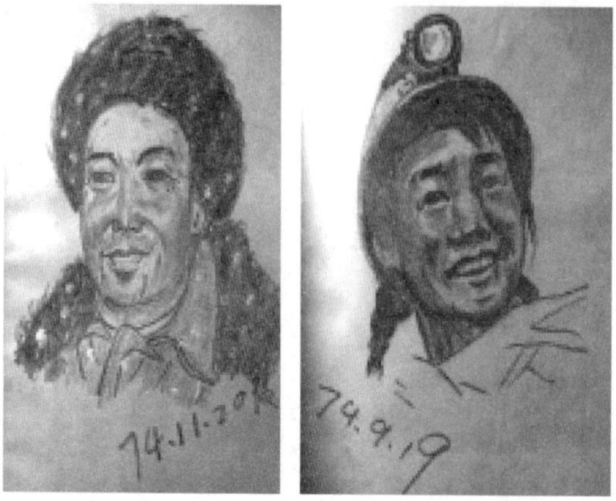


人物素描练习稿

人眼花缭乱——滚滚奔腾的红旗渠水，从背景台上流入场地麦田，麦苗拔节成长……高炉钢花飞溅，五彩斑斓……炮弹出膛，敌人闻风丧胆……毛主席挥手，敢教日月换新天……所有这些活动画面，是背景表演前所未有的，不仅便于演示场地体操队形变换，更重要的是使观众加深对团体操内涵的理解，起到了一石二鸟的作用。背景改革是一项新的尝试，是一项艰辛的工作。第三届全运会团体操《红旗颂》背景表演台，设在工人体育场西面观众看台上，与东面主席台上的背景表演指挥台遥相呼应。为参与背景设计，灯下我苦练人物素描百余幅（如图）。背景制作先画出背景草图，再将其放大成供制作施工用的画稿，它是画面放大到背景本的依据。画面的规格根据背景台面积大小，按比例缩小。北京工人体育场的背景台上的画面，相当于放大画稿40倍，放大稿绘制前，要确定表演人员坐标，坐标的数目和背景本数量、表演人数相同。背景本是背景表演的主要道具，为确保背景表演无误，领袖画像可单独制作，便于操作，

背景组全体同志在颐和园排云殿前合影

左起：徐培文、毛文彪、周令钊、魏军、张仲康、龚克明、李永平、刘洛平

避免出错。

背景表演是全体表演者共同努力完成的，某一背景本画面在该背景本上可能就是一种颜色，根本无画面感，只有万人按同一号码同时翻动，才能呈现恢宏的画面。背景本大小是根据背景台踏步（台阶）的高矮和表演人员座次疏密而定。踏步高，背景本就高。座次间距就大，背景本就宽。空白背景本按照背景台上的座次排编号，和背景本所要表现的画面内容，依次编写在背景本的封面上，与背景本在背景台上的位置相对应。

开幕式背景指挥
左起：龚克明、魏军、徐培文

背景本中的每一页都要贴上标签，和表演对照表相统一，是背景表演人员翻动画页的依据，对照表上的号码就是表演的画幅，与指挥用的号码一致。表演人员根据指挥号码、信号查找标签号进行翻合，这样在表演时才不致发生错误。

开幕式团体操《红旗颂》背景现场表演指挥
右起：魏军、徐培文、龚克明

《新体育》杂志

背景表现的内容更具有强烈的时代感和政治倾向。背景反复修改和审查是非常必要的，第一次审查那天，北京工人体育场，人头攒动，市民们都想先睹为快。第一次背景画面合拢，谁也不知道会出现什么情况，只好派卫兵在所有看台入场口处严加把守。背景表演由三个区的中学生完成。背景指挥台设在体育场主席台上。从指挥台观看，背景台左边为崇文区（现北京市东城区），中间朝阳区，右边东城区，在老师带领下，同学们入座后我说："开始吧。"龚克明发令，徐培文举起指挥旗，我翻开画面号码，指挥旗落下，背景台上出现的画面令人咂舌，一顶解放军的帽子，本应该在背景台中心朝阳区位置，却跑到左边了，立即停止，合拢背景本，进行全面检查，原来朝阳区的背景本，误发到崇文区了，如果是正式表演，甭说出现画面错误，就迟翻一本，也是不可饶恕的，其后果不言而喻。作为经验教训和以后借鉴，我写了《团体操背景浅谈》和《红旗颂——第三届全运会大型团体操纪实》分别发表在《体育报》和《新体育》杂志，受到体育爱好者好评。

# 第五章　走进《人民电影》

《大众电影》杂志

《大众电影》于1950年6月创刊，封面设计池宁，字体为美术字，创刊号一面世就受到读者喜爱，一时洛阳纸贵，买不到刊物的读者纷纷来信或找上门来要求购买，为满足读者要求，编辑部再版加印，体现大众电影为大众的精神。1963年《大众电影》刊名由郭沫若题写，字体为繁体。1966年6月《大众电影》出完第6期（总第306期）后停刊。1976年3月由人民文学出版社出版的《人民电影》创刊，1978年底终刊，共出刊32期。1979年1月《大众电影》复刊，跻身发行百万册大刊之列。在第三届百花奖举行的第二年，其发行量高达960万册。时任中国影协副主席的袁文殊在复刊词中说：“笼罩在我国电影园地上空的乌云已经消散，春光明媚的季节已经到来，在文艺这块园地里耕耘的人们正需要起早贪黑，进入春耕大忙时候。”

《人民电影》杂志

1976年《人民电影》创刊后，顾工听说编辑部正在招兵买马，随向主编贾霁、副主编方杰同志推荐我到《人民电影》杂志社工作。贾霁是延安抗大、鲁艺文学系一期学员，八路军山东省纵队鲁迅宣传大队戏剧教员，是电影《宋景诗》的编剧。方杰是顾工新四军时的战友。二人在文艺界颇有声誉。

一天下着蒙蒙细雨，有一位打着雨伞的同志，走进北京师范学院体育系的大门，正好我在门口等人，那人走到我面前："向你打听一下，魏军同志在哪儿？"

我说："我就是。你是……"

那人忙说："我叫王明智，是《人民电影》杂志社的编辑，顾工同志介绍你到我们杂志社工作……"

我按捺住心中的激动，心想终于等来踏进文艺界大门的一天，忙说："到办公室谈吧。"

"不用了。"说着他掏出一封信，"这是借调信，你随时可去编辑部报到。"寒暄几句后他就告辞走了。

遗憾的是我还没来得及问去编辑部的具体工作，心想反正是和电影有关，这不正是我梦寐以求的吗。

"文化大革命"十年，那时全国人事调动尚未解冻，如有需要，只能借调，一切关系均在原单位，虽说免去了转关系的麻烦，但仍有临时之感。《人民电影》杂志社设在北京东四八条52号，这里是各种文艺杂志聚集的地方，除《人民电影》杂志外，还有《人民文学》《人民舞蹈》《人民戏剧》《人民音乐》和部分文艺单位，真乃人才济济。《人民电影》杂志组织归属中央电影局，业务归人民文学出版社负责，每期稿件要送人民文学出版社审批。当时我在编务组，那个不是组长，却又自行组长权力的"行家"以十分不信任的态度，分配我画影片片孔和处理读者、观众来信。正值北京上映南斯拉夫电影《瓦尔特保卫萨拉热窝》和《桥》，一票难求，十年来我国文艺界除有一个作家、一位诗人和八台样板戏外，可观看的电影几乎都送进仓库了。"瓦尔特"的出现令人欣喜若狂，编辑部每天都收到大量观众来信。阅信、回信，这本来是十分枯燥的工作却变得令人欣慰、有趣，不同的观众提出很多想象不到的问题，如果对电影缺乏起码常识、电影艺术手法处理，以及对"老瓦"的反法西斯精神的行为准则缺乏理解，还真难以回答。《瓦尔特保卫萨拉热窝》中，吉斯和德国兵在军用列车车顶上厮打，吉斯因体力不支，被德兵压在身下命悬一线，恰逢列车驶进涵洞之际，那位弯着腰掐住吉斯喉咙的德国兵的头颅重重撞在洞壁上身亡……"猫头鹰"把游击队押解到一座废墟前，准备屠杀，突然他调转枪口，打死了德国兵，游击队全部获救，"猫头鹰"随即向游击队报到，这是《桥》中的一组镜头。《瓦尔特保卫萨拉热窝》运用艺术创作的巧合手法和《桥》中的突发事件巧妙处理，没有暗示，没有铺垫，剧情峰回路转，人物命运化险为夷，绝处逢生，令人叹服，这本不是与读者、观众探讨的内容，来信但凡问及电影专业问题，就我掌握的电影知识，都一一做了回答，对普及电影欣赏水平，提高自我对电影艺术的认知都有帮助，从枯燥的处理读者、观众来信中找到了乐趣。

1977年大地回春，春风吹拂祖国大地，各条战线一派欣欣向荣。春风吹到电影界，打开了封闭的仓库大门，拂去片盒上布满的尘埃，久违的影片终于又要和观众见面了。那时电影局组织《人民电影》编辑部同志，轮流到小西天中国电影资料馆审片，看了那些过去为观众喜闻乐见的影片就要重见天日，不亚于对“老瓦”敬佩的激动。我们每观看一部影片，同志们都异口同声说：“放！”于是这部影片就能重和观众见面了，多么神圣的工作啊。

尽管我在《人民电影》杂志社工作时间较短，却使我受益匪浅，不仅提高了我对文艺创作的认识，同时又结识了很多著名作家、艺术家和文艺界的朋友。虽然这只是我人生中短暂一瞬，不啻对我今后文学创作产生了影响，而且拓宽了文学创作生活积累，也是文学创作必经之路。我的文学人生之路就是从点滴感悟积累开始，锲而不舍，最终积微成著。今天写几句老生常谈的赘语，作为献给业余文学青年朋友的一份薄礼。

# 第六章　走向新的征程

“文化大革命”结束后，祖国各行各业百废待兴。1978年中央某部拟调我到科研所，从事电化教育工作。因说从北京市级单位上调中央单位，需报国务院审批，为避免一报一批多次申报的麻烦，需等拟调入干部达到所需人数时，一次性上报审批。这时有朋友告诉我公安部群众出版社恢复工作，可考虑去公安部群众出版社，“政治条件和业务能力你都符合要求，你如同意我帮你联系”。几天后北京师范学院人事组织处，通知我公安部调令已到，我拿着在北京市委组织部换过的组织介绍信，到公安部报到，接待我的领导同志一上来便问：“你做过公安、保卫工作吗？”

我说：“没有。”

“这就好了。”我不知何意，一头雾水。

领导又说：“你没有从事过公安、保卫工作，在群众出版社做编辑工作，也要熟悉公安业务。中央政法干校刚刚恢复，正需要干部开展工作，你去政法干校吧，一边工作一边学习公安、保卫有关业务知识。”

我本来是到群众出版社做编辑工作的，没想到离开北京师范学院，又进中央政法干校。这时我才明白领导说的“这就好了”的含义。

领导见我没说话，不等我回答便说：“就这么办吧，组织关系直接交中央政法干校吧。”

军人出身的我，虽说脱了军装，依然习惯性地无条件服从组织安排，至此我的一切关系就直接交到了中央政法干校……

## 第一节　我的笔穿上了警服

中央政法干部学校，位于北京市西城区木樨地，门前有一条小河，院内有几幢楼房和一个大礼堂，算是高大建筑了，另有十来幢排列整齐而敦实的平房，据说这原是盖楼房的基座，不知何故放弃了楼房建筑。平房与平房中间是一块空地，算是操场。操场旁有白薯地和几棵核桃树，收获时由教职工共享。更值得欣慰的是，政法干校礼堂每周都放映电影，这是当时电影还没放开公演时最令人羡慕的。

中央政法干部学校，名曰学校，实际是公安部直属的专门培训政法干部的地方，培训班每期半年，全年两期，校长是老红军赵国威。“文化大革命”前校长是彭真，每期结业据说毛主席都出席结业典礼，国家对政法干校的重视可见一斑。干校下设公安局局长班、检察院检察长班、法院院长班、保卫干部班、西藏班。对外称一、二、三、四、五部。西藏班是小学毕业后来政法干校视情况学习几年后回到西藏的干部，有的可任县公安局长。别看政法干校规模小，这里不仅培养了大批公检法优秀干部，也曾是中国人民警官大学的发源地。20世纪70年代末，中央政法干校恢复时，北京公安专科学校在这里成立，后改名为国际政治学院，后随着学院规模扩大和发展，更名为中国人民警官大学，学校师生戴着彭真同志题写的校徽，校名牌匾挂在了北京大兴团河。

我到中央政法干校报到后，先分配到一部公安局长班，胡之光（后为公安部副部长）是一部主任兼总支书记，我是组织委员、教学秘书、生活秘书、公安局长班主任，总之公安局长班的事，除正式授课外我全管。胡之光调侃说：“这样安排，意在使你全面了解公安保卫工作……”我一笑了之。那时公检法恢复工作后，公安干警还没正式着装，装备也十分落后，警服谁出现场谁穿，用毕交回，武器是国外早就淘汰的旧货。难怪在讨论公安工作如何适应形势发展需要时，有同志发牢骚说：“德国枪，美国炮，两套警服天天要。”

中央政法干校实行准军事化管理，学员入学报到时，我看到一个身穿警服的人到水房打了两壶水，我问：“为何打这么多水？”

“给局长洗脚。”

“哪个单位的局长，叫什么名字？”我厉声问。

他回答了。

我说：“这里没有局长，只有学员。”

这是我以班主任的名义，第一次行使权力。

在中央政法干校，我跟班上课，参加学员讨论，开生活会，对基层公安局长生活、工作有了初步了解，在同志们的帮助下，我很快熟悉和掌握了公安、保卫工作组织、领导和公安业务的基础知识。政法干校恢复后的第一期学员结业，在群众出版社多次催促下，我在政法干校的学习和工作宣告结束。

回到群众出版社后，我接受了编辑《肃反电影文学剧本选》《肃反剧作选》

《肃反小说选》的任务，作为向1979年新中国成立三十周年献礼。为编好这三部选集，我阅读了三十年来，我国发表、出版的所有能找到的有关肃反、反特题材的文艺作品，从中选出不同革命历史时期的优秀文艺作品集结出版，工作量之大可想而知。随着反映十年“文化大革命”时期文艺作品的出现，以及《刑法》《刑事诉讼法》的颁布，我大开眼界。我以为这类题材的文艺作品，涉及的领域之广，是任何其他题材不可比拟的。我结合过去阅读过的公案小说，“文化大革命”前的肃反、反特小说，和苏联的惊险小说，日本的推理小说，西方以英、美为代表的侦探小说等文学作品比照，拓宽了思路，我以为这些文学概念，并不能准确地反映出法律与犯罪文学特点，这使我产生了创造新的文学概念的想法，为创造新的文学理论做准备。

公安部群众出版社成立于1956年，“文化大革命”时期停业十年，粉碎“四人帮”后才得以恢复。当时，尽管出版社已有二十多年的历史，由于“文化大革命”前群众出版社与社会接触的局限，人们对它的性质知之甚少。我刚到出版社时，曾收到过作者寄来的《怎样打毛衣》《简易沙发制作》等稿件。我曾向老同志请教：“何以叫群众出版社？”一说：源于“公安工作群众路线”一词。二说：曾几何时，20世纪50年代初，北京东单属于华北军区管辖的大华电影院旁，有一“群众书店”，原是公安部秘密侦查点，为宣传书店图书计，曾办一份《群众书讯》油印小报。1956年公安部成立出版社，故沿用“群众”名。可见作者寄这些生活类稿件，说明对群众出版社性质多有误解，看来群众并不了解“群众”之真正含义。从此我与法律与犯罪文学结下了不解之缘，我的笔穿上了警服。

群众出版社成立二十五周年全体工作人员在劳动人民文化宫合影

## 第二节　放飞“啄木鸟”

十年动乱后，百废待兴的祖国，挣脱了思想的羁绊，我国文艺事业也迎来了文艺百花争艳、创作繁荣的春天。

“文化大革命”前，全国只有上海一家大型文学期刊——《收获》。而今，各省、直辖市人民出版社，几乎都创办了大型文学期刊。江苏的《钟山》、广东的《花城》、浙江的《江南》、河北的《长城》、江西的《百花洲》、河南的《奔流》，以及人民文学出版社的《当代》、北京出版社的《十月》……如雨后春笋，破土而出，令人耳目一新。我想如果群众出版社也有一个文艺刊物，不仅能架起与社会沟通的桥梁，还能联系更多作家，从而扩大出版社的影响并开拓稿源。面对文艺百花园繁荣景象，大有跃跃欲试之感，于是我向总编辑于浩成建议说：“咱们也办个文艺刊物吧，至少会受到几十万公安干警的欢迎。”

有同志附和说：“何止几十万公安干警，各行各业的读者，都会喜欢。”于是同志们七嘴八舌地议论开了。经过一番讨论后，对办文艺期刊基本达成共识。用什么刊名呢，一时难以确定。有人说叫“前卫”，有人提议叫“前哨”，也有人说叫“明镜”，不一而足……尽管讨论十分热烈，最后仍无结果。总编辑说：“刊名十分重要，今天不忙于决定，大家可以继续想。”他指了指我说：“办刊物的事由魏军同志筹办，在创刊前，你还以编辑图书为主，特别是要编好向国庆30周年献礼的三个选集，抽空考虑一下刊物的栏目，也可着手组稿。”

我想只能利用晚上时间考虑刊物的创编工作。

几天来我苦思冥想，猛然想到有个叫《布谷鸟》的杂志曾向我约过稿，心中一亮，何不叫《啄木鸟》呢？第二天我把这个想法告诉了总编辑和文艺编辑室的同志，并说：“此名寓护林除害、做森林卫士之意。”同志们听了我的介绍，总编辑第一个表示赞同：“真是踏破铁鞋无觅处，得来全不费工夫。此名不仅具有公安、保卫工作特点，而且寓意深广。”

文艺刊物《啄木鸟》

刊名确定后，大家最关心的是由谁题写刊名。我想起我在《人民电影》编辑部工作时，曾和人民

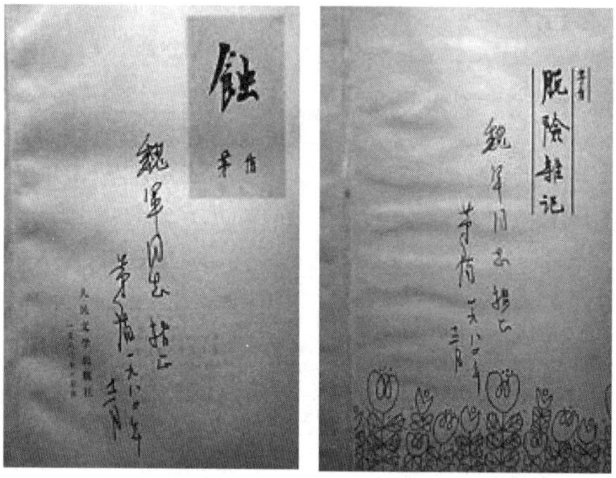

茅公赠书

文学出版社的陈小曼同志有过工作上的联系，便把想通过小曼同志，请茅盾题写刊名的想法告诉了大家。同志们听了，一阵狂喜过后，又担心茅公无暇顾及，个个面露难色。我拨通了电话，真巧，接电话的正是小曼。经过一番寒暄后，我把请茅公为《啄木鸟》题写刊名的事说了。小曼说：“这几天他正患感冒，过几天再说吧。”听了这样的答复，大家很是失望……

两天后，午饭前下班时，小曼打来电话，她告诉我，“刊名茅公已经写好了，下午可以来取”。我因心急，竟忘了茅公午休的习惯，下午两点多提前来到北京市东城区后圆恩寺13号茅公家中。

这是一座典型的北京四合院，时至严冬季节，院内树木、花草已经凋败，显得有些冷清。

小曼把我让进客厅后告诉我：“他还没起床呢，你先在客厅坐一会儿。”

我说：“没关系，你去忙吧。”待她退出客厅后，我才因打扰茅公午休，心中油然感到愧疚和不安。

过了一会儿，小曼拿着两本书和一个信封走进客厅。她打开信封取出茅公的题字说：“他感冒还没好，字也没写好，所以多写了几个字，叫你们选用。”

我不知说什么好，连连说：“没关系，没关系。”

小曼又说：“这是他送给你的两本书，你收下吧。”我受宠若惊，一时竟忘了说声“谢谢”。

我接过书一看，一本是《脱险杂记》，另一本是《蚀》。我高兴地翻开封面，只见两本书的扉页上分别写着：“魏军同志指正。茅盾，一九八〇年十二月。”一代文学巨匠对我这个小小编辑、业余作者，如此谦逊和平易，实感承受不起。我想，这不正是茅公对我最大的鞭策和鼓励吗。

小曼说：“他病还没好，今天就不见你了。他说有时间叫你常来玩儿。”

“谢谢。”我说：“我来得匆忙，忘记把题字的稿酬带来，回头我再送来。”

小曼忙说：“他题字从来不收报酬，你千万别送来，免得我再给你往回寄。”

小曼又说："刊物出版后，送他本样书就行了。"

我一时语塞。

创刊初期的《啄木鸟》因当时以图书形式不定期出版，不受印张、出版时间限制。因此，《啄木鸟》栏目繁多：回忆录、报告文学、小说、诗歌、散文、评论、电影剧本、文艺随笔、港台见闻等应有尽有，每期约三十万字，我一人利用业余时间组稿，编辑工作量之大可见一斑。通过《啄木鸟》出版、发行，为群众出版社联系了一大批著名作家，白刃、顾工、沈默君、公刘、从维熙、刘心武、张志民、严寄州、邵燕祥、理由等纷纷为本刊、本社撰稿，从此群众出版社为社会和广大读者所熟悉，终于从公安部深宅大院走到了群众之中，扩大了影响。第一期《啄木鸟》发表了白刃同志《微山湖的浊浪——罗荣桓同志处理湖西"肃托"的故事》，和寸草同志的《爱之乎，害之乎？——访"两熊"的班主任》，在社会上引起极大反响，不少读者纷纷来信询问当时"肃托"的情况。

后来，我又去过茅公家几次。那时他正写回忆录，身体状况不太好，记忆力也有些减退。虽说对20世纪30年代的事记忆犹新，但对眼前的事，有时却有些淡漠。因此，我每次登门拜访，小曼同志就提醒说："魏军同志看你来了。"在小曼的提示下，茅公很快记住了我的名字。他的面孔依然有些消瘦，两眼炯炯有神，给人以慈祥、亲切的感觉。每次见面，茅公总是笑着和我握手。

1980年12月，我编辑《啄木鸟》时，由江苏《钟山》杂志社发起并承办，在镇江召开了全国大型文学期刊编辑工作座谈会。参加会议的除各省（市）大型文学期刊代表外，还有中宣部等有关部门负责同志。

我和群众出版社副总编辑刘林春代表《啄木鸟》参加了座谈会。与会者面对

全国大型文学期刊座谈会全体人员合影

粉碎“四人帮”后的文艺复兴、创作繁荣的一片大好形势，对办好文学期刊个个充满信心。会议围绕当前文艺创作和如何办好文学期刊进行了讨论，最后通过了每年召开一次大型文学期刊编辑工作会议的决议。为了便于沟通和交流工作经验，并决定创办一份反映大型文学期刊编辑工作的《文学期刊消息报》。年会和办报两项工作，由各大型期刊轮流承办。会议决定第二次年会和《文学期刊消息报》由广东《花城》负责承办，每家大型文学期刊抽一名编辑参与编辑、出版、发行等工作。因我代表《啄木鸟》参加了座谈会，这项工作自然就落在我的肩上了。遗憾的是《文学期刊消息报》仅出了两期，便停刊了，大型文学期刊编辑工作年会也寿终正寝。

1984年7月群众出版社文艺编辑室和《啄木鸟》编辑部，邀请近百名作家、编辑，在烟台召开了为时近一个月的笔会。参加人数之多，时间之长，是空前的。从此《啄木鸟》在社会上越飞越高，深受广大读者、作者欢迎。后经文化部出版局（即现在的新闻出版总署）批准，《啄木鸟》以十六开本改刊出版。改刊后的《啄木鸟》第一期刊载了关于“追捕二王”的文章，在社会上引起轰动，发行超过百万册。

我业余编辑《啄木鸟》三期后，正式成立了《啄木鸟》编辑部，从此啄木鸟和我告别，依然翱翔蓝天，我继续在文艺编辑室编辑文艺图书，减轻了工作压力，终于有暇考虑创作了。

# 第七章　我与《文学报》

紧跟时代脉搏，为贯彻落实中央搞活期刊编辑、出版工作，当时根据国家鼓励允许以书号形式与出版社联合出刊之精神，由我创办并主编，北京法制文学研究会与黄河文艺出版社出版的《侦破小说选刊》和与文化部（现中华人民共和国文化和旅游部）文化艺术出版社出版的《世界奇案佳作》丛刊，受到了广大读者欢迎。《侦破小说选刊》发行超过百万册，《世界奇案佳作》丛刊，发行二十万册。两刊一炮打响后，正研究准备改进编辑、发行等工作时，中央又下达了文件：停止使用图书书号出刊。计划不如变化，于是遵照中央指示精神宣告停刊。

一天，峻青同志专程从上海来京说有事面商。峻青下榻北京饭店，他不仅是著名作家，还是一名画家。20世纪50年代他创作的《黎明的河边》就深受读者欢迎。我放下电话来到北京饭店，峻青见我如约到来，便放下画笔对我说："我找你是为商量创办《文学报》的事。苏联有个《文学报》很受作家和读者欢迎，我们为什么不办一份《文学报》呢？"

《侦破小说选刊》和《世界奇案佳作》

我听后很是高兴。

峻青又说："报社设在上海，由我负责。北京准备设一个编辑部，你负责。北京老作家多，我想在北京召开一个老作家和文艺界老领导座谈会，征求他们对办报的意见，你看怎样？"

我说："可以。"

峻青又说："北京你熟悉，这些工作主要由你负责。"

之后，我一边抓紧落实在文化部开会的会议室，一边发函邀请在京的老作家

文学報

LITERATURE PRESS

创刊30周年

特刊

中国作家协会主席铁凝在本报创刊三十周年之际寄语

风雨阳光三十年

欢迎《文学报》的创刊

茅盾

关于《文学报》创刊的报道

和文艺界的老领导。

开会那天，正值公安部一年一度元旦、春节期间由部长赵苍璧带队参加“爱民月”活动。第一天，这天上午在北京车站有我一班岗，当时公安部还没统一着装，头一天下午带队的同志，临时从仓库领来几十套蓝色棉警服发给我们。第二天天没亮，我们穿上警服就上岗了，有的在候车室，有的在站台上，我被分配在中央大厅二楼电梯出入口处。这里东西两边为候车室，对着电梯出口处，是通往各进站口的检票处，准备进站上车的旅客来往如织，熙熙攘攘。我站在电梯出口处，只见传送带上有一个黑色旅行包，已经传送到电梯出口，我担心旅行包被卡住，便弯腰去提，这时另一只手也伸向旅行包，我们几乎同时抬起头来，那旅客惊诧地说：“你，怎么这身打扮……”

一见是熟人我说：“我在执勤。”又问：“快过年了你还出差?！”

“我去参加一个笔会。”他拎起旅行包，迟疑了一会儿开玩笑说：“警察同志，去西安在哪儿检票啊？”

我不知怎样回答，遂说：“自己去找……！”

他边走边说“聋子的耳朵——”说完向我挥了挥手：“再见！”

我举起右手说：“再——见。”脑海中思忖着他那戏谑的话语，手久久停在空中，注视着他消失在人流中的背影。我感到我的动作，颇有几分陈喜向曲曼丽告别时的滑稽。

这时，从候车室旁走来一位身着铁路员工制服的女同志，年纪二十多岁，皮肤白皙，她站在我身旁问：“是熟人？”

我点了点头。

“他怎么叫你‘聋子的耳朵’？”

我放下手说：“一个同行，他说我站在这儿没用。”

她笑了。她打量了我的着装后问：“他也是警察？”

“不，他是个编辑。”

“编辑?！”她惊诧地说：“我喜欢编辑——这个职业。”

我想，她也许是个业余文学爱好者，或者也和我一样做过当编辑的梦。因值勤没法和她多交谈，我只好说："你能站在我身边，替我……"

她明白了我的意图，爽快地说："行，行。"她又看了看我的着装后说："我以为你是车站派出所的，编辑怎么还穿警服呢？"

"我是公安部群众出版社的，今天是来车站参加'爱民月'活动的。"

"噢！"

大厅里不时有人询问火车开车时刻，有人问在哪儿检票……尽管她身着铁路员工制服站在我身边，向她询问的人却寥寥无几，或许见她年轻。旅客们似乎对我这身警服，更加信任，不断向我走来。旅客每次向我发问，她总是抢先替我回答，免却了我许多尴尬。

中午我下岗了，我从二楼走到一楼后，回头望时，她还站在电梯出口处，向我招手呢，我也向她招手。我的手依然停留在空中，耳边还萦绕着"我喜欢编辑——这个职业"，她那清脆的声音。

下岗后，我来不及吃午饭，便匆匆来到文化部，这时才发现我还穿着警服，以为这身打扮，参加老作家座谈会，不甚得体，遂向文化部的朋友借便装换上，这才径直向二楼会议室走去，布置会场去了。

下午两点，座谈会准时召开，参加会议的老作家除因病和出差不在北京的外，有八十多人。座谈会上，峻青同志首先宣讲了创办《文学报》的宗旨，并征求与会者的意见。会场气氛非常热烈，臧克家、刘白羽等几位老作家争先发言，大家一致认为，办一份全国性的《文学报》是非常必要的。会后又收到丁玲、林默涵等同志寄来的文稿，表示支持和祝贺。之后我采访了老作家冰心，冰心和她的老伴吴文藻教授热情接待了我。

峻青见这么多老作家、老领导如此热情支持，更增强了办好《文学报》的信心。当我建议请茅公题写报名时，峻青高兴地当即表示赞同，于是我带他登门拜访了茅公，茅公在身体欠佳的情况下接待了我们，峻青把办《文学报》的宗旨和意向，向茅公一一做了汇报，茅公听后很是高兴，当即答应为《文学报》题名。临别时，我把事先准备好的备忘录卡片，塞到茅公中山装上衣口袋里，对小曼说："请你提醒茅公，放在口袋里了，别忘了。"

小曼笑了笑。

几天后，《文学报》题名写好了，茅公还写了一篇短文，把办报的意义、宗旨阐述得十分精辟、透彻，可见茅公对未来《文学报》的厚爱和期望。

我对峻青说："将茅公这篇短文手书制版，作为发刊词在第一期试刊号上发表。"峻青表示赞同。《文学报》正式创刊后，后来不知何故，《文学报》负责人峻青离去，北京设编辑部事也就无从提及了，《文学报》只能作为上海地方性报纸存在了。倘若茅公在天有知，也会感到遗憾吧！为缅怀茅公和激励后人，我曾先后在湖南的《金叶时报》和《中华读书报》撰文，提及茅公为《啄木鸟》和《文学报》题写报、刊名事，没想到竟遭到署名"过来人"的来信反驳。一曰：从未有人说过《文学报》在北京设编辑部的事。二曰：《文学报》乃是面向全国发行的报纸，怎么说是地方性报纸呢？有知情者读了"过来人"文章，曾向我建议撰文批评"过来人"的无知。我笑笑说："北京设编辑部事，峻青有没有必要向'过来人'讲，不得而知，那是峻青的事，似乎没有讨论的必要。至于《文学报》是不是地方性报纸，不是以发行范围决定的。有的地方报刊，通过国际图书贸易总公司向国内外发行，依然改变不了其地方报刊性质，能说它是世界报刊吗？这是常识性问题。这种无稽之谈，有必要争论吗？'过来人'认为有必要澄清事实，他竟连真实姓名都不透露，此人又有多少诚意讨论问题呢？这种争论毫无意义。"

2004年9月《啄木鸟》编辑部给我转来一封上海的信件，信封上写着"《啄木鸟》编辑部魏军同志收"。下面注有："该同志可能退休，请急转他本人，谢谢。"我因工作调动，几经周折这封信终于转到我手中。我打开一看，里面有一张9月2日出版的《文学报》，上面有一篇《文化将军的文学情怀——陈沂同志两周年祭》，署名陆行良、黎焕颐。文章详尽介绍了陈沂同志关心支持创办《文学报》的一些情况。其中有一段文字对创办《文学报》时，我所付出的劳动给予了肯定。最使我感动的是，陆行良同志写的那封信——

魏军同志：

你好！

我原是《文学报》编辑，现已退休，是峻青同志多年好友。《文学报》创刊时你曾给以（予）大力支持，峻青曾多次提起你的这一功绩，你在《中华读书报》上的回忆文字，当我读后极为高兴，后来"过来人"反驳你，真是可笑之极。

这期报由我写了篇回忆文字，其中提及你，这是峻青读到初稿时特意嘱我加上的，现寄上此报，请指正。

我和峻青等待你来信联系，我的住址见信封。

陆行良

2004年9月5日

我读后感慨万千。

每当我捧着《啄木鸟》这本杂志和《文学报》时，总是目不转睛地凝视着，凝视着封面上圆润、遒劲的题字——“啄木鸟”“文学报”几个大字。这是茅公晚年给我们留下的墨宝。茅公离开我们三十多年了，然，他的音容笑貌，却一直萦绕在我的眼前……

我写这篇文字，绝无邀功之意，意在通过这一回忆，唤起人们，特别是《啄木鸟》《文学报》广大读者，对茅公的崇敬和缅怀之情。

三十多年过去了，值得庆幸的是，由茅公题写报名的《文学报》还在出版、发行，筑起了作家与读者之间沟通的桥梁。茅公哺育下的《啄木鸟》，依然在文山艺林中，发出“笃，笃，笃”辛勤劳作的声响，回荡在我们耳边，把茅公的精神传遍祖国大地，传到读者心中……

# 第八章　创办公安部警官教育出版社

前面提到20世纪80年代初，全国各省（市）人民出版社争办大型文学期刊事，为促进、繁荣我国社会主义文艺创作，做出了一定贡献。之后又掀起了高等院校争办出版社的热潮。众所周知，“文化大革命”前，我国拥有出版社的只有中国人民大学一家，连北京大学、清华大学都不曾有。全国高等院校近2000余所，不可能全部批办。如若申办出版社，可见竞争之激烈。中国人民警官大学建校不久，倘若申报成立出版社，其难度可想而知。筹办校出版社这样的任务，实乃明知不可为而为之……

中国人民警官大学成立后，一直想成立出版社，因种种原因没能如愿。1986年9月李子明校长拟调我到中国人民警官大学筹办出版社事宜。当时我家住在昌平区西三旗公安部宿舍，警官大学地处大兴团河，南北两个远郊区，中间隔一个偌大的北京城，我对调到警官大学工作不免有些犯难。面对李子明校长的信任，又难以婉拒。事也凑巧，我调到警官大学后，正准备筹划申报审批出版社事宜时，恰逢国家整顿期刊和打击非法出版物，不仅停止审批出版社，还要从现有报刊、出版社总数中酌减，这时如要想审批出版社，几乎是不可能的。又何况国家早有规定，一部委原则上一报一刊一社，公安部已有群众出版社和中国人民公安大学出版社两社。友人批评我说：“你去办出版社简直是天方夜谭。”我面临骑虎难下的尴尬局面。为让我全身心投入创办出版社任务，警官大学又没安排我其他工作，只能背水一战了。大学办出版社，首先要经过国家教委（现中华人民共和国教育部）审批同意后，才能送到新闻出版局（现国家新闻出版署）报名审批，如同体育比赛，首先取得参赛资格，才能参赛。要求之严，手续之繁琐，令人咂舌。

遵照有关规定，我首先把国家教委和新闻出版局审批出版社的各项要求、手续、程序摸清，另一方面建议学校按办社要求，落实印刷厂，办公场所，经费和人员编制等，为解冻后审批做好各种准备。为此，我每天骑自行车从西三旗往返公安部、国家教委和新闻出版局之间，有时还要从木樨地搭班车到大兴团河开会、汇报工作，这期间全靠两条腿和两个自行车轮子。为了少跑路，一些复印材料和必要的办公用品支出，宁愿自己垫付，也懒得跑到大兴团河复印和领取。一来怕跑远路，去警大一趟要耽搁一天时间，二来怕领导问何时才能审批。老实说我真有些心中无数，愧对领导信任，有些后悔不该接受这个至少现在办不成的任务。筹备办社期间竟磨破了两副自行车车胎，体重也由一百一十五斤下降到九十多斤。由于精神上的压力，失眠长达两年之久。

整顿报刊社后，恢复审批办社是相当慎重而严格的。一般说来，可批可不批的，不批。而公安部已有两所出版社，要想再批一所，谈何容易。经过一年多的历练和苦口婆心游说，国家教委条件装备司终于同意给警官大学向新闻出版局报名了。取得了“参赛”资格，万里长征只是刚刚开始，新闻出版局同意“参赛”与否和能否审批成立出版社仍未可知。这时我每周至少要去新闻出版局两三次，自然是大讲特讲警官大学专业的特殊性、保密性、不可替代性、成立出版社的必要性……直讲得图书司的领导和同志们耳朵里起了茧子，后来我再去图书司，干脆没话可说了。

有一天图书司的同志正忙着装订召开全国新闻出版工作会议的文件，无暇顾及我的到来。

我见此便说：“如果不保密，我可帮忙，干这个我内行。我在部队当保密员时，经常装订文件。”

有一同志接过话茬，半开玩笑地说：“你是公安部的，对你不保密。”我得到允许就干了起来，装订完文件已快到中午下班时间，我起身要走，那个开玩笑的同志说：“今天你干什么来了？怎么也不问问你申请报批出版社的事儿？”

我说：“这还用问吗？你知道我为什么到这儿来！”说完我就走了。或许是被我的执着精神所感动，或许是对我所说警官大学专业特殊和成立出版社的必要性的认可，在图书司副司长潘国彦同志的理解和鼎力相助下，经过多次艰苦协商，经出版局领导认真研究讨论，总之申报成立公安部“警官教育出版社”被批准了。之后，学校党委任命我为社长兼总编辑。为便于领导，批准出版社成立直属校党委党支部，我为支部书记。我得知同年批准的不过六七所出版社，这其中竟有两所还是联合办社，如某省五所高校批准办一个联合出版社，北京有两所高校批准办一个联合出版社。公安部已有两所出版社，警官大学又批准成立了一个出版社，这本是令人高兴的事，可我却高兴不起来，因为这两年，耗尽了我所有的精力，我已无兴奋的气力了。这期间我除出版了一部《法制文学与创作》理论著作（1992年获全国通俗文艺研究优秀作品“理论佳作奖”）外，几乎放弃了全部创作。可喜的是这部专著出版后，引起社会极大关注，有公安、政法院校还作为文

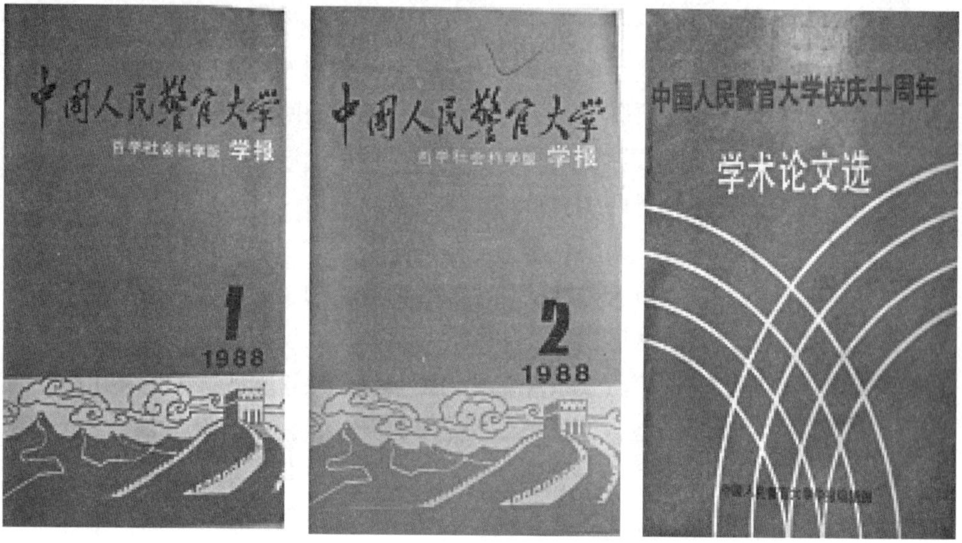

《中国人民警官大学学报》及相关科研成果

警官教育出版社出版的《中国人民警察简史》

科教材。1986年《关于中国社会主义法制文学》论文，作为科研成果收入中国人民警官大学科研成果名册，并在《中国人民警官大学学报》刊发。

更值得开心的是，我在创办“警官教育出版社”期间，没花过警官大学一分钱，没报销过一分车马费。在我调离警官教育出版社时，我感到自慰、踏实和心安理得。遗憾的是，我呕心沥血创办的“警官教育出版社”，十年后因中国人民公安大学和中国人民警官大学合并，而沿用中国人民公安大学出版社名称，“警官教育出版社”退出了历史舞台。

令人啼笑皆非的是，我调离警官大学，任中共中国文联纪律检查委员会委员长专职秘书工作后，收到中国文联党委转来中国人民警官大学党委的一封信。

信上说：

我校原出版社社长魏军同志已调到贵单位，他走前还有一些遗留问题未了结，如《中国人民警察简史》和《除六害实用法规手册》两书的泄密问

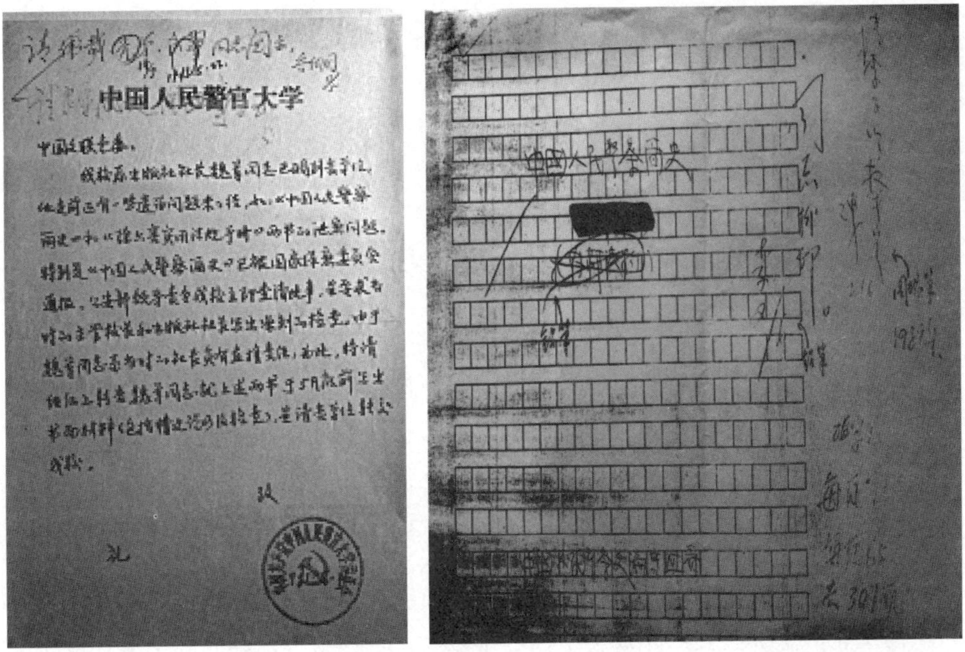


中国人民警官大学送来的信件

题。特别是《中国人民警察简史》已被国家保密委员会通报。公安部领导责令我校立即查清此事，并要求当时的主管校长和出版社社长写出深刻检查。由于魏军系当时的社长负有直接责任，为此，特请组织转告魏军同志，就上述两书于五月底前写出书面材料（包括情况说明及检查），并请贵单位转交我校。

《中国人民警察简史》一书，早在我还没调到中国人民警官大学前，就经校党委批准成立了编写组并编撰成书稿拟印刷。从上述校领导签署的意见看，右侧能看清的是两位领导批示："请李子明校长定。陈（陈树林副校长）。""同意排印。李（李子明校长）"。看来我调到警官大学前，此书稿已确定由校印刷厂排版印刷，系非正式出版。出版社成立后，我遵校领导意图，按正式出版物冠以书号出版，故《中国人民警察简史》"内部读物（被铅笔划掉）"扉页批件，我根本没见到过，故没有我的签字。只是中国文联党委收到警官大学党委来信后，在追究我泄密问题时，中国人民警官大学有知情者把此批示复印件寄给了我，才真相大白，证明此事与我无关。因此我的所谓"泄密案"不了了之。（注：按国家保密法有关规定，该书涉及内容也已超过保密年限。）

# 第九章　勉为其难　为作家写序评

创作与作品欣赏有密不可分的关系，写评论是用文字记录的欣赏者对作品的评价，因此写序言和评论是件很艰难的事情。正确的评论和序言，应该客观地、恰如其分地对作品作出正确评价，这就要求不仅要谙熟作品的得失，而且对作家的创作思想、作品风格和流派都应了如指掌，还要实事求是地对作品作出公正的评价，这需要评论者有很深厚的理论素养和高屋建瓴的文学创作功底，想要达到如此程度，不是件容易的事情。

序言我以为有两种，除符合上述要求的评价外，也可以写些与作者的情感交流，这是我不擅长写序言的最好的理由。写这种序言要比写纯评论文字容易些，因我不才，有朋友错爱嘱我写《序》，勉为其难，常以后一种不以为序代之，现选几篇供列位看官一哂。

## 第一节　无形战线上的“鲜花、乐器和酒杯”（代序）

顾工侦破小说《泪光》

我不知道为人作序需要怎样的资格。但我知道，大凡能为人作序者，绝非等闲之辈，不论是学识、身份，乃至地位。由此，作序成了十分神圣的事。作序难，为名人作序就更难，这已成为人们的共识。我自知不才，虽偶有朋友错爱嘱我作序，实不敢轻易落笔。顾工侦破小说《泪光》出版，嘱我作序，着实使我心慌。细想起来，三十多年的挚友何以令我如此踌躇。但他既不像戏谑又不像调侃地说：“你是法制文学研究会会长，法制文学理论创始人，对这方面的作品最有发言权。”一时间我被他将了军，竟无言以对。他接着说：“不妨叙叙家常，谈谈友情……随便些，洒脱些。”他的话打开了我的思路，受到他送我《鲜花、乐器和酒杯》诗集的启发，也就信笔拈来，以假充真，聊以为序。

我终于大胆地亲吻他在战场上拾来的炮弹壳和在炮弹壳里插着的娇艳的鲜花；弹奏着弹壳制成的乐器，捧着弹壳雕成的酒杯，体悟着诗的韵味，诗的芬芳……

粉碎“四人帮”后，我调到公安部群众出版社当文艺编辑，因为工作关系我接触的不再是鲜花、乐器和酒杯，更多的是正义与邪恶的拼搏、美与丑的较量。这期间几乎与诗无缘。可喜的是我和顾工依然保存着那份真挚的友谊和真诚的情感。1981年12月，北京文艺学会在全国政协礼堂召开了首届中国社会主义法制文学（简称中国法制文学）学术讨论会，会上我宣读了《关于中国社会主义法制文学》的长篇论文，引起与会者关注。顾工作为部队作家应邀参加了学术讨论会。由此，他是最早认识和接触法制文学的作家之一。尽管他曾在硝烟初散的堑壕里、在宿营时铺开的草垛上，为疲惫不堪的战友讲述过福尔摩斯、霍桑探案、侠盗鲁平的故事，但那时他还没有创作中国法制文学作品的思绪。

顾工创作题材一向十分广泛，祖国各条战线上的人物都是他的描写对象。诗歌、散文、小说、戏剧都是他展示才华的平台。他为广大读者谱写过一曲曲赞歌，描绘过一幅幅画卷，为什么不写一写战斗在无形战线上的公安战士、侦破英豪？让他们枪口上插上鲜花，用手铐奏起乐曲，在胜利中捧起酒杯。诗是人民群众创造的，诗理应奉献给大众，包括战斗在无形战线上的尖兵。我暗自坚信：诗人的笔总有一天也会拨开斗争的风云和迷雾，投向魑魅魍魉的罪犯和敌人。

1980年的一天，我又去顾工家造访。顾工给我讲了一个霸王龙的故事，他娓娓道来，把每一个人物、每一个细节都讲得惟妙惟肖，引人入胜。如果按照他的口述记录下来，不需要太多的加工、润色，已是一篇很好的作品。我觉得很新奇，于是建议他写成侦破题材小说。

顾工思忖着说：“我没这方面的生活，你是法制文学理论创始人，有关公安、法律、政策等专业知识，你可为我把关。”

我戏谑地笑了笑说：“共同切磋，共同切磋……”

1981年我编辑出版了顾工的第一部侦破题材小说《霸王龙的末日》。这部作品虽充满刀光剑影和神秘色彩，但仍闪烁着诗的绚丽，散发着诗的芳香。

从此，顾工创作侦破小说就一发不可收拾。这便是《泪光》出版时顾工让我作序的原因吧?!

一九九六年五月八日于北京

拙文收入本书作了删改

## 第二节　让晚霞升得更高，更高……

近年来描写爱情的文学作品屡见不鲜，但是真正能够拨动人们心弦、奏出美妙乐曲的却不多见，然而读了顾工同志的《树梢上悬挂起晚霞》（以下简称《晚霞》），却使人激动不已。

爱情这个文学创作的永恒主题，是不是只有单纯描写男女间卿卿我我，含情脉脉？还是赋予它更强烈的生命，更深刻的主题？这是《晚霞》向人们提出的一个十分值得深思的问题。这篇小说是通过作者对生活的撷取、探索表现在爱情角落里的活动的人物，对生活的热爱，对未来的憧憬，对情操的歌颂，对道德的肯定……从而唤起对祖国热爱的激情和信念，这就是《晚霞》作者，向人们揭示的这样一个深刻主题的匠心所在。写爱情不单纯写感情的真挚，写感情也不单纯写“多少送别，多少离愁”，而从更多的方面刻画人物的复杂心理和性格，从而塑造出感人的艺术形象，应该说《晚霞》的主人公就因为具有这种复杂性格而成为艺术典型。它是通过一对已婚男女青年（当他们第二次邂逅时，已人到中年）的相爱而完成的。画家甘莱的妻子，尽管也有着和女工程师于姣同样美丽的外表，但这个在甘莱看来只能称之为小姐的“华沙美人鱼”，却一味地把珍藏的儒家名画，“不断地偷偷拿去变卖，变卖，然后化为高跟鞋、快巴裙、威士忌、迪斯科舞……”最后，“她和她的几个男朋友旅游去了……”这无疑是对爱情的亵渎、对感情的践踏。作者针砭了华莎的轻浮，对甘莱的不幸寄予了同情。甘莱爱生活，爱大自然，“他对今天的一切生命、生物，都抱有浓烈的好感和美感”。所以他离开了旧石器时代的拉斯科壁画，背着写生夹，走向生活，走向矿井，描绘矿山的美景，雕塑矿工们美的肌体。当甘莱听到女工程师于姣向他叙说，她离开继父，草率和聋哑同学成婚的不平遭遇时，自然伸出了怜爱之手，因为他也坠入无法控制自己命运的痛苦和烦恼之中。这浓重的悲剧性的色彩，再一次勾勒出人物性格的复杂性和对典型环境的揭示，他们之间爱的萌生，就在情理之中了。

生活在社会主义时代，恪守社会主义道德规范，是起码的做人准则。对于只有婚姻而无爱情的于姣来说，她的性格就更为复杂，她的境遇令人同情。说是“凤凰落到鸡窝里”也好，说是“鲜花插在牛粪上”也好，由于同情怜悯的驱使，才和从小一起长大的同学结合的，纵然这种结合是不幸的，但她对他是忠贞的，忠诚的，不仅出于感恩，出于同情，也出于她能坚定地恪守社会主义道德规范。因此，当“他的手刚刚触到她的手指时，她就惊恐得颤抖起来，紧缩起来……”

《晚霞》精心设计了天轮车发生故障，绞盘失灵，画家和女工程师被关在矿井底层，“不见天日，不见光线，四周漆黑的笼子里”的情景。作者通过富有戏剧性的情节，大胆地把他笔下的主人公放在道德的天平上。事实证明两个主人公依然保持着清醒的头脑，人类的纯真、最圣洁的情感。于姣和甘莱他们都有配偶，彼此把爱情深深地埋在心底达十五年之久，这种爱能被社会舆论接受吗？符合道德规范吗？这是十分严肃和人们关注的问题。应该肯定，他们之间的这种爱情，在西方，不，在任何一个国家，都无法体现它的纯真，它的高尚。只有在社会主义中国，才能找到它的源流。这个源流就是人的道德观念。作者如此注重细节描写，在于准确地忠于生活，真实地反映生活，对高尚情操的赞美，又不廉价地迎合僧侣文学的冷漠；描写爱的感情真挚，又不流于低俗，从而塑造出有血有肉、栩栩如生的艺术形象，使人物更为丰满、充实，更臻于完美。

《晚霞》在肯定人物道德情操的同时，没有忽视于姣所追求的爱，是具体的，实在的，这一使主题进一步升华的基调。寥寥几笔，一个热爱生活，热爱事业，热爱祖国的中年知识分子形象跃然纸上。作者没有写她如何献身四化的豪言壮语，来充实她的壮举，也没有说用她的知识改变矿山面貌刻板的说教，来粉饰她的理想。这里作者只写了“她对这危险、乌黑、阴沉的工作环境，显然是满意的，适应的。”因为“在井底车场和通风井口，常常能听到她轻盈的笑声。”当她的继父申请出国被批准后，要带她出国时，她没有被那“巨大的财产”和海外的花花世界所诱惑。那里可能满足她物质的享受，但却无法满足她“向往阳光，向往色彩”的愿望，而阳光和色彩，不正是祖国的蓝天、大地的景象吗?！文中共产主义道德原则的胜利和对未来美好生活的憧憬，更多地寄寓了作者对这必然胜利的渴望和美好的追求，因此说《晚霞》是一篇以爱情为背景而开拓出的爱国主义题材小说。

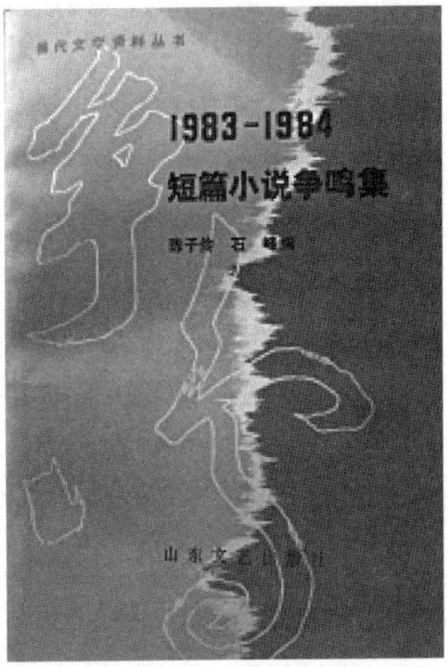


原载《红豆》杂志1984年第1期

1984年12月收入山东文艺出版社《1983—1984短篇小说争鸣集》

## 第三节　久违了阿Q——管见《风雪多瑙河》人物的艺术处理

《风雪多瑙河》出版了，作者刘战英同志寄来样书，并嘱我写些文字，给我出了个不大不小的难题。一是我不擅长评论；二是近日公务繁杂身不得已，难以有完整时间研读；三是我既无书中主人公的阅历，亦无在异国他乡的生活，要想客观、准确、全面评价作品艺术上的得失，并非易事。盛情难却，只好管中窥豹，从“威震天坛饭店”一节中的人物刻画谈点粗浅看法。从一斑可见的推说，已不难看出作者在人物刻画上的匠心，也是为掩饰我懒惰的窘迫和勉为其难的心态。

《风雪多瑙河》涉及事件之多，时间跨度之大，人物活动范围之广，采访之艰难，直接影响着作品的成败，这是显而易见的。可喜的是作者把描写的浩瀚生活、纷杂事件与塑造艺术典型巧妙地结合起来，摆脱了传记文学作品人物刻画的创作程式，不失为当代传记题材文学作品的成功之作。

《风雪多瑙河》的主人公张曼新是个传奇式的人物。他有多面性格，复杂的心态。在塑造艺术典型时，作者在不同事件、不同时期对人物性格都有恰如其分的描写，但是真正使其臻于完美和达到升华的，莫过于作者把人物放在矛盾冲突的焦点，使人物在充满生与死的环境中，发出灿烂的光辉。“威震天坛饭店”一节，作者艺术地塑造了正反面人物，就是成功的一例。

文学创作要在总结经验的基础上，不断塑造新人，作者在正确地认识与反映改革开放时代，塑造社会主义新人方面，大胆探索，独具一格。他泼辣的笔触，把全部的爱倾洒在前进的、积极的、光明的新事物之上。这种新事物就体现在张曼新这个人物上。张曼新既是作品中的艺术典型，也是生活在我们当中的一个现实的、具体的人，他的人格美是内在的、具体的。他疾恶如仇、不畏强暴，不论韩繁峰出口成“脏”，还是寻衅滋事，都改变不了他维护“华会”荣誉的信念，体现了新时期正直人的精神风貌和人格力量，他给韩繁峰一记耳光，使这一人物性格得到升华。

与张曼新相反，韩繁峰这个旅匈华人的败类、黑道的头目，仗着身后几个保镖，人多势众“颇有几分阿Q的自尊，所有未庄的居民全不在他眼里，甚而对两个‘文童’也有以为不值一笑的神情”。

“‘我承认我是强盗，所以才六亲不认！’韩繁峰眼睛里泛出一股恶狼般的凶光，‘我郑重告诉您，从今往后你们那华联会办的《欧洲之声报》敢乱登文章骂我们兄弟，您可别怪我不看您的情面，把他妈的那个报社给砸了！’”

“叭！”那声音，又响又脆……

“哎哟！”韩繁峰没想到张曼新当众给他一个耳光，耳朵“嗡”的一声，眼前金星直冒。

一场白刀子进去，红刀子出来的血肉拼搏不可避免了。

张曼新寡不敌众，能化险为夷吗?

这一瞬间，“天坛饭店死一样寂静……”此间作者巧妙地运用无声静止的时间推移产生的跌宕和悬念，揭示出事态的紧迫和人物内心的矛盾，使读者无不为张曼新的安危担心。这种艺术手法，胜过多少眼花缭乱的动作和唇枪舌剑的咒骂。

出人意料的是，韩繁峰不仅没有与张曼新拼命，反倒向众人说：“今天我出言不逊，张叔打了我，这是老子打儿子，天经地义，我不觉得丢脸！”活脱脱一个20世纪30年代的阿Q。70多年前的阿Q，“被人揪着黄辫子，在壁上碰了四五个响头”，心中暗骂：“我总算是被儿子打了，现在的世界真不像样……”在半封建半殖民地的旧中国，阿Q是作为屈服于黑暗势力，靠精神胜利法来麻醉自己的代表，成为鲁迅先生笔下的艺术典型和我国文学宝库中的瑰宝。90年代作者笔下的韩繁峰虽与阿Q有着某些相似之处，但却有本质差别。韩繁峰面对的是正义和真理的化身。作为恶和暗黑势力的代表，他的屈服是理所当然的，这就是人们常说的邪不压正。近些年来，社会风气败坏，一些人道德沦丧，仗义执言、敢于向恶劣现象斗争就显得尤为可贵。正义是没有国界的，尽管“威震天坛饭店”发生在异国他乡，却依然能找到它的源头，这就是人类对真善美的追求。张曼新与韩繁峰心灵的搏击，虽出自偶然，但真实可信，它给人留下了光明必胜的信心。如果我们人人都能面对丑恶的挑战而不退缩，必然会遏制很多犯罪，这不正是我们提倡的见义勇为壮举吗?！作者把握典型环境，塑造这一具有时代精神的典型人物，无疑具有非常可贵的现实意义。

值得一提的是作品在塑造正反面两个艺术形象的同时，别具匠心地塑造了一个机智、聪颖、善良、体贴的妻子形象。

几个保镖见韩繁峰被打，“呼”地围上来。作为张曼新妻子的朱宝莲，面对这群亡命之徒的威逼，担心丈夫吃亏，或用传统女性的方式劝说丈夫息事宁人，都是在情理之中的。但这可能会助长“韩繁峰们”的嚣张气焰，导致事态恶化，造成流血事件。朱宝莲尽管“吓得脸色苍白”但大声喊道：“你们要干什么?”致使歹徒却步。朱宝莲的喊叫，战胜了传统女性的柔弱，在典型环境中符合人物性格，成为邪不压正有力的注释。一场风波过后众歹徒向张曼新敬酒。朱宝莲见

《风雪多瑙河评论集》

状，急忙摆手："谢谢你们，他有心脏病，不能喝酒！"笔墨不多，一个温柔、体贴的妻子形象跃然纸上。

创作传记文学作品常常受真人真事的制约，因此在刻画人物时，过多的服从于故事的发展已成为通病，致使人物苍白，淹没在纷杂的事件之中。《风雪多瑙河》在遵循生活真实和艺术真实原则的同时，植根于生活，对撷取典型人物在典型环境中和刻画人物的语言、行为细节，进行了大胆探索和把握，无疑对提高这类作品的艺术水准起到了良好的推动作用。

载华业出版社《风雪多瑙河评论集》1999年12月

## 第四节　喜读小作家魏钺新作——《艺术应无价》

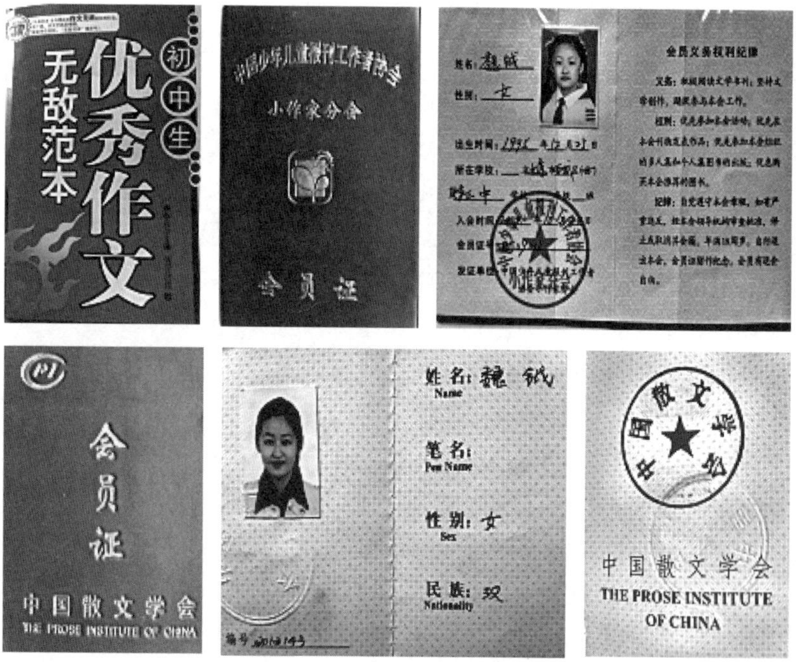


小作家魏钺的各种会员证

《艺术应无价》的作者魏钺是一名高中一年级学生，系中国小作家协会会员、中国散文学会会员。她从小学五年级开始在报刊上发表诗歌和散文，至今已有50多篇（首）问世。上初中时，她发表的诗歌《秋千》作为中学生作文参考范文，收入首都师范大学出版社出版的《初中生优秀作文无敌范本》一书，可见她在文学方面的潜力。她以稚嫩、天真、独特、冷峻的视角，认真洞察社会，感受生活，这也正是成为作家应有的素质。魏钺的作品植根于生活沃土，她的作品在反映现实社会生活方面，具有冷静、客观、真实的特点。她的散文有颂扬社会风尚的《我们的名字叫“红领巾”》。魏钺的散文，不仅有诗歌的韵味和严谨，更具有小说描写细腻和注重刻画人物的特点，读来朗朗上口，对于一个十几岁的少年作者来说是难能可贵的。她还有批评弄虚作假的诗歌《〈人呵人……〉（外一首）〈虚假的爱〉》，有规劝人们珍惜时间热爱生活的诗歌《秋千》等，本书评价这位小作者的创作得失，这对初学写作者，如何洞察社会、感受生活有借鉴意义。

首都师范大学出版社在出版《秋千》时，编辑点评道：

> 这首诗歌体现了小作者对生命与时间内在关系的思考。时间是构成生命的基本单位，如果不珍惜时间，人生就会虚度，最终一事无成。小作者通过《秋千》这一场景，用诗歌的“四季”，涵盖了一个虚度光阴的人从童年到少年，到青年再到老年的人生轨迹，有一股“少壮不努力，老大徒伤悲”的味道，颇有警示意义。

魏钺的新作——《艺术应无价》是她又一篇成功之作，发表在首都师范大学出版的《作文导报》上。作品的成功之处在于细腻地刻画了一名参加音乐比赛的少年选手——“我”。作品真实地描写了“我”自信这次比赛的第一名“非我莫属，”到最后却屈居第四名的心理反差。“我”受到如此打击后，作者没有让“我”灰心、气馁，用自嘲的心态，巧妙地运用了阿Q式的精神胜利法嘲讽自己，重新唤起对生活的信念——“倘若没有人为你颁奖，没有人为你鼓掌，为何不来奖赏自己呢？”这正是作者对社会复杂性的理解，以及对美好生活不懈追求的决心。“他的演奏技巧是那样娴熟，他台风端庄，指法流畅，和声、对位都能体现出他对音乐精透的理解。”然而他只获得了第四名。他知道这次失败不是他的过错，因为“他不是赞助商的孩子”。当我们读到这里一切都释然了。“我”无力改变这一残酷的事实，是一种自嘲，更是对当今社会弊端的抨击，针砭时弊，入木三分。

文学是社会的一面镜子，文学真实、客观地反映社会生活主流，在干预社会生活的同时，既不能把社会写得一团漆黑，也不能粉饰太平，这正是作者的社会责任感所在。小作家魏钺以独特的视角和点睛之笔巧妙地运用电影《聂耳》中的一句台词“你们考的不是音乐，是大洋钱……”向人们揭示了当今向“钱”看的社会弊端，使主题更加深化，发人深省。

从《艺术应无价》，不难看出小作家魏钺在文学创作道路上广阔的前景，祝愿魏钺不用扬鞭自奋蹄，跃马再行三万里！在文学创作上取得更大成就。

原载群众出版社《不是文集的文集》2017年5月出版

## 第五节 写在《巨大的精神鼓舞——陈沂与战友赴朝慰问评说》出版之前

欧家斤同志是多年从事作家研究的作家、评论家。他对作家创作和作品研究有一种出乎自然的钟爱。这得益于他精深阅读作家的作品，探求其创作思想，追寻其高尚人品，以及潜心向作家学习后的生活积累。正如家斤所说：“时空变换，唯一不变的是对文学的追求。文学情结在精神世界里永恒。”几十年如一日，在文学情结的驱使下，他探索着自己的创作之路。众所周知，作家研究离不开对作家的了解。探知作家的生活习性不难，难的是客观、公正深谙作家创作思想、人生观、世界观。又何况不同时期，随着时代变革，社会发展，作家的世界观有时也会发生改变。然，不论社会风云变幻，命运多舛，家斤的多部《评说》作品，对几位老作家唯一不变的爱党、爱国的精神，都给予了公正的肯定，体现了作者人品美。这也是《评说》作品的精髓，其价值自明。

志愿军袖章

家斤同志先后出版了《峻青评说》《白刃评说》《茅盾评说》等著作，受到社会关注和好评是理所当然的，对弘扬传统文化做出了历史性贡献。

峻青、白刃是我多年的好友、战友。我在公安部群众出版社工作时，创办《啄木鸟》和协助峻青创办《文学报》呈请茅公题写报、刊名时，多次到茅公家拜访，因此我对三位文艺界领导，也十分熟悉、亲密。一次我去上海开会，经峻青介绍认识了欧家斤同志，并赠我《峻青评说》一书，从中探知他对文学追求的执着精神，令我感动。

家斤同志拟出版他的新作《巨大的精神鼓舞——陈沂与战友赴朝慰问评说》

一书，嘱我写序，甚难，不知从何入笔。陈沂同志原是解放军原总政治部首任文化部部长，这是我在部队时就知道的，后任上海市委副书记兼宣传部部长。峻青同志多次向我介绍，创办《文学报》时，陈沂给予了大力支持，因我参与了《文学报》的创办，给我留下了深刻印象。因说，陈沂同志曾在抗美援朝时，是以贺龙为团长的中国人民赴朝慰问团中一员，这使我想起了那战火纷飞的年代，在伟大的抗美援朝精神感召下，广大青少年积极报名参军、参干。1951年，13岁的我也投笔从戎，志愿参军入伍。

我怎能忘记，多少志愿军战士出生入死，英勇杀敌，为祖国和朝鲜人民献出了宝贵生命……

我怎能忘记，中国人民赴朝慰问团，是怎样不顾个人安危，冒着敌人炮火把祖国和人民的爱戴，连同慰问品送到"最可爱的人"——志愿军战士手中，使我备受感动，激励我奋勇向前。

我怎能忘记，当年在壁报上发表我的一首枪杆诗《槐花颂》，以此表达自己参军时的激动心情和杀敌报国的决心——

我怎能忘记，那些英勇杀敌，九死一生的勇士，那些弹尽粮绝，身负重伤被俘的志愿军战士。他们在美帝战俘营为争取遣返回国，以生命的代价与公然践踏《日内瓦公约》的美军进行殊死斗争。他们面对敌人疯狂的虐杀，依然坚定信念，热爱祖国、热爱党，谱写了一曲曲可歌可泣的英雄赞歌。

前事不忘，后事之师！为告诉人们抗美援朝战争的惨烈、悲壮，唤起人们对渐渐被淡忘的那段远去的战争历史记忆，为纪念在抗美援朝战争中牺牲的战友和抚慰在战俘营九死一生归来的幸存者，我创作了长篇小说《荣辱悲歌——一名志愿军女俘的坎坷人生》，2006年由公安部群众出版社出版，2010年由湖南人民出版社再版，受到读者好评，引起抗美援朝战事亲历者的特别关注，许多人怀着不同心情来信来电述说那段悲壮的经历。

20世纪50年代初爆发的抗美援朝战争已经过去70年了，在人们的记忆中渐渐淡去，但历史是不能忘却的。抗美援朝，之所以取得以弱胜强，以劣胜优的伟大胜利，取决于党中央、毛主席决胜千里，运筹帷幄的英明决策，还有前方将士英勇顽强地消灭敌人，后方人民的支持和后勤保障。这些因素缺一不可，都是生死攸关的问题。中国人民赴朝慰问团，卓有成效的工作推动了后方人民的支持和后勤保障。由于以往宣传不足，中国人民赴朝慰问团在抗美援朝保家卫国运动中，产生的重要作用鲜为人知。中国人民赴朝慰问团把志愿军战士英勇杀敌的英雄事迹，传递给祖国人民，鼓舞人们积极支援前线，捐款、捐物、捐献飞机大炮。他们把祖国人民的支援，传递给志愿军战士，激发战士杀敌斗志。中国人民赴朝慰问团穿行在前方、后方两个战场之间，做着平凡而伟大的工作。

《巨大的精神鼓舞——陈沂与战友赴朝慰问评说》一书，汇集大量权威媒体报道、慰问团成员回忆和参与者未曾披露的资料，史料丰富、翔实，完整地再现了三次中国人民赴朝慰问的历史史实。作品讴歌了中国人民赴朝慰问团领导和团员们在极其危险、恶劣的条件下，奔赴前线鼓舞志愿军战士士气，颂扬战士爱国情怀和革命英雄主义精神；讴歌了祖国人民满腔热情，无私支援“最可爱的人”的高尚品质。作品展现了全国人民，在党领导下众志成城，坚不可摧的壮举，举国上下洋溢着澎湃的战无不胜的英雄主义情感。《巨大的精神鼓舞——陈沂与战友赴朝慰问评说》第五章《高亢的抗美援朝文学》，抒写了陈沂同志为促进抗美援朝题材的通讯、歌曲、电影等作品繁荣发展付出的极大努力。陈沂同志推崇革命乐观主义，建议发起《志愿军一日》征文，关注《上甘岭》作品，为《黄继光》写序，都体现了他对那场战争的关注。影视作品以它特有的视觉形象艺术魅力，为广大群众喜闻乐见。影视作品直接的、形象化的传播手段易为广大群众接受，在宣传爱国主义，弘扬民族精神方面发挥着重要作用。列宁同志曾说：“在一切艺术中，对我们最重要的乃是电影。”令人遗憾的是，抗美援朝题材电影作品，除20世纪五六十年代拍摄了几部正面描写战争的《上甘岭》《英雄儿女》《奇袭》外，再也未见有新作品问世。

抗美援朝战争是一场全民战争。这场战争令世界注目，全方位、多角度展示中国人民同仇敌忾，保家卫国，抗击美帝暴行的壮举，对进行爱国主义教育有现实意义。纵观抗美援朝战争的胜利，可以从诸多角度揭示出更多英雄事迹，如板门店谈判、战俘遣返等，都有鲜为人知的斗争故事。欧家斤同志的《巨大的精神鼓舞——陈沂与战友赴朝慰问评说》从另一个侧面，为我们揭示了赴朝慰问团的斗争事迹。抗美援朝保家卫国运动，有其现实意义和深远的历史意义，它所展现的精神将彪炳史册。今天，在国际风云变幻的多事之秋，《巨大的精神鼓舞——陈沂与战友赴朝慰问评说》一书的问世，可以让人们从一个独特的视角重温抗美援朝战争，从中获得历史的启示：牢记使命，不忘初心，努力完成中华民族的伟大复兴。

以上拙文为《巨大的精神鼓舞——陈沂与战友赴朝慰问评说》一书读后感悟赘述，不以为序。

2020年6月15日

# 第十章　通俗的随意性与法制的严谨性

1986年夏，应承德《热河》杂志社之邀，我参加了《热河》杂志主办的笔会。主编赵利群说：“这次笔会意在促进承德文学创作发展。”笔会有作家、业余作者五十多人。会上我详细介绍了法制文学创作和理论。承德人民广播电台采访了我，并制作了专题节目向全市转播。《承德市报》记者沙雨、文江在该报发表《特殊的文学领域——访北京法制文学研究会会长魏军》的专访，阐述了法制文学创作的特殊性。该报即日起还连载了我的中篇小说《鸟语之谜》。10月号《热河》杂志又发表了中篇侦破小说《欲擒故纵》，深受与会者和承德各界好评。从此，《热河》杂志主编赵利群同志和我交往愈多。

我调到中共中国文联纪律检查委员会任专职书记后，赵利群找到我，说：“原来的中国通俗小说研究会已经解体，正筹备中国通俗文学研究会，会长由贾芝同志担任，拟挂靠在中国文联，希望你帮助办理挂靠事宜。”这时我才知道，赵利群是受陈钧之托，拟在北京帮助筹办中国通俗文学研究会。

贾芝1938年赴延安在抗日军政大学和鲁迅艺术学院学习，1948年曾创办延安大学文艺系，任党总支书记兼系主任，1950年创办中国民间文艺研究会，任秘书长、副主席、名誉主席、中国社科院荣誉学部委员。这位德高望重的文艺界老前辈，出任会长应该大力支持，我便向中国文联党组做了汇报，文联党组经过几次研究决定，认为改为“通俗文艺研究会”名称挂靠更接近中国文联业务性质。因之，我又同赵利群、陈钧，去民政部社团司申报成立手续。中国通俗文艺研究会批准成立后，陈钧作为常务副会

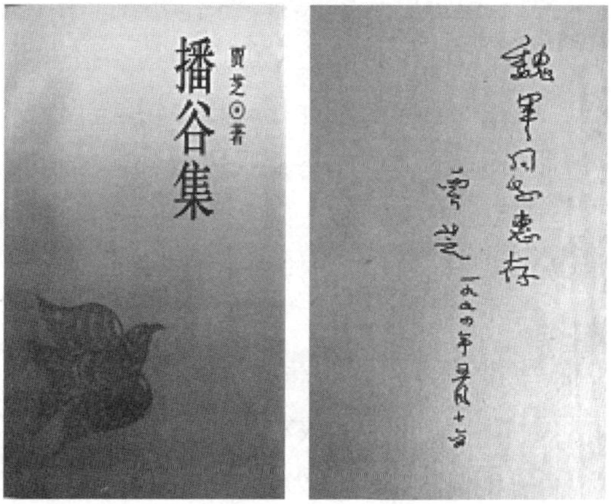

贾芝《播谷集》

长兼秘书长，我和缪俊杰为副会长，赵利群为副秘书长。陈钧无工作单位，自然把全部精力用在研究会，于是大权在握，贾芝会长职务形同虚设。研究会工作步入正轨，赵利群被陈钧就打发回承德去了。一次研究会在北京海运仓招待所召开理事会，我放下手头的工作，冒雨参加会议。在常务副会长兼秘书长陈钧的安排下，所有代表都安排了入住房间，唯独我这个副会长没有住处，这时我才想起朋友们曾多次告诫过我的话："此公是过河拆桥，卸磨杀驴的老手。"我想研究会已经成立并开始工作，看来拆桥的时候到了，尽管还没卸磨。想到此我连招呼也没给他打，就离开了会议驻地，从此我和中国通俗文艺研究会再无来往。但我和贾芝一直保持着友好联系。贾芝痴呆病重期间，已难认出过去的朋友、同志。奇怪的是我一进屋贾芝就抓住我的手，说起他对我说过的在中国社科院工作时的顺口溜——"远看像逃难的，近看像要饭的，仔细一看是中国社科院的"。逗得大家哄堂大笑，可见他已认出了我。贾芝平易近人，和蔼可亲，2016年1月14 日离开我们，但他的音容笑貌一直在我脑海中萦绕，使我久久不能忘怀。

有朋友知道我离开了通俗文艺研究会，深知我为朋友有两肋插刀的憨劲儿，却又常遭卸磨杀驴的厄运，遂赠我"养狼专业户"的雅号。

我笑而受之……

为弘扬主旋律文学作品，2007年2月北京法制文学研究会在京注册了"中国社会主义法制文学网"，得到了本会聘请的顾问、专家们的支持。司法部原部长邹瑜同志得知北京法制文学研究会仍坚持以文学艺术形式进行普法宣传教育工作时十分欣慰，鼓励我们说："以文学艺术形式进行普法教育，是把法律交给人民的一个好办法。"为了扩大影响，邹部长建议成立全国性的法制文学研究机构。

我试探性地说："成立全国性社团需挂靠在部级单位，挂靠司法部如何？"

邹瑜部长思忖后说："你给司法部写个报告，我看后送司法部现任领导。"

报告写好送邹部长审阅后，他在报告上写了几句话，随让秘书送交司法部。

几天后邹部长告诉我，挂靠司法部告吹……

原来司法部在准备上报民政部社团司时，得知原在部机关挂靠的社团，要逐步与机关分离，因此法制文学研究会挂靠司法部无望。

邹部长建议说："挂靠中国法学会吧。"

我说："可以。"

"你把给司法部报告改为法学会。"

我按邹部长指示改写了报告。

因说在法学会申报成立研究会，需有50名法学会理事签名发起，无疑又成了难题。我向邹部长建议说："可否以北京法制文学研究会作为发起单位，我为发起人申请成立研究会。”

邹部长表示同意说：“这个办法好。”

就这样，以北京法制文学研究会作为发起单位，我作为发起人，向中国法学会申请成立全国性的法制文学学术研究机构——中国法学会法制文学研究会。为配合成立全国性法制文学研究会，在筹备成立期间，我创作了由中国人民公安大学出版社出版的《中国法制文学导论》一书，全面、系统地阐述了法制文学的创作特征。在邹瑜部长力主、支持和推动下，于2008年9月10日经中国法学会批准，2009年1月11日在北京人民大会堂，中国法学会法制文学研究会正式成立，我当选为会长兼秘书长、中国法学会理事，同时拉开了“第一届中国法制文学原创作品大赛”启动仪式的序幕。中国法学会法制文学研究会聘任了最高人民检察院原检察长刘复之、司法部原部长邹瑜、著名军旅作家白刃同志为名誉会长，30多位部长、将军为本会顾问。在他们的带领下，研究会认真贯彻党的“十七大”各项方针政策，高举中国特色社会主义伟大旗帜，结合法制文学特点，以文学艺术形式，大力开展全民普法教育，把法律交给人民，造就人人学法、知法、懂法、守法的良好社会氛围，为我国法制建设，构建和谐社会做出了贡献。

# 第十一章　众手浇开无名花

"军魂　警魄　文思"

几十年来，文学像影子一样伴随着我的生活、学习、工作。少年时我酷爱文学，在学海中拾贝，青年时先后在北京体育师范学院、北京师范学院、中央政法干校、中国人民警官大学等高校学习、工作、生活，因酷爱文学，还在北京劳动人民文化宫听作家、艺术家谈诗的创作和戏剧表演，受到艺术熏陶。我步入文学殿堂，离不开文艺界的老领导、老作家、老艺术家的关心和教诲。如周扬、茅盾、贺敬之、艾青、臧克家、廖沫沙等，交往中他们有的厚赠我墨宝、大作等以示鼓励。在他们无私的关怀和指导下，我终于从一名业余作者、编辑忝列于作家行列，实为今生幸事！

## 第一节　魏军和顾工曾"误入创作歧途"

20世纪50年代，顾工在《解放军报》社工作时，负责编辑诗歌和散文作品，当时的顾工已是享誉全军内外的著名诗人。我在部队时经常写些小品文和枪杆诗在壁报和军中刊物发表。1957年"反右"斗争后，小品文被清除出文坛。一天我到北京平安里《解放军报》社办事认识了顾工。其实在这之前第一次见到他的真容，是在中山公园音乐堂举办支援亚非人民反对美帝革命斗争的一次诗歌朗诵会上，参加朗诵的有邹狄帆、康朗甩、李季、张志民、齐越等十几人。顾工一头乌黑的浓发，他的朗诵声音洪亮，宽厚圆润，抑扬顿挫，铿锵有力，伴以恰当的手势，发挥出极大的号召力，给我留下不可磨灭的印象。我到报社那天终于如愿与

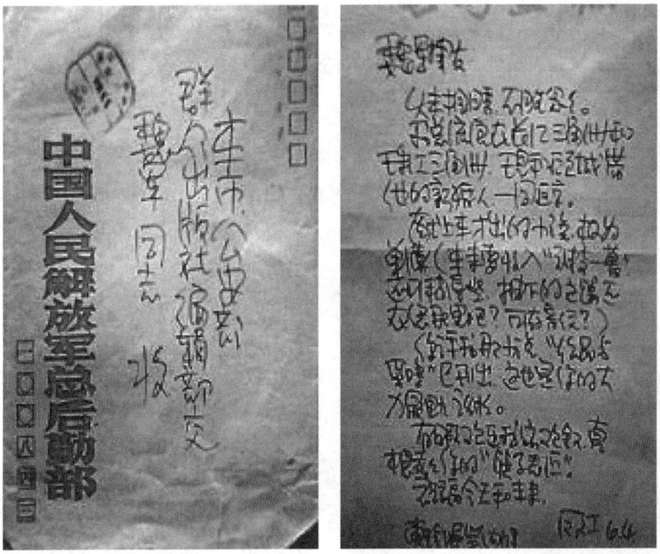


顾工给魏军的信

他见面，顾工热情地接待了我，三句话不离本行：“你现在写什么？”

我说：“无文可写。”

他想了想说：“你不是写过诗吗，你就写诗歌吧。”

我说：“枪杆诗充其量算顺口溜儿而已。”

他点点头：“当然，这只是诗的形式。诗歌创作要有激情，诗具有更多的元素，意境、含蓄、韵味。辞藻优美，文字洗练，具有音乐的节奏，比兴手法的运用，以及现实主义和革命浪漫主义结合等。”

我听后一头雾水，我原以为写诗不过是押韵、分行、分段就是了，没想到诗歌如此深奥。

魏军（左）与顾工（右）

顾工见我迷茫又说：“我送你几本诗集，你先看看。”说着他从书架上取下他创作的诗集——《火的喷泉》《征战集》《鲜花、乐器和酒杯》等，分别在扉页上写上“魏军同志：批评指正。”走出《解放军报》社后，我径直奔向新华书店，为了写诗我买了有关诗的理论——《诗论》《关于新诗歌发展的几个问题》，以及苏联诗人伊萨柯

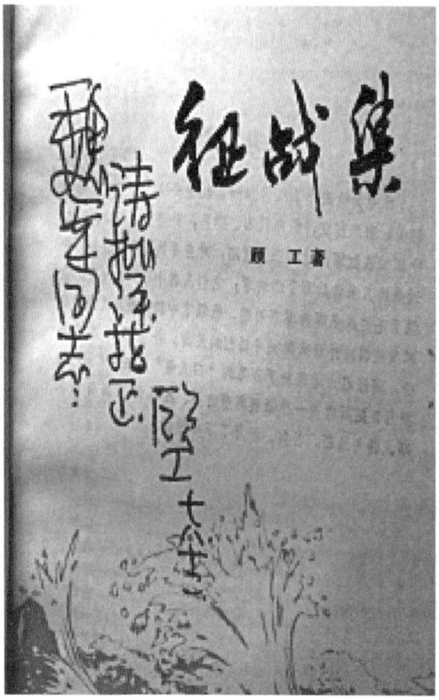

顾工《征战集》扉页

夫斯基的《谈诗的秘密》等。我阅读了我国当代诗人郭沫若、臧克家、郭小川、艾青、贺敬之、李瑛、李季、未央、张志民等同志的诗作，至今我还记得李季的《王贵与李香香》中用比兴手法写下的诗句——“羊肚手巾包沙糖／崔二爷没有好心肠……”未央的《祖国，我回来了》——“车过鸭绿江／好像飞一样／祖国，我回来了／祖国，我的亲娘……”张志民的《死不着》是我在华北军区空军军政干校时最早读过的——“我娘说生我那天生来喜／来喜家是有钱的／有钱人生儿是大喜／取个名儿叫来喜／我娘生我半年整／没有号儿没有名／娘问爹咱家孩子叫啥好／爹说：阎王爷瞎眼叫死不着……”我还阅读了外国诗人普希金、马雅可夫斯基、海涅、裴多菲、惠特曼、雪莱、布莱克、拜伦等的作品。一时间对诗歌着了迷。遗憾的是，我却没写出一首我认为像样的作品。除20世纪60年代，我在首都国庆游行指挥部工作时创作的《相会在天安门前——给一位战友》和庆祝中国共产党建党50周年的《七月的歌》两首诗尚有印象外，其他几乎都没有记忆了。这时我才发现，在文学创作中，写诗是最难最难的，从此再也不敢写诗了，自认为写诗是误入“歧途。”

使我不能忘却的是，“文化大革命”的洪流席卷全国，我与顾工失去了联系，1975年第三届全运会成立团体操办公室，我与原总政治部筹备第三届全军运动会的同志们同住工人体育场，才得知顾工带顾城一行下放到山东刘公岛放猪已两年有余，顾工回京后这才又和我取得了联系。

“文化大革命”尾声，不知何故革命洪流又把顾工卷到新街口外大街总政招待所的角落里闭门思过。

这时我已调到公安部群众出版社做文艺编辑工作，一天我前去新街口招待所探望，警卫室认真严肃地询问了我的来历和顾工的关系，又不厌其烦地与公安部群众出版社联系后，才放我与顾工见面。顾工见我冒风险探望，十分感动，从此彼此交往甚好。

顾工1945年参加新四军，是名副其实的老革命，他的夫人胡惠玲原是八一电影制片厂的一名编辑，擅长散文，是北京作家协会会员，转业后从北京线材厂退休。顾工家住万寿路原总后勤部大院，我到公安部群众出版社做文艺编辑后，经常到顾工家拜访。每次去他家就看到除女儿顾乡去北京电影制片厂《电影画报》编辑部上班外，顾工、顾城、胡惠玲三人各把守一张桌子，桌上放一杯水，面对墙壁笔耕。只有我去造访时，他们才想起还有做饭、吃饭的事呢。

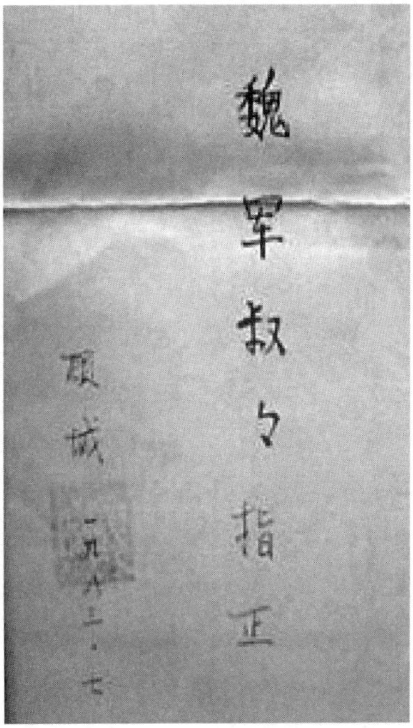

顾城的笔迹

一次顾城问我："魏军叔叔，你怎么不写诗了？"

我说："你爸爸把我拉入写诗的'歧途'，现在我已觉悟，发现写诗是最难最难的，于是败下阵来，只好写些我熟悉的公安题材的作品——法制文学侦破小说'骗人'了。"

顾城拿出一本书说："魏军叔叔，这是我的一本诗集，您推荐的那首《无名的小花》也在里面。请魏军叔叔指正。"

顾工说："你推荐给《蒲公英》的那首《无名的小花》，刘公还写了评论，并且在《星星》诗刊发表了"。顾工又说："你在写什么？"

我说："我正在编辑向新中国成立30周年献礼的《肃反小说选》《肃反电影文学剧本选》《肃反剧作选》三本书，查阅资料工作量很大，无暇顾及写作。"

顾工点点头。

我说："你也写些法制文学作品，我负责编辑出版。"

顾工听罢忙说："我没这方面的生活，法制文学作品我可写不了。"

顾城在旁插话道："爸爸，你讲的那个考古队霸王龙的故事，我看就可以写成法制文学侦破小说。"

顾工受到启发思忖后说："这倒是侦破小说素材。"顾工看了看我笑着说："看来你也要把我拉入法制文学创作'歧途'了。"

胡惠玲说："你们聊吧，我去做饭。"

顾工说："不用做了，到干部食堂去吃吧。"

顾城高兴地说："魏军叔叔你要是每天都来，我们就可以天天吃干部食堂了。"

我说："在你爸爸没交稿前，我天天来催稿。"

这就有了顾工的《霸王龙的末日》，由我责编他的第一部法制文学侦破小说。

《霸王龙的末日》出版后，一发不可收拾，之后他又写了多部法制文学作品。《泪光》出版时，顾工为"报复"我"赶鸭子上架"，非要我写《序》不可，我深知写序非我之所能，特别是给著名作家写序。顾工见我为难便说："你就写我是怎样被你拉入法制文学创作'歧途'的。你熟悉公安保卫工作，这个《序》非你莫属。"我想起他赠我的诗集《鲜花、乐器和酒杯》，就以《无形战线上的鲜花、乐器和酒杯》为题，作为《泪光》的"序言"，这也是我第一次为作家作"序"。

1981年12月，首届"中国社会主义法制文学学术研讨会"在北京全国政协礼堂召开，我邀请顾工参加，会后，顾工写了一篇《诗歌和法制融为一体》的文章。后来文化艺术出版社出版我的长篇小说《不该公布的案件》时将其作为"序"发表。

1984年，广西南宁《红豆》杂志第1期发表了顾工的短篇小说《树梢上悬挂起晚霞》，小说以一对已婚青年追忆婚前的相爱为主线，揭示出主人公的感情生活……当时正值反精神污染时期，这篇小说引起了社会质疑和批评。编辑部随嘱顾工请北京作家写篇评论，顾工把这一艰巨任务交给了我，盛情难却。我写了一篇题为《让晚霞升得更高，更高……》的评论。我以为《晚霞》是以爱国主义为主线，恪守社会主义道德原则，抒发人与人纯真之爱的人性美。评论发表后受到好评，这是我第一次为作家写评论。

我和顾工一家几十年如一日，不论逆境和顺境，不论多少次搬迁和调动，都保持着联系和交往，正如顾工所说：" 我们是真正的挚友、战友、文友，我们的友谊常在。"因此顾工一家视我为挚友，顾城更和我交往密切……

## 第二节 《兵临城下》与白刃结下战友情

白刃是我国著名的作家，他的《兵临城下》家喻户晓。他之所以知名，不是捧出来的，而是被骂出来的，捧与骂同样有舆论传播作用。鲁迅先生曾在《骂杀和捧杀》一文中一针见血地指出，"批评家的错处，是在乱骂与乱捧，例如说英雄是娼妇，举娼妇为英雄"。又说："批评的失了威力，由于'乱'，甚而至于'乱'到和事实相反，这底细一被大家看出，那效果有时也就相反了。"白刃同志被骂的事实却与他作品反映的事实相反，因此"那效果有时就相反了"。

白刃同志的创作态度严谨而务实，他十分注重作品的社会教化功能，他的

魏军（左）与白刃（右）

作品大都是所见所闻和亲身经历的，是历史的真实写照，从不追求离奇荒诞。他的作品尊重历史，朴实无华，深刻隽永，绝不矫揉造作，无病呻吟。他冷静地观察和反映社会现实，这是白刃同志文学作品最显著的特点，在读者中产生共鸣，在社会上产生反响。因此他的作品有投石击浪的功力。

白刃的童年可谓艰难曲折，十四岁跟随叔父漂洋过海旅居菲律宾，在马尼拉一家杂货铺当学徒，每天早起晚睡打扫店铺，洗碗刷碟，劈柴推磨。后又跟一个摊贩当学徒，烧饭、记账样样都干，睡了三年窄板凳。少年时他没机会上学，只读过几天私塾，十六岁才上小学，为了归还因念书欠下摊主的债务，他只好半天上学，半天干活、卖报。他学习非常刻苦，硬是靠死记硬背，把所能背的功课全都默诵下来，在投考免费中学时，获第一名。

白刃有着传奇的人生和经历，却很少有人知道，他的女儿白安丹读了我发表在《剧本》月刊上，介绍白刃走上革命道路和戏剧创作的文章后，才知道父亲白刃姓王，名寄生。王寄生出生在华侨之乡、戏剧之乡福建，从小耳濡目染受戏曲影响很深。白刃上学的时候，菲律宾“华侨工会”和共产党组织都是公开的，他的级任语文老师董锄平，是1920年参加社会主义青年团，1922年加入共产党的老前辈，后来参加过南昌起义。一次作文时，他从白刃的题为《一个婢女的生活》的文章里，发现了他的才华和对革命的热切追求，董老师决定引导他走上革命的道路。1936年白刃参加了“抗日救国会”创办的《救亡月刊》的编辑和撰稿工作后，写了《灵魂的呻吟》《一个失业者的家》《饥饿的孩子》等批判菲律宾当局黑暗不合理的社会制度的文章，他还曾因参与卖“廿一八（共）组织”报纸而遭菲律宾当局追捕。

1937年3月，白刃经香港搭船回到海南岛，1938年又因写了题为《国难严重下的泉州军政》，揭露了国民党的腐朽和专横，又受到反动当局的通缉。当时白刃给已经回国的董锄平老师写了一封信，告诉他要去北方，后经董锄平介绍，经广州、武汉等地，他于同年10月到达革命圣地延安，正式参加革命。

在军队他从事新闻工作，在一次战斗中与敌人肉搏，战斗结束后，他写了一篇战地通讯，署名时想起战场上白刃格斗的惨烈，遂起名“白刃”，从此白刃这个名字，便和他被批判和骂杀的作品一起“名扬全国”。20世纪50年代初电影《钢铁战士》据说就是根据白刃另一篇通讯《辛排长之死》改编的。

白刃同志参加过著名的辽沈、平津等战役。1949年他创作的《糖衣炮弹》《战斗到明天》等，多反映我军战斗生活，曾引起社会关注。从此开始了他的专业创作生涯。之后他又写了《兵临城下》《战火纷飞》《罗荣桓的故事》等许多作品。

白刃同志的创作道路是漫长、坎坷的。白刃是位多产作家，戏剧、小说、电影均有上乘之作。《战斗到明天》《白鹭》《糖衣炮弹》《战火纷飞》等几乎无一不受到批判和诋毁。《兵临城下》上演后，敬爱的周总理亲自接见了白刃。但是在那个是非颠倒，人妖混淆的年月，“四人帮”一伙处心积虑地为《兵临城下》罗织罪名，该作品被侮称为美化国民党，为国民党树碑立传，是取消武装斗争的“大毒草”。白刃本人也被开除了军籍、党籍，只有靠夫人冷克的工资生活。然，白刃连同他的“毒草”作品却引起社会关注并家喻户晓。历史是不容篡改的，人民是公正的，广大群众从斗争中终能认清鲜花和毒草。几十年来白刃同志没有辜负广大读者的期望，依然以他那犀利的笔锋，谱写革命的史诗，以他战士的歌喉为人民唱赞歌。

粉碎“四人帮”后，拨乱反正，迎来了文艺创作的春天。1978年我接受了编辑新中国成立30年来我国出版、发表的有关反特、肃反题材的文艺作品的任务。我首先想到了白刃，一天，我到白纸坊部队招待所拜访白刃。我对他说拟把话剧《糖衣炮弹》作为首篇收到《肃反剧作选》集子里出版，他听后很高兴。当他得知我是公安部群众出版社的编辑时，他的脸色有些凝重，似乎又唤起了以往被批判时的心有余悸。经过一番交谈，他终于同意了。后来，我创办文学期刊《啄木鸟》时，我又向他约稿，他的《微山湖的浊浪——罗荣桓同志处理湖西“肃托”的故事》在1980年《啄木鸟》杂志第一期刊发后，收到不少读者来信，再一次证明了他在坎坷的创作道路上，步伐是那样坚定，性情是那样豪爽，心境是那样纯净……在社会上产生很大反响，从此我和白刃交往甚多。

目前，他与人合作已经完成了《罗荣桓传》的初稿，应我之约，他即着手创作中篇小说《呵，香港》。白刃的长篇小说《战斗到明天》1950年脱稿，1951年在中南军区、第四野战军政治部出版。出版后正值全国文艺整风，这篇小说以“歌颂小资产阶级知识分子”“歪曲工农兵形象”“自由主义”“人性论”等罪名，被当成靶子遭军内外围攻和批判，为《战斗到明天》一书写过序言的茅盾、丁玲也因此受到连累，在报刊上做了公开检讨。白刃一提起这件事就感到内疚，本想继续完成《战斗到明天·续集》，心中又不免忐忑、怅惘。时隔40年后，1997年

《战斗到明天·续集》终于脱稿，但他对该书能否出版心有疑虑。为实现他的夙愿，时任中国电影出版社总编辑的我，毅然签发出版了《战斗到明天·续集》书稿。白刃深知我了解他创作的艰辛和苦楚，诚恳地要我为该书写《序言》，我诚惶诚恐婉拒，茅盾、丁玲写过序的作品，我何敢“班门弄斧”。但是，这并不影响我和白刃的友谊和战友情。我创办成立中国法学会法制文学研究会，诚聘他担任该会名誉会长。我的理论专著《中国法制文学导论》出版请他作序，他都欣然慨允。

左起《中国法制文学导论》作者魏军、序作者白刃、责任编辑佘敏

我是白刃家的常客，每次到他家造访，他总是要我陪他喝两杯，他的老伴冷克同志是北京戏剧家协会秘书长，离休后自学成才为画家，亲自为我下厨。白刃每出版一本书，和冷克出版的《画集》都送我一本，并且在扉页写上“魏军同志指正”，连原总政治部为白刃颁发的奖状复印件都送给了我，以示我们的友谊。白刃已经90多岁了，一直笔耕不辍，继续为“明天”战斗……我和白刃的交往对我的创作产生了重大影响，他也向来为人谦逊，平易近人。

我写完这篇文字后，白老尚未看到发表，于2016年5月15日8时30分驾鹤西去，享年98岁，他的音容笑貌一直萦在我的面前，铭记在我心中，给我留下更多的思念：生为军人，死为军魂——华侨、战士、作家，这就是白刃。

《白刃小说集》和白刃手迹

纪念白刃

## 第三节　电影剧作家沈默君教我写电影

沈默君这名字现在人们已经很陌生了，但电影《南征北战》和《渡江侦察记》可谓家喻户晓。20世纪五六十年代革命样板戏《红灯记》，更是妇孺皆知，它们的作者就是沈默君。然，一般观众对电影《自有后来人》因何改为《红灯记》和原创作者知道的并不多。"文化大革命"时期，将电影《自有后来人》中的故事发生地做了更改，并改名《红灯记》，作为八台样板戏之一在全国公演，引起轰动，至今还为人称赞。

电影《自有后来人》剧照

沈默君像

沈默君从小就热爱文艺，1938年参加新四军，从事部队文艺宣传工作，他曾担任华东野战军政治部文工团团长，1952年在陈毅的支持指导下与沈西蒙合作创作了电影《南征北战》，1954

《南征北战》剧照

年创作电影文学剧本《渡江侦察记》，两剧均获华东军区文艺创作一等奖。沈默君后来担任解放军原总政治部文化部电影创作组长。之后他又有《海上风暴》《海魂》《台岛遗恨》《死亡集中营》《孙中山广州蒙难记》等作品问世。1957年沈默君被错划成“右派”，到北大荒军垦农场劳动改造，1961年平反，1966年又被开除党籍、军籍，一生艰难多舛。

沈默君是新中国成立后，第一代最有成就的电影剧作家之一。他创作态度严谨，主张教育、美育作用并举。作品植根于生活，人物刻画精细，使人过目不忘。看过《南征北战》的观众，都记得我军师长精彩的台词——

“多少年来，蒋介石的算盘都是靠我们拨动的。”

“告诉同志们，不要怕跑路，不要怕打烂坛坛罐罐，不要去计较一城一地的得失。今天我们放弃这个地方，那就是为了长久保住这个地方。”

“同志们，我也想今天晚上打个冲锋，明天一早就把蒋介石的八百万军队全部消灭。可是不行啊。同志们，饭要一口一口地吃，仗也要一个一个地打。”

每句话都充满我军必胜的信心。

反面人物的台词同样精彩：“张军长，看在党国的份上，拉兄弟一把！”

“军长，胜败乃兵家常事。不是我们无能，而是共军太狡猾。”

这些忍俊不禁令人发笑的台词，一语道破了国民党军那种虚伪、必败的心理。

电影《南征北战》正反面人物每一句台词、对话都是人物性格的展示，进而成为经典。

沈默君的作品可以说每部都是经典。

20世纪70年代末，“文化大革命”结束后，我以公安部群众出版社电影编辑的身份，有幸参加了全国青年电影导演会议，会上著名军旅作家顾工同志把我介绍给沈默君。当时我正在编辑新中国成立30周年《肃反小说选》《肃反电影文学剧本选》《肃反剧作选》三部献礼选集，我向沈默君约稿，本想收入他的电影文学剧本，但他的剧作多是军事题材，不属于特定的肃反和反特题材，因之在《肃反电影文学剧本选》一书中，找不到沈默君的名字，实为憾事。我将他的短篇小说《荣军锄奸记》收入《肃反小说选》一书，这也是我和沈默君的第一次合作。

我酷爱电影。20世纪50年代我就有对照说明书和电影剧本看电影的习惯，那时几乎上映的国内外电影无一不看。为学习电影，我一直订阅《电影创作》《电影艺术》《电影文学》《八一电影》期刊。我对夏衍写的《写电影剧本的几个问题》等关乎电影的理论作品，更是爱不释手。认识沈默君后，他得知我酷爱电影，建议我写电影剧本，并向我传授电影创作的经验，让我知道了什么是“蒙太奇”和“斯坦尼斯拉夫斯基体系”，电影画面、对话如何处理等创作技巧，以及电影剧本与小说创作的区别，使我受益匪浅。

当时，沈默君从安徽来到北京，是为解决“文化大革命”中对他的处理的遗留问题，并在电影局《剧本园地》杂志协助工作，故他推荐我帮助整理“文化大革命”前积压的反特、肃反题材电影剧本。因工作关系，他时常到我家谈工作、创作、聊天，我的两个中篇侦破题材小说的题目，他曾建议改为《人约黄昏后》和《月上柳梢头》以增加其文学性，遗憾的是发表时《今古传奇》和《热河》杂志，为突出侦查、破案特点和增加刊物发行量没用此名，依然保留了原名——《血染的晚霞》和《欲擒故纵》。

有一天正值入冬时节，沈默君一进我家便说：“给我拿俩饼子。”这是他到我家经常说的一句话，我给他端上便餐，他边吃边说：“我的问题马上就要解决了，叫我回部队……”

我高兴地对他说：“这是好事呀，总算有结果了。”

他想了想说：“我看还是到地方吧。”

我急忙说：“你应该先回部队恢复军籍，穿上军装，在北京转悠转悠，让老战友、老朋友都知道你老沈头恢复了军籍，彻底平反了……”

他笑而不答。

我看他穿着单薄，临走时，就把刚发的蓝色警察棉大衣披在他身上。

我写的第一个电影文学剧本《自焚》是反映“文化大革命”后期清查三种人时发生的一起刑事案件。刑事案件在“文化大革命”前是创作禁区，从未有人涉足。

沈默君看后说：“很好，完全跳出了你写小说表现手法的框囿，剧本中有一个拥抱镜头，我拿不准。”可见他对政治的敏感已到了“一朝被蛇咬，十年怕井绳”的地步。

有一天他穿上了新军装，兴致勃勃地来到我家，只见他“一颗红星头上戴，革命红旗挂两边”，还真有点雄赳赳，气昂昂的气概呢。沈默君高个头，瘦瘦的，让我想起《渡江侦察记》中的吴老贵，便打趣道：“整个一个炊事班老班长。”他笑了。

后来他转业在安徽合肥安家，从此我们天各一方，自然联系少了。2009年8月20日，得知新中国第一代著名电影剧作家沈默君同志与世长辞，我心中阵阵悲痛。然，他那消瘦、谦逊的面容一直萦绕在我的眼前，他的作品依然激励着我……

## 第四节　鼓励我写诗的“永生诗人”臧克家

臧克家与魏军（右后为画家尹瘦石）

臧克家是我国近代杰出的、伟大的现实主义诗人。他自幼受家庭影响，打下了良好的古典诗文基础，成为我国诗坛上一颗璀璨的巨星。毛主席的诗作在臧老主编的《诗刊》发表时，曾多次与其切磋，1957年臧老和周振甫合著的《毛主席诗词讲解》，对毛泽东诗词的传播和普及，做出了重要贡献。

臧克家的诗作无不浸透着理性的哲学之美。他的作品语言凝练、简洁、质朴。作品植根于生活沃土，散发着泥土的芬芳。他以朴素无华的语言描写了旧中国农民忍辱负重的悲苦生活，反映了广大人民的心声。臧克家说过：“我曾写下《烙印》《生活》《希望》是表现我的人生观和生活态度。”他的诗作《老马》以凝重、沧凉的笔触探求人生——

总得叫大车装个够，
他横竖不说一句话，
背上的压力往肉里扣，
他把头沉重地垂下！
这刻不知下刻的命，
他有泪只往心里咽，

眼里飘下一道鞭影，
他抬头望望前面……

臧老曾说：“写老马就是写老马本身，读者如何理解，那是读者的事，仁者见仁，智者见智，也不相同。”诗作《有的人》更以鲜明对比的艺术手法，把人生价值赤裸裸地展示在读者面前——“有的人活着 / 他已经死了 / 有的人死了 / 他还活着……”臧老的名诗、名句，一直激励着我们，他告诫人们，人的一生应该走怎样的道路。我曾是一名业余诗歌爱好者，读了臧老的诗作，经常以此自勉。

我和臧老交往是在20世纪80年代初。一天，峻青从上海专程到北京找我商量创办《文学报》事。我听后很是高兴，并表示愿意接受此任务，事后我撰写邀请函百余封发出。臧老得知要开座谈会研究创办《文学报》事，便给我打电话询问有关事项，我向他介绍了峻青的情况和创办《文学报》的想法，恳请臧老参加座谈会，他听后很高兴，说：“我一定参加。峻青，我知道，山东老乡。”

开会那天，在京老作家和文艺界老领导，听了峻青介绍办《文学报》的设想和中共上海市委陈沂同志的大力支持意见，纷纷发言表示赞成。臧老对创办《文学报》更是由衷高兴，还撰文给予支持。《文学报》创办后，我经常到东单东堂子胡同臧老家拜访。臧老每次都和我畅谈许久，得知我也曾酷爱诗歌，臧老还厚赠我墨宝以示鼓励——

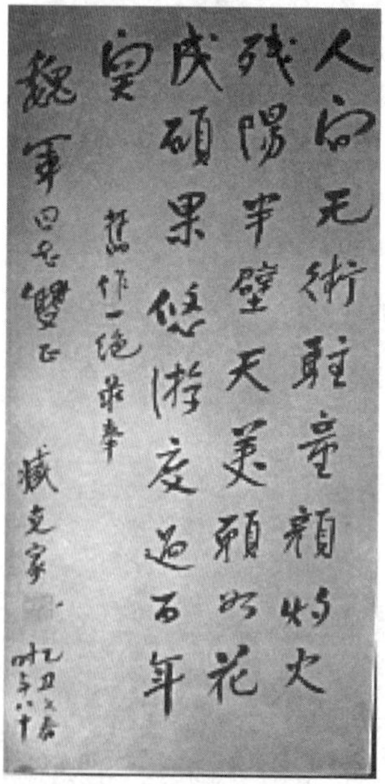

臧克家手迹

诗曰：

人间无术驻童颜
灼火残阳半壁天
美愿如花成硕果
悠游度过百年关

旧作一绝录奉　魏军同志双正
臧克家　乙丑之春　时年八十

臧老离开我们已经十几年了，但他的音容笑貌，却一直在我眼前萦绕。臧老高高的个儿，瘦瘦的脸上永远挂着慈祥、谦逊、平易近人的微笑，正像他的诗句“有的人死了，他还活着”，臧老永远活在人们心中，他的诗作永远激励着我奋进。

遗憾的是因我不才，从诗歌创作道路上败下阵来，每每想起，便觉愧对臧老的期望。

## 第五节　与吴祖光相会在“踏遍青山”的路上

吴祖光是著名导演、剧作家、书法家。他的妻子新凤霞是著名评剧表演艺术家、作家、画家。他们夫妇两人都有传奇而苦难的经历。1957年吴祖光被错划成“右派”，“文化大革命”又因所谓“二流堂”事件被打成反革命。新凤霞也被株连，几乎家破人亡。然，他俩视艺术为生命，对艺术一生追求锲而不舍，在艺术上配合默契，可谓“夫唱妇随”，著名评剧《花为媒》就是吴

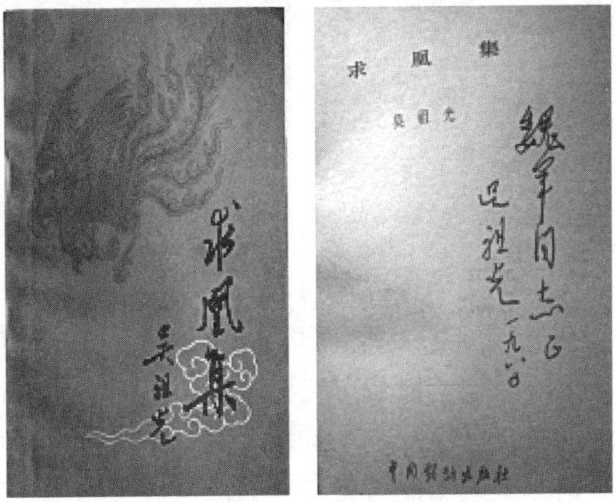

吴祖光赠我的书

凤霞画祖光题赠我的双菊图

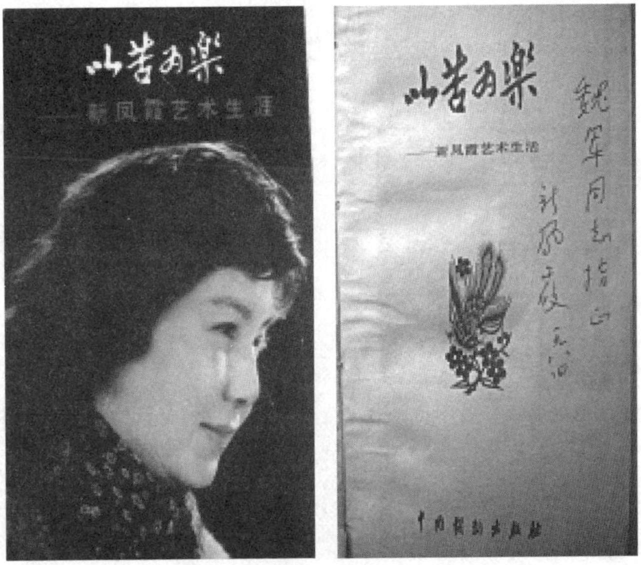

新凤霞赠我的书

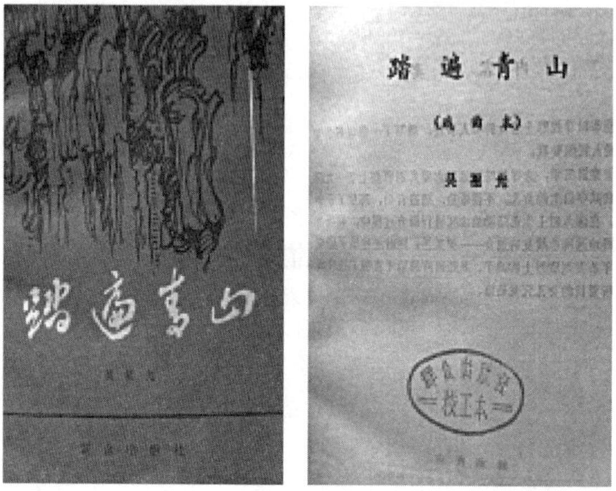


吴祖光创作的《踏遍青山》

祖光创作，新凤霞主演的，后成为家喻户晓久演不衰的经典剧作，他们俩是令人尊敬的夫妻艺术家。

我与吴祖光同志是我在公安部群众出版社做编辑工作时相识的。吴祖光得知老作家马识途同志，1962年12月在《湖北日报》发表了一篇——《万水千山寻遗女》的文章，要求湖北省公安厅查找他的爱人——中共地下党员刘惠馨烈士，1942年被国民党反动派在鄂西山区枪杀后，遗留下的被捕时降生一同入狱的女儿的故事。吴祖光同志以寻找烈士遗女的事迹为基础，创作了七场戏曲剧本——《踏遍青山》，揭示了隐藏20年的杀害烈士的凶手被正法的故事，谱写了一曲颂扬公安战士的赞歌。因受“文化大革命”冲击和“二流堂”事件的影响，吴祖光的剧本能否搬上舞台演出成了问题。我听说吴祖光同志正为该剧奔波，我建议他先出版剧本，对该剧演出可能会起到促推作用。他说：“我也有此意，可哪家出版社能出版呢？”

我说：“这是一部肃反题材作品，属于公安部群众出版社出版范围，我给你出版单行本，便于排练使用。”他听后十分高兴。这期间我和他几次到白塔寺中国评剧院联系演出事，经过几次与评剧院商谈，答应安排排练。然而，最终还是未能搬上舞台。因《踏遍青山》演出事，我和吴祖光同志交往愈多，有一次他带我一同去民族文化宫观看他创作的《闯江湖》，要我提些修改意见，我对戏曲纯属外行，对他的错爱受之有愧，但他的谦虚、平易近人和真诚却深深打动了我。

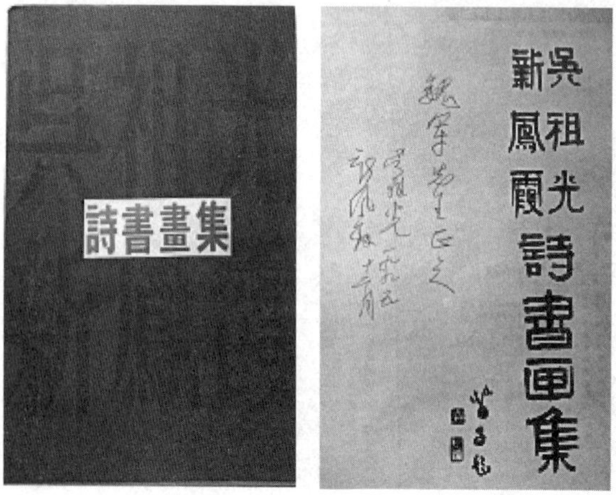


吴祖光、新凤霞赠书画册

他家搬到体育馆路后，第一次去他家，他向新凤霞介绍说："这就是我常给你说的公安部群众出版社魏军同志。"

新凤霞对我说："祖光经常提起你，今天见到真人了，欢迎你常来玩。"以后我常到他家拜访。"文化大革命"期间，新凤霞因被侮称为"二流堂"堂嫂之罪名，被监督劳动去挖防空洞，由于长期受潮。她患上了严重的关节炎，最终造成半身不遂，从此退出了她热爱的演出舞台，只好在家写回忆录、作画儿。新凤霞创作、绘画很刻苦，她根据自己的经历，创作出版了《新凤霞回忆录》《以苦为乐——新凤霞艺术生涯》等作品，并加入了中国作家协会。她的画追求人与自然的和谐，体现着中国式的"天人合一"的精神，不愧为齐白石大师之得意弟子。

有一天我再去拜访，新凤霞正伏案画一幅双菊图，她看到我穿着警服，对我说："在旧社会我最怕警察，没想到现在和你这个警察成了朋友。"说着又对吴祖光说："祖光，你题几个字，把这幅习作送给魏军。"吴祖光接过笔题字"收心三径远，秋色四屏香"，落款为"祖光题，凤霞画"。后来吴祖光和新凤霞又合作出版了一本《吴祖光新凤霞书画集》送给我，成为永远的纪念。

## 第六节　与高占祥相会在"诗人摇篮"——北京劳动人民文化宫

高占祥与其作品《咏荷四百首》

高占祥在《魏军影视剧本选——军事·公安题材剧作专辑》一书的《序》中写道——

"20世纪50年代在北京市劳动人民文化宫文学创作组，我就知道魏军的名字。那时创作组成员都是来自本市工矿企业的工人业余文学爱好者。魏军当时在北京师范学院（今首都师范大学）工作，不属于工人范围，无缘成为创作组成

高占祥手迹

员；奇怪的是创作组每次活动都能见到他的身影，后来他得知创作组成员必须由单位工会推荐方可加入，于是凭借中国教育工会会员的身份，说服了文化宫领导，他终于成了创作组的成员，可见他锲而不舍的执着精神。”

20世纪50年代，北京市劳动人民文化宫文学创作组，被誉为工人作家、诗人的摇篮，培养了一大批作家、诗人，高占祥就是其中的一位。高占祥凭借他勤奋好学和百折不挠的精神，成为闪烁在中国文坛的明星，至今光芒四射。他涉猎极为广泛，可谓多才多艺、多专多能，是颇有成就的作家、诗人、摄影家、书法家、舞蹈家（国标舞），他的作品深受读者喜爱。他从一个普通工人，在党的培养下，逐步向艺术发展和迈进。他先后担任过北京人民印刷厂党委委员、团委书记，共青团北京市委副书记，共青团中央书记处书记，全国青联副主席，中共河北省委副书记，副部长、党组副书记，中国文联党组书记、副主席，中共第十二届中央候补委员，党的“十三大”代表，第七届全国政协委员，第八、第九、第十届全国政协常务委员等职。他从文化艺术中脱颖而出，他的成就在文艺界，乃至全中国都是罕见的。

高占祥在《魏军影视剧本选——军事・公安题材剧作专辑》一书《序》中又写道：“1951年为响应党和国家‘抗美援朝、保家卫国’伟大号召，年仅13岁的魏军于北京志愿参军入伍，转业后曾在多所大学学习工作，后又长期在公安部群众出版社从事编辑和文艺创作，对军事、公安题材作品创作有种出乎自然的钟爱，这得益于他多年军旅、警营生活的积累。他的执着精神还表现在对文学创作和理论研究方面，中国法制文学这一崭新的文学概念，法律与文学交叉学科理论，于1981年9月由他率先创立，给法律与犯罪文学以科学的界说，成为社会公认的中国法制文学理论创始人。他的作品对生活的评价和对社会时弊的针砭，客观而冷静。他对正义的呼唤和对不正之风忧愤的社会责任感，都流露在作品的字里行间。当然，真正了解魏军本人，是我到中国文联任党组书记后，那时魏军在中共中国文联纪律检查委员会任专职书记，开会学习在一起，对他有了更深的认识。他作风正派、率直坦诚，真乃文如其人，人如其文是也。”

占祥同志的这番话，无疑是对我的鼓励和鞭策。我和占祥同志在北京市劳动人民文化宫业余文学创作组相识，几十年后又在中国文联不期而遇，成为同事、朋友，实属人生幸事。因文化宫相识、相知，他称我为“老友、学友”，倍感亲切。有一次中国文联组织活动，占祥同志邀请了时任副总理的田纪云同志参加，席间占祥同志约我给田副总理敬酒，我和占祥同志走到田副总理面前，占祥说：“田副总理，这是我们中国文联的‘酒大’代表，向您敬酒。”田副总理疑惑地看了看我，见我端着酒杯这才释然。我遂向田副总理敬酒。之后，知道这件事的同志，对我“酒大”代表身份确信不疑。

## 第七节　贺敬之为我题“石老解逍遥……”

中国有句俗语叫：与君一席话，胜读十年书。我与贺老虽说交往不多，但读他的作品，深知客观真实反映历史，才能打上时代烙印和反映人民心声，他那爱党爱国的满腔热血，都流淌在作品中。所有这些对我的创作，乃至人生的影响都深远而刻骨铭心……

一次我和朋友到贺敬之家拜访，贺老和夫人柯岩热情接待了我们。柯岩也是一名作家，她的大作——《寻找回来的世界》，深受广大读者喜爱。对未成年犯罪嫌疑人教育、改造回归社会，做出了重大贡献。

贺敬之得知我曾在青岛当兵、学习、工作过，遂写下“观海喜见潮，听松乐闻涛，风雨寻常事，石老解逍遥”的诗句以示勉励。

贺敬之是山东枣庄人，1942年毕业于延安鲁艺文学系。1942年毛泽东同志发表了《在延安文艺座谈会上的讲话》，对贺敬之创作产生很大影响。那时延安开始了新秧歌运动，1943年至1944年，贺敬之一直为秧歌队写歌词。贺敬之著作颇丰，传唱至今的歌曲《南泥湾》，歌颂了三五九旅官兵，响应党中央号召，艰苦奋斗、自力更生开展大生产运动，打破了敌人封锁，取得了延安军民丰衣足食伟大成绩；《翻身道情》真实、生动地表达了陕北农民在共产党领导下，翻身后热爱党的火

贺敬之（左）与魏军（右）

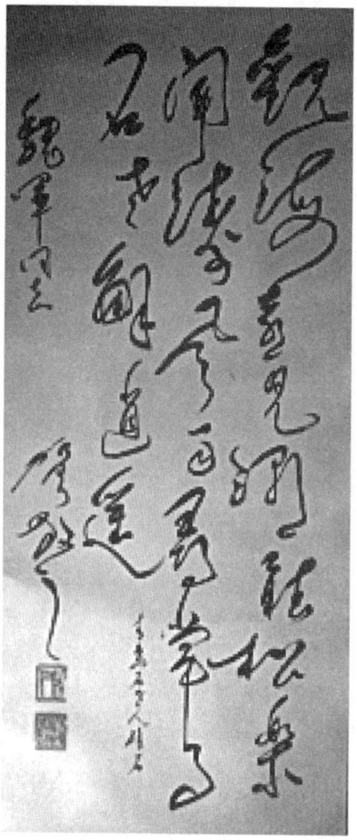

贺敬之手迹

热情感。由于这首歌词当时没有署名，长期以来被以为是当地民歌。这个“误会”恰恰证明了贺敬之深入陕北农民生活，体验陕北农民的情感，学习陕北农民语言取得的成绩。贺敬之习惯用中国老百姓喜闻乐见的形式，写他对新生活的感受。贺敬之的作品，不论是秧歌剧、歌词、诗歌等，都体现了他对党、对祖国、对人民、对英雄的一片赤诚之心和发自内心的敬仰之情。

贺敬之是革命现实主义诗人，剧作家。1945年和丁毅合作执笔创作了我国第一部新歌剧《白毛女》，后改编为电影、芭蕾舞剧等多种样式的文艺作品上演至今。1951年《白毛女》获“斯大林文学奖”，是我国新歌剧发展的里程碑，对推动我国新歌剧发展做出了巨大贡献。

新中国成立后，贺敬之曾任文化部副部长、中宣部副部长兼任文化部代部长等职，他平易近人，始终保持山东人的质朴、直率、爽朗性格。

1963年3月5日，毛主席题词——“向雷锋同志学习”在《人民日报》发表后，贺敬之便创作发表了长诗《雷锋之歌》，可见诗人的革命情感和从延安到北京时刻与党和人民融为一体的赤诚之心。

我曾是新诗歌的爱好者，读了贺敬之的《雷锋之歌》使我深受感动，作品歌颂了雷锋短暂而伟大的一生，从心底发出“向雷锋同志学习”的呐喊。诗作气势磅礴，融议论与抒情于一体，具有强烈的艺术感染力。一首诗突出了雷锋在党的教育、培养下成长为一名伟大的共产主义战士，毫不利己，一心为人，无私地为人民服务的优秀品质，成为世人学习的榜样。

长诗《雷锋之歌》结尾，诗人总结性地发出呼吁——

…………

呵！这就是
这就是
一个叫做“雷锋”的
中国革命战士的
英雄姿态！

这就是
我们的大地
我们的母亲
以雷锋的名义
给历史的回应——
人呵，
应该这样生，
路呵，
应该这样行……

读后令人回肠荡气，振聋发聩，撼动人心，唤起亿万人们振臂高呼——向雷锋同志学习！

## 第八节　与田华共走井冈路

田华与魏军亲切交谈

田华，河北人士，1940年参加晋察冀军区抗敌剧社，做文艺宣传工作，和我还是河北老乡，因此我称她大姐。田华是20纪50年代国家公布的22位电影明星之一，她出演的《白毛女》《党的女儿》《秘密图纸》《法庭内外》等影片家喻户晓。和田华大姐认识是我在公安部群众出版社创办并编辑《啄木鸟》时，曾约她写一篇拍摄反特电影《秘密图纸》时的文章始，但真正密切往来是从1995年秋，中国电影家协会党组康庆云同志组织向井冈山老区赠送图书和影片那次活动。参加赠送活动的除田华外，还有电影家协会陈若颖、任秀芝、李琳娜、赵华，中国电影公司马中骏，中国电影出版社魏军，还有《大众电影》杂志的同志一行十几人。因为是去老区，要体现重走革命道路之精神，要求乘火车前往。那时京九线刚通车，还没有高铁，从北京到井冈山要在车上过夜，我有早晨急不可待要“方便”之毛病，车上人多“坑”少，心中不免有些忐忑。同行同志得知，自告奋勇戏谑说给我“占坑”。我和田华大姐同住一个软卧间，我把下铺让给她后，她说：“那我也参加他们……”我说：“没那么严重。”列车员在查票时发现本次列车上有田华大姐，于是通知了列车长，列车长带领几个列车员、乘警来到我们软卧间，有看热闹的，有要求和她照相的，有让她签名的，她都愉快地答应了。为照顾她休息，列车长要给她单独安排铺位，大姐婉谢了。一路上我们这个软卧间不断有人光顾，虽驱散了长途旅行的寂寞，却难安静休息。

到了井冈山，我们受到了当地政府、宣传部门、江西省影协领导的热情接待，接待单位对大姐的种种照顾，她都一一婉谢，她坚持和我们一起吃住和参加活动，我们也沾了大姐的光，被群众簇拥着，开始还有些不习惯，慢慢地也感觉自然了。

我们在井冈山除参加赠书、赠送影片活动外，还和当地领导座谈，参观井冈山革命遗址，受到了一次深刻的革命传统教育和洗礼。

告别宴会上有一道井冈山特产南瓜菜肴，南瓜养育了井冈山红军，东道主向我们介绍了当年红军以南瓜为食的艰苦精神，大家都争先品尝，体味当年红军革命精神，说话间聊起了时下反腐败与当年红军艰苦奋斗的精神，我说：“井冈山乃革命圣地，红军精神将代代相传……”大家默默点头。

大姐演过电影《党的女儿》后，生活中她也以党的女儿为榜样，严格要求自己，多少家企业找她做广告，都被她婉言谢绝。她说：“党和人民给我的荣誉，

参观井冈山革命博物馆

中国影协高鸿鹄等到车站为代表团送行

是让我更好地为党工作，我不能把它作为捞钱的资本。”80多岁的她对影视事业一直孜孜不倦地开拓、耕耘。她曾在北京大兴部队的一所营房，创办过影视学院，培养了一批影视新苗，为让学员全面掌握影视艺术知识，大姐还让我为学员讲授过文学创作，受到学员们的欢迎。我和大姐都是冀中人，生活习惯接近，午餐时她向我推荐了食堂特色大饼，不仅口感与众不同，且有家乡风味，余香绵长，餐毕大姐还让我带一些回家吃呢。

田华赠书

大姐老伴苏凡是开国大典天安门美术装饰和宫灯设计主要负责人，至今天安门上的八盏宫灯依然灯火长明。电影《解放石家庄》就是他导演的。他为人热情，平易近人。有一次中午我去八一电影制片厂大姐家，大姐和苏凡正在午休，苏凡热情地把我带到客厅后，佯装嗔怪说：“你也不提前打招呼，也就是你，敢在午休时打扰她……”

我笑而不语……

我创办成立了中国法学会法制文学研究会，聘请田华出任顾问，并多次邀请大姐一起参加在北京人民大会堂举办的“世纪之声”“中华儿女和谐中国”和“爱我中华优秀作品”征文表彰大会，她都欣然慨允和我一起出席，这都体现出老艺术家的关怀和支持。

## 第九节　与冯佩之的革命友谊播撒在“烽火青纱帐”

我创作电视连续剧《烽火青纱帐》纯属偶然——

大约是在2003年，北京文艺学会召开理事扩大会年会，我是北京文艺学会副会长，负责会议组织工作，就餐时我认识了同桌首都师范大学的一位“饭友”——吴继路教授。一年后在北京文艺学会年会上又与吴教授不期而遇，会毕相约在同一桌用餐。席间了解到首都师范大学原来是北京师范学院的改称。我在北京体育师范学院工作时，“文化大革命”前学校与北京师范学院合并，因此

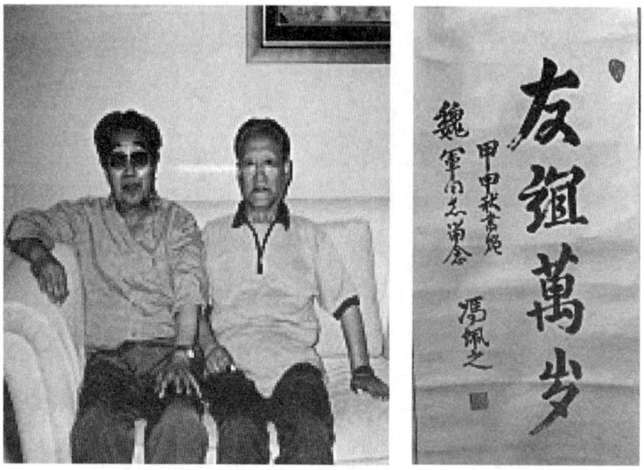


魏军与原八机部副部长冯佩之同志

和吴继路也算是校友了，自然彼此就有了联络感情的诸多话题。当谈到“文化大革命”北京师范学院的师生人所共知的一些事时，吴继路同志说冯佩之院长很想和老同志们聚聚。我说：“有机会我去拜访他。”

冯佩之原名刘金亭，河北省武强人。1937年参加革命工作，抗日战争时期他任中共武强县委宣传部部长、中共北方局党校总支书记、冀中区公安局总支书记、晋察冀边区第九地委社会部长、边区公安局秘书主任。解放战争时期冯佩之任张家口市公安局司法科科长、平西地委城工部部长兼军分区敌工部部长。新中国成立后，他任北京市委郊区工作委员会宣传部部长、第二医学院党委书记、北京师范学院党委书记兼院长、北京工业大学党委书记、中国医学科学院兼首都医科大学党委书记、第八机械工业部副部长等职。我在北京师范学院工作时，冯佩之院长是从《北京师院》校刊知道我的名字，“文化大革命”以后他想和老同志们聚聚思想。

这年春节过后，正月十五前的一天，吴继路同志通知我到首都师范大学聚会。冯佩之为人正直、热情、平易近人。我在北京师范学院工作时，多次聆听他的报告和讲话，他的讲话不仅政策性强，逻辑严谨，言简意赅，富有哲理，而且有强烈的鼓动性，深受广大师生员工的欢迎。冯院长调任八机部担任副部长职务后，我还亲切地称呼他冯院长呢。

参加聚会的除和我已两次饭桌谋面的吴继路教授外，还有李允经、王凯符、吴秉忠三位教授。得知这四位老师不仅都曾在北京师范学院中文系就读过，而且毕业后又都留在本校任教，自然与冯院长常有交往，更可喜的是四位教授根据冯院长口述，曾把他在冀中抗日战争时期亲历过的事件，编写整理出版过《烽火情——冯佩之和他的战友》。可见冯院长对这段历史的关注和倾心，更何况这段历史正在人们心中渐渐淡漠，抢救这段历史，对进行爱国主义教育大有裨益。

聚会中冯院长说：“能否以冀中抗战为背景，创作一部影视剧。”四教授却谦虚地说：“我们从没搞过创作，更没搞过影视剧创作，况且剧本完成后，还有落实拍摄资金、向有关部门申报、组织演职人员拍摄等很多复杂的工作要做，这些我们都没接触过，难当此任。”

冯院长得知我调离北京师范学院后，在公安部群众出版社做文艺编辑和在公安部警官教育出版社担任社长兼总编辑时，编辑了一大批反特电影文学剧本，也创作过多部这类题材的影视作品，还在中共中国文联纪律检查委员会担任过专职书记和中国电影出版社总编辑之职，不仅对文艺界、政法部门熟悉，而且在上述领域有众多朋友，冯院长便力推我接受这个光荣任务，四位教授听后都表示赞同和支持。

我出生在冀中，对冀中的抗日救国斗争尚有些印象，也曾写过反映冀中抗战时期的作品。我以为如果把冀中的抗日救国斗争，写成电视连续剧，不能只局限在个别事件的真人真事框囿中，要在大的历史事件和背景真实的基础上加以改造，创造典型人物、典型环境、曲折生动的故事和真实可信的情节。倘若仅以《烽火情——冯佩之和他的战友》这部着重描写战友情的作品作为剧本创作原型和素材，就显得单薄。影视剧作揭示主题和结构故事都要符合影视作品创作的艺术规律。我以为艺术表现手法，要有新的视角和切入点，力求区别于目前同类题材作品单一地反映抗日战争的战斗模式，应着重突出冀中抗战时期锄奸、反特、严惩叛徒的特点。这一建议虽摆脱了《烽火情——冯佩之和他的战友》故事的框架，也得到大家的认同。四位教授在编写记录《烽火情——冯佩之和他的战友》故事时，付出了很多的辛劳，对冀中军民的抗战斗争有了较深的了解，因此我诚恳邀请四教授一起参加剧本创作。四教授仍表示：“搞影视创作我们纯属外行，这和教书完全是两回事，隔行如隔山……”我说：“不妨你们每个人写些自己熟悉的事件，作为创作素材，像不像影视作品都无妨……”

冯院长见我态度诚恳，便主动邀请四教授参加创作，高兴地说：“由魏军同志带领大家一起讨论，最后由魏军同志全权负责执笔创作、统筹、定稿。”

为免除四教授所说不熟悉影视创作和拍摄工作的后顾之忧，我说：“落实拍摄经费我无能为力，申报、组织拍摄、宣传、发行等工作我都负责落实。”

冯院长见我主动承担了大部分工作，便说他可找人筹措拍摄经费。

四教授见冯院长如此高兴和支持，也就同意了。

我写完《烽火青纱帐——冀中抗日锄奸反特惩叛记》电视连续剧故事梗概初稿，经过大家讨论又反复修改了两次。进入正式创作前，我说：“我虽是河北人，但因从小离开家乡，河北的大部分地方都没去过，对作品中所反映的地理环境缺乏感性认识。”

冯院长听后说：“这个好办，我带你们去采访。”

我因有编审正高职称也忝列教授行列，冯院长称我们为五教授。在冯院长带领下，我们几次走访河北省有关市、县、村采风和参观……

剧本主人公刘钦的原型，基本以冯院长在冀中抗战时期锄奸、反特、严惩叛徒和冀中抗日斗争中艰苦卓绝的英雄事迹为主线，经过几次修改，我执笔完成电视连续剧本初稿的同时，为了方便投资方了解剧本总体各集内容，我又写了分集故事梗概，至此完成了文学剧本和分集故事梗概的全部创作。

剧本之所以能顺利完成，没有冯院长挂帅指挥，在历史事件和政策上把关，主动联系到河北省有关地区、部门采访、参观，我不可能在较短时间内，了解冀中抗日救国斗争中具有鲜明地方特征的革命斗争事迹，这是剧本中不可或缺的有生命力的故事、情节和细节。剧本的完成，冯院长功不可没。我提议编剧人员名单应署上冯院长名字。冯院长说："署我名不妥。"我遂给他起了一笔名——师帅，取北京师范学院和《烽》剧创作组主帅之意。冯院长终于同意了。剧本定稿时署名为：魏军（执笔）、师帅、吴继路、李允经、吴秉忠，大家一致同意。

之后，我联系了中国文联中联影视中心向广电总局申报。不久《烽》剧经过广电总局审核同意批准拍摄。中联影视中心还核发刻制了摄制组公章。至此，只待经费落实便能开机拍摄。

《烽》剧作品是我们难以割舍的情怀——

《烽》剧能否问世，是令人敬重的革命老人——冯佩之同志的夙愿。

作品虽说不是写他真人真事，但从中能看到在抗日战争时期，他在冀中与敌人斗争的身影。七十年多过去了，冀中抗日战争时期，我八路军武装公安队，在极其艰苦的斗争环境中，与日本帝国主义、汉奸、特务、叛徒进行着艰苦卓绝的斗争，最终取得了胜利。但随着时间的推移，这段历史正在人们记忆的长河中，渐渐淡去和遗失……

《烽火青纱帐——冀中抗日锄奸反特惩叛记》将帮助读者、观众找回失去的记忆。作品真实地再现了那场悲壮、惨烈的斗争。对于帮助人们，特别是青少年朋友了解那段历史，激发爱党、爱国精神，进行爱国主义教育大有裨益。作品植根于生活沃土，以冀中人民特有的语言，真实地描写了冀中平原的风土人情，散发着浓郁的泥土芬芳，有浓厚的生活气息。

从剧本完成，到现在八年过去了，因种种原因，拍摄经费未能落实，《烽》剧一直未能搬上屏幕与观众见面，实为憾事。为加大宣传力度，打破投资方只看故事梗概，不知全剧内容难下投资决心的局限，争取多方投资者的支持，我拟将剧本出版，争取与读者见面，引起社会关注。但因剧本征订、销售等原因，出版单行本十分困难，未能实现。

冯院长已是九十多岁的高龄，身体欠佳，《烽》剧问世，是他最大的夙愿。实现他的夙愿自然也就成了我的心愿。他的夙愿未了，使我感到很不安。

多年来我没有忘记，一直在寻找机会与企业、投资公司、影视拍摄中心接触联系，企望能找到投资方把《烽》搬上银幕，以了冯院长之夙愿。业内人士看过故事梗概后，都说《烽》剧故事生动，情节曲折，突出了冀中平原抗日斗争锄奸、反特、惩叛斗争的特点，较同类题材作品有很大突破和创新，会有很好的收视率。是否可将剧本先改写成小说出版，以扩大人们对《烽》剧全部内容的了解和关注。这一建议效果如何，能否促进实现《烽》剧拍摄之目的？虽尚不可知，但我以为仍不失是推进《烽》剧走向社会的好举措，几年的心血不至白费，剧本也不致成为废纸，终能使其发挥应有的寓教于乐的作用，这也是促使我把《烽火青纱帐——冀中抗日锄奸反特惩叛记》剧本改写成小说的原因之一。

剧本和小说是两种不同的艺术形式，虽说小说改编成影视作品已有不少成功之先例，但把剧本改编成长篇小说，尚无先例。况且仅从小说和影视作品的艺术规律和表现手法而言，其作品的结构方式、语言表述、情节安排、细节描写、人物刻画、心理描写等就有很大差别，按照小说艺术规律对作品加以扩充，这些都需要进行再创作，其难度不亚于原创作品。

改写前，我曾分别和吴继路、王凯符二位教授探讨过《烽》剧改写成小说的必要性和可能性，希望得到大家的支持。因说原来参加过剧本讨论的同志都年迈多病，连例行聚会都有困难，恐无精力再做了……吴继路教授还说："此事要做也只能你来做了，我们已无能为力了……"

我一向奉行言出必行，行必果的办事原则。为了实现冯院长一生的夙愿，也为了这种难以割舍的情怀，在艾克拜尔·米吉提同志的大力支持下，电视连续剧剧本得以在《中国作家》杂志刊发，后我又下决心将剧本改写成长篇电视小说，由解放军文艺出版社出版，以期实现最终推动拍摄电视连续剧之目的。

令人啼笑皆非的是，先后有三家文化公司，均曰：把《烽》剧做成精品，力推拍摄，以飨广大观众。有一家为此大肆宣传，并找当地筹措资金，另两家又向广电部门申报并获批准（因无经费，原拍摄文件已过期），但投资拍摄经费的去向和落实，都如泥牛入海……

冯佩之院长去世了，在向冯院长遗体告别时，我唯一能做的是把刚出版刊有《烽火青纱帐——冀中抗日锄奸反特惩叛记》的《中国作家》杂志样书，交给家属以便在冯院长墓前焚烧……

这是我终身的遗憾……

2015年1月10日

## 第十节 “把法律交给人民”，邹瑜部长如是说

司法部邹瑜部长向魏军颁发“特别贡献奖”证书

魏军（后排左二）向最高人民检察院原检察长刘复之（前排左二）颁发名誉会长证书，前排左一为司法部原部长邹瑜

司法部原部长邹瑜同志有着传奇的经历——

从1938年6月参加革命始，他就进入了延安中共举办的情报侦察干部训练班，这里堪称中共情报战线的“黄埔军校”。他属于第一期学员，从此与情报、公安、保卫、政法战线结下不解之缘。在战争年代，为侦察敌情，他的足迹遍及边区各县，以后又历任公安局局长、警备司令、中国法学会会长、司法部部长等职，他是当之无愧的法学家，为捍卫国家建设和建设法治国家做出了突出贡献。

1978年我在公安部群众出版社做编辑时，接受了责编《肃反小说选》《肃反电影文学剧本选》《肃反剧作选》三本选集的任务，作为向新中国成立30 周年的献礼。其间我阅读了30年来我国出版、发表的所有能查找到的肃反、反特题材作品，使我大开眼界。结合20世纪50年代部队进行爱国主义和警惕性教育时，我读过一些中外同类题材作品——如苏联的惊险小说、西方的侦探小说、日本的推理小说等。从中发现这些关乎法律与犯罪文学作品的称谓既不准确，也不科学。为匡正和从理论上加以研究，我产生了创立一个具有科学界说的、法律与文学交叉科学，全新的文学概念和理论

学科的想法。1981年9月我在北京文艺学会常务理事会上，率先正式提出“中国社会主义法制文学（简称中国法制文学）”全新文学概念和理论。为推动中国法制文学的发展，我创作了《简论法制文学》《法制文学探索》《主观犯罪不容忽视》等文章和理论专著。《法制文学与创作》一书，在《中国法制报（即今〈法制日报〉）》和其他报刊发表、出版。时任司法部部长的邹瑜同志看后，多次在全国司法宣传工作会议上指出：“魏军提倡的中国法制文学，以文学艺术形式进行普法宣传，让法律走进千家万户，把法律交给人民，对我国普法教育，推动依法治国大有裨益……”

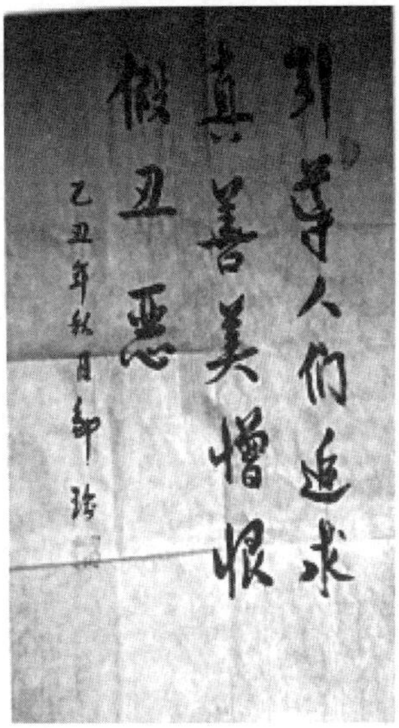

邹瑜部长手迹

1981年12月，北京文艺学会在北京全国政协礼堂举办了“首届中国法制文学学术研讨会”，司法部和全国人大法制委员会派代表参加了学术研讨会并给予了大力支持。会上我宣读了《关于中国社会主义法制文学》的论文，引起与会者关注，会后多家报刊进行了宣传，从此中国法制文学走向了社会。是年，北京法制文学研究会正式成立，我当选会长，这是全国唯一一家研究和创作法制文学的学术团体。之后，北京法制文学研究会与全国二十多个省市、自治区，政法、文艺界、新闻出版界进行了交流，创作了一大批法制文学作品和理论文章，为社会接受和肯定。

2008年我与邹瑜部长再次会面时，老部长首先问我北京法制文学研究会工作情况。我向他汇报后，老部长建议成立一个全国性的法制文学研究会，以促进中国法制文学的发展和繁荣。在老部长的倡导和力主下，由北京法制文学研究会和我，作为发起单位和发起人，经中国法学会批准，2009年1月11日在北京人民大会堂，“中国法学会法制文学研究会”正式成立，我当选为会长兼秘书长。

《中国法制文学通讯》期刊

为进一步推动中国法制文学创作繁荣与发展，中国法学会法制文学研究会竭诚聘请了最高人民检察院原检察长刘复之、司法部原部长邹瑜、著名军旅作家白刃同志为名誉会长，指导研究会的工作。

邹瑜部长对研究会的工作和活动十分关心和支

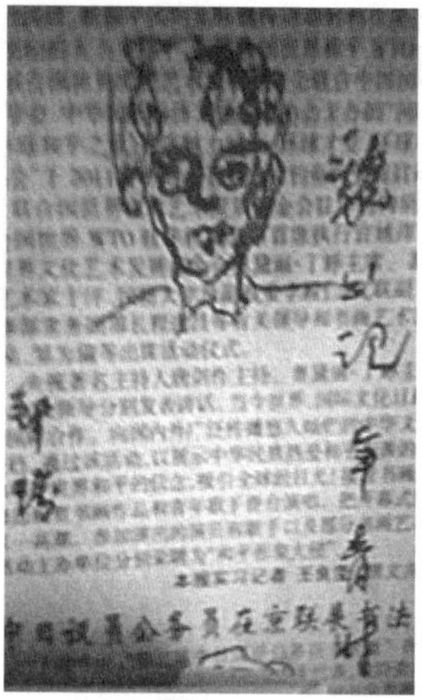

图为邹瑜部长给魏军画像

持，他虽已年迈，但研究会每次活动都参加，并发表指导性讲话。中国法学会法制文学研究会创办《中国法制文学通讯》期刊，老部长亲自题写了刊名。第一届中国法制文学原创作品大赛，我的《中国法制文学导论》一书，荣获“特别贡献奖”，并被列为中国政法大学和部分政法院校文科研究生教材，老部长高兴地亲自为我颁发获奖证书。

老部长德高望重，严于律已，和蔼可亲，平易近人。为我国政法事业发展鞠躬尽瘁，在我国政法界享有很高威望。有一次在参加研究会活动时，我俩促膝谈心。我说：“老部长……”话刚一开口，他便接过话茬说：“我真是‘老不长’了……”说完我俩都会心地笑了。

聊到开心处，老部长随手拿起一张报纸给我画像，并写下——“魏书记年轻时”。这是我在中共中国文联纪委工作时的职务。

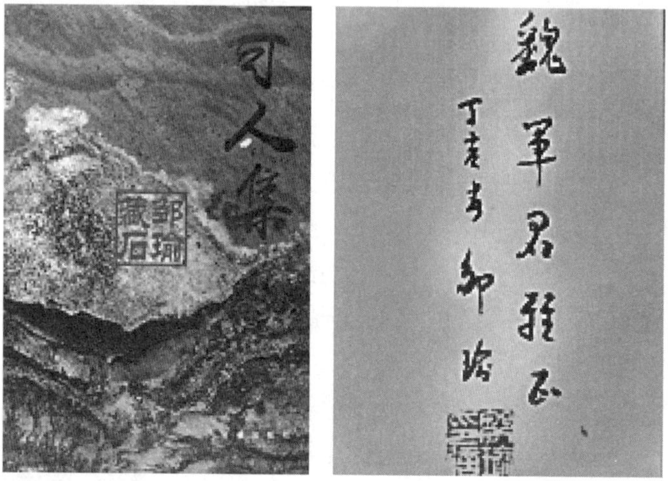


邹部长赠魏军藏石《可人集》

90多岁的老部长，除关心我国依法治国建设事业，为建设法治中国操劳外，业余时间尚喜藏石。入其室，如走进奇石的森林，崎岖嶙峋，琳琅满目，有的如行云流水，有的如昆仑崩裂，从有灵性的石头探索人性和自然界美的境界，堪称创造大美的艺术家，老部长通过藏石表达对生活的赞美，并出版《可人集——邹瑜藏石》一书，以飨读者。祝愿老部长身体健康，长寿，再长寿……

# 第十二章　法制文学从这里起飞……

梦是信仰，梦是方向，梦是目标，梦是文化……一个梦圆了，又一个梦开始，周而复始，永不停歇，成为推动社会发展，人类进步的原动力。于是就有了中国梦……

梦的起飞，恰似奔向目标的开始；梦的着陆，宛如成功与结果……

梦有很多种，据《邯郸之梦》记载，有情感梦、富贵梦、才艺梦等十几种。就才艺梦而言，梦不管多么玄乎，真正超人的才艺，绝不是天生的，除梦者要有勤学苦练的决心外，还要有实现梦的条件、环境和土壤，否则梦也仅是梦罢了。《崔氏女梦里学弹筝》和《汤显祖梦玉茗仙子》都点明了这个道理。大到中国梦，小到个人梦，为实现梦想，都离不开不懈追求和努力。

30多年来北京社科联演绎着首都社会科学工作者的梦想，成为首都社会科学工作者实现梦想的起降场，让多少人梦想成真，促进了首都社会科学事业的发展与繁荣……

我的"中国法制文学梦"就是在这个起降场腾飞的——

粉碎"四人帮"后，我调到公安部群众出版社从事文艺编辑工作，对公安工作不仅有了些了解，还能接触更多侦破题材作品，给我对关乎法律与犯罪文学作品的研究、探索提供了方便。1978年我接受了编辑出版《肃反小说选》《肃反电影文学剧本选》《肃反剧作选》作为向新中国成立30周年献礼的任务。这期间我阅读了近30年来在国内能找到的所有出版、发表的这类题材作品，大大开阔了眼界。《刑法》《刑事诉讼法》颁布后，我国文艺创作冲破了描写反刑事犯罪作品的禁区，打破了单一的反映政治案件的框囿，呈现出创作法律与犯罪文学作品的多元化趋势。

我刚到群众出版社工作时，经常收到与公安保卫工作无关的稿件，可见群众并不了解群众出版社性质，于是我建议创办一个公安系统的文学期刊——《啄木鸟》，领导同意后我请茅公题写了刊名，我利用业余时间独立编辑。通过《啄木鸟》联系了一大批军内外作家，如白刃、沈默君、顾工、史超、刘心武、从维熙等，从此，使群众了解了群众出版社性质，一时间群众出版社蜚声社会。

1980年应何洛、曹子西、田丁、计永佑、周忠厚、李德堂等同志之邀，我有幸参加了北京文艺学会的创建筹备工作，在北京市社会科学研究所和北京市社科联筹备处的关怀和支持下，北京文艺学会在丰盛胡同中直礼堂正式成立，成立大会因陋就简，我写好大会横标后，为不影响下午开会，中午我和李德堂同志就跑到中直礼堂把会标挂好了。参加成立大会的有贺敬之、欧阳山尊等二百多人。第一届理事会由50人组成。大会选举何洛为会长，曹子西、刘国盈、王衍衡、郭预衡、费振刚为副会长，田丁为秘书长，除上述几位同志外，常务理事有计永佑、周忠厚、李德堂、魏军等15人，会员有650人。会后欧阳山尊风趣地对我说："我当个理事够格儿吗？"可见山尊老对北京文艺学会寄予的厚望。北京文艺学会以马克思列宁主义、毛泽东思想为指导，贯彻"双百"方针，团结首都从事文艺理论研究、教学、编辑等的专业工作者以及文艺界同志，进行文艺理论学术研究，特别是对新时期文艺领域的新情况、新特点的研究，以促进社会主义文艺繁荣和发展。

常务理事经常到何洛家向他汇报工作和开碰头会。何洛同志有着与"狼牙山五壮士"相同的革命经历，是延安鲁艺的播种人之一，他平易近人，善于倾听别人意见，每每谈到开心之处，还放开喉咙高唱《南泥湾》，尽管时而跑调儿，从中也能体悟到他的革命乐观主义精神。他一生生活俭朴，我每次到他家就看到他总是用一碗面条儿打发肚子，是一个十分受人尊敬的老领导，不幸的是他过早地离开了我们，但他的音容笑貌至今依然萦绕在我的脑海。在何洛同志带领下，北京文艺学会堪称是一个团结的、真抓实干的集体，同志们互相尊重，相互学习，从未发生过矛盾和纠纷，学会的工作总是大家商量着干。《理论信息报》主编周叔进同志聘请我出任通讯员后，我曾撰文介绍北京文艺学会团结奋进的工作作风，受到社科联领导肯定和其他各学会的赞誉。何洛同志经常组织我们在北京市委党校学会办公处4号楼6楼会议室召开会议，研究、决定工作中的问题，推动北京文艺学会工作有条不紊地进行。

1981年至1991年，在北京社科联关心和支持下，北京文艺学会是大发展的10年，在文艺百花争艳的春天，我们的队伍也不断发展、壮大，经北京市社科联批准，北京文艺学会先后成立了北京法制文学研究会、北京元代文学研究会、北京民间民族文学研究会、北京诗歌研究会、北京杂文研究会、北京美术书法研究会、北京文艺理论研究会、北京老舍研究会、北京水浒研究会、北京戏剧评论研究会、北京楹联研究会、北京京剧史研究会、北京延安文艺研究会、北京比较文学研究会等14个专业研究机构。其间北京文艺学会共组织学术活动40余次，协助各研究会举办学术研究讨论会30余次。其中影响较大的活动有1981年举办的纪念鲁迅100周年诞辰学术讨论会，会后编辑出版了30万字的《鲁迅研究论文集》，同时举办了鲁迅作品系列讲座20余讲，听讲人数达800人次，编印了13万字的《鲁迅作品选篇研究》一书。

1983年召开了纪念马克思100周年诞辰和毛泽东90周年诞辰学术讨论会，到会者提交了30篇论文，会后印成《文艺论文集》。1987年5月与其他单位联合在人民大会堂召开全国性纪念《在延安文艺座谈会上的讲话》发表45周年学术活动，大会除宣读了有关论文外，对“文艺的源泉问题”“生活与艺术的真实问题”“传统文化与外来文化的借鉴问题”等进行了深入、广泛的讨论。此外，还组织了有关文学作品、戏剧史研究和纪念郭沫若100周年诞辰等学术讨论会和报告会，收到了良好的效果。

根据国家鼓励社会力量办学的精神，北京文艺学会与中国人民大学中文系、北京社会科学研究所、《中国青年报》联合创办了“北京人文函授大学”，先后开设了12个系、科，在全国招收学员40万人。1988年为满足会员和社会学术交流的需要，李淑敏同志主编北京文艺学会会刊《文艺动态》，受到社会各界好评。1989年组织会员编辑出版了《中外文学名著鉴赏丛书》一套共6册，由文化部文化艺术出版社正式出版、发行。

在北京市社科联的领导下，北京文艺学会的事业发展，使首都社科界学术研究成果颇丰，带动了不少新学科研究。早在1981年9月何洛同志主持召开北京文艺学会常务理事会，讨论确立学术研究课题时，他建议每位常务理事要分管一个研究课题。记得当时让我分管鲁迅研究，这使我很为难，我以为全国那么多研究鲁迅的专家学者，已经“研究”得几乎无法研究了，有人别出心裁，从鲁迅日记中发现一句“今天我洗脚了……”，就断定鲁迅不爱洗脚，于是大做文章。我说明了原因后，同志们报以微笑，表示理解。我想了想说：“结合我之本职工作，我决定研究关乎法律与犯罪的‘法制文学’。”与会者听后不以为然，何洛同志让我阐述了研究方向和内容。我简单介绍了古今中外法律与犯罪作品。我以为作为一种文艺现象，如要使其发展和繁荣，应探讨和创立符合我国民族文化传统特征的文学概念和理论，扬弃在文学概念上混乱的称谓，如我国古代的公案小说、新中国成立初期的反特小说、日本的推理小说、苏联的惊险小说、英美的侦探小说等，这些作品大多是单一强调作品内容，或不同时代文学特征，或作品表现手法，或作品故事发展过程，或作品文学样式等。从文学概念出发，既不科学又不准确，我提出创立“中国社会主义法制文学（简称中国法制文学）”这一概念，理由是：首先是中国的，社会主义性质的，关乎法律与犯罪内容的民族文化特征，给这类作品以科学的界说。并说，以广大群众易于接受的、喜闻乐见的文学艺术形式，在全民进行普法教育，从而增强公民的法制观念，为建设精神文明做贡献，因此称之为“中国社会主义法制文学”。与会者听后，何洛同志首先表示赞同，并说：“这是一种文艺理论的创新，应该支持。”之后，曹子西、田丁同志也发表了赞同的意见。于是我要求成立一个研究组，并决定年内召开首届“中国法制文学学术研讨会”，有同志以为时间太匆忙，担心年内召开研讨会计划落空，心中无数便没对此发表意见。研究组成立后由魏军担任组长，副组长计永佑，组员由李德堂和《文艺研究》杂志社的肖立军，《作品与争鸣》杂志的陈京卫，中国社科院文学所的安兴本，八一电影制片厂的金栋贤等同志组成。为开好这次学术研讨会，我亲自向组员布置、确定题目，并督促其抓紧认真完成各篇论文，保证如期召开法制文学学术研讨会。

1981年《北京社联通讯》第7期报道了法制文学研究组成立的消息。1981年12月25日，在北京市社会科学研究所和北京市社科联筹备处关怀、支持下，以北京文艺学会名义，法制文学研究组在全国政协礼堂如期召开了首届“中国社会主义法制文学学术研讨会”。北京文艺学会秘书长田丁同志主持了会议，会长何洛同志致开幕词，给这次学术研讨会以很大支持。魏军同志宣读了他的长篇论文《关于中国社会主义法制文学》。陈京卫、安兴本、金栋贤、喻晓宪同志先后分别做了题为：《法制内容是社会主义法制文学创作的重要题材》《论法制与文学的关系》《略论法制文学的表现手法》《法制文学与现实主义》等书面发言。会上发言的还有军旅作家顾工、电影评论家王云缦、中国人民大学的季怀民、司法部的董洪范、《中国法制报》的李福民等同志。参加研讨会的有在京的政法界、新闻界、文艺界、出版界，以及电台、电视台、报刊记者、编辑百余人。《北京日报》《中国法制报》《文艺报》等报刊为学术研讨会发了消息和报道。中国社科院文学所、北京社科研究所等单位，以文艺动态形式，详尽介绍了学术研讨会的情况。

1982年《北京社联通讯》第2期，摘要刊发“法制文学学术研讨会”和魏军同志的《关于中国社会主义法制文学》以及陈京卫、安兴本、金栋贤、喻晓宪同志的四篇书面论文，在编者按中，又着重介绍了法制文学学术研讨会的概况。同期还刊载了《北京社联通讯》记者宁柯同志的专访：《一个新的文学概念的诞生——魏军同志谈法制文学》。同年，上海社科院《资料索引》第5期，为“中国法制文学”作了介绍。从此中国法制文学在社会上备受关注与传播。

随着法制文学在社会上的影响日盛，经批准，北京法制文学研究会正式成立，研究会选举魏军为会长，副会长计永佑、肖立军，秘书长陈京卫，副秘书长安兴本，理事李德堂、金栋贤等。当时已有会员30多人，是我国唯一一家从事法律与犯罪文学作品理论研究和创作的学术团体。更令人欣慰的是，时任司法部部长的邹瑜同志，在报刊上看到有关法制文学的报道，多次在全国司法宣传工作会议上赞扬“法制文学”在普法教育中的作用。他说：“以文学艺术形式，在全民中进行法制宣传、普法教育，把法律交给人民，对增强公民的法制意识大有裨益，应大力支持……”从此邹瑜部长一直关心法制文学的发展。1982年《当代文艺思潮》第3期，发表了魏军的《关于中国社会主义法制文学》长篇论文。之后《中国法制报》《戏剧电影报》《河南司法》《电影介绍》《洛神》《作品与争鸣》《中国电影报》《热河》《承德市报》《鸿雁》《河北文学》《蓼花》《黑龙江艺术》《泉城》《当代小说》《文艺生活》《今古传奇》《北国风》《西湖》《作家文摘》《工人日报》《中国人民警官大学学报》等报刊和北京广播电台、承德人民广播电台，陆续刊发和播放魏军的法制文学理论文章和法制文学作品，从此法制文学理论研究得到了发展。

中国法制文学的发展，离不开北京社科联、北京文艺学会和社会各界的支持。为探讨法制文学新的创作表现手法，摆脱以往着重套用侦查破案的单一的创作模式，《洛神》杂志发表了魏军的短篇小说——《心声》，受到“严重”的“关切”，被某省报组织文章一边倒地批判长达半年之久，险些把新生的法制文学扼杀在摇篮之中。就在这时《河南司法》杂志编辑，专程来京向魏军约稿，连载魏军的《法制文学探索》论文；《作品与争鸣》除刊发《心声》原文外，以鲜明的办刊方针，娴熟的编辑技巧和巧妙的版式编排，不偏不倚发表了肯定和否定《心声》的两篇评论，之后该报声称由于版面原因，有关《心声》的“讨论”暂告一段落，就此收场。1993年北京社会科学研究所，田丁同志主编的《北京文艺年鉴》摘刊了有关评论《心声》的7篇文章目录，所有这些都给作者以极大的支持。

北京法制文学研究会，不仅创作了大量理论文章和文学作品，在社会交往中也得到了空前的收获。1982年7月，应全国马列文艺论著研究会邀请，何洛、周忠厚、魏军、计永佑同志赴哈尔滨参加年会，会议期间与黑龙江省政法、公安、文艺工作者、编辑、记者、业余作者40多人举行座谈会，座谈会由何洛同志主持，魏军同志介绍了法制文学研究与创作等问题，计永佑、周忠厚也相继发言。参加座谈会的还有中国社科院的吴介民、杨炳同志。1984年山西人民出版社、《今古传奇》《文艺生活》《热河》等社、刊，先后邀请魏军参加笔会，魏军同志介绍了法制文学研究与创作的经验，在社会上产生极大反响。1985年陕西《法制周报》以拟创办《法制文学报》事宜，特别邀请魏军同志参加座谈会，介绍法制文学研究和创作经验，会议印发了魏军的《关于中国社会主义法制文学》论文和宁柯同志的记者专访《一个新的文学概念的诞生——魏军谈法制文学》，作为会议主要文件，发送给与会者和当地宣传部门。参加会议的除主办单位和省委宣传部门领导，还有贾平凹、路遥、肖云儒等30多人，会后陕西电视台、西安电视台和相关报刊播、刊了消息。

魏军同志作为北京文艺学会创建发起人之一，曾担任常务理事、副秘书长、副会长等职，鉴于他在法制文学研究和创作所取得的成就，以及积极参加北京文艺学会各项组织工作所做的贡献，1985年和1993年两次被评为“优秀社会科学工作者”。魏军同志化鼓励为动力，潜心钻研、认真探索，在他创建公安部警官教育出版社的百忙中，创作了第一部理论专著——《法制文学与创作》，此书出版后荣获首届中国通俗文艺“理论佳作奖”，这是我国唯一一部全面系统阐述“法制文学与创作”的理论专著，从此法制文学理论研究有了较为成熟和厚重的成果。

1985年为搞好和扩大期刊发行，根据中宣部有关规定，鼓励以书号代刊号，编辑出版期刊，由北京法制文学研究会、洛阳地区文联牵头，魏军主编了《侦破小说选刊》，由黄河文艺出版社出版。魏军主编的《世界奇案佳作》丛刊，由文化艺术出版社出版，扩大了北京法制文学研究会在社会上的影响。

1989年和2007年在李淑敏任北京文艺学会副秘书长和秘书长期间，两次召开了魏军作品研讨会。魏军的长篇反腐小说《匿名信》作品讨论会，由马尚瑞主持，陈建功、顾工、吴越等30多位作家、评论家、编辑、记者参加。陈建功同志说：“这是我国首部反腐题材的作品，读后使人震撼，令人荡气回肠，是一部成功之作。”有同志说：“作者以纪委书记和作家的独特视角，剖析了反腐斗争的艰巨性，真实可信。”会后李淑敏同志写了评论和消息，在报刊上发表。《魏军影视剧本选——军事·公安题材剧作专辑》作品研讨会，是由李淑敏亲自组织并主持召开的。到会的有影视界人士、军旅作家、政法界作家、文艺评论家、编辑、记者30多人。国家新闻出版总署图书司副司长潘国彦同志，因事未能出席，为作品讨论会作了题为《侠骨热血唱大风——读著名作家魏军的影视剧本感悟》书面发言。文中写道：“读了魏军影视剧本，有四句话的感悟，这就是浩然正气民族情，深情厚谊同志爱，侠骨热血唱大风，憎爱分明道义深。这些特点在他多部作品中都有鲜明的表现。”解放军原总后勤部研究室主任王波在发言中说：“作者以对党、对人民的社会责任感，把我志愿军战士爱党、爱国的革命精神，和美帝虐杀我志愿军战俘的人们渐渐淡忘的这段历史，真实地再现，对爱国主义教育大有裨益，是对社会和人民的一大贡献……”这两篇评论《荣辱悲歌》的文章，后来分别在《中华儿女》和《爱我中华优秀作品选——和谐中国专集》发表。这不仅是一种鼓励，也是一种无形的鞭策。

刘飏同志

为进一步推动法制文学发展，2008年9月10日，北京法制文学研究会为发起单位，魏军为发起人，向中国法学会申请成立中国法学会法制文学研究会。在司法部原部长邹瑜同志支持下，中国法学会接到申请后，于2008年10月10日正式批准。2009年1月11日在北京人民大会堂，举办了“中国法学会法制文学研究会成立大会暨第一届中国法制文学原创作品大赛启动仪式”。魏军当选为会长兼秘书长。中国法学会党组书记、常务副会长刘飏同志在祝词中说：“我代表中国法学会对法制文学研究会成立表示最热烈的祝贺。文学和法律的结缘，在我国是不易有的，这是一门新兴的法律与文学的交叉科学，始于何时，我没考察过……在我国，法律与文学的研究和实体的组织者作家魏军同志，他在20世纪80年代初，最早提出并且创立了法制文学这一新的文学概念和理论学科。在他的推动下，北京法制文学研究会1981年宣告成立，现在28个年头了。这次在司法部，也就是我们中国法学会的老领导邹瑜同志的倡导、推动和力主下，由北京法制文学会和魏军同志发起申请成立中国法学会法制文学研究会，我们积极运作并且很快地给予批准，使它在原有的基础上，能够继承和发展、与时俱进，这就标志着我们的法制文学研究进入了一个新的发展阶段。”

出席大会的除本研究会会员代表和专家委员会委员外，还有省、部、军级顾问：中共中央宣传部原常务副部长龚心瀚、公安部原副部长胡之光、最高人民检察院常务副检察长张耕、国家新闻出版总署原署长于友先、解放军艺术学院院长陆文虎少将、中国人民武装警察部队原纪委书记萧星华将军、中国文联原副主席胡珍、电影表演艺术家田华等30余人。后聘任最高人民检察院原检察长刘复之、司法部原部长邹瑜、军旅作家白刃三位同志为名誉会长。经过近一年的评审，魏军创作的第二部理论专著《中国法制文学导论》，荣获第一届中国法制文学原创作品大赛“特别贡献奖”。

著名文艺评论家、文艺美学教授计永佑在《欲知花岛处 水上觅红云——评魏军的理论专著〈中国法制文学导论〉》一文中写道——

“在美学研究中，提出一个概念与论证一个概念，使之成为美学与文艺理论的一个范畴，中间还有相当的距离。回想一下，我们在美学建立的几百年中，

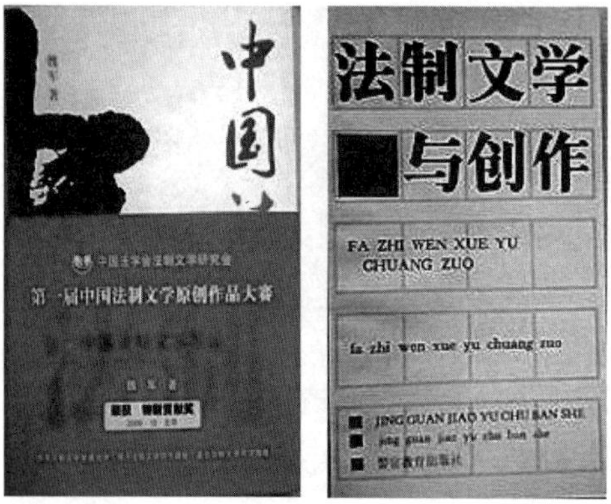


魏军的两部代表作品

究竟创立了多少范畴？我们在美学与文艺理论研究创立一个新的范畴，其价值与艰辛可想而知。‘法制文学’这个美学与文艺理论范畴，在魏军那里经过了近30个年头了！”任何一个学科的创立，任何一个学术范畴进入已经形成的学术体系，它必须完整地、有证明力地回答四个问题：对象、任务、方法及其在学术体系中的地位。

中国政法大学法制文学教授（左）、研究生代表（右）向魏军献花

“魏军同志的《中国法制文学导论》，对上述四个问题都作出了有逻辑力量的、有充分事实根据的回答。我们有理由确认：‘法制文学’这个范畴已经进入了我们的美学与文艺理论体系。”又说：“法制文学与法学、法律学有密切的内在联系，以艺术典型宣扬法制，法制文学作家不懂法是不行的。在一定意义上说，法制文学作家同时也应该是法学家。魏军当选为中国法学会理事是当之无愧的。”

魏军两部法制文学理论专著《中国法制文学导论》和《法制文学与创作》均列入中国政法大学和全国部分政法院校文科专业研究生教材。中国政法大学毕业研究生代表向“不是导师的导师”——魏军献了鲜花，他（她）们怀揣《中国法制文学导论》和《法制文学与创作》高兴地走上了工作岗位，从此我的“法制文学梦”暂时画上了一个句号。

我的“法制文学梦”是从北京社科联和北京文艺学会这块沃土上起飞，经过30多年的培育，发芽、生长、开花，终于结了果实。没有这片沃土的扶植、浇灌，禾苗不会破土生长。没有这块沃土的滋润，就不会绽放“法制文学”之花……

法制文学已家喻户晓，受到社会各界关注和肯定，相信在不久的将来，法制文学定会更加发扬光大，正如王啸文同志评论说：“在‘法制文学’这块新开辟的文学‘绿洲’里，我们毕竟已看到了初露的曙光，已听到清新、悦耳的驼铃声。我们有足够理由相信：魏军和他的‘驼队’，将给我们带来更加丰硕的成果。”

“我们期待着，期待着……”

（原载《文艺界通讯》1987年第3期,《写作》1987年第5、6期）

梦是永远不会停歇的，一个梦圆了，又一个梦开始了。

我还要在这片沃土上耕耘，播种，绞更多的脑汁，洒更多的汗水，在稿纸上，在键盘上，在祖国的大地上，为实现新的梦想而努力……

原载《我和社科联——写在北京社科联成立30周年之际》

2013年北京出版集团公司北京出版社出版

# 第十三章　关于中国社会主义法制文学

马克思指出：**“犯罪不仅产生罪犯，而且还产生刑罚。”**

关乎法律与犯罪的文学作品，在不同的历史时期，不同国度就文学概念而言也有不同的称谓。

我国古代称这类作品为公案小说，是指作品中有公堂断案的描写，也就是现在所说，关乎法庭审判的案件。

新中国成立初期的肃反小说、反特小说，是指我们同破坏国家建设的阶级敌人或妄图颠覆国家政权的特务、间谍和反革命分子作斗争的特定题材。为适应政治斗争和阶级斗争的需要，这一概念在新中国成立初期，虽说相对准确，但局限性很大，超出对敌斗争这个范围就不适用了。因为，有些法律与犯罪文学作品，并不都涉及敌特犯罪活动。

侦探小说的“侦探”即侦查破案的意思。在西方习惯叫侦探。侦探只是侦破案件的手段。侦破是指作品中有某些侦查破案过程的描写。同样，关乎法律与犯罪文学的作品，也并非都有侦破过程和情节。如劳改劳教和交通事故肇事案如没有发现新的犯罪和逃逸情节，一般并不涉及侦查破案的描写。

苏联的惊险小说，是对作品样式和情节而言。但是并非所有作品都是惊险样式和有惊险情节，惊险也并非法制题材作品专利，如描写自然灾害、杂技等的文艺作品也同样具备相关元素。

日本称推理小说。推理是指侦破中的归纳、演绎手段，但并非唯一的手段。文学创作中的推理，仅仅是推动故事情节发展的艺术表现手法，因此也不能构成某一文学种类概念的特征。

由此看来，人们对这类文学作品从概念上划分十分混乱，缺乏科学、理性的探讨。尽管如此，这类文学作品仍然受到人们的欢迎。据不完全统计，这类文学作品的读者，约占世界人口四分之一。文学反映法律与犯罪问题，古今中外都比较普遍。有法律，就有维护法律的人，作家反映这种社会生活现象，就会产生典型艺术形象；有犯罪，就有揭露犯罪的文学作品，它与社会生活是紧密相连的。

随着社会发展，这类作品还必将不断涌现。但遗憾的是，作为一种文艺现象并没引起人们的足够重视，特别是文艺理论方面的重视，因此使这类文艺创作和理论探讨，缺乏科学的界说。

笔者以为，评价和探讨关乎法律与犯罪文学作品时，应该有一个确切的、科学的界定。在我国这类作品应以描写社会主义时期，发生犯罪和阻止、消灭犯罪现象为内容。从维护社会主义法制，增强每一个公民的法制观念，自觉地遵纪守法，共同构建和谐社会与建设精神文明出发，所以对关乎法律与犯罪文学概念和理论学科的创立，要区别于不同国度、不同社会制度和不同历史时期。1981年9月笔者在北京文艺学会常务理事会上，率先提出并创立了“中国社会主义法制文学（简称中国法制文学）”，给这类文学作品以科学的界说。这样不仅把古今中外关乎法律与犯罪的文学作品，从文学概念上区别开了，更重要的是，中国法制文学它鲜明地体现了——首先是中国的、社会主义性质的、反映法律与犯罪题材的、彰显我国民族文化的特征，使其进入了中国的文艺理论体系。

## 第一节　古今中外法律与犯罪文学演变与发展

法律与犯罪，在我国有文字记载较早的是《尚书·吕刑》。汉代司马迁的《史记》中《游侠列传》里的“以武犯禁”说，就关乎法律与犯罪的内容。禁、律条乃当时社会的法律条文。然，这些都是作为历史所记载的，还不能算作是文学艺术作品。

法律与犯罪成为文学描写对象始于唐宋传奇。唐传奇有几种内容：一是民间风俗故事，二是宫廷秘闻，三是青年男女爱情，四是侠客故事。这最后一种即文学艺术中最早反映法律与犯罪的源头。如段成式《酉阳杂俎·盗侠》里的人物，裴铏的《聂隐娘》，袁郊的《甘泽谣·红线》，写的还是女侠客，虽有些诡奇，与历史多少是分开了。到了宋代的笔记小说、话本，其中就有公堂断案的描写，关乎法律与犯罪文字的记载向文学艺术方面衍化得更为清楚了。

明清时期关乎法律与犯罪的文学，已形成了一种非常成熟的文学种类——公案小说。冯梦龙的“三言”，凌濛初的“二拍”，蒲松龄的《聊斋志异》，都有专门描写公堂断案、除暴安良的独立篇章。最著名的是《三侠五义》和《施公案》《刘公案》《彭公案》等，都显示出其作为一种文学样式的成熟程度。不仅如此，元、明兴起的杂剧也是这样。这类作品是我国文学中不可忽视的一支劲旅，世代驰骋在我国文坛上，在民间广为流传。

反映法律与犯罪的文学作品，在国外也有相当长的历史。欧洲文艺复兴时期，这种文学就产生了，如莎士比亚的《哈姆雷特》。但作为独立的文学种类，比起我国来要晚得多。近代美国著名作家、现代颓废派文学鼻祖埃德加·爱伦·坡，除了创作《厄舍古屋的倒塌》那样的正统小说外，在1841年还发表了《莫尔街大血案》，此后他又写了《金甲虫》《被盗的信件》等。这些作品主要描写侦探细密地揣测人的心理活动，运用严密的逻辑推理来判断和侦破案件，艺术技巧较高，因此爱伦·坡有“西方侦探小说之父”之称。随后，英国的威尔基·柯林斯，法国的加波利奥也陆续发表了这类小说。

早期西方的侦探小说，一般都以故事性强、情节紧张、起伏跌宕取悦读者，所以很快风靡欧美。但是，真正拥有世界范围影响和对后世侦探小说创作发生重大影响的作家，要算英国的柯南·道尔了，他塑造的私人侦探——“福尔摩斯”这一艺术典型，几乎妇孺皆知。值得一提的是，西方的侦探小说是资本主义由上升转为衰败时期出现的文学现象，在一定程度上反映了资本主义社会日趋尖锐的法律、道德与犯罪的社会问题。然而大量作品又都具有渲染恐怖、神秘离奇，甚至掺杂着色情描写的特点，用以刺激读者感官，具有强烈的商业性。在反映社会矛盾方面并不深刻，从文学价值探讨，当然是不可取的。

那么，西方的这类文学作品是不是毫无可取之处呢？不是的。像柯南·道尔的《福尔摩斯探案集》，尽管也有神秘色彩，但基本上是严肃的，没有色情描写，主张正义，揭露犯罪，同情弱者。通过对罪犯的揭露，作品比较客观地反映了当时英国社会衰败与没落的本质。艺术上很注重对人物形象的刻画，使福尔摩斯这一典型人物，成为世界文学宝库中不朽的艺术瑰宝。

第二次世界大战后，各国的侦探小说都有了较大发展，从表现形式到思想内容也有所提高，不再是单纯侦破案件过程的描写，而是将战后经济萧条、通货膨胀，以及失业所引起的一系列政治问题与道德、犯罪问题联系起来加以反映。思想容量大、艺术手法新，具有较深刻的社会意义，远远超过了早期的侦探小说，被世人所关注。

美国当代作家詹姆斯·克拉威尔的小说《望族》，在比较广阔的层面上，反映了美国中央情报局、苏联克格勃、英国秘密情报局的间谍们，与许多国家的企业家们一起，为争夺一家亚洲贸易公司的所有权，进行了一场惊心动魄的残酷角斗。

英国当代著名女作家艾薇琳·安东尼，1976年发表了她的长篇小说《去马拉斯皮加的使命》，叙述了美国警察机构派遣女侦探凯萨琳，打入意大利贵族马拉斯皮加公爵家中，查出公爵夫人和情夫利用艺术贩毒，以及公爵卖假画的内幕，揭露了贩毒集团的罪恶行径和当时西方盛行的卖假画的黑市活动。作品情节迷离曲折、故事生动，除此之外还细腻地描写了意大利名城佛罗伦萨的旖旎风光，增添了作品清新委婉的艺术特色。

我们知道这类小说的特点在于通过对一个或几个案件的集中描写，显示出步步设疑、层层释惑的魅力，这种表现侦破的艺术形式被电影接受后，它的影响所及、范围之广都是空前的，受到人们的关注而取得成功。例如，法国导演科斯塔·加夫拉斯的《Z》《招供》《戒严》《特殊法庭》等，无不是揭露了西方上层社会集团为各自的利益，既相互勾结又相互残杀的内幕，暴露了西方政治血腥黑暗的一面。意大利电影导演弗朗西斯科·罗西的《城市上空的手》描述了掌权者的贪污盗窃，巧取豪夺。《萨瓦多·朱利安诺》描写黑手党的产生和发展，揭示了它与警方的勾结。《马捷依案件》描写企图从大洋彼岸垄断组织的控制中，挣脱民族资产阶级，最终归于失败的记录。《尊贵的尸体》描写恐怖活动笼罩一切，左翼力量面临如何选择正确的、符合人民利益的困难任务，对意大利政局进行了深刻剖析。

日本最早的侦探小说，应该说来源于我国的公案小说，或者说是从我国公案小说中脱胎出来的一个文学种类。17世纪，日本就有一些作家开始模仿我国的公案小说。例如，井原西鹤的《本朝樱阴比事》。明治维新时期，日本掀起了向西方学习的热潮。1877年，神田孝平发表了改写的侦探小说《杨牙儿奇谈》，把欧美的侦探小说引入日本。到20世纪20年代，日本已有了专门发表侦探小说的杂志——《新青年》，从此开始了日本侦探小说的兴盛时期。由此时起，侦探小说创作分为两派：一派以江户川乱步、角田喜久等作家为代表，主张以逻辑推理作为推动故事情节发展的“本格派”；一派以木木高太郎、横沟正史等人为代表，主张描写荒诞离奇、阴森恐怖、变态心理、科学幻想的“变格派”。这两派在当时取得的艺术成就都不大。1946年，木木高太郎主张加强小说的逻辑推理，提议改为“推理小说”，这一意见被冷落，后逢日本文字改革，压缩了“侦”字，之后才启用了推理小说一词，从此推理小说走向社会，成为人们熟悉的一个文学样式。日本以纯文学起家的作家松本清张，1957年发表了长篇推理小说《点与线》和《隔墙有耳》等作品，掀起了日本第三派推理小说热潮，被称为社会推理派小说家。他的作品大都以社会事实为依据，杂糅进自己的逻辑判断，虚实间用，深刻展现了日本社会种种矛盾，因此具有现实主义的特点。

二十世纪五六十年代，苏联的惊险小说和电影也风行一时，这些作品多以政治和军事斗争与反间谍联系在一起。例如，电影《最高的奖赏》《水银湖上的魔影》《山中防哨》等，小说《射击场上的秘密》《红色保险箱》，等等，都与反间谍反特工相联系，也有以反刑事犯罪为题材的作品，如《形形色色的案件》等。这些作品不论在表现手法和题材的选择上都有可取之处，对于加强警惕性教育，讴歌时代英雄起到很大作用，给我国观众、读者留下了深刻印象。

早在二十世纪三十年代，作为侦探小说，我国程小青的《霍桑探案》与柯南·道尔的《福尔摩斯探案集》，有异曲同工之妙，对我国后来反映法律与犯罪文学的作品创作有借鉴作用。

新中国成立后我国这类文学作品的创作，大体可分为四个阶段：

第一阶段是紧密地配合新中国成立初期的政治斗争，反映阶级敌人妄图颠覆新生政权和破坏国家建设的罪恶活动。例如，话剧《糖衣炮弹》，电影《一贯害人道》《斩断魔爪》《虎穴追踪》《徐秋影案件》等；小说《一件杀人案》《无铃的马帮》《荣军锄奸记》等。这些作品大都是揭露暗藏的反革命分子的罪恶活动，主题立意都是很好的，但并不深刻，艺术上也不够娴熟，手法不够新颖，情节不曲折，故事也不生动。

我国社会主义建设进入高潮以后，这类作品创作进入第二阶段，从题材划分上看，仍以反特、肃反题材为主。例如，电影《羊城暗哨》《寂静的山林》《跟踪追击》《秘密图纸》等；小说《"赌国王后牌"软糖》《黑眼圈的女人》《爱甩辫子的姑娘》等。这些作品不仅保持了前一阶段主题立意的特点，在艺术技巧上也较多样，情节曲折惊险，故事生动迷离，艺术上有新的追求。

上述两个阶段的创作，应该说都取得了一定成绩。"文化大革命"期间，文苑百花凋零，反映法律与犯罪的文学作品更是绝迹，直到粉碎"四人帮"和党的十一届三中全会后，文艺百花园才迎来了生机勃勃的春天。文艺创作空前活跃，出现了一批反映十年动乱期间冤假错案的作品。十年动乱造成的社会风气败坏、道德水平下降、法制观念淡薄和颠倒，以及由此产生的刑事犯罪现象得到了重视，这类作品创作进入了繁荣的第三阶段，塑造了一批坚持实事求是、伸张正义、揭露犯罪而英勇献身的执法人员形象，如《神圣的使命》《法庭内外》等，维护了法律的尊严。与此同时还出现了一些与反特题材相关的作品，如电影《猎字99号》《黑三角》《戴手铐的旅客》《东港谍影》等。由此看来，一些比较优秀的作品，无论从题材的开拓，还是主题立意的深化，以及人物刻画和艺术表现手法，都比前两个阶段有所提高，显示出这类文艺作品创作的勃勃生机和未来发展的远大前景。

改革开放以来，伴随着经济改革的发展，刑事犯罪不绝如缕，文艺创作从过去单一的反特题材，冲破了禁区，开始描写刑事犯罪案件。作家的创作思路异常活跃，就题材来说，有改造青少年罪犯的《少年犯》《寻找回来的世界》，反映刑事犯罪的《重案六组》，讴歌公安人员丰功伟绩的《任长霞》，以及关乎廉政建设、反贪腐、缉私、禁毒、诈骗、交通事故、行贿受贿、道德败坏、拐卖妇女儿童等题材，五花八门，应有尽有，创作题材得到进一步拓展。遗憾的是，改革开放后，我国由计划经济向市场经济转轨的过程中，也有些作品为追求经济效应，把这类题材当成赚钱工具，以色情、暴力等官能刺激招徕读者、观众，实不足取。

## 第二节　中国法制文学是个特殊的文学领域

法制文学之所以相较于其他文学具有特殊性，不仅是因为它涉及范围广泛，还在于它所反映的关乎法律与犯罪的社会生活现象，是其他文学作品不曾涉及的。因此可以说，法制文学是社会现象、社会意识形态的反映。作为意识形态反映的法制文学，是以犯罪与刑罚的产生，用文字记载和文学形式反映为前提。党的十一届三中全会后，总结了社会主义建设时期的经验和教训，才发现我们所经历的社会主义社会仍属于初级阶段。这就要求我们的方针政策、建国方略，都需要按照我国的基本国策进行调整，这就是建设有中国特色的社会主义。

1949年中华人民共和国成立以后，应强调按照我国新的法律制度而建立起来的新的法的观念，以及对人们自觉地为这种法制的确立、完善而作出的努力和斗争过程进行形象反映。从这个意义出发，法制文学是一门既古老而又年轻的文学艺术种类。说它古老，是因为在我国刑罚产生前就已经萌发了“刑”和“罚”的意识；说它年轻，是因为真正作为社会主义文学独立的一支，真正将其确立为文学概念和文艺理论学科，并得到社会各界的肯定与关注，还嫌太年轻、太稚嫩。它诞生于1981年9月，到现在也才经历了30多个春夏秋冬。在我国的历史长河中，应该说它还是个刚刚涉足的青年，今后还要经历更多的坎坷和风雨。从人类历史发展和文学的使命角度来说，它的成长和发展的道路，将与社会主义社会的历史阶段同在，直到人类社会消灭了犯罪，取消了刑罚，这时，也只有这时，人类将不再需要反映法律与犯罪的法制文学。然而，这是一个非常理想而漫长的历史过程。因此，它的产生与社会主义法律制度和社会变革有着密切关系。

一定的文化艺术是一定的社会的政治和经济的反映，古今中外都是如此，而法制文学在这方面就更具有它明显的特征。不仅如此，它还将维系历史的刑罚制度的变革，从而发展自己。在阶级社会里，刑罚制度的变革取决于社会物质条件的发展和改善。它不仅构成犯罪的发展史，还能促进刑罚的演变，这些都是以其社会经济基础为转移的，就连人类历史发展也不例外。马克思主义认为："物质生活关系和人与人之间的交往形式，并不是由国家政权创造出来的；恰恰相反，这种关系和形成本身，正是创造国家的原动力。"从这个意义讲，我们可以认为：法律，特别是刑罚，它在一切类型的国家和它们各自的不同时代，都反映着当时物质的经济关系。根据刑法的具体内容，即犯罪和刑罚的相互关系，人们就能推测和判断出，每个国家在其各个历史时期，都反映了法律与那个时期不同的经济关系和状况。犯罪和刑罚是一个较为特殊的社会领域，尽管这一领域涉及面甚广，且又有着如此重要的特殊历史意义，但作为成千上万遵纪守法的正常人来说，还是容易忽视。除专业法律工作者和研究人员外，人们很少去研究产生这种复杂的社会现象的原因，因此，在这方面知之甚少。法制文学以马克思列宁主义法的思想为核心，以毛泽东文艺思想为指南，形象地反映这一社会现象，特别是在漫长的社会主义历史阶段，仍有犯罪这一复杂的社会现象存在，以及社会发展规律对于认识阶级斗争进程、政治斗争命运，以及经济发展变化的趋势等方面的反作用力。运用法制文学的形式为社会主义建设和社会主义革命服务，让更多的人了解这个具体的，具有神秘色彩的领域，对唤起人们维护法律、揭露犯罪、打击犯罪、减少犯罪乃至消灭犯罪的良知，无疑可以产生积极的影响。正如古人云："以铜为镜，可以正衣冠；以史为镜，可以见兴替；以人为镜，可以知得失。"

不同的国家，不同的历史时代和民族习俗、道德观念，其法律制度不仅在形式上有相当的差异，其内容以及实施的对象和效仿形式也有本质的区别。因此，法制文学在反映这一社会现象时，同样都是表现法律与犯罪这一基本主题，但就其揭示范围、深度和广度，以及对法律本身的认识和对国家政权的态度，也有质的差别。同样都是揭露犯罪，由于国家的不同，社会制度和法律制度的不同，它所反映的政治倾向和目的性也就不尽相同了，特别是以政治案件为背景的法制文学作品。如有的国家在处理危及国家安全或颠覆政权的案件时，在这个国家看来，可能是十恶不赦的罪行，但在别国看来，特别是敌对国家，可能会认为这是英雄壮举，因而倍加赞扬。然而，法制文学作品在反映刑事犯罪案件时就不同了，因为它不直接涉及危害国家政权和统治阶级的根本利益。这是囿于阶级本性和统治阶级利益所决定的。即使在同一国度，不同历史时代的某些案件，古代的除暴安良就不能与今天的打击刑事犯罪同日而语。因此，要区别法制文学作品的性质，不能忽视它的阶级属性，离开这一规定性认识，也就失去了法制文学的社会性，就会陷入唯艺术论和超阶级文学的泥潭，必将违背我国社会主义文学的使命。

提倡中国法制文学，必须遵循“文艺为人民服务，文艺为社会主义服务”的这一根本性的方针。离开这个方针，哪怕它反映了法律与犯罪这一社会生活现象，也不能与中国法制文学类比和等同。否则就混淆了不同国家、不同社会制度、不同历史时期反映法律与犯罪题材作品的性质，就会导致人们对社会主义法制的错误认识，不利于我国法制建设，不利于创造安定团结的大好局面，不利于建设精神文明和构建和谐社会。

进行社会主义建设，人们需要有一个良好的社会秩序和尽可能良好的工作、生活环境。为了这个目的，新中国成立以来，我国制定了一系列法律、法令、法规，对巩固国家政权，保障国民经济的发展起到了重要作用。因此，我国的法制建设，代表了国家政权和广大人民群众的利益、愿望和意志。中国法制文学在反映这一社会生活时，要以维护社会主义法制为前提，并将其作为创作和理论研究的基本宗旨，同时也作为法制建设、普法教育的补充。用文学艺术的形式，让更多人了解我国法制的性质，绝对不能因为在社会主义初级阶段，还存在某些犯罪现象，就诋毁和动摇社会主义和法制的严肃性。

中国法制文学所反映的社会生活领域非常广阔。尽管如此，但基于对犯罪斗争所采取的方式的特殊性，这是一条无形的、隐蔽的战线，在一个时期有些案件还不宜公开披露，所以人们不可能了解斗争生活的全貌，给这一生活领域涂上了神秘色彩。

文学是社会生活的反映，作为法制文学又不可避免地要反映社会生活中的犯罪现象。而这一社会生活现象被人们认为是最阴暗、最丑恶的东西。作为意识形态的一部分的法制文学，如何客观地反映这一社会生活现象，这是法制文学创作和理论研究的最根本的问题。对此，文艺理论家、作家必须要有清醒的认识。法制文学作品所描写和反映的社会生活侧面，尽管多是鲜为人知的、富有浓郁的传奇色彩，乃至人们把它神秘化的社会现象，但这一社会生活现象，仍然是通过人们的头脑主观能动作用，特别是作家头脑的能动作用，分析、选择、加工、概括、改造、提炼而创作出来的。由于法制文学反映的社会生活的深刻性和强烈的政治倾向的规定性，要求作家在选择创作素材时，比一般文学创作应该更为认真、严肃。尽管如此，不同的作家，由于立场观点、政治态度、文化修养等主观条件的不同，他们创作出的作品也不尽相同，有真实与虚假的差别，也有客观与主观的区别，乃至全面与片面的差异。既然法制文学是通过作家头脑的主观能动作用，创造和反映社会生活，这就要求作家必须自觉地感受、体验、理解他反映的社会生活，才有可能客观或比较客观地把握社会生活本质，创造出具有中国特色的符合时代特征的法制文学作品。

中国法制文学是一个特殊的文学领域，它的创作方法除恪守一般文学创作规律外，作家在创作这类文艺作品时，不论是题材的选择与开拓，还是创作技巧的完善，表现手法的革新，以及主题的提炼，都应考虑到它的专业特点，乃至作品发表后在社会上产生的影响，否则就会牺牲中国法制文学的严肃性和作家的社会责任感，这与生硬地规定作品的任务和主题先行是有区别的。

## 第三节　中国法制文学与社会主义精神文明

社会主义精神文明建设是一项长期的战略任务。

文明是指人类开化、进步与社会发展的状态。即人类物质的丰富与精神财富所达到的程度。因此，文明分为物质文明和精神文明两种。精神文明按其性质又可分为两类：一类是教育、科学、文化、艺术、卫生、体育事业的发展规模与水平；另一类是思想、情操、理想、道德、伦理、风尚、习惯等社会意识形态的状况。这两者紧密地与物质文明的程度和社会经济制度性质相联系。因此，精神文明也属于上层建筑范畴，受社会物质条件的制约，并强烈地反作用于法律制度。在阶级社会里，不同的阶级，不同的社会制度，不同的历史时代，其精神文明的含义也有质的差别，必然打上阶级的烙印。文明的反面是贫穷、落后、愚昧和野蛮。愚昧和野蛮是道德与情操的反动，这两者常常交织在一起。野蛮是犯罪的温床，它和罪与罚是孪生兄弟。由此可见，反映法律与犯罪的法制文学与精神文明的关系，就显得密不可分了。社会主义精神文明是建立在自由、民主、平等、互助、友爱的基础之上，先公后私或公而忘私，关心人、尊重人的合法权益，是其又一个明显的特征。

文明，不论是物质文明，还是精神文明，都离不开人。没有人的创造性劳动，就不可能获得物质财富的丰富与发展。没有人的高度思想觉悟和道德情操，就不可能有创造性的劳动。中国法制文学必须表现人的劳动、思想，乃至生活。人的一切活动准则，无不受社会主义法制的制约与保护，每一个人都与法制有着因果关系。法制文学正是把置身于社会主义法制之中活动着的人，作为主要描写对象，并着重反映他们的法律生活，从而提醒人们，哪些行为是守法的，哪些行为是违法的，以便影响他们树立守法观念，克服违法思想。对那些已经构成犯罪的现象，要及时给予揭露和打击，以遏制犯罪，保障良好的社会环境和绝大多数人的正常工作、学习与生活秩序。

我们党一再强调“在社会主义建设中，一定要把国民经济搞上去，一定要把精神文明搞上去，这是我们的两大战略目标”。这个战略目标是在一定的历史阶段内的总任务、总目标，是必须动员全党、全国人民组织各方面的力量经过长期的努力，才能达到的目标。我国人民经历了十年动乱的痛苦磨难，由于“四人帮”的破坏，经济一度濒于崩溃，人的道德水准下降，法制观念淡薄，党风不正，由此产生的刑事犯罪现象更是不绝如缕，使我们的精神文明建设受到摧残，严重影响了我国社会主义建设的顺利进行，广大人民群众对此早已深恶痛绝。想要解决这些问题，除政治、宣传教育工作外，还要靠文学艺术工作作为必要的辅助手段，法制文学作家义不容辞，应努力创作宣扬守法、维法、执法和催人向上、促人向善的作品，从思想上影响人们牢固树立法制观念，自觉地克服头脑中的不法思想，自觉地约束不法行为，使其有一个良好的精神面貌，积极地、充满信心地投入建设社会主义精神文明中去。

法制文学的普及和发展与社会主义精神文明建设的进程并驾齐驱。社会主义精神文明建设，作为一项长期的战略任务，是针对社会上还存在着诸多不文明的因素和现象而提出的。如何克服这种社会弊端，党规定把精神文明建设作为长期努力奋斗的目标，从而对人民进行文明教育，以确保这一目标的实现。这种教育有赖于科学、教育、文化、艺术、卫生、体育等事业的发展，以满足人们更多的对精神食粮的需要。没有上述事业的发展，精神文明建设便不能实现，对道德、情操、理想的要求便成为一句空话。精神贫乏与空虚的人，不可能有崇高的情操和远大的理想；没有理想的人，不可能为实现党的十八大提出的全面建成小康社会的伟大目标而奋斗，社会就不可能发展进步。在精神文明建设中，对每个社会成员正面的、反面的教育与引导都是十分必要的。但囿于人们的职业不同，受教育程度的不同，以及对社会某些事物理解的差别，有时难以取得统一认识，这不仅需要正面教育，有时也需要从反面加以提醒，而反面教育又常常起到振聋发聩的作用。

法制文学在加强社会主义精神文明建设中，不仅从正面教育人们增强法律意识，成为法制教育的补充手段；同时也告诉人们，违法犯罪给国家和人民带来的危害，从而对犯罪行为进行揭露和鞭笞。对普通公民来说，使他们学会运用法律的武器，保护自己的合法权益；对于犯罪分子，无疑也起到了惩前毖后的作用，促使其弃旧图新，回到社会大家庭中来，从而更大限度地消除和减少不利于精神文明建设的因素。

精神文明建设的大敌就是犯罪。犯罪不仅超越了愚昧和野蛮的框围，更给社会带来危害，成为社会最大的不安定因素。它的危害不亚于战争给人类带来的灾难。战争的性质有正义和非正义两种，人们可利用正义的战争消灭和制止非正义的战争。但犯罪却不存在正义与非正义两重性。在不同的国家里，尽管罪与罚的性质有质的差别，但都不可能、也不能用犯罪制止犯罪。制止犯罪的手段，就是用法律约束和精神文明的影响。人们对法律和精神文明的认识，又不像对战争的认识那样容易辨清它的性质。仅从犯罪现象来看，犯罪有故意犯罪，有过失犯罪；有一贯犯罪，也有偶然犯罪；有明知故犯者，也有犯而不知者。如果把犯罪的社会原因，以及主观犯罪因素稍加分析就不难看出，犯罪是一种非常复杂的社会现象。在阶级社会里，任何一个国家，不论发达国家，还是发展中国家；不论是社会主义国家，还是资本主义国家，都无法回避犯罪这一社会现象的存在。健全法制、加强法制教育诚然是减少犯罪、防止犯罪的一个重要手段。然而，我们不可能把人们社会生活中的每一个细节、每一个行动都用法律条文规定下来。哪些属于犯罪，哪些不属于犯罪，即使法制最健全的国家，也无法用法律条文遏制那些敢于以身试法者的全部行为。因此，除对犯罪处以必要的刑罚外，还要通过宣传教育，启迪人们对精神文明建设重要意义和罪与罚的正确认识，这就需要不断提高人们的文化素养和法制观念。

法制文学是雅俗共赏的文学，它的创作形式，介乎于俗文学与雅文学之间，既有俗文学的通俗易懂，又有雅文学的严谨高雅，易于被广大人民群众接受。它所反映的生活侧面，紧紧与法律和犯罪联系在一起。因此，在提高人们的文化素养、普及法律知识、增强人们的法制观念方面，法制文学较之其他文艺种类就更为人们所欢迎和接受。对于有损精神文明建设的行为以及可能孕育着犯罪的不良现象，通过法制文学作品及时对人们加以提醒，并给这些不良社会现象造成一定的社会压力，增强人们的自信心，组织社会力量，抵制其蔓延，便有可能减少和避免犯罪现象发生。法制文学是社会意识形态的反映，是社会生活的多棱镜，它能较为广泛地撷取社会生活各个侧面，反映更广阔的社会生活内容，形象地再现社会生活中各种人的生活和精神面貌，把它展现在亿万人的面前，让更多的人去评价功过是非，选择正确的生活道路。

精神文明建设是社会主义制度发展与完善的需要。随着人类社会的不断进步和社会制度的不断完善，反映社会进步程度的物质文明和精神文明，也不断由低级阶段发展到高级阶段，这自然有赖于社会制度的进步和创造社会物质和精神文明的水平。为使更多的人了解这一状况，从而更加珍惜人们付出代价所取得的成果，激励更多的人奋发努力，把两个文明建设推向更高的阶段，法制文学的影响和传播是不可或缺的。法制文学在与人们沟通思想的同时，不仅能启迪人们对事物的正确认识，坚定人们对生活、工作的信念，还能从反面指出在社会发展中出现的一些弊端，使人们幡然醒悟，避免可能发生的某些犯罪现象，保障两个文明建设顺利进行与发展。

在阶级社会里，精神文明是从属于一定阶级的，它顽强地表现着人的一定阶级立场、观点和要求，并为一定阶级服务。法制文学则是社会生活最敏感、最忠实的反映。因此，在建设精神文明的同时，普及和发展法制文学的理论研究和创作，更能体现其促进精神文明建设的现实意义。

## 第四节　法制文学与美学的实践性

中国法制文学是文学与法律的结缘，进而形成一门崭新的交叉科学并加以研究和推广。法制文学这个新兴的文艺理论学科，从1981年笔者率先提出并创立以来，经过了40年的探索和创作实践，成为人们公认的美学与文艺理论的一个范畴，对繁荣我国文艺理论研究和创作，起到了重要作用。中国法制文学的特殊功能，在于通过对法律与犯罪的独特反映，真实地再现社会主义这个漫长的历史阶段，揭示罪与罚的社会生活，启发人们遵纪守法的意识，达到减少犯罪和杜绝犯罪的目的。由此可见中国法制文学创作的基本生活素材，是关乎法律与犯罪的内容。法律，是惩恶扬善不可或缺的手段；犯罪，是假恶丑的终极表现。那么中国法制文学把法律与犯罪作为描写对象，创作会不会走向张扬假恶丑的极端，从而损害文学艺术的美感呢？我以为不会的。

中国法制文学作为文学与法律的交叉科学，在创作中不仅有它特有的艺术规律和特征，而且它同样要遵循其他姊妹艺术的规律进行创作，因此中国法制文学理论研究与创作和美学有密不可分的关系。

什么是美学？

美学是研究人对客观世界的审美关系的科学。

人对客观世界的审美关系，是随着社会发展和劳动产生而产生的。人对自然的审美关系中的反映，首先是客观存在的事实，然后才有人对事实美的感受与审美评价。依据中国法制文学作品所涉及的广阔的社会生活领域，和自然的人对美的价值取向的认定，审美关系首先在艺术中才能得到充分体现。这就要求法制文学要以马克思主义的哲学美学为基础，才能创作出既不粉饰太平，也避免把社会描写得一团漆黑的作品。力求真实、客观地展示主流社会生活景象，只有这样中国法制文学作家在创作过程中，才能达到生活真实、艺术真实，完成具有较高哲学美学价值的臻于完美的文学艺术作品。

由此可见，人对现实的审美关系，有一个辩证的发展过程。美学的任务之一，是研究人对自然的审美关系，探讨按照美学的规律去改造自然。中国法制文学也要遵循这一规律，创造自己独特的、具有征服力的、惩恶扬善、寓教于乐的优秀作品。

关于美学归类问题，毛泽东同志曾说："科学研究的区分，就是根据科学对象所具有的特殊的矛盾性。"中国法制文学作为新兴的法律与文学交叉学科，其研究对象，是真实地反映社会生活中的罪与罚的实践过程。有犯罪就有制约犯罪的法律，这种现象的发生，催生了反映法律与犯罪的文学，即"中国法制文学"。马克思指出："犯罪不仅产生罪犯，而且还产生刑罚。"研究美学思想的发展规律，继承古今中外有益的文化遗产，摈弃其糟粕和文学概念中不科学的称谓，从美学发展趋势出发，探索美学发展规律是美学研究的重要课题。中国法制文学扬弃了古今中外这类作品中的糟粕和不科学的界定。由此可见，美学是一门实践科学，它与各门艺术科学有密切联系。关于美学与艺术学以及与哲学的关系，美学界一向争论颇多，在此不再赘述，值得提及的是，一种观点认为美学是艺术学的一个门类，这是我们从事中国法制文学理论研究和创作的同志必须加以重视的。既然美学是艺术的一个门类，美学理论研究对现实主义的中国法制文学创作就有不可低估的实践意义和指导作用。

在美学研究中，提出一个文学概念和论证一个文学概念，并形成一种新的文艺理论，使之进入美学与文艺理论的范畴，最终成为文艺百花园中永不凋谢的奇葩，要经历漫长的时间和社会实践考验。我们在美学与文艺理论研究中，创立的"中国法制文学"这个新的文学概念和文艺理论学科，也经历了40年的艰苦历程和创业，其价值是可想而知和不容忽视的。

创立一个新的文艺理论学科，使之成为学术概念，进入已经成形的学术体系，它必须有针对性的、有证明力地解决四个问题——对象：具有中国的社会主义性质的、反映法律与犯罪题材内容，我国民族化的作品。任务：中国法制文学的核心任务是以人为本，构建和谐社会，建设社会主义精神文明。方法：实践是检验真理的唯一标准，是中国法制文学方法论的最根本的基础。地位：坚持马克思列宁主义哲学美学原则，客观反映社会生活，创造法制文学在学术体系中的地位。由此看来，中国法制文学，对上述四个问题，都作出了有逻辑力量的，有实践根据的，有说服力的回答。中国法制文学已经成为并进入了美学与文艺理论体系，是不容忽视和不可替代的一支社会主义文学劲旅。

## 第五节 法制文学与法制的关系

中国法制文学概念和文艺理论学科，自1981年我在北京文艺学会常务理事会上率先提出和确立以来，作为文学与法律交叉学科的文艺理论而独立存在，它已被社会所接受和肯定。早在20世纪80年代初法制文学理论创立后，就有报刊启用法制文学作为刊名和专栏名称，有的政法院校还专门开设了法制文学课。我的两部《法制文学与创作》和《中国法制文学导论》理论专著，列入中国政法大学和部分政法院校的硕士研究生教材，可见法制文学的生命价值。

40年来，经过广大作家创作实践和理论探讨，法制文学理论研究和创作有了很大发展，出现了前所未有的繁荣和日趋走向成熟的景象，越来越被人们喜闻乐见，成为人们日常生活不可或缺的精神食粮。但是作为一种文艺种类，与其他姊妹文学艺术类型相比还太年轻、太稚嫩，因此需要有志于研究法制文学的理论家和作家，共同努力扶持和培育，使法制文学这朵社会主义文艺百花园中的奇葩，茁壮成长、绚丽多彩，为把我国建设成为文化强国的目标贡献力量。

随着我国社会主义法制建设逐渐完善，以及改革开放带来的经济发展，我国的社会主义建设发生了巨大进步，人们的生活水平普遍提高，文学艺术空前繁荣，法制文学创作的领域越来越广阔，冲破了“文化大革命”前这类作品反映刑事犯罪的禁区，经济案件、贪污受贿案件、抢劫盗窃案件、杀人纵火案件、交通肇事逃逸案件、走私贩毒案件等，揭露各种违法犯罪题材的作品不断涌现。法制文学作品在揭露鞭笞这些违法犯罪现象的同时，是通过文学的手段，用艺术的方法告诉人们罪与罚的法制思想，从而启迪人们的法制观念，自觉维护社会主义法制，以达到减少犯罪乃至杜绝犯罪的目的。因此法制文学首先应以维护我国社会主义法制为宗旨。法制文学作家要努力创作宣扬遵纪守法、秉公执法的作品，从思想方面促使人树立牢固的法制观念，克服头脑中的不法思想，使之有一个良好的遵纪守法的精神面貌，促成安定团结、和谐稳定的社会大好局面。随着社会的发展，原有的法律形式和人们的思想观念，必然会受到影响甚至发生改变，以往的法律形式将不可避免地出现某种不适应社会发展和人们思想观念改变的缺憾，甚至出现某些疏漏。法制文学作家面对这种情形，倘若在作品中反映这一现象时，可以通过作品对人们的思想产生影响，提醒人们注意暂时出现的这些矛盾，以引起人们的注意并最终加以解决。在国家尚未来得及修改法律条文前，不能干预法律的变革，更不能从根本上动摇和否定法律的正义性。法制文学作家要自觉地做维护社会主义法制的忠诚卫士。

法制文学诞生40年来，特别是改革开放以来，出现了空前的繁荣与发展，出现了一大批题材好、艺术手法新、客观反映现实生活的好作品。但囿于种种原因或因某些作家受利益的驱使，也出现了一些牺牲我国法律的严肃性，胡编滥造，与我国法律相悖，违反我国法律的规定性，抹杀法制文学的专业特征，甚至反法制的作品。某些作者利用法制文学为广大群众喜闻乐见的特点，大发其财，这样的作品虽标榜曰“法制文学”，实为反法制的文蛹，必须批判和铲除，不然将会牺牲法制文学的原则精神，丧失法制文学存在的意义。

法制文学既是维护社会主义法制的忠诚卫士，也是普法教育的宣传阵地。法制文学作品虽不同于法律教科书，但作品中所表现的法制思想，所渗透的法的观念，应符合法律的规定性和其专业特征，违背这一原则就会牺牲读者、观众对作品真实性的认同，达不到寓教于乐之目的。

应该承认，有些法制文学作家在创作中，由于某种偏见和法律知识上的局限，把普法教育的重要性强调到无法令人接受的程度。法制文学作为普法教育的补充，是加强和提高人们法制观念行之有效的步骤，但为强调普法教育的重要性，不问青红皂白，把违法犯罪统统说成是法制观念淡薄，把违法犯罪者笼统地称为“法盲”，实不足取。更有甚者，“法盲”一词竟成了最时髦的流行语，新闻报道、法庭辩护不时也看到、听到“法盲”呓语，意在请求法庭给可怜而令人同情的“法盲”犯罪嫌疑人以更大的宽容。众所周知，犯罪是非常复杂的社会现象，无须赘述。犯罪的不仅有一般公民，有未成年人，也有熟知我国法律的执法者，甚至还有国家高级领导人，绝非所谓“法盲”的专利。人们由于职业的不同，受教育程度的不同，和接触法律知识的某些局限，只有对法律的认识，以及掌握法律知识的深度、广度和量刑认识上的不同。盗窃犯法，杀人犯罪这是人们起码的、朴素的共识，看来在社会生活中，真正的“法盲”是不存在的。倘若按照人们古往今来传统习惯中的“不知者，不为罪”论之，岂不混淆了罪与非罪的界限，法律便成了一纸空文。“法盲”的谬说，对加强法制教育，倡导遵纪守法是有害的。

人们生活在同一个社会主义大家庭中，都要受社会主义法律的保护和制约，因此法制文学要鲜明地彰显惩恶扬善的正义性。法制文学作家在运用抽象思维和形象思维创作作品时，要体现出首先是中国的，社会主义性质的，反映法律与犯罪题材作品这一特殊的文学领域和法制专业与文学创作艺术规律相结合的特征，形成法律与文学交叉的崭新的艺术种类，推动文学艺术和中国特色的法制文学发展。

众所周知，法制是规范国家社会秩序，是打击犯罪，保障公民生命财产安全的强制手段和工具。法律工作者手握这把双刃剑，如何体现法律的公正性是至关重要的。因此，法制文学作家常常把作品中所描写的正面人物，作为法律尊严和正义力量的化身加以赞颂。法律一旦失去公正，就会助纣为虐。因此，法制文学在客观真实地反映社会生活主流的同时，对公民的生活，乃至命运应毋庸置疑地干预，从而肩负着揭露违法犯罪，颂扬守法、维法，增强每个人的法制观念，造就人人遵纪守法，构建和谐社会的大好局面的重任。

## 第六节　罪犯、警察、作家与创作的关系

关乎法律与犯罪的法制文学作品，主要描写对象有两种，即正面人物和反面人物。正面人物通常是代表国家法律的公检法工作者，为方便起见本文叙述统称之为警察；反面人物多是违法犯罪分子，两者形成尖锐的对立，即罪犯和警察。由于正反面人物的职业特殊性和他们之间矛盾的复杂性、不调合性，在反映这两种人物时，法制文学与一般文学作品的创作艺术技巧，不论是在人物刻画，还是客观、正确、真实地反映现实生活的表现手法上，都有很大的区别。这种创作手法上的区别，在一般文学作品中不会凸现出来。而法制文学作品，特别需要作家在创作时，牢牢抓住这一与其他文学作品不同的特征，从而完成其塑造典型环境、典型人物艺术形象的任务。

那么，怎样把握法制文学创作特征呢？在把握这一特征时，需要有怎样区别于一般文学创作的特殊技巧呢？法制文学作家，倘若要创作出优秀的法制文学作品，必须熟悉你笔下人物社会活动的专业特征，这样你的作品就能真实地反映出笔下人物正反两方面的精神面貌。为了说明罪犯、警察和作家的这一特殊关系，因不便透露诸多侦查破案细节和罪犯作案手段，不妨以揭示盗窃案件题材的作品为例，展示罪犯、警察与作家的关系，对这一简单命题进行归纳和探讨，发现法制文学创作中规律性的东西，以便在创作中借鉴和参考。

"盗窃犯罪，是古今中外最一般，最常见的犯罪现象。它是以非法占有为目的，秘密地或乘人不备窃取公私财物的犯罪行为……"

"犯罪心理学所讨论的盗窃犯罪，主要是具有许多犯罪心理深度，且已形成这一犯罪类型心理特点的心理学问题。"（高地血：《歪曲形态论——犯罪心理学研究》，群众出版社1984年12月第1版，第176页）。

盗窃犯罪按作案方式分为：偷盗案件和扒窃（绺窃）案件。按作案目标可分

为：盗窃金库案件、盗窃枪支弹药案件、盗窃文物案件、盗窃车辆案件、盗窃林木案件、盗窃粮食案件、盗窃牲畜案件和其他盗窃案件等。本节只探讨在法制文学作品创作中的盗窃财物案件，揭示罪犯、警察、作家这三者的关系，以期达到举一反三的目的，为法制文学作者提供参考。因此，本节不涉及盗窃财物数额大小、定罪和量刑问题。

法制文学作家在创作这类题材作品时，首先要弄清盗窃案件的基本规律和特点。盗窃案件在不同的时期，其规律有所不同，其手段也越来越狡诈。随着改革开放和国家经济的发展，一些人为满足个人腐化、享乐的私欲和贪婪欲，便采取犯罪手段非法占有公私财物。这种犯罪的特点，往往是把罪恶的黑手直接伸向工矿企业、机关学校、商店仓库、银行储蓄所等国家、集体财产和家庭私有财产。而这种犯罪又多发生在人口密集、便于犯罪分子藏身和潜逃的城镇。

改革开放后，随着经济的发展，人员流动大，盗窃犯罪由过去的个人小偷小摸，逐渐发展为特大的盗窃案件，有的由个人的盗窃演变为团伙性、流窜性盗窃。就犯罪成员来说，也逐渐向低龄化发展。青少年犯罪，特别是未成年人犯罪，已成为不可忽视的社会问题。“随着我国社会的不断进步和现代科学技术的迅速发展，盗窃犯罪分子的作案手段变得越来越狡猾，日趋智能化和现代化，并向专业化和职业化方向发展。主要表现在犯罪分子作案活动的方式更加诡秘，作案手法更加巧妙。”（彭文：《盗窃案件的侦破方法》，群众出版社1992年2月第1版，第9页。）

盗窃犯罪是一种复杂的社会现象，有着非常复杂的社会背景，是任何国家都不曾根治的顽症，其表现形式也多种多样，这就给侦破带来困难。尽管如此，就案件本身来说，盗窃案件既有其共同的特征，但每起案件又有不同的特点。为了有效地侦破盗窃案件，不仅要研究盗窃案的共性特点，更要研究它的个性特点，从中找出规律性的东西，才能有效地打击犯罪、遏制犯罪。

盗窃犯罪，除见财起意，临时产生偷盗外，重大盗窃案件，犯罪分子在实施犯罪前，为了确保盗窃成功，又能顺利逃逸不受打击，都有一定的预谋和踩点的准备，以便掌握被害主体的规律和基本情况。这些准备包括作案方法、作案工具、作案时间、作案时机、创造作案条件等准备工作。因此，除扒窃（绺窃）案件外，一般盗窃案，尽管有的犯罪分子熟知毁灭痕迹的重要性，但仍不可避免地在现场留下作案痕迹。这些痕迹都将成为侦查破案的重要线索，成为打击犯罪的“引路人”。犯罪嫌疑人在实施犯罪过程中，特别是惯犯和累犯，因长时间多次实施盗窃作案，形成了自己一套规律性的作案手法。这种作案手法，在不同的犯罪嫌疑人和不同的盗窃案件中，也各不相同。犯罪嫌疑人的某一习惯的作案手段，对侦查人员分析惯犯作案提供了侦查方向，加之惯犯一般情况下多有赃款、赃物可查，侦查人员在缉捕犯罪嫌疑人的同时，查获赃款、赃物，对侦破全案有着非常重要的作用。

盗窃犯罪嫌疑人，都有利己心理，在实施犯罪时，贪图享受，把自己的快乐建立在别人的痛苦之上。对这种不劳而获、损人利己的行为不以为耻，反以为荣，美其名曰：自己从事的是体力和脑力相结合的劳动。对盗窃公共财物，有的还带有一定的玩世不恭的“报复”心理，认为不偷白不偷，不拿白不拿。侥幸心理在盗窃案件犯罪分子中起着主导作用。有了这种心理，逐渐由试试看，发展到动手干。一时得手，加之贪婪心理作怪，一发而不可收，挥霍无度，欲壑难填，有的还产生了嗜癖成性的心理。盗窃不仅为了满足物质享受，也为了满足精神享受。看到他人财物，不论需要与否，只要有适当条件和机会，就自然产生盗窃的意念和行动，以满足嗜癖心理。

盗窃，直接侵犯国家、集体和个人财产，其危害之大、之广尽人皆知。对这类犯罪活动必须严厉打击。为避免产生负面影响，本文只简单介绍溜门撬锁，入室盗窃个人财物案件的一般侦破程序和方法。

要想侦破此案，首先要了解犯罪分子怎样进入现场，在作案现场有哪些活动，盗窃目标的选择和盗窃的财物，现场留下的痕迹，进出现场的时间，作案人数，案发前有无可疑人到过现场窥探踩点，以及现场周围环境和有无可疑人携带可疑物品，等等。作为侦破此案的刑侦人员，不仅要对犯罪嫌疑人作案前后的情况和心理状态进行调查，还要有娴熟的侦查手段，才能破案，否则难以有效地打击犯罪。

法制文学作家如果不了解犯罪嫌疑人的犯罪心理和作案前的准备和实施，如何描写犯罪分子实施犯罪的过程呢？如果仅凭闭门造车的想象，你笔下的罪犯，在某个特定环境中可能无法实施犯罪，你的作品就缺乏生活依据。如果你硬是逼着他犯罪，你笔下的这个犯罪嫌疑人不是傻瓜，也是个没有主见听任作者摆布的家伙，这样的作品是不会令人信服的。即便你塑造了一个精明狡猾的罪犯，你不懂刑事侦查手段和技术，甚至你连采取痕迹、保护现场的起码知识也不懂，你怎么能分析判断罪犯实施作案的反侦查手段，并摆脱罪犯制造的逃避打击的各种措施，将其缉捕法办呢？可见，法制文学作家，要想真实地、准确地、客观地塑造笔下的人物形象，不仅要了解罪犯的各种作案手段，还要掌握一定的犯罪心理学知识。换言之，法制文学作家，在创作这类作品时，你就是作品中的罪犯，罪犯实施作案的手段和心理反应就是你的行为和心理状态反应，这样你就有可能把罪犯描写得惟妙惟肖，真实可信。不仅如此，你还应该是熟知刑侦技术、掌握犯罪侦查学知识和刑侦手段的警察，罪犯的一切行动都逃不出你智慧的眼睛，经过你的分析、推理、判断，使罪犯最终落入法网。最后你才是法制文学作家，用你的笔和你渊博的社会科学知识、丰厚的生活积累和所具备的法制文学创作专业技能，以及熟练的文学创作技巧，写出优秀的反映现实社会生活的作品。当然，如揭露其他犯罪案件，按案件性质，你还要掌握侦查心理学、犯罪心理学、犯罪侦查学、审判心理学，以及法医学等专业知识。只有这样你的作品才真实可信，方能打动读者（观众），你才不愧为广大读者、观众喜爱的法制文学作家。

# 第十四章　中国法制文学的评论与批评

科学的法制文学评论和批评，是从评论和批评对象与接受对象之间发现的，即呈现法制文学作品在读者、观众欣赏中的逻辑思维活动。只有正确把握这一逻辑思维活动，文学评论和批评家才能把握法制文学创作中的规律。在评论和批评对象与读者之间，便构筑了沟通的桥梁，从而使文学欣赏活动正确开展，促进法制文学创作健康与繁荣发展。因此，法制文学的发展，离不开法制文学的评论和批评。

## 第一节　法制文学评论与批评的性质和任务

法制文学评论和批评的根本目的在于促进法制文学创作、欣赏的繁荣与发展。只有达到了这个根本目的，法制文学才能产生较好的社会效果。发现和评论法制文学优秀作品，使之能在广大群众中流传，并产生更大的社会影响；发现和批评法制文学的低劣作品，指出其思想倾向的错误和低俗内容，使读者免受毒害。优秀的法制文学作家和作品需要拥有远见卓识的批评家发现和批评，否则，即便是优秀的法制文学作家和作品，有时也会因为没有批评家发现而被埋没。因此，这些作品也就不能发挥其应有的社会效能和作用。从这个意义上说，没有优秀的法制文学批评家和他们运用特有的科学理论的批评，也就没有优秀的法制文学作家和作品；没有优秀的法制文学作品，法制文学欣赏也就成为一句毫无意义的空话。

我国有优秀的法制文学的评论和批评的传统。反映法律与犯罪的文学作品在我国已有悠久的历史，如宋代的话本，明清时代的公案小说等，不少作品已成为妇孺皆知的名篇佳作，在社会上得以流传。一方面这些作品本身具有较高的艺术水准和除暴安良的先进思想，深受人们的喜爱和欢迎；另一方面也有赖于名家的评论与褒扬。《红楼梦》之所以家喻户晓，无不和众多评论家的褒扬有关。虽说我国在文学批评方面自成体系较晚，但评点文学作品却是我国古代文学批评中的一种特殊形式，对作品的流传演进起着至关重要的作用，如经典作品《杨乃武与小白菜》等。

关乎法律和犯罪的古典文学作品，不少是靠名家点评得以广泛传播。当代法制文学在社会主义条件下，特别是改革开放以来，得到了空前的发展，优秀作品不断涌现，并受到了广大读者和批评家的关注，使这些作品在群众中产生了积极的影响。如从维熙的《大墙下的红玉兰》和《第十个弹孔》，王亚平的《刑警队长》，柯岩的《寻找回来的世界》都得到了相应的评价，并引起广大读者的特别关注。法制文学作品的评论和批评，一种是客观地评价作品的得失，引导读者欣赏和接受作品的意图，从而使作品在社会生活中产生更大的影响。如肖立军在评价魏军的小说《心声》时说："《心声》是反映关乎法制的作品，它不是为宣传法律知识和法律常识，而是刻画了一个守法和一个犯法的人物形象，在形象中渗透着法律精神，让人们看到什么是违法，什么是守法，以此影响人们增强法制观念。当然这不等于说作者不要或没有比较明确的意念。文学创作完全可以根据生活在创作前形成某种意念，然后再从这个意念出发进行创作。关键的问题是如何将这种意念转化为形象，从形象中体现出来，转化的不好，作品就不成功，不存在没有意念的作家。"这种评价作品的态度是公允的、客观的，不仅为欣赏者指出了欣赏作品的思路，同时对作家的创作和认识自己作品的得失也起到了促进作用。

另一种评价，不论基于什么原因，只要不是恶意地"一棍子打死"，哪怕有些过激的言辞，从某种意义来说，对作家认真检讨作品的得失，都有警示作用。法制文学批评不能也不可能一味要求批评家完全地歌颂和褒扬某些作品。但是，倘若评论和批评有意歪曲事实，也就失去了文学批评对促进法制文学创作和繁荣的真正意义。法制文学批评家不但要满腔热情、公允地对作品及时评价，大力宣扬优秀的法制文学作品，引导广大读者的欣赏正常有序地进行；同时也要用犀利的笔锋，批判那些违法的、打着法制文学旗号宣扬低级趣味，把法制文学当成赚钱工具，不利于广大读者身心健康的作品，以提高广大读者、观众的欣赏水平和抵御不良侵害的能力。改革开放以来，我国在全面实行经济改革和政治体制改革，健全社会主义法制，普及法制教育，增强人们的法制观念，构建和谐社会的同时，以文学艺术形象，启迪人们自觉遵纪守法意识，这是法制文学作家神圣的使命。

法制文学的批评，能帮助作家总结创作经验，提高作家的创作水平。法制文学作品的传播之所以能产生更广泛的社会影响，离不开广大读者、观众的阅读和欣赏。由于法制文学所反映的社会生活，不可避免地直接或间接反映社会上最丑恶的东西——暴力和犯罪的特殊性，选择什么样的作品阅读和欣赏，是广大读者、观众必须认真考量的。

法制文学作品有着十分深刻的法律内涵，而这种内涵多潜隐在作品的人物形象深处，倘若不认真揣摩作品是很难体悟到的。法制文学作品的思想倾向，一般是以法律准绳为向导的，它不为人们的情感所支配。因此，读者的思想倾向有时会与作品的思想倾向发生矛盾，这是由于读者受情感、道德等诸多因素的影响，而忽略法律的严肃性造成的。然而法律并不惩罚道德方面的问题，只有在道德超越了规定性的范围造成犯罪，法律才能惩戒，这就是读者思想倾向与作品思想倾向有时发生矛盾的原因。然，这种个案在生活中不是绝无仅有的——

试举一例：一个行为不羁、作恶多端的人，竟残害孝敬自己父母的妻子，他这种丧尽天良的行为，不仅为街坊四邻不齿，连自己的父母也为之震怒，多次劝说无果，决定用毒药毒死这个孽畜，但又被儿媳劝阻，妻子依然忍辱负重等待丈夫回心转意，但是丈夫丝毫没有改正之意，竟然变本加厉，对妻子仍然施以暴虐行为。在忍无可忍的情况下，妻子在丈夫熟睡后，在公婆帮助下，把丈夫勒死了。妻子自首，说是自己杀害了丈夫，公婆说此事与儿媳无关，是他们杀了这个逆子，街坊四邻均说此人罪有应得，为民除害大快人心，全村人为公婆、儿媳说情，希望他们能免受处罚。但法律无情，其公婆、儿媳都为此付出了坐牢的代价。我国法律明确规定，任何个人和单位无权剥夺他人的生命，其中包括罪大恶极的罪犯。如此说来，当法制文学作品涉及类似事件时，法制文学批评家有责任把欣赏者的感情活动引导到法制轨道上来，使他们从法制文学作品中受到正确的法制教育，提高读者阅读法制文学作品的欣赏水平，完善自身的法律修养，使之成为知法、懂法、守法、维法、有法律意识的公民。

## 第二节　中国法制文学的批评标准

毛泽东同志《在延安文艺座谈会上的讲话》一文中明确指出："文艺批评有两个标准，一个是政治标准，一个是艺术标准。"毛泽东精辟、概括地总结了文艺批评的标准，使广大文艺工作者认识了文艺批评的重要性，同时阐明了在阶级社会里文艺批评的性质、任务。这两个标准揭示了文艺批评的客观规律，即不同的阶级有不同的政治标准和艺术观，这也是由社会意识形态决定的。

法制文学作品所反映的社会生活主要内容，是涉及某个时期的社会法制生活，因此范围大，内容广泛，其思想倾向十分明显，揭示社会矛盾时十分尖锐，每部作品都有着不同的特点。总的来说，评价法制文学作品更要从作品的思想性和艺术性方面出发，遵循政治的和艺术的批评标准尤为重要，这是由法制文学反映社会生活矛盾的尖锐性和严肃性的特质决定的。

法制文学的思想性主要体现在，作品反映我国社会主义法制思想和在社会主义条件下的犯罪现象这一对不可调和的矛盾时的尖锐性，拥有反映其他内容的文学不曾具备的特殊规律。因此法制文学批评家也必须从上述两个标准，并兼顾法制文学专业特征，分析和评价法制文学作品，离开这个标准和特定的、不可动摇的法律规定性评价法制文学作品，就会陷入极大的盲目性。我们所说的思想性，即政治标准，不仅适合其他文学作品，更适合评价法制文学作品，法制文学作品中反映的法制思想也是法制文学批评的思想标准。

法制文学的法制思想是人们对法的理论、法的建立、法的地位、法的实施和法的作用等诸多方面的认识，以及对法律的要求、态度的总和。法律是统治阶级意志的表现，它具有无可否认的强制性。法制文学作品反映的社会生活，正是阶级和国家权力的具体体现和象征。是否承认阶级的存在，不是由某个人的意旨决定的，首先要看这个国家有没有军队、监狱、法律。否则，不是欺人之谈，便是别有用心。如果抹杀阶级存在，也就无从评价文学作品了，特别是法制文学。不同阶级、不同历史时代、不同国度对反映法律与犯罪文学作品的要求，就有很大区别。新中国成立以来，我国由新民主主义社会过渡到社会主义社会后，于1954年颁布了第一部《宪法》，标志着国家逐渐走向法制社会。粉碎“四人帮”后，我国的法律制度日趋完善，成了名副其实的法治国家。在冲破一些文学禁区后，法制文学应运而生，为我国普法教育，社会主义法制宣传起到了应有的作用。法制文学的繁荣与发展，离不开对法制文学的批评。法制文学的批评标准应符合我国法制建设，精神文明建设，以人为本，推动科学发展，构建和谐社会，引导人们正确认识社会主义法制生活和法律本质，中国法制文学创作与批评必须遵循这一原则。凡是符合这一原则的法制文学作品，正确、客观反映社会主义法制生活主流的作品就是正确的，法制文学批评家就应该积极给予评价、鼓励和褒扬；而对偏离、损害、否定甚至企图歪曲这些原则的作品应给予批评，不能任其泛滥，以确保法制文学健康发展。

法制文学批评的政治标准，作品的思想性无疑是主要内容。但思想标准常常与人的道德标准交织在一起。道德在没有突破法律的框囿时，是不构成犯罪的，从法制文学反映的关乎法律和犯罪的社会生活内容上看，道德似乎与法制文学反映的内容尚有一些差别。但是道德的败坏距离犯罪只有一步之遥。过去我们在研究文学批评标准时，很少把道德纳入思想标准去衡量作品的得失。然而在现实社会生活中道德问题越来越被人们所关注。因此，即使道德问题不能作为法制文学批评的政治标准，但是从作品的思想性的水准要求上是不容忽视的。因为，道德是规范和衡量人的修养、素质和行为的一种必不可少的准则。通过这个准则，制定出人们在社会生活中表现出的真与假，善与恶，美与丑，是与非，荣与耻的标准。在阶级社会里，不同的阶级有不同的道德标准，它和法律都具有鲜明的阶级性。虽说道德和法律都属于国家社会规范，但又与法律有很大区别。有时，道德并不承担法律义务，即使有些道德行为受到社会谴责，也未必会受到法律制裁。然而道德与法律又有着密不可分的关系，它和法律一样，同属国家和阶级意志的表现，法律以其特有的强制性使之在社会中能够实施；道德则与社会舆论同时影响和规范人们的行为，对法律的实施起着促进和监督作用。因此可以说，遵守社会主义的道德规范是实现遵守法律的一种补充力量。

法制文学以宣传社会主义法制、普及法律知识、建设精神文明、构建和谐社会为己任。因此，法制文学作品在宣传我国法制的同时，必须弘扬社会主义道德原则，抵制一切不利于社会主义建设和我国法律制度的道德行为。法制文学批评家在评价和批评法制文学作品时，应该自觉地把道德因素纳入政治标准加以考虑。因此，不论是对于满足人精神生活多方面的需求，对于培养社会主义新人，对于提高整个社会的思想、文化、道德水平，文艺工作者都负有社会其他部门所不能替代的重要责任。法制文学的重要任务之一，就是通过艺术形象宣传社会主义法制，促进社会主义道德风尚的建立和完善。通过法制文学创作和批评，不仅能使人们认识犯罪对社会的危害，同时还能对不良道德行为进行贬斥。总之，法制文学的批评标准要遵循我国法制的规定性，法制文学思想性的批评标准，要看其是否为弘扬积极向上的社会生活主流的作品。

1942年5月毛泽东同志《在延安文艺座谈会上的讲话》中就明确指出："按照艺术标准来说，一切艺术性较高的，是好的，或比较好的；艺术性较低的，则是坏的，或比较坏的。"由此可见，衡量一部作品的好坏，离不开艺术性这把尺子。那么，我们如何归纳和确定法制文学具有的艺术标准呢？毛泽东同志所说的艺术标准，是对一切文学艺术而言，法制文学作为社会主义文学的一支，无疑责无旁贷地要首先遵循这一要求。但是，由于法制文学反映的社会生活是一个特殊的文学领域，在创作和批评法制文学作品时，也有某些与其他文学的不同之处。这个不同之处，不是说法制文学可以偏离上述艺术标准，独树一帜，而是在遵循这个总艺术标准的前提下，结合法制文学的专业特征，在一些特殊要求上加以体现。如法制文学所描写的事件和环境的神秘性、作品严密的结构、生动的故事情节、正反面人物尖锐的矛盾冲突等，这些都构成了法制文学作品扑朔迷离、起伏跌宕、错综复杂的特点。因此，在评价和批评法制文学作品时，也必须考虑到作品本身的特点。那么法制文学批评应该如何把握这个艺术标准呢?

法制文学作品反映的社会生活内容一般有一定的完整性，这就要求涉及案件侦查的作品应和与侦破过程有关的法律相吻合，不能在法律规定以外别出心裁，另搞一套，甚至与相关法律相悖。如包含逼供、体罚犯罪嫌疑人，作伪证，将作案和侦破手段进行详细具体的描写等，这些都是与我国法律不相容的。侦破题材作品都有故事生动、情节曲折的特点，扑朔迷离的故事悬念丛生，读者常常被扣人心弦的情节所吸引。这就要求在结构故事的同时，作家应着力塑造正、反面典型人物形象，否则作品就会流于单纯编造故事的较低的艺术层面，难以起到正、反面的教育作用。法制文学作品如不涉及侦查破案，或仅关于量刑较低的犯罪，对于反面人物的命运确定，也应符合法律的规定，不该判死刑的，不要把他写死，以免误导读者、观众；该判死刑的，即使作品中没有关于量刑的描写，也要暗示读者犯罪嫌疑人必将伏法的趋向。这样在读者心中才可能保留正义战胜邪恶的必然，提高人们与犯罪现象做斗争的勇气。法制文学作品的这些特征也是法制文学批评家依据艺术标准在评价作品时，应该考虑的因素。

法制文学作品的独特性来源于作家对于社会生活独到的发现，这种独到的发现有赖于作家深厚的社会生活底蕴的积累，这是一项长期的、艰苦的精神劳动。为达到这种艺术追求和满足人们的审美需求，法制文学作家要有敏锐的眼光，观察发现常人没有发现或不可能发现的东西。经过认真提炼和改造，使其成为挖掘作品更深内涵的手段，从而深化作品主题，给人以更大的艺术震撼。只有新的发现才可能有新的表现手法，用新的艺术创作手法，才能创造出新的艺术形象和典型人物。如根据日本社会推理派作家森村诚一的小说改编的影片《人证》，是反映战后日本在资本主义畸形经济和法制毁灭的过程中人物产生的心理障碍和对战争的反思，叙述了人物的悲惨命运。作品描写了在战争年代，一个被侮辱的母亲，经过人生痛苦的经历和心灵的绞杀后，亲手杀死自己儿子的故事。影片以独特的风格和笔触，大胆地抛弃了一般推理作品对案件只进行逻辑推理的描写模式，而是围绕着人物不同命运遭遇和内心世界受到冲击后的变化，揭示出人生种种矛盾和战后日本存在的各种复杂的社会问题。作品真实、客观地反映了日本那个时期的社会生活，具有强烈的震撼力和艺术感染力。作品中塑造了一个颇有新意的女主人公艺术典型，给人们留下了不可磨灭的印象。作品故事情节的发展，既出乎意料，却又在情理之中。创新就是要出其不意，这也是法制文学创作的基本特点之一。

魏军的小说《心声》揭示的是一起刑事案件，通过肖天喜和“哥们儿”在黑夜误奸与自己相依为命的亲姐姐一事，反映了“四人帮”横行时社会上一些人道德败坏、人性泯灭的现象，以及肖天喜强奸女医生未遂，被女医生救助后，人性得以复苏的必然，他自觉走向挂有红灯象征公安机关的大门的情节，给读者留下诸多思考空间。我们要求法制文学创新，并不是追求荒诞、离奇，使创作误入歧途。我们要求的是既要符合生活真实，又要符合艺术真实和艺术创作规律，形成作家自己具有创新手法的艺术个性和风格。我们主张作家应创造出具有自己独特的艺术风格的作品，这是一个较高的艺术标准。为达到这个艺术追求，法制文学作家要勇于克服困难，创造自己艺术上的高峰。

以上对法制文学艺术标准几个方面的分析，并不是艺术标准的全部内容，只是提纲挈领的粗略介绍，倘若细分还可以列举很多方面，如语言提炼、环境描写、情节设置、节奏把握、矛盾纠葛等，这些都是法制文学作品艺术标准要求不可或缺的方面。但是，如果把这些要求单独作为法制文学批评标准不仅太烦琐，也不符合科学的文学批评规律，还可能束缚作家的手脚，不利于法制文学作家大胆探索和创作。

法制文学创作中政治标准和艺术标准是怎样的关系呢？应该说这是由法制文学作品所描写的对象和所反映的社会生活内容决定的。法制文学作品强调政治思想内容和艺术的统一，而法制文学作品也正是由这两个方面组成的。因此，法制文学批评家在评价作品时，也必须从这两个方面评论作品的优劣得失。胡乔木同志说："对于一部作品，应该从思想内容和艺术形式两个方面去评价。从总体上来说，文艺作品的思想内容涉及的方面很多，包括政治观点、社会观点、哲学观点、道德观点、艺术观点，等等。而这些观点在作品中都不是抽象的，而是同艺术形象、题材、构思，艺术所反映的生活真实性相结合的。这就要求我们在衡量、评价一部作品的思想内容时，除了分析它所包含的政治观点、政治倾向外，还必须分析它所包含的其他方面的思想内容，对生活的认识价值，这样才能全面地评价作品的思想意义。否则，就不可能做到这一点，而且势必硬把作品变成某种政治观点的图解物。即使是政治倾向十分强烈的文艺作品，它的思想内容也不可能只限于政治倾向，除非它不具备一般文艺作品的特征。因此，不能把文艺作品的思想内容仅仅归结为政治观点、政治倾向性（毫无疑问，革命的政治观点、政治倾向性对革命作家是绝对重要和绝对必要的）。"

由此可见，文艺批评应从思想和艺术两个方面去评价。因为，作品的思想性和艺术性两者是密不可分的，无论是创作还是批评，单独强调某一方面都是不科学的，不可取的，都有一定的片面性。思想内容和艺术形式的统一是法制文学必不可少的艺术特征，文学批评家在批评文学作品时，必须考虑到作品的题材、体裁和它所反映的社会生活内容的基本特征，才能客观、准确地对作品做恰如其分的评价。

# 第十五章　中国法制文学的欣赏

法制文学是直接反映社会主义法制生活的作品。当法制文学作品在读者、观众中产生反响时，这种影响就是法制文学作品作用于人的结果。法制文学作品对于读者、观众的作用过程，也就是人们对法制文学的欣赏过程。法制文学要产生社会效果和反响，离不开人们对法制文学作品的欣赏。正确欣赏法制文学作品，是促进法制建设，宣传普及法律知识，提高自我艺术和文学素养不可或缺的良好习惯。

## 第一节　法制文学欣赏的社会意义

法制文学作为社会主义文学的一支，与其他文学类型有很多相同之处，因此，读者、观众对法制文学的欣赏，与其他文学也有着共同之处，但因法制文学所反映的是一个特殊的文学领域，其欣赏活动又与其他文学作品有所区别。一般说来，读者、观众对作品的欣赏过程，只能是从作家创作活动完成，其作品面世后进行的。读者、观众在阅读和观看作品时，受到作品中的艺术形象的感染后，仍然会把作家已经完成创作的过程延续下去，读者、观众对作家作品的延续，在文学欣赏中被称之为“再创造”。托尔斯泰曾指出：“创作具有‘二重性’，即‘作家和读者，剧作家和观众’两个方面共同参加创作。”

法制文学欣赏是指读者在阅读、听讲、观看时产生的精神活动，这种精神活动从根本上说也是一种认识过程，是通过文学语言这一媒体，对作品中的艺术形象加以感受和体验。因为，作品中具体的艺术形象，反映了一定的社会法制生活本质，寄托着作家的思想感情。因此，读者、观众再创造的认识活动，就是在这一基础上进行的。

法制文学的欣赏有客观和主观的条件，客观条件是指法制文学作品的存在，这是法制文学作品欣赏的物质依据。主观条件是指读者、观众的阅读能力和欣赏能力，没有阅读能力的人是不可能欣赏文字作品的。但是对于影视作品或其他视觉形式的作品以及说唱作品是能够欣赏的，有的人虽没有阅读能力，但不等于没有欣赏能力。因为这类作品是靠视觉或听觉感知，同样能让人感受到法制文学作品中的艺术形象。由此可见，人的欣赏能力是多种因素构成的。但是，可以断言，没有阅读能力的人必定在文化素养上差些，即使通过感官和其他方式，能欣赏文学作品，但由于其主观条件的局限，他的“再创造”能力也是十分有限的。在法制文学欣赏过程中，主、客观交叉与结合情况十分复杂，由于主、客观条件的不同和受文化程度、文艺素养、思想观点、阶级立场和法律知识等多方面因素的制约和影响，不同的人阅读同样一部作品时，可能产生不同的欣赏效果。由此可见，欣赏法制文学作品，除需具备阅读和欣赏一般文学作品的能力外，更重要的是，还要具备一定的法制文学专业知识。因为法制文学，是一个多学科的文学种类，具有十分明显和复杂的专业特征，它涉及法学、逻辑学、法医学、心理学、犯罪心理学、刑事侦查学、审判学、证据学、犯罪对策学以及国家方针政策、社会生活的主流趋向等。不了解这些，对法制文学的欣赏便很难达到较高层次的“再创造”的目的。

法制文学由于必须通过读者、观众欣赏，才能发挥其社会作用，因此法制文学作家在创作作品时，要考虑到读者、观众在欣赏作品时所能接受的程度。因此，法制文学要做到通俗易懂，作品如果除了作家自己能看懂外，或决心就是不让别人看懂的话，这个作家连同他创作的作品也就没有存在的必要了。因为这种作品失去了欣赏对象，没有欣赏对象的作品如同一堆废纸。可见文学创作和欣赏是相互联系的。

在现实社会生活中，我们常常遇到这样的具体事例，作品所反映的个案与法律的最后裁决并不一定是大多数人企盼的那样，这就体现了法制文学作家是否达到了反映现实法制生活的要求。同样，作品的欣赏者在欣赏法制文学作品的精神活动中，也必须增强自己的法学修养。无论法制文学作家，还是法制文学作品的欣赏者，要想提高自己的法学水准，无疑首先要学习相关专业知识，在掌握了一定专业知识的基础之上，才能提高作家的创作水平和欣赏者的欣赏水平。同样法制文学作品也是在人民大众中加强法制教育，普及法律知识的最好体现。

众所周知，作家的创作过程大体可分为三个阶段，即生活、构思和创作。生活有作家直接经历和接触的，也有作家间接获知的，或者依据某些资料而积累的。有了生活的积累，一旦产生创作冲动和感奋，作家便进入了构思阶段。构思是作家在头脑中产生艺术形象的反映，然后进入作家用语言符号，把人物形象和故事情节组合记录下来，完成塑造人物的任务，这个过程便是作家的创作过程。

欣赏者在欣赏一部作品时，首先接触到的是语言符号，如果不了解作家的创作过程，就无法把语言符号通过自己对作品的感悟转化为形象，也就无法体会作品反映的社会生活的本质意义。如史超同志的小说《黑眼圈的女人》，他在其中这样写道——

“她……很像城里一个服装朴素的女工或女学生。可是当赵忠平又看了她一眼时，便产生了厌恶的感觉。这女人的眼圈四周发青。嘴唇同样泛着紫黑色，脸上流露着倦容，这些特征是过夜生活的人所常有的。”如果读者不能把这些文字转化为一个看似朴素的女工或女学生，同时又令人厌恶的女人形象，你就无法理解作品中将要发生的事情。读者在阅读作品时，把语言转化为形象的过程，如前面所说是欣赏者“再创造”的过程，这个过程也就是读者凭借作品中的形象描写和自己对作品的感悟和想象共同完成的。因主观条件的原因，欣赏者在创造心目中的形象时也不同了。

想象和联想是法制文学作品欣赏中必不可少的手段。就一般情况而言，读者在欣赏作品时，常常自觉或不自觉地设想着作品中可能要发生的事件，甚至看到犯罪嫌疑人溜进室内，看到主人公毫无戒备地睡在床上，无不替主人公担心，甚至会替主人公想出对付歹徒的办法；如果读到公安人员陷入侦破僵局，无不替他们着急，同时在脑海中酝酿着解决矛盾的办法。这些想象和联想一旦出现在读者的脑海里，就会形成鲜明的影像。

欣赏法制文学作品，想象和联想比欣赏其他文学作品更为重要，因为如果没有充分的想象和联想的精神活动，便很难解释法制文学所反映的众多矛盾。那么想象和联想是怎么产生的呢？它主要是受法制文学作品中提供的人物形象和环境的启发，以及受到我国法律制约的人物塑造产生的。离开这种限定性的制约，法制文学作品中的人物，不论是正面人物，还是反面人物，都会陷入极大的盲目性而失真。因此，读者在欣赏法制文学作品时，不能离开我国法制这个特定的框架和氛围。

法律是国家治理的支柱。在法制健全的社会中，依法治国是维护国家法律的严肃性、公正性起码的原则。法律渗透到社会生活的各个领域，每个人都与法律产生了因果关系，法制文学所反映的社会生活，也正是人们所关心的法制生活。法制文学作品在反映法制生活的同时，自然也寄托了作家对法制生活中的善美和恶丑的爱憎感情，对正义的歌颂和对恶丑的鞭笞，因此极易在读者、观众中产生共鸣，引起欣赏者的感情活动。在阅读法制文学作品时，读者借助于想象和联想，逐渐进入“再创造”的过程，将自己置于作品的人物、环境之中，这种反应，说明读者的情感活动已经产生，导致读者对作品中的正面人物赞同，为他们的命运担忧；对作品中反面人物感到厌恶。这种乐其所乐、悲其所悲、爱其所爱、恨其所恨的情感活动，就是感情倾向的集中表现。

欣赏法制文学作品，人的情感效应最容易被激化，原因来自法制文学本身，因为法制文学作品直接反映现实社会生活中的法律与犯罪现象。当正义与邪恶，正面人物与反面人物发生冲突时，这种矛盾就尖锐起来，斗争也就变得十分复杂，造成了情节惊险、起伏跌宕、扑朔迷离的艺术效果，深深地打动读者和观众。但是决定欣赏者产生情感活动的另一个因素是欣赏者自身的感情活动，没有自身的感情活动，就不会唤起内心的共鸣，也就不会产生对正义的赞颂和对邪恶的鞭笞。欣赏法制文学作品，离开这两个条件就无法实现对作品进行“再创造”的目的。

人们在欣赏法制文学作品时，不仅被人物形象所感染，产生情感活动，而且还会在情感活动中思考、探索，甚至向作品提出问题，对作品进行概括和总结，从而上升到理性认识的高度。可见在欣赏法制文学作品过程中，情感活动和认识活动是统一的、相互作用的。只承认情感活动，不承认认识活动；或只承认认识活动，不承认情感活动，都是错误的。法制文学欣赏过程是由理性认识到情感活动，然后又作用于理性认识，使读者与作者、作品产生共鸣。除此之外，欣赏者的世界观和法学观的认识，一般说来与作家的世界观和作品中所反映的政治趋向有相同或相似之处。反之，一个坚持唯心主义世界观的人，对唯物主义世界观的作品不会产生共鸣，甚至还会排斥。法制文学作品如果能在读者和观众中产生共鸣，说明作品中具有激化欣赏者情感的因素，但没有理性认识就不能发现和感觉这种因素的存在。毛泽东同志在《实践论》中指出：“感觉到了的东西，我们不能立刻理解它，只有理解了的东西，才能更深刻地感觉它。”可见理性认识是发现作品中感情因素的先决条件。法制文学欣赏中的理性认识，是对作品反映现实社会生活的再评价，也是读者超越作品之外，认识生活本质规律的结果。掌握欣赏法制文学的基本要点，才能有效地对法制文学进行欣赏和评价，对帮助人们认识法制文学作品和现实社会生活的本质能动作用具有十分重要的意义。

## 第二节　法制文学欣赏对作家创作的影响

法制文学欣赏和作家创作有着密不可分的关系。前面我们讲过，欣赏是对法制文学作品的“再创造”；创作是欣赏法制文学作品的根本所在，没有作家创作的作品也就不存在法制文学欣赏了。没有人们对作品的欣赏，这种作品也就失去了存在的意义。换句话说，作品是欣赏的对象，欣赏是创作的动力。如何提高人们对法制文学作品欣赏的兴趣，首要的是作家应努力提高法制文学创作水平。作品的艺术水平提高了，同样能促进读者、观众欣赏水平的提高。周而复始，法制文学才能得以繁荣和发展。由此可见，作家的创作和读者、观众的欣赏是相互联系、相互促进、相互制约的关系。

法制文学作家在创作过程中，必须考虑人们对作品欣赏的需求和效果，否则就会无的放矢。作家进入创作过程时，首先遇到的便是如何反映社会生活中的法制生活本质和政治趋向，用艺术的手法使作品的艺术真实和生活真实完美统一起来，提升人们的欣赏兴趣。应该承认，即使艺术上完美，思想性深刻的成功之作，也不会拥有所有的读者和观众，这是由欣赏者的欣赏水平、阅读能力等诸多因素造成的。一定的作品拥有一定的读者和观众，这是铁的事实。法制文学作家面对这种客观现实，应如何选择，这是一个很大的创作难题，一方面，要适应读者、观众的欣赏需求；另一方面，还要把握法制文学的基本创作原则和抵制庸俗不堪的东西对它的侵害。但有一点是可以肯定的，你创作的这部作品，除在艺术真实、生活真实和法律上具有严谨性之外，要尽量使语言通俗易懂，这样才能拥有更多的读者和观众。法制文学作品必须通过读者、观众的欣赏，才能发挥作用和产生社会效益，就连单纯追求经济效益的作品也不例外。这就是我们在前面提到的，我们并不从根本上完全反对把法制文学作品归纳到通俗文学之中，尽管这种概念不够科学，但总比套用纯文学、严肃文学的概念准确些吧。如果你的作品，除了自己再也没人看懂的话，还会有人欣赏吗？你所追求的效益，不论是社会的，还是经济的，还会存在吗?！ 作家创作的作品，本身就是为人们欣赏而创作，作品不为任何欣赏对象的作家和作品是不存在的。马克思在论述关于物质生产问题时曾指出："没有需要，就没有生产。"这对于法制文学创作来说，又何尝不是如此呢。读者、观众对法制文学作品的欣赏就是对它的需要，从而激发作家的创作欲望。

法制文学创作和欣赏相辅相成，这种相互依存的关系是从文学一诞生就有的。但是，就创作和欣赏而言，它本身的具体情况随着社会的发展和进步，在过去和今天有很大区别。过去有才能的作家、艺术家，因社会的原因，即使他的作品反映了一定社会生活内容，或他已经预见到社会发展前兆，可能仍不被人所青睐，甚至遭到冷落和鄙视。列宁对托尔斯泰曾遭到的冷遇，发出这样的感叹："为了使他的伟大作品真正为全体人民所共有，必须进行斗争，为反对那使千百万人陷入愚昧、卑贱、苦役和贫穷境地的社会制度进行斗争，必须进行社会主义革命。"（列宁 :《列 · 尼 · 托尔斯泰》，载《列宁全集》第16卷，人民出版社

1959年版，第321页）。

一定的文学创作，总是要适应一定阶级的读者、观众欣赏的需求。法制文学作品是反映中国社会主义时期法制生活的文学作品，作家在创作时首先考虑的欣赏对象应是热爱中国社会主义事业，拥护社会主义法制的广大读者、观众。因为这些欣赏对象，生活在社会主义时期，对现实生活和社会主义建设，不但是拥护者，而且是直接参与者。法制文学作家创作的作品，正是他们所需要和所企望的。因此作品所反映的社会现实生活和艺术典型，也是他们最关心的，自然最容易产生共鸣。

法制文学是一种新兴的文学种类，在新的历史时期，法制文学作品能否真正适应广大读者、观众的欣赏需求，是作品成功或失败的基本标志。作家创作要考虑欣赏者需求，不能单纯理解为迁就和迎合，这种做法无疑会损害广大读者和观众正常的欣赏要求。

法制文学作家创作作品时，在拒绝金钱和低级庸俗趣味的诱惑下，考虑读者、观众的欣赏需求，这是文学创作起码的规律和作家应尽的责任。那么，作家创作和读者、观众欣赏是不是完全统一呢？不是的。由于读者、观众的欣赏水平和要求，与作家创作存在着一定的距离和矛盾，这种距离和矛盾的形成，有社会发展趋向的原因，也有作家主观创作意识的原因，还有欣赏者文化素养、思想意识和欣赏习惯等诸多复杂因素的原因。这些矛盾虽说在一定程度上影响群众对法制文学作品的欣赏，但从另一个角度分析，也给作家创作提出了更高的要求。就是法制文学创作也必须多样化，使“百花齐放、推陈出新”的文艺方针得以全面贯彻和落实，这要求法制文学作家创作出更多、更好的文艺作品，以满足不同人的欣赏需求。

## 第三节　法制文学欣赏对读者、观众的影响

法制文学所反映的现实社会生活，比起其他文学不仅涉及面广，而且涉及多种学科，因此它对读者、观众产生的影响也是多方面的。只要作品主题立意积极，反映的社会思想是进步的，在一般情况下，作品对欣赏者都能产生积极的影响。法制文学最显著的特征是，它是以反映社会生活中法律与犯罪为基本内容，因此，不论作品揭示何种犯罪案件，都要涉及法律问题。但是，生活中非法律专业工作的具体人，一般很难有对法律进行特定研究的习惯，即使一时产生兴趣，也只限于某一法律与自己发生联系后，才有可能关心和进行学习。如遇到某种纠

纷需要诉诸法律时，才想起法律的重要。可是这种“临时抱佛脚”的做法，常使人力不从心，一旦败诉才感到法律原来对自己是如此重要。但是，时过境迁，事过之后还是置法律于不顾，颇有“寒号鸟”得过且过之愚昧。如此说来，绝大多数人对法律的认识非常肤浅，或者知之甚少，法律知识的缺乏，足以使人吃尽苦头。如某地有一家穷苦父女相依为命，农村经济改革后，因身为村干部的邻居建新房，多占这对父女的宅基地，他们要求该村干部退还，该村干部强词夺理，否认多占事实。后经村委会调解无效不得不诉诸法律。由于这对父女缺乏法律知识，诉讼长达十年无果。该女决心打赢这场官司，变卖家当报考警校，天无绝人之路，三年后该生通过已经学到的法律知识发现，这个案件在人情和权力的驱使下，早就没有司法公正可言。该女生用法律武器，据理上诉，终于讨回了公道。在社会主义法制社会，每个人既然都与法律有因果关系，这就要求我们认真学法、懂法、用法。非法律工作者阅读和欣赏法制文学作品，是获得法律知识的一个重要途径。

法制文学作品中的社会矛盾十分尖锐，在反映正义与邪恶的较量中，尽管作家在创作时，尽力摆脱特定人物“脸谱化”的弊病，但从正反面人物特定的行为看，具有非常明显的不可掩饰性。但仍可以通过欣赏法制文学作品，提高人们对真善美和假恶丑的认识和辨别，告知人们在社会生活中，应该赞颂什么，憎恶什么，从而树立正确的人生观。

法制文学作品反映的社会矛盾非常复杂，特别是侦破题材作品，公安人员侦查破案多采用逻辑推理手法，读者阅读法制文学作品时，一旦欣赏者与作品反映的典型人物、典型事件产生共鸣，就会把读者或观众带入特定的环境之中，产生身临其境之感。读者就会自觉不自觉地对案件提出问题，参与到破案工作之中，不仅锻炼和培养了读者的逻辑分析能力、判断推理能力和解决问题的能力，而且了解了侦查破案的专业知识和案件的复杂性，这是阅读其他文学作品无法获取的知识。欣赏法制文学作品，可以开阔视野，扩大知识积累，发挥想象力，提高人的创造能力，对培养和塑造坚韧不拔的意志、克服困难的精神和增强社会交往的能力大有好处。

# 第十六章 寻觅逝去记忆的足迹

人的一生会有很多值得记忆的事情。有大事，有小事，间或有瞬间一现的事。且不说大事，小事，即使是稍纵即逝的事，也可能常常萦绕在脑海中，挥之不去……凡此种种，对一般人来说过去的即了了，无须纠结费神；对于作家，则是不可或缺的思维活动和生活积累、贮存。积累得越多，生活底蕴就越丰富，在进入创作活动时就有可能把贮存的资源挖掘出来，成为某种作品中的细节，使作品更加丰富多彩。细节决定成败，因此，寻觅逝去记忆的足迹，对于创作者就尤其重要……现奉上几个小故事，与读者分享。

《陌生的旅伴》是我调离青岛数年后，出差从上海搭乘“长更轮”去青岛旅途中遇到的一件事，在《海鸥》杂志发表。

《六月敖包情更浓》是我随中国文联文化代表团访蒙古国时的点滴生活记录，发表在《海内与海外》杂志时题为《敖包情浓——访蒙散记》。

《诗歌死了吗……》在人民日报社《大地》杂志发表时题为《我不想说——从顾城之死想到的》。

《人啊，人，你是怎样的精灵？》为我出国旅游时的所见所闻与体悟，发表时题为《人妖之间》，这些都是生活琐事，但无不与打开创作之门有着千丝万缕的联系……

## 第一节 陌生的旅伴

我是一个业余文学爱好者，对文学创作却不甚了了，创作从何入手，道路从何起步，历史该怎样认识，未来该怎样探求……就在我迷茫之际，出差时在海上与一位编辑不期而遇。他拨动了我的心弦，打开了我心灵的窗扉……

七月间，在上海出差之后，我搭乘了一艘启用不久的“长更号”客轮去青岛，在四等舱的小小居室里，有两张上下两层的铁床，住进了四位旅客，两个篮球大小的舷窗，是室内唯一能调节空气的窗口，室内十分闷热。甲板上回旋余地大，空气清新，视野辽阔，加之令人陶醉的大海的诱惑，自然就成了人们最向往的所在。

我的同室旅伴是一位面颊消瘦的四十多岁的汉子，此时他正在甲板上，一会儿两眼凝视着水天相连的地方，一会儿又垂下眼帘，注视着船舷激起的层层的浪花。他那蓬松的黑发中，已有银丝掺入，眼镜后面的双眸显得很深沉。他在想什么？我默默地走近他身旁。他发现我后，移动了一下双脚，向我点了点头。这时一位年轻的旅客，在经过我们身旁时，朝我们投以微笑，他礼貌地又向那青年点了点头。我看到那青年面向大海脸上依然挂着微笑，便问道："你认识他吗？"

"不认识。"他双手抓着船舷的栏杆，目不转睛地依然注视着大海，淡淡地回答。

"他怎么和你打招呼呢？"

他回过头看了看我，显然他对我提出的问题感到意外。但从他的神情不难看出，他在认真思忖我提出的问题。

他掏出一支香烟叼在嘴上，一连划了四根火柴也没点着，他只好蹲在甲板上，我替他挡风，他双手捂住拉开的半边火柴盒，火柴划着后，敏捷地用手把火苗遮挡，这才把烟点着了，由此窥见他的细微和谙熟。

他站起来，深深吸了两口，说："面对大海人们会感到自己渺小和无知吧。"

我有些茫茫然。这怎么和渺小与无知相联系呢?!

我的思潮仿佛翻腾的大海，不停地思考着他这句话的含义。那喧嚣的市街、拥挤的车厢、纷乱的公园、嘈杂的菜市场……人们常为一件小事争得面红耳赤。那咄咄逼人的目光，满口的污言秽语，专横的脸庞，哪里有一丝一毫的愧疚和自感渺小的神情？彼此装扮着强者仿佛要吞噬对方。人们在追求自己的得失，有时竟忘记和抛弃人的尊严……人啊，人，如果各自都感到自己渺小和无知，那么就会产生求知的欲望，去探求未来，追求理想，一切高尚的情操，社会的文明也会得以发扬。面对浩瀚的大海，自然会感到渺小和无知。我多么希望从对方的言语、表情中找到答案和启迪呀！我下意识看了看我的旅伴，由衷对他产生了敬佩。他依然注视着茫茫的海疆，也许他在探求海的秘密，或许陷入了美好的遐想……

"长更"号在前进，海浪拍击在船舷上，发出"哗，哗……"的声响，"长更"轮的船首像一块锋利的铧，犁开了万顷巨浪，船舷两侧翻起墨绿色的波浪，恰似肥沃的土壤，绿色的波浪翻滚着，变换着姿态转瞬变成一片洁白，仿佛瑞雪笼罩着麦田，恰似冰雪消融的江河。人生的路啊，该是多么美丽，多么神奇……

人在旅途常常忘记时间，傍晚到了青岛，才知道今天是星期六。明天是星期日，各单位该不会办公的，我不知道明天他将怎样度过。下船后便问："青岛有朋友吗？"

"我离开青岛整整25个年头了，这期间很少联系，大概不会有了。"

"那么，明天你怎样安排呢？"

"寻觅逝去记忆的足迹。"

我不明白他这话的含义。但从他的表情我断定，他是无事可做的，便约定明天和他在青岛走走，探求他心灵的隐秘……

第二天我起得很早，草草吃了点东西，直奔栈桥去了。栈桥像一只纤手，轻盈地抚摸着大海的胸膛；大海像一匹奔驰、带着野性的烈马，冲击着岩石，冲击着堤岸，撒下一片片璀璨的珠。

我看到栈桥左侧一块巨大的岩石上站着一个人，晨雾使他的轮廓时明时暗，仿佛一名威严的哨兵，注视着退潮的大海，坚守着祖国的海疆。我走到他身边，许久他才回过头来，对我投以微笑，然后跳下岩石，沿着海滨朝鲁迅公园走去……

我追赶了几步，悄声问道："去哪儿？"

"寻觅逝去记忆的足迹。"

鲁迅公园位于栈桥东边的海滨，周围有一些花草和貌似石凳的礁石。他默默地朝公园走着，我看到他神情惆怅，一派失落的样子，使我产生了很多联想：也许他是个失恋者，鲁迅公园曾是他们邂逅相逢和约会的地方?！他痴情、迷惘；然而他的表情却不见忧郁和感伤，仿佛还有一股无名的力量。

我很想知道他的经历，不禁问道："你在这里失恋过吧？"

他笑了，笑的那样自然。他那双深沉的眼睛，眯成一条线反问道："你以为只有爱情才使人怀念吗?！"

他没有正面回答我的提问，但从他坦率的言语，我知道我的猜测是多么荒谬而平庸，因年龄的差异其思想感情、思想方法是多么不同。但是有一点我明白了，他追忆的是他以为最美好、最有意义、最值得回忆的事情。他没有痛苦、没有悲伤，只有希望和怅惘。不知怎的，我觉得在他的身上蕴藏着一股力量，仿佛要把他的追求，逝去的美好憧憬找回来……

他看到我茫然的表情像是同情，又像是规劝，启发似的说："你不是想搞创作吗？在你周围发生的一切事情你如此冷漠，怎能写出好作品呢，难道你就没有值得回忆的往事吗？怀念过去，忠于现在，憧憬未来，才能激励我们去开拓美好前程……"

我被他感动了，开始真正认真思考他的话语，努力捕捉逝去的记忆……

我伴随他漫步在青岛之滨，沿着逶迤小径，不一会儿，来到南海路第一海水浴场。

早晨海水浴场游人稀少，显得冷清而空旷。蓝色的，白色的，黄色的……简易更衣木板房，积木般的堆砌在岸边。远处，蔚蓝色的碧海中有一点殷红，这色调十分凝重，那便是刚才在沙滩上身着泳衣活动四肢的健美姑娘。此时姑娘正拍水击浪向深海游去，游向海鸥展翅的地方。

我和旅伴缓缓走着……

柔软潮湿的沙滩上，留下两行深重的足迹。伴随着阵阵海风深沉的歌声飘进我的耳鼓——

今天啊，我们又要去远航，
船尾飘摇着旗帜，
海员们拥抱了自己的娘亲，
吻母亲额上的皱纹……

这歌声极低，是我的旅伴在低吟。我对这首歌很陌生，但此情、此景、此地，却感到那样亲切，那样令人神往。在茫茫大海面前，我的旅伴又陷入了沉思，我不想打扰他，歌声继续——

狂风怒涛在汹涌，
海员的命运多风险，
但我们心中充满爱情，
充满对你真诚的爱……

这时一艘鱼雷快艇昂首挺胸，像脱缰的骏马，从海面上驶过，浪花飞溅，艇尾后留下一片翻滚的皑皑雪浪。他停住了脚步，似乎屏住了呼吸，久久地凝视远逝的鱼雷快艇，呆痴地站着一动不动。

许久，我问："你唱的什么歌？"

"勇士号开往马尔托。"他依然淡淡地回答，但神情显得异常兴奋。我感到他的心灵之窗正向我洞开……

他说："25年前，当我驾驶着鱼雷快艇在黄海巡逻时，我和我的战友们总喜欢唱这支歌，这歌声倾注了人们对生活，对大海的爱。当我们返航归来，漫步在海滨之路的时候，就又唱起《水兵回到海岸上》，是那样欢快和自豪……"

说着他又哼唱起《水兵回到海岸上》——

水兵回到海岸上，
穿过街道走过村庄。
孩子们叫着海军叔叔好，
老伯伯们把水兵夸奖。
姑娘们向着水兵微笑，
千万双眼睛望着白色的衣裳……

此时，仿佛他又回到25年前那战斗生活。这时，只有这时，似乎他已寻觅到逝去记忆的足迹，这足迹融入心中翻滚的浪花之中。这时我终于明白了他为什么那样爱海，爱海边的一草一木，为了这，只身来到青岛，寻觅逝去记忆的足迹。

我没当过兵，更没有海上生活的经历，但是他的歌声在我心中却产生了共鸣。经历过迅猛异常的暴风骤雨，我们苦难深重的祖国，像久病待愈的患者，那躯体的病毒时而抑制，时而扩散。人的信任，人的情操，人的道德规范，还没完全复苏。在通往康复的路上，还要付出多少代价，还要流多少汗水。我看到了，他的海滨之游，正是在寻找这种精神力量。他曾驾驶战舰保卫祖国，追逐美好的一切，怎忍心让这美好的一切随着时间流逝而去。现在他还在开拓、探求，也许他要用笔谱写闪光的过去，描绘明朗的今天，开拓似锦的未来，拨动人们为祖国唱响的心灵琴弦……

我们在无意中相识，在匆忙中离别，没有留下地址，没有留下姓名。文章该怎样写，路该怎样行？我们没有交谈，冥冥中似乎又已经交谈过。我默默地走着，去寻觅逝去的记忆，独自一人又来到栈桥，踏着他的足迹，捕捉他的话语……

此文发表在《海鸥》杂志

## 第二节　六月敖包情更浓

经过两个多小时的飞行，当飞机从七千多米徐徐下降时，舷窗外那硕大、肥厚的簇簇白云，缓缓从机翼掠过，如果不是舷窗密闭，伸手就能扯下几片云朵。透过机翼俯瞰，绿茵如毯的地面上马儿和羊群在奔走，一曲悠扬的歌声撞击耳鼓："蓝蓝的天空白云飘，白云下面马儿跑……"

飞机着陆后，我们沿舷梯走下来，当双脚着实地踏在跑道上，并没有置身异国他乡的感觉，因为这里的建筑都显得质朴，只是在填写那些印着俄文、英文、蒙文、中文的入境卡时，我的心才骤然一颤，不禁涌出一股莫名的远离故乡的怅惘。只有这时，我才理解游子对祖国眷恋的情愫。

由中国文联、陕西文联、山西文联组成的以董良翚为团长的中国文化代表团访问蒙古国期间，和我们接触最多的有两个人，一位是蒙古国艺术联合会的干部巴吉克，另一位是代表团的陪同兼翻译，她戴一副眼镜，镜片上泛着淡淡的红色，一双大眼睛，却给人以忧郁之感，她穿西装，还是蒙古袍，都不失中国北方劳动妇女的姿容，也许是中蒙两国人民有着千丝万缕的血缘联系的原因吧。

访问期间，我们被邀请观看歌剧《三座山》，开演前陪同向接待我们的剧院领导一一介绍了我们的身份，指到我，因语言不通，我只伴笑着点头，遂后介绍同团的山西、陕西两省文联的同志，使我不由捧腹，她以为自己译错了，连连重复着："山西母鸡，陕西母鸡……"急中出错又把这两位同志的省份张冠李戴。从此，山西、陕西两位同志，各得一"母鸡"雅号，并欣然受之，后来我们才知道这位女翻译兼陪同名叫娜仁。

中国文化代表团应邀访问蒙古国
魏军（左1）、董良翚（左2）、肖云儒（右1）
在乌兰巴托广场合影

娜仁随我们参加文化交流座谈会，一起参观名胜古迹，我们乘坐的汽车，曾不止一次路过放在街心高高基座上的坦克碑，娜仁向我们介绍说——“这是第二次大战时苏联参战的坦克，基座左面是参战时荣获的勋章，右面是在战场上作战的地图”。

汽车很快驶过路口，把英雄的坦克功德碑甩在后面。汽车行至一座桥堍时，我惊叹道：“这桥好漂亮哟。”

“这是中国援建的。”娜仁说。“每年都有中国工人来蒙涂装维修……”

我默不作声。

乌兰巴托作为蒙古国首都，却不曾有最能渲染市容的广告和霓虹灯，连最大的百货大楼也没有这样的装置。唯一的标志是用俄文书写，并不显眼的字母，有的商店干脆没有任何标志，门栏与居民住户差不多，如果没有娜仁带路，我们会怕误闯民宅而不敢涉足。

乌兰巴托是蒙古国的第一大城市，人口约50万，占全国人口四分之一。我们下榻的国宾馆，相当于中国北京的钓鱼台级别。但遗憾的是，这里除了比其他宾馆寂静和安全外，并不能使我感到神圣与骄傲，因为住在这里，喝开水也要自己设法解决。代表团出国前，一位到过蒙古国的同志内行地告诉我，多带些方便面或其他食品。最重要的是别忘了带电热杯，插头一定要圆的，否则无法使用，我接受了劝告，照办了。谁料想我带的电热杯插头两个极柱虽是圆的，但比蒙古国的插座孔窄，便成了废物。在访蒙期间，除宴会外，每天三餐都是俄式西餐，我不仅对酸面包不适应，而且还难满足肚子的需求。大家商量后让我想个办法，我给大使馆一秘打个电话，电话打通后说：“我是中国文联文化代表团魏军，想到大使馆参观参观……”

一秘笑着说：“可以。不过我现在要去机场送国家体委射箭队回国，稍晚才能回使馆。我把钥匙放在门卫，你们来了包饺子等我。”

一秘回来后我们一起包饺子，我随问：“怎么没有家属。”

他笑笑说：“到蒙古国都没带家属……”我们释然了。

我们终于吃了一顿饱饭。

国宾馆位于乌兰巴托郊区的边缘地带，环境僻静。北区有一条柏油马路，是出入宾馆的唯一通道。宾馆区的大门前有身着苏式军装的士兵把守。越过这个哨卡，便进入了宾馆区。从大门口到我们下榻处，步行至少要二三十分钟。在这样空旷、开阔的山坳里，山鹿和旱獭每每到这里觅食与客人为伴，如果有兴趣在这儿悠闲散步，呼吸高原山峦赐给的新鲜空气，倒也别有一番情趣。但是你如果想走出大门去浏览市容，不借助交通工具，那可成了一大难题。

一天，早晨起来，我从卧室出来，到院内散步，看到对面别墅房顶上飘扬起一面五星红旗，门口处闪出一个熟悉的魁梧军人身影，这时忽想起国防部长迟浩田访蒙之事。

有一天，巴吉克和娜仁陪同我们一起去逛商店。我们来到一座四层楼的商店，据说也叫百货大楼，是乌兰巴托最大的商店。柜台沿着房间四壁摆开，中间几乎空着。一层多是些生活用品和小百货，商品稀疏而凌乱地置放在柜台货架上，很少有人问津，除销售灌肠和其它食品的柜台前排着长队外，整个商店空荡荡的。毫不夸张地说，如果在商店内骑自行车，即便是“二把刀”的驾车者，也不会有撞倒人的危险。

听说蒙古国毛皮物美价廉。“陕西母鸡”决意给儿子买件皮夹克，好不容易选中一件，翻开商标一看，是北京皮件六厂制品。

我在一旁戏谑地说：“这种夹克在北京比西安的兵马俑还多。何劳老兄大驾再把它背回去呢。”“陕西母鸡”犹豫片刻说：“老兄高见。”眼看成交的生意，叫我给搅黄了。

娜仁无心购物，见我们也只是看看，悄然地站在一旁等着我们离去。

蒙古国市场货物供应不足，而又多是中国货，值得庆幸的是，购物后如不满意，退货、换货绝无刁难之事。山西“母鸡”买了双皮鞋，拿回宾馆发现两只同是一左脚，问及在哪个商店购买，一头雾水。第二天娜仁说：“不论哪个商店，只要有同样的货，都可退换。”山西“母鸡”如愿以偿随便找了一家商店换了一双。

返回的路上娜仁对我们说：“我妹妹去过中国很多地方，目睹了中国改革开放的成就。蒙古人民很钦佩中国。过去蒙中两国有过不愉快的经历，那是历史造成的……蒙中两国应该友好相处。”

中国文化代表团应邀访问蒙古国
魏军（中）和肖云儒（左）在蒙古包与当地居民交谈

她的这番话使我们深受感动。在蒙期间，其他蒙古朋友也曾不止一次向我们阐述这一认识。有的人还用中国习惯用语说：“对过去，可以向前看。蒙中两国应该进一步发展友好关系，世代友好……”

代表团唯一远离乌兰巴托市的活动，是参观一座夏营地，夏营地是供人们夏日休息的地方，离首都大约70公里，一路上人少车稀，绝无交通阻塞的麻烦。偶遇牛群、羊群在马路上懒散漫步，司机按按喇叭，人不慌、牛不惊也就过去了。汽车绕过一座小山，透过车窗我看到路旁的坡上有一堆石头，上面插着几根木棍，木棍上系着一些污秽的布条，不时在微风中摆动。“那是什么？”我原以为是一座坟茔，又觉不妥，才这样发问。

《海内与海外》杂志

车上的人都把目光投向路旁。

“是敖包”，娜仁回答说。

“这就是敖包？”我大惑不解。虽然我没见过敖包，但那首《敖包相会》的歌曲，给我留下的印象却是美好的，那里可能是山清水秀，爱情萌生的地方。眼前这个粗俗浅陋用石头堆成的石堆，怎能和敖包联系在一起呢。

“这是爱情约定的地方吗？”我自言自语。

娜仁笑而不答。

我说：“中国有首歌叫《敖包相会》”。

“唉……”娜仁似乎也熟悉这支歌，她解释着：“牧场地大无边，很难找到什么标志，容易迷路，当然以敖包相约也是有的，其实敖包是人们为了祈祷和憧憬某种愿望实现的标志，前面的人随手拣块石头，插上一个标志，如果再有人祈祷，也可以把石头放在上边，或系上布条，慢慢就堆成这个样子，所以应该是友谊和共同向往的象征。

“噢……今天我们有幸敖包相会了。”我说。

“唉……”娜仁回答时，她总是习惯地发出“唉”声……

娜仁深情地说：“比如我们都希望两国人民友好下去，不妨在敖包上加块石头。”

“唉。”我学着她的腔调附合她应允着。

回国那天早晨，娜仁比任何一天到国宾馆来得都早。她为我们送行。办完出境手续后，我们大家一一和她握手。

“欢迎你们经常来蒙古参观、访问。”

“巴耶鲁那。”我用刚学会，不熟练的蒙语向她致谢。“也欢迎您到中国去。”

“谢谢。”她用汉语致谢。

我们登上飞机舷梯，看到娜仁依然站在跑道上，她那双忧郁的眼睛注视着我们。飞机起飞了，娜仁的身影依然停留在跑道上……

原载《海内与海外》杂志1993年第1期，发表时题为《敖包情浓》

## 第三节　诗歌死了吗……

顺手拿起一张《参考消息》，一个并不十分显眼的标题——《顾城在新西兰杀妻自缢》的消息无意中跳入我的眼帘，我的脑海顿时一片空白，眼前漆黑一团，我怎能相信这消息是真的。待我稍事镇定后，从头到尾又看了两遍，不管报道的凶案是否属实，但字里行间所披露的材料，无疑是我熟悉的那个顾城，不像是同名同姓的巧合，尽管我不能接受这个残酷的事实，我的心也无法平静，不知如何是好。这灭顶之灾的消息该不该告诉我的挚友——顾工？几天来我思虑再三，一时无策。适逢朋友来访劝告我说——

“应该给顾工打个电话，问问到底是怎么回事。如果是真的，他现在最需要关心，尽可能陪他几天，不然他连个宣泄的对象都没有。”

是啊，人生三大不幸：少年丧父，中年丧妻，老年丧子是也。已过花甲之年的顾工突然失去了儿子，该是何等的悲伤呢?！又何况顾工对儿子视如掌上明珠，对顾城的才华视为自豪的标志，如今这和谐、幸福、稳固的家庭，突然倒塌了，他承受得了吗?

我听信了朋友们的忠告——

我强忍着不平静的心情，终于拿起了电话话筒，颤抖的手拨通了电话，希望从话筒中传来他那爽朗的笑声和友好善意的戏谑。如果是这样，我的一切担心，和那不该发生的事情将化为乌有，我们将在电话中毫不留情地诅咒那些造谣中伤者的可耻行径。因为我最恨造谣和说假话之人，生活中受他们的戏弄太多，太多。电话拨通后，耳边响起了有节奏的铃声。我拿着话筒，如同手中捧着一枚导火索嗞嗞作响的手榴弹，我不忍再听下去，刚欲放下话筒，铃声终断了，我的心剧烈地狂跳，脑海中胡乱编织着开头的用语，但却找不到一句适当的话。如果不是这种心情，传达这种消息，我和顾工是无须字斟句酌煞费苦心编造话语的。生活中不论是通电话，还是当面交谈，我们总是直呼其名，然后道出双方感兴趣的话题，说到投机处，不论是戏谑、玩笑，还是“诋毁”，总是哈哈大笑，一笑了之，下次通话、相见依然如故。

铃声断了，话筒终于被人拿了下来，我屏着呼吸聆听着，话筒中传来一个沙哑有气无力疲惫而颤抖的女人声音：“喂——”

我的心骤然紧缩，预感到那件不该发生的事情，将无情地被证实。我本能地呼唤着对方的名字："惠玲，惠玲，我是魏军……"

"魏军——"话筒中的声音虽然很低，但我已经感到她是用心在呼喊，接着传来急促啜泣和抽搐的声音。

我手拿话筒，倾听着她的哭泣，不知如何是好，又连呼喊她的名字。

少顷，她终于开口了："你是怎么知道的？"

"我，我……"我不知怎样解释，一切解释都是多余的了。此时我已不能拖延。我说："是从《参考消息》上看到的。这不是真的，是西方通讯社造谣……"我想，如果真是造谣，虽然可耻、可恨，经历一场虚惊后，化为乌有，这些造谣者不也有可爱之处吗?!

"我们也不相信。"她的话断断续续传入我的耳鼓。我努力辨听着，"谁想到会发生这样的事情呢？"

"惠玲，你不要轻信谣言……"我鼻根一酸竟不知说什么好了。

耳边传来惠玲和别人的说话声："是魏军。"

少顷，话筒旁传来一声低沉的哀叹声。我听出话筒已传到顾工手中。

"顾工，你现在怎么样？"我不知所措。

他没马上回答，不停地喘嘘着哀伤的粗气。往日他那洪亮、宽厚、圆润的嗓音，仿佛是从淤积了太多泥沙、锈迹斑驳的管道中，艰难地滚动出来的："怎么会发生这样的事呢?！"他的话语字字都流淌着血和泪。他反问我，似乎顾城的一切，我都该知道，都该预测，都该预防。

"你不要太悲伤，也许事情不像你想象的那样……"我终于说谎了。

"顾城是你看着长大的，你应该了解他，他常说起你骑摩托车带着他兜风的事呢……怎么会发生这样的事呢？"他的话有些语无伦次了，这和往日咳唾成珠的顾工判若两人。是啊，怎么会发生这样的事呢？的确令人难以相信。

说顾城是我看着长大的，这话并不夸张，尽管我没和他们一起工作、一起生活过，我和顾工相识至今已有三十多年了，三十多个年头风风雨雨，从未间断过，只是"文化大革命"时顾工全家被逐出北京到外地劳改放猪时，才中断了联系。"文化大革命"后期顾工一家返京后，我们的交往更为频繁，我是他家的常客。他家四口视我为知己、挚友。我们谈创作、谈人生，当然也谈些令人烦恼的事情。在顾工的家庭中，顾城没有工作，应该说比别人烦恼更多，但不影响他对生活有自己的判断和理解。

"魏军叔叔，你挺好的吧？"每次我到他家第一句话顾城总是这样问我。

在我的印象中，他是一个永远长不大的孩子。大大的脑袋，脸庞上挂着几

顾城

分稚嫩的傻气。我没有看出，也没有发现，也不可能相信，这个平凡得不能再平凡的孩子，以后竟成了我国诗坛上一颗璀璨的星——朦胧诗主要代表。就像不相信今天传来的噩耗。我不愿伤他的心，对他的问话，既不回答好，也不回答不好，以为那样无形中会在他心灵中产生刺激。

我玩笑说："活的很简易，凑合着活着吧。"

值得庆幸的是，这样的回答不仅没给他留下心灰意冷消极的感觉，并且无意中他获取了兴趣和诙谐，他以为这是深刻理解人生后的客观评价和创造新生活的萌动。尽管我们谁也没评价和解释这一句话语的潜在内容，但却能从对方的表情中看出在追求完美生活的同时，对一些不尽人意的消极现象所作出的批判。

"魏军叔叔，不妨你成立一个简易活着委员会，定期召开会员大会，研究各种简易活着的方法。"

"简易活着。"我默默地吟诵着他的话语，体悟着他对人生的评价，从他自身的感受出发和他目前待业的处境，是再贴切不过了。我爽快地说："我可以充当这个委员会主任，那么会员呢？"

"我当第一个会员。"顾城笑着又列出了三四个和他处境相似的文学青年。这几个人我也十分熟悉。

"好，今天简易活着委员会宣告成立。"我成了他心目中的委员会主任。

顾城是待业时间最长的青年之一。也可以说，直到我听到从海外传来噩耗时，他也没找到一个我们中国人所倾心的"铁饭碗"，足以使人痛苦、烦恼，这对一个没有脱净孩子气的青年来说，活着只能简易，再简易不过了。在当今一些待业青年中，因为无所事事，走上邪路的不乏其人。然而庆幸的是顾城生长在一个备受父母关心、爱护、和蔼可亲的温馨家庭中，这个家庭每个成员，都享受着平等、受人尊重的权利。因此，在这个家庭中，每个人的劳动都能得到最大的发挥，并且得到全家人的支持，就连谢烨成为这个家庭的成员后也不例外。父亲顾工是著名诗人、作家。母亲胡惠玲是电影评论家，她原是八一电影制片厂的文学编辑。姐姐顾乡是北京电影制片厂编辑，可谓名副其实的文学世家。时下，全家人除顾乡循规蹈矩地到电影厂上班外，其余的人面对墙壁各占一张桌子，自己写自己的东西，有时一天竟无人想起还有做饭的活计，因为他们桌旁，除有厚厚的稿纸外，或许还有一杯开水或面包，活的也十分简易。

有一天，顾工长途跋涉，从万寿路原总后勤部到北郊西三旗公安部宿舍的我家来拜访，用餐时他高兴地说："出门时胡惠玲还嘱咐我在路上买几个烧饼叫咱俩吃呢，没想到你这儿应有尽有，太丰富了。"

"丰富谈不上，几个便菜而已，但不至于叫你自带口粮，这地方离城里太远，买东西不方便，虽无须深挖洞，但广积粮是必需的，平时要多准备些食品，不然就要断顿。"

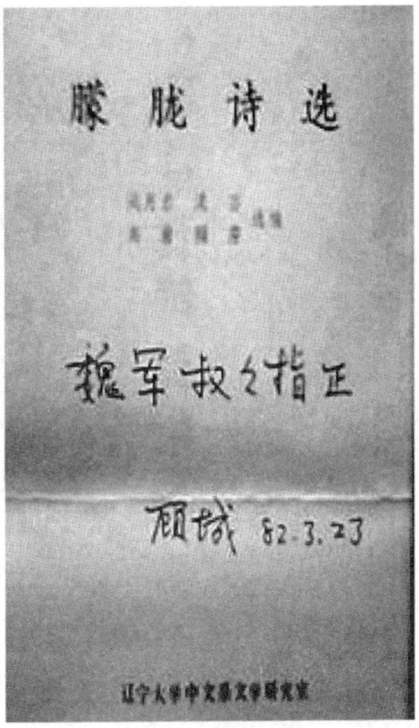

顾城笔迹

"是啊。"顾工接过话茬说："你怎么住到这儿来了？"

我说："这是公安部的临时周转房，住够三年后我才有资格在城里分房……"这时一列小火车鸣着汽笛从楼前呼啸而过，打断了我们的谈话。

"噢，还有火车？"他说。

"工厂的小火车。"我说，"整个一个夹皮沟。不过我更喜欢称它为米海依洛夫斯克耶村——当年普希金流放的地方。"

"说不定你在这儿还真能写出更多更好的作品呢。"

"但愿如此。"

这时顾工从包里拿出一本书，"这是顾城给你的"。

我放下筷子翻开封面，扉页上写着"魏军叔叔指正"几个大字，尽管这字还显稚嫩，又把"魏军叔叔指正"几个字描了又描，可见他是用心写的，落笔时的庄重和认真可见一斑。我的脑海中忽然闪现出一个念头——他长大了。

这使我想起关于他的一些往事——有一天我到《体育报》送一篇稿件，在编辑部与顾城邂逅相逢，编辑们见我和顾城如此熟悉告诉我，顾城在报社帮助工作，还有可能调到报社来，我听后连连叫好。快下班时顾城说和我一起走。

"好，我送你回家。"我说。

"把我送到复兴门就行了，我可坐地铁。"顾城坐在"佳娃"摩托车后座上提高嗓门问："魏军叔叔你常去《体育报》吗？"

"常去，我是《体育报》的作者，十几年了。"我也提高嗓门回答他的问话。

"难怪他们对魏军叔叔那么热情。"

“老朋友嘛，就像我和你爸爸一样。”

摩托车行驶到中山公园门前，车速逐渐减慢，任凭怎么加油，也难提速，摩托车滑行了一段距离，终于熄火停车了。下了车，我打开油箱，油还有多半箱。我又按按喇叭，依然清脆、洪亮，可见油路、电路都没问题。我把车推到路旁支起来。

“魏军叔叔，什么毛病？”顾城问。

“可能是油路堵塞了。”

“能修吗？”顾城担心地问。

“好修，洗洗化油器就行了。”我充满信心地说。

我打开化油器盖，浮子室内并无污垢堵塞，只是浮子已沉入油底，拿出来看时才发现浮子焊接处有一裂缝，油从缝隙中浸入浮子体内导致下沉，出现富油熄火。

“找到原因了。”我说：“浮子中有油飘不上来，油针无法控制油量造成熄火。”

顾城仔细看了看我手中的浮子，同意我的判断，他说：“把油倒出来吧。”

“这么小的缝隙是倒不出来的。”说着我用力甩动浮子，浮子中不大情愿地跳出几颗油滴，不大功夫我的胳膊甩得酸痛。

顾城见我满头是汗说：“我甩。”

我没有谦让，把浮子交给他，他按照我的方法，一下，两下……甩个不停。我们交换了几次，约有半个小时终于把油甩干了。待我把浮子放入浮子室内，把油门打开后，油又从裂缝中缓缓浸入，我拿出浮子，又用力甩了几下，顾城担心地问：“还能修好吗？”

我思忖了片刻说：“先找个应急措施对付一下回去再说吧。”

顾城茫然地看着我，仿佛能从我脸上找到应急措施。

“你看着车，我去买块肥皂，用肥皂把浮子的裂缝堵上，车就能开回去了。”

“能行吗？”他似乎不大相信这种办法。

“没问题，向毛主席保证。”

“我去吧。”顾城说。

半小时后顾城才回来。

“你到哪去了?！”我焦急地问。

“长安街没有商店，我到西单去了。”

这时我才知道他迟迟未归的原因。我用肥皂把浮子的裂缝“焊接”好，重新装入浮子室，浮子果真飘在油面上了。

顾城见状高兴地说："魏军叔叔你是怎么想出来的？"

"没问题了。"我没有回答他的问话，这不过是多年的驾车经验罢了。我说："把肥皂带回家洗衣服用吧。"

"不，我要留着下次用。"

"没下次了。"我说："回去我就换个新的浮子。"

打那以后，顾城每次乘坐我的摩托车，总是戏谑地问要不要带肥皂。顾工说顾城乘摩托车兜风就是这件事。可见那次摩托车故障给他们全家留下了深刻印象。

顾城调《体育报》工作的愿望不知何故落空了。一次我路经厂桥，在街道办事处体育器材修理部找到了顾城。我不知道是他去《体育报》前就在这里工作，还是调《体育报》告吹后安排在这里工作，总之他在街道办事处体育器材修理部工作过。我告诉他帮他联系了海淀评剧团做舞美工作，他听了很高兴，尽管他热爱文学，但基于能找到一个相对稳定，而又能发挥特长的工作不容易，他马上表示了同意。根据剧团领导后来对我说，在办理调动手续时，遭到了他所在单位的拒绝，因此未能办成。这大概就是他离开体育器材修理部的原因。从此开始了他漫长的待业生涯，好在他与诗有缘，否则还不知道"简易活着"到什么时候呢。

顾城的成名之作《无名的小花》我推荐给西城文化馆办的小报上发表后，连同诗人公刘的评论文章在《星星》诗刊正式发表，受到好评并为社会关注。从此，他的创作一发不可收，成了朦胧诗派的主要代表。

顾城的文化水平不高，他没上过大学，该上中学的时候还是"书读得越多越反动"的年代，他的成功是社会和家庭对他的影响，以及他自己不懈努力和追求探索的结果。顾工一谈到顾城的聪明才智，由衷感到自豪和欣慰。

顾城从小就富有幻想，思维敏捷想象力独特。在他的眼里，一些平常的事物，乃至一只昆虫，都是一个童话，一个故事。他常用自己习惯的方式，把一些他认为有意义的东西胡涂乱抹记录在墙壁和门扉上，用他稚嫩的笔触，勾勒出一个个小的动物，在一只瓢虫旁有一行稚嫩的文字，我没读懂，蹙蹙眉，顾城给我讲述了一个关于瓢虫的故事。我不以为然，以为不过是小孩子的游戏而已，更想不到这便是诗的喷泉，诗的元素。顾城看到我迷惑不解说："魏军叔叔……"他每次称呼我，总是在叔叔前面冠以完整的名字，从不省略一个字。在他看来，只有这样才算完美，才像诗。诗不是蕴藏着更多的美的韵味吗。他说："你怎么不写诗了？"

"噢，噢。"我思忖着说，"当年写诗是你爸爸把我拉入'歧途'的，当然，我所以误入'歧途'，以为诗歌创作是容易的，后来我才发现，在文学创作中，诗歌是最难，最难的。我自愧不才败下阵来，现在只能编些侦破故事骗人了。”

“魏军叔叔你的小说《心声》题材虽然是揭露犯罪，却很有诗的韵味和哲学的理性，很有新意。”顾城想了想说：“您到公安部工作不久就创办了《啄木鸟》，又创立了中国法制文学理论，这无疑是一大贡献。”

“如果说有更多的作家研究法制文学，对繁荣文艺创作一定大有裨益。”这时顾工从另一间屋子进来，我接着说，“我还要向你爸爸约稿呢”。

“我可没这方面的生活，侦破作品我可写不了。”顾工笑着解释。

“爸爸说过的那个霸王龙故事，我看就可以写成侦破小说。”顾城提醒着。

顾工受到启发顿开茅塞说：“我还真忘了，这还真是一部侦破小说素材。”顾工想了想又说：“有关侦查、法律方面你可帮我把关。”我点点头。接着顾工把故事梗概讲了一遍，我听后当即敲定。这就是顾工写的第一部法制文学侦破题材的作品——《霸王龙的末日》。作品以西藏为背景，揭示“四人帮”覆灭前我与敌特斗争的故事。日后顾工又创作了多部法制文学作品，一发不可收拾。每每谈起，他便反唇相讥，是我把他拉入法制文学创作“歧途”的。

“你有这个才能，客观地说是另辟蹊径。”我说，“我自愧不才，写诗才真是误入歧途啊”。说完哈哈大笑。

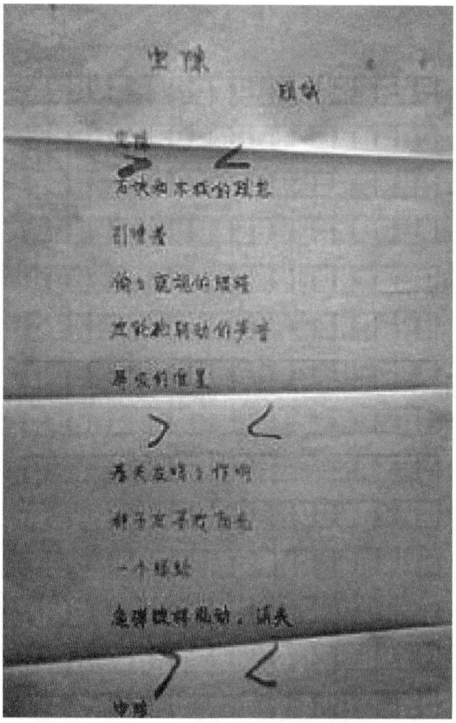

顾城诗稿

顾城也曾写过法制题材的诗作，我拟在《啄木鸟》上刊发。但遗憾的是，因当时社会上有人对朦胧诗存有偏见，送审时没有通过。更为遗憾的是这首诗稿，几经周折不知下落（近日整理文字，失而复得。现附上）。

有一次顾城对我说，他要搞一次诗歌讲座，想找一个主办单位和场所，我当即答应他说：“以北京法制文学研究会名义举办。”顾城听了高兴地跳起来。于是我联系借用西四中学教室，并在学校门前张贴了讲座海报，一切准备停当，当日晚七时半我和顾城全家首先到教室等候业余文学青年的到来。这次活动因缺乏经验和仓促上阵，因此听课的人不多，约有二十几人。我想这会影响顾城的情绪，又何况他平时语言表达有些口讷和迟钝，这次讲座失败无疑。谁也没想到他讲得非常认真。他讲了文学创作基本技巧，更多的是他观察社会，感受生活的体会。每讲到得意处，不时在讲台上来回走动，仿佛一位经验丰富的教授，在给求知若渴的学生传授着科学文化知识，以及人生的真谛。在座的听课者个个惊诧不已，两眸中闪露出叹服的目光。我不相信，就是这个儿不高、大脑袋、口讷而呆板的顾城，面对二十几名崇拜者，仿佛找到了知音，口若悬河地讲了两个小时。顾城很懂授课技巧，最后他留下了一些时间，叫大家提问，他对答如流。这次讲座是顾城人生中第一次登上讲台。如果说我没看到他第一次在讲台上讲课的风采，怎么也不会相信，几年后他应邀出访欧美国家进行文化交流和讲学，以及被聘为奥克兰大学亚语系研究员。

顾城的一生，是短暂的一生，他一直在寻找属于自己的梦，实现自己的梦。他从梦中来，又回到梦中去，正像他在一首诗中表白的那样——

最后，在纸角上
我还想画下自己
画下一只树熊
他坐在维多利亚深色的丛林里
坐在安安静静的树枝上
发愣
他没有家
没有一颗留在远处的心
他只有很多很多
浆果一样的梦
和很大很大的眼睛……

顾城死了，连同他的梦幻一同死了。但他那“黑夜给了我黑色的眼睛，我却用它寻找光明……”的诗句依然留在了人间。他的死给我留下了太多的困惑……有人惋惜诗坛上陨落了一颗明亮的星，有人指责他的死是洗刷犯罪的自戕……

然而，我不想说，他的死是对别人的“残暴”，还是对自己的“残暴”；我不想说，他的死是梦幻地回归，还是回归的梦幻……

朦胧中我发出这样的梦呓——诗歌死了吗……

原载《人民日报》社《大地》杂志1994年第3期
题为《我不想说——从顾城之死想到的》

## 第五节　不忘抗日英雄王二小

王二小的墓碑

2016年10月，北京作家协会秘书长王升山同志率领小说、散文创作委员会的作家一行百余人，到河北省涞源狼牙口村抗日英雄王二小家乡采风，瞻仰王二小墓碑和牺牲地。

王二小的墓碑坐落在距村庄约有五六公里的山崖上。去墓地只有唯一一条崎岖的小路。山路两侧虽有草木和少许的庄稼，却无人居住。狭窄坎坷不平的碎石路面上，流淌着一条蜿蜒的小溪，溪水从石缝中流过，清澈见底，小溪宽有丈余，对于我们这些手拿笔杆、握惯鼠标的老中青来说，每每摸着石头过河跨越这条小溪，都要用尽全身的力气，遇上石头淹没在水中，还要扮演搬石头架“桥”的工程兵角色，因之时有人失足踏入水中，真乃“久在河边站，怎能不湿鞋”。更有甚者，每走二三十米，就要从弯曲小溪的此岸跨越到彼岸，犹如孩童们玩跳房子游戏一般，否则无路可走，这自然影响前进的速度。放眼望去，作家们个个低着头，小心翼翼地踏着碎石和凹凸不平潮湿的地面前行，队伍被撕得四分五裂，只能三五成群相互依托、帮扶前进，稀稀拉拉约有几里，首尾难顾。山路两侧稍显平实的山腰上，有屈指可数的小块玉米地，有的玉米秸已经割倒，在地上晾晒，偶见几个农民在收获。有的虽已掰去了玉米，发黄、残败的秸秆依然保持着最后的生机，迎着微风艰难地挺立着颤动，我站在它们中间，留下了和它们一样苍衰的影像。

偶然发现一株孤独、无助、弱不禁风的高粱，我不敢再和它合影了，我想起冀中家乡的青纱帐——高粱是那样高大、纯朴可爱，玉米是那样丰满、茁壮茂盛……这时仿佛耳边又传来隐避在青纱帐里八路军、武工队的枪声……

大约过了两个多小时，我和几位作家才陆续来到了王二小墓碑处的山脚下，且有疲惫者望山兴叹说：“你替我们去拜谒吧。”我默不作声，不顾疲劳，沿着陡峭的石阶终于爬了上去。这时秘书长王升山同志早已肃立在墓碑前，他诙谐地高声喊道：“大兄弟我们看你来啦……”着实吓了我一跳。

少顷，我纠正说：“王二小1929年出生，到现在快九十岁了，你应该叫大爷才对。”

他严肃认真地说：“二小牺牲时才13 岁，祝愿他永远年轻。”

我默默然……

从墓碑处绕过一座山崖再往前走，便是一个山高路绝的山坳，王二小曾把鬼子带到这里，遭到八路军“关门打狗”式的伏击。

从高耸的山顶上倾泻出一道瀑布，泉水沿着崎岖的山路形成蜿蜒的小溪，一直流向村庄，这就是我们遇水架桥的小溪的源头啊！瀑布右侧有一块巨石，石上有几条褐色而沧桑的裂痕，日本鬼子中埋伏遭到八路军袭击后，把二小挑在刺刀上，摔死在这块石头上，这便是王二小牺牲的地方。那褐色的痕迹不正是二小献身的血迹吗？仿佛还在涌流、涌流，化作永不停歇的潺潺溪水，流向村庄，流向城镇，流向祖国的万水千山和那遥远的地方……

王二小的英雄事迹对今天的年轻人来说，已是很遥远的事情了。作为王二小敬仰者的我，却仍感到是昨天的事情，不时在脑海中萦绕……

抗日战争即将胜利，解放战争全面展开之时，我的家乡冀中平原不仅保留着八路军的番号，就连武工队、青抗先、妇救会、儿童团等革命群众组织，依然活跃在解放区，我们游击小学的同学都是儿童团员。王二小的英雄事迹，就是那时我从一首《歌唱二小放牛郎》的歌词中知道的——日本鬼子抓住王二小要他带路，二小为了掩护我后方抗日机关干部和老乡们撤离，把鬼子带到深山路绝的八路军埋伏圈里，成功地掩护了我抗日军民撤退，王二小却惨遭日本鬼子杀害。歌中唱道：“牛儿还在山坡上吃草，放牛的孩子却不知哪儿去了，不是他贪玩耍丢了牛，放牛的孩子王二小……”歌词以河北民间小调为主旋律，

路上拍摄的照片

瀑布旁的巨石

委婉、悲凄，述说着王二小的英雄事迹和壮烈牺牲的经过，令人落泪。当年作为儿童团员的我，尽管不知道王二小家住何方，是否真有其人，但依然被王二小的英雄事迹所感动。每每想起王二小，心中就会有一种对日本鬼子的切齿之根，随后便将恨化作革命行动——送信、募捐、慰问伤员。冀中是全国最早实行土地改革的地区之一，乡亲们称为“平分土地”，为配合“土改”，学校组织学生扭秧歌、拉洋片宣传《中国土地法大纲》。冀中八路军改编为解放军时，由灰军装更换黄军装，因缺乏颜料，我们儿童团采摘槐树花为解放军染军装。1951 年13岁时，我响应“抗美援朝、保家卫国”伟大号召，参军后曾写下一首枪杆诗——《槐花颂》，在军营壁报刊发。

半个多世纪过去了，童年的那些战斗岁月仍在我脑海中萦绕，二小的革命精神永远铭记心中。不忘初心，牢记使命，一直到心脏停止跳动……

## 第六节　我的抗美援朝纪念章

——纪念中国人民志愿军抗美援朝出国作战70周年

人民子弟兵自创建以来，在中国共产党领导下，以气吞山河大无畏的精神，克服了多少艰难险阻，经历了二万五千里长征、抗日战争和解放战争。中华民族不屈的英雄儿女，终于打败了国内外最凶残的敌人。国家还没有全部解放时，在百废待兴的国土上，于1949 年10 月1 日，伟大领袖毛泽东主席在天安门城楼上向全世界宣布——中华人民共和国中央人民政府成立了。从此中国人民站立起来了。然，溃败逃到台湾岛上的蒋介石反动集团，勾结美帝国主义入侵我台湾，妄想借台湾反攻大陆，死灰复燃。 1950 年趁朝鲜战争爆发，美国及其网罗的16 个喽啰国家组成“联合国军”入侵了朝鲜，把战火烧到了鸭绿江边，对我新生的共和国虎视眈眈。面对唇亡齿寒的危难，1950 年10 月25日，党中央毅然决定，组建了中国人民志愿军，他们将背负民族希望和人民的重托，抗美援朝出国作战。举国上下也掀起了支援伟大的抗美援朝，保家卫国运动，社会各界爱国人士捐献飞机大炮，广大青少年踊跃报名参军、参干。在这场伟大运动的感召下，吾于1951年8月23日投笔从戎，于北京志愿参军，高唱着中国人民志愿军战歌：雄赳赳，气昂昂，跨过鸭绿江。保和平，卫祖国，就是保家乡。中国好儿女，齐心团结紧，抗美援朝打败美帝野心狼……成为人民空军中一名光荣的战士。

我人民空军成立于1949年11月11日，到1951年1月21日入朝第一次参战，才短短两年的时间，年轻空军部队的装备，飞行时数，长、僚机协同作战，外场机

魏军不同时期戎装照和各类袖标、勋章

务保障，空中作战指挥……都难适应空战需求。野战机场用钢板铺设跑道，在敌机轰炸下，只能作为给受伤和带故障飞机临时维修之用……为确保空军投入战斗，党中央决定，所有空军部队、机关全部列编志愿军空军序列，成立了中朝人民空军联合司令部（简称空联司），各部队、机关人员轮流赴朝，有的部队多次赴朝参战，在战争中学习战争。

志愿军空军自1951年1月至1953年7月，参战时间约两年零六个月，经历了战争的考验，以空中“拼刺刀”的精神，粉碎了敌人发起的“绞杀战”，创造了使敌人望而生畏的“米格走廊”，击落了美空军王牌飞行员，打出了国威、军威，打破了美国不可战胜的神话，涌现出一大批空中英雄——李汉、张积慧、王海、刘玉堤、赵宝桐、韩德彩、孙生禄等。

军人一日身着军装，便终生为兵。有人说军人是一种职业，吾以为某些国家的职业军人，充其量是以生活为目的雇佣拿钱的“炮灰”。我国军人是以爱国主义神圣职责为目的，为捍卫国家而奉献。军人为战而生，为战求和，以武止战，胜则谋和。只要国家需要，军人就义无反顾地走向战场，以大无畏的精神面对流血和死亡。军人奉献的是青春，是热血，是生命——是人生只有一次的宝贵生命啊！诚然，其他社会职业人士对国家虽也有奉献，但相当一些人的奉献，是以生活来源为目的奉献部分技能。这就是社会职业与军人的差别。

军人面对死亡无所畏惧，正像战友们乐观地调侃：“革命军人是块砖，哪里需要哪里搬”“祖国要我打豺狼，辞别亲人上战场”“要问当兵苦不苦，我苦人民才幸福”，这是任何职业都无法相比的。

抗美援朝之所以能以弱胜强，以劣胜优。毛主席指出：“武器是战争的重要因素，但不是决定因素，决定的因素是人不是物。”我志愿军战士克服了常人难以想象的艰难困苦——忍饥挨饿，经风雨，战严寒，一把炒面一把雪，为了胜利，不怕苦，不怕流血牺牲，这铸就了我军的军魂。志愿军战士除战死沙场者外，属非战斗性减员的饿死、冻伤、冻死，细菌弹感染致死、致残等时有发生……令人唏嘘。志愿军战士不畏强敌，战而必胜的革命英雄主义精神，后人总结为“一不怕苦，二不怕死”。毛主席说：“我赞成这样的口号，叫作一不怕苦，二不怕死。”有了这种精神，军人一旦奔赴战场，为了祖国，为了人民才能做到视死如归。黄继光、邱少云、杨根思等同志就是“一不怕苦，二不怕死”的榜样英雄。

70 年过去了。20 世纪50 年代初抗美援朝那场战争，在人们的记忆中渐渐淡去，但在仍然健在的老兵心中，那些惨烈的战斗场面时时萦绕在脑海。每每回想起战争的悲壮，就会思念战死在沙场，或已病故逝去的战友，没有他们的奉献，国家就没有和平建设，人民就不能安居乐业；没有他们的奉献，祖国就不能复兴……朋友“你不觉得他们就是‘最可爱的人’吗？（魏巍语）”。

余常思念起我的战友，在抗美援朝艰苦岁月里，以及后来每每工作调动，接受新的任务时，他们都把热情的祝福和鼓励的心语，留在我的纪念册里，成为永恒的记忆——

小魏：

忙碌和艰辛是未来的快乐，轻松和苟安是前进的恶魔。祝你在党的过渡时期总路线的光辉照耀下，迅速前进，永远前进！让我们在胜利的征途上再会吧。

战友 黄玺印

1954年5月17日

小魏同志：

生活就是斗争，只有增强自己的实力，锻炼自己的体躯，使得在生存的竞争的剧烈场合，以充分的实力，坚强的体躯，努力去做一个胜利者。

在分离之际，愿我俩今后共勉。

战友　李志杰

1954年5月19日于北京

小魏 好友：

您现在是“小魏”，过几年就是“大魏”了。不但这样，再过几年就变成“老魏”了。

颂词，握别时纪念。

战友　小潘（关根）

1954年5月19日

小魏同志：

我们都是为了和平而参加战斗的，我们接受了祖国和人民交给我们的光荣任务——建设一支现代化、正规化的国防军，保卫祖国美丽的大花园——社会主义和共产主义。

我们引为光荣，但是困难是会有的，希望我们——新中国的青年，用我们的毅力，用我们的顽强和决心去克服它，战胜它。我们一定会胜利的。

战友　周丕荣

1954年5月19日于北京

战友们

小魏同志：

“人生最宝贵的是生命，生命属于我们每个人只有一次。人的一生应该是这样度过的：当他回首往事时，不因虚度年华而悔恨，也不因碌碌无为而羞愧，这样在临死的时候就能够说：‘我把整个生命和全部精力都献给了世界上最壮丽的事业——为人类的解放而斗争。’”

敬录保尔语。愿与你共勉。

你的战友　黄旭华

1954年5月22日于空军某部

小魏同志：

“不要挑选轻松的工作，要去做艰难的工作，才能锻炼自己，提高自己。并且你又是个光荣的青年团员。”

愿与你共勉，在离别的前夕，写给亲爱的小魏同志。

您的战友　韩惠棠

1954年5月30日于空军某部

这些朴素无华的真诚言语，时时唤起我对战友的思念——快乐祥和的军营，亲同手足的兄弟……

在中国作家协会迎春茶话会上与老战友孙维韬不期而遇

90岁的老战友，空军司令员刘亚楼上将的秘书兼翻译孙维韬同志，近日发微信给我——

近来，不知为什么，我特兴奋、激动！常在梦中听到我解放大军进军台湾的号声！常常为解放台湾、庆祝祖国统一而笑醒！我是一个老兵，真想参加这场战争，为祖国贡献最后一份力量，可惜“心在天山，身老在沧州”了……

孙维韬同志说出了我们老兵的共同心声。我们老兵们个个都希望能参加解放台湾的战斗，为国家做最后一份贡献。我们都盼望祖国早日统一，国家给我们颁发一枚“解放台湾纪念章”呢。

值此纪念中国人民志愿军抗美援朝出国作战70周年之际，“以中共中央、国务院、中央军委名义，向健在的志愿军老战士老同志，以及出国为抗美援朝战争服务的、健在的医务、铁道、运输、翻译人员，参加停战谈判等工作的人员，民兵、民工，新闻记者、作家、摄影等人员，和1953年7月停战后至1958年10月志愿军全部撤离朝鲜期间，在朝鲜帮助恢复生产建设的、健在的人员颁发纪念章”。意在对抗美援朝老兵之褒奖，弘扬“一不怕苦，二不怕死”，勇于以弱胜强的革命英雄主义精神和伟大的抗美援朝精神。

中国人民志愿军抗美援朝出国作战70周年纪念章

鉴于当前国际形势复杂性，习近平总书记在纪念中国人民志愿军抗美援朝出国作战70周年大会上，号召全党、全国人民发扬抗美援朝伟大精神的重要讲话，极大地鼓舞了各族人民。连日来机关、学校、部队、社会团体纷纷学习、落实习近平总书记的讲话精神。

经过抗美援朝那些惨烈的战争，尚健在的老兵已为数不多了，20岁左右参军的都已90多岁了，就连我这个当年只有13岁的小鬼也80多岁了。余无返老还童之术，若有战难再赴汤蹈火，担当重任，成为终身憾事……

吾虽离开军营多年，但我的笔从未脱下军装，不是吗?！我的作品无一不是讴歌祖国、讴歌党、讴歌人民的，我创作的《卢沟枪声》揭示“七七”事变拉开了中华民族全面抗战序幕的史实；《抗日战火中的奇葩——孩子剧团战斗生活轶事》歌颂孩子们自发组织起来，冒着敌人炮火、踏遍祖国大地，呼唤中华民族团结起来，宣传抗日救国思想；《烽火青纱帐——冀中抗日锄奸反特惩叛记》，颂扬冀中抗日军民在党的领导下，英勇杀敌的英雄事迹；《荣辱悲歌——一名志愿军女俘的坎坷人生》，揭露了公然践踏《日内瓦公约》，虐杀和阻挠我志愿军战俘自愿被遣返回国的反人类罪行，颂扬我被俘归来人员的爱国主义精神……

生命不息，战斗不止，以笔为武器，我的笔永远穿着军装，将继续履行军人的职责，奋勇杀敌，为党，为人民，为祖国，为英雄唱赞歌……

《光明日报》社《新天地》杂志与中国文联《桑榆天地》期刊记者采访魏军并合影

上图：左起魏军、李赟、孙展、黄梦媛

《新天地》杂志2020·11设专栏“致敬最可爱的人——纪念中国人民志愿军抗美援朝出国作战70周年”，刊发孙展记者专访，题为：《不忘初心，坚持到底——访老作家魏军》

《桑榆天地》期刊2021年1月总第43期“抗美援朝老兵专访”栏目，刊发记者专访《魏军：初心不改，笃行致远》

中国电影出版社相关人员拜访魏军

魏军回赠创作的长篇小说《荣辱悲歌——一名志愿军女俘的坎坷人生》并合影

左图：左起王钦仁、魏军、陈燕

2020.11.11

第2390期

www.cflac.org.cn

中国艺术报

中国文学艺术界联合会主管主办

(010)64810159

习近平同志《论党的宣传思想工作》出版发行

中国文联十六位老同志获颁"中国人民志愿军抗美援朝出国作战七十周年"纪念章

学习贯彻党的十九届五中全会精神

中国文联所属全国文艺家协会、各地方文联认真学习党的十九届五中全会精神

守正创新、开拓进取，为推动文艺高质量发展而奋斗

《中国艺术报》和互联网刊登中国文联魏军等十六位老同志获颁"中国人民志愿军抗美援朝出国作战70周年"纪念章

# 第十七章　作品与争鸣

作品争鸣实际上就是作品的批评与欣赏，前面我们已经提到正确的批评和评论对提高读者的欣赏能力，辨别作品的优劣，从中汲取精华，去其糟粕，寓教于乐，树立正确的人生观大有裨益。批评与评论指出作品的得失，对作家总结经验，吸取教训，提高创作水平无疑有促进作用。现将几篇对吾拙作之评论和批评意见文章，摘录供读者诸君参阅。

## 第一节　烛光精神赞

——评魏军同志短篇小说《烛光》

高　原

### 一

“春蚕到死丝方尽，蜡炬成灰泪始干”，有人说，一个编辑工作者要有一种蜡烛精神：点燃自己，照亮别人。我们有许许多多编辑工作者，从玄发朱颜，到银丝如缕，守着昏黄的灯光，一笔一笔地为别人加工书稿，一点一滴地在“别人”的书稿上奉献着自己的青春——生命。然而我们的文艺作品，却极少去表现我们队伍中这样一批具有蜡烛精神的人们。而任何一部书稿，如果离开了他们，它就永远也不会踏入这个世界。这是一批作品最多而又永远埋名的作者。这是我们现实生活中暂时无法回避的“不公道”。

现在，我们有了一篇表现编辑生活，开凿一个正直而平凡的编辑工作者内心世界的作品。这就是魏军同志的近作《烛光》。作者以朴实无华的笔触，深沉的情感，为我们塑造了一个感人的艺术形象——一家出版社的一位普通编辑——苏清品。作者没有把这个人物放在“风口浪尖”上用豪言壮语充实他的“壮举”，而是在极其平凡的、日常的编辑生活中，可信而又动人的，把他的内心世界开凿出来：那是一颗跳动着的心，表现着一切正直的编辑工作者都共同体验过的爱憎和苦乐，期待与向往，自觉地点燃了自己的生命烛光，用它去照亮别人。

苏清品，作者似乎是有意地用了这样一个谐音："清贫"，两袖清风，而且贫如清水。关键是一个"清"字——一种高山流水般的情操。这种情操是在与他相对的两个人物——杜彩娴与林嘉训的矛盾冲突中展现出来的。在杜彩娴与林嘉训之流所撒下的假话、瞎话、大话、屁话的网的包围之下，苏清品无时无刻不在体验着一种愤怒的悲哀。这就形成了这个人物性格的基调，和他的编辑生活的基本旋律。作者引用了裴多菲的诗句概括了苏清品的悲剧性格：

悲哀？是大海；
快乐？是大海里的珍珠。
当我将它从大海里捞出，
也许就在中途毁灭。

像苏清品这样的编辑，他在什么时候会获得这值得用整个生命，去换取快乐的珍珠呢？是他发出署着别人的名字，而又凝聚着自己心血的书稿时。当人们看到苏清品在处理《小说中的小说》这部书的过程中，你就会体会到这"珍珠"的真实含义。《小说中的小说》的作者，是1960年回乡的下放干部，在水利施工中受伤致残了。于是以残疾之身，和一颗未已的革命壮心，拿起了笔。这是一个在精神境界上类似《钢铁是怎样炼成的》作者奥斯特洛夫斯基式的人物。然而用生命写出的有基础的书稿，却被林嘉训视同废纸退了回去，而且在退稿的过程中，又被漫不经心地丢掉了；可是却被有心的苏清品拣到了，接着就是下决心加工，采用。挽救这样一部书稿，这是值得讴歌的高尚行为，然而却受到他的顶头上司杜彩娴与林嘉训的双重刁难与无耻地拆台。他们只关心自己的面子与电冰箱，哪能顾得上作者死活与事业兴衰?！但是，这里毕竟是社会主义国家，作品经苏清品的推荐，在另一家出版社出版了。不幸的是，他的那位可敬的作者却在书稿出版前溘然长逝了。没有杜彩娴与林嘉训的刁难，这个作品本来是可以在作者故去之前问世的——也许它竟至挽救那作者的生命。

同样在编辑的岗位上，苏清品是以自己的生命照亮了别人；杜彩娴、林嘉训却以自己的自私与轻浮，扼杀了一个人的生命。在生活上，苏清品不敢奢望买一个木板垃圾箱，杜彩娴、林嘉训却津津乐道于走后门弄上个电冰箱。在工作上，杜彩娴空有"一个浑圆微微上翘的、短跑运动员理想的臀部"，在工作上她从未拿出短跑运动员的速度，可在名利场上那个运动员的臀部就大显身手了。而苏清品，却是举家清贫，微薄的工资，咸菜就冷馒头，和那为防备停电而点剩的半截蜡烛，以及带回家看不完的稿件。赤心如火而又实干的人，得到的是排挤与清苦；一肚子脏水，整日像苍蝇钻空下蛆的人，却是名利双收。《烛光》这部作品就是用这样锋利的手术刀解剖了“四人帮”、林彪这个“林家店”留下的“遗训”所造成的一个值得注意的社会问题。这部作品的主题是积极的，它以深沉而真挚的感情歌颂了苏清品的烛光精神，这是在特殊工作条件下雷锋精神的体现。把这崇高和烛光精神放在杜彩娴、林嘉训的卑污心肠的映衬中，更是清浊两路，判若泾渭，讴歌与鞭笞，对光明的礼赞与对黑暗的揭露，都体现了作者对人民事业的深沉的爱。

《烛光》作者魏军别具匠心地还塑造了一个少年儿童的形象。着笔不多，而那性格却是真实、鲜明而喜人的。这就是苏清品的儿子——小明。小小年纪，在目睹苏清品的清贫与辛劳中，他过早地懂事了。而苏清品的品格也在他幼小的心灵中播下了太多的忠实和对人的关心。对于这样一个孩子，他最大的期望，最珍爱的“财物”只不过是用装过药的纸盒改成的文具盒。当杜彩娴之流的人们为电冰箱而努力钻营时，我们不妨去想一下这孩子的文具盒吧！然而未来真正的幸福属于谁呢？属于小明这样的孩子！当我们读到小明知道父亲在业余时间由于杜、林之流捣乱而无法给别人看稿，决定自己写点东西时，他满怀期待地让出两个笔记本大小的桌面，半面微弱的烛光，这时，我们不禁热泪盈眶了。什么时候让给苏清品桌面与烛光的，不仅是小明这样的孩子，而是更多的占据着杜彩娴这样地位的人们呢？

## 二

“总结经验，塑造新人”，魏军同志的《烛光》在正确认识与反映我们的新时代、塑造社会主义新人方面，匠心独运，别具一格。魏军以深沉的笔触，把巨大的爱洒在前进的、积极的、光明的事物之上。这种新事物体现在苏清品这个人物身上。苏清品的人格美，是内在的美，他的烛光是点燃在心灵之上的。在平凡的小事之中，体现了苏清品的人格美。《烛光》这部小说中，以苏清品抢救了一部用生命写成的作品——《小说中的小说》的出版，宣布了光明战胜了邪恶。然而就在使人欣慰、发人深思而又令人鼓舞的凯歌声中，人们不能忽视小说中的悲剧因素。《小说中的小说》出版了，而它的作者却在小说问世之前去世了，这是悲剧的一个侧面。另一个悲剧的侧面出现在苏清品本人的命运中。他用自己几乎燃尽的生命谱写了一曲烛光的颂歌时，而他的手稿却在一次偶然的不慎中化为青烟，在夜空中飘散了。这种艺术构思，令人赞叹不已，是符合现实生活逻辑的。在美学原则上，人们就不能不去探索有关社会主义时代的悲剧问题。什么是悲剧？恩格斯在《致斐·拉萨尔》的信中指出悲剧是“历史的必然要求和这个要求的实际上不可能实现”之间的冲突。在社会主义时代中，历史的必然要求在实际上是可能实现的。我们今天时代的历史必然要求，就是四个坚持。这个历史的必然要求，是在与阻碍这个要求实现的明暗事物的斗争中，在胜利地实现着。社会主义时代从整体上、从必然的角度上不会构成悲剧，但是，这却不排斥个人命运中的某种悲剧。这种悲剧的性质，正如鲁迅所说的，是“把于人生有价值的东西毁灭掉”。苏清品作为一个纯粹的人，他于人生、于社会都是有价值的。但是他的烛光性格，本身就是一种悲剧性格。魏军同志没有回避在社会主义时代中，在光明与黑暗的斗争中，光明的事物，光明磊落的人，难免会有悲剧性的遭遇。作品着笔不多，却反映了现实生活的丰富性。这样的创作原则，可以从两个侧面去纠正我们当前创作倾向中的两种偏颇：一种是只去暴露阴暗面，使人看不到光明战胜邪恶的历史必然性，不能给人以前进的力量；另一种是写光明，就是光明彻透，使人看不出光明的确立，还必须与阴暗面去进行斗争，不知道为了“四个坚持”，人们还要在斗争中付出某种代价，而坚持光明的人们崇高也就在这里。《烛光》中的苏清品付出的是一片心血，寄托的却是无限希望——这希望不仅着眼于现在，而且也着眼于未来。这未来昭示在苏清品的儿子——小明的一句真挚而感人的话——“我也要学蜡烛照亮别人……”为了这，只是为了这一句，在我们的下一代身上，必然要兑现的话，苏清品所付出的一切都是值得的，而且是非常值得的。“春蚕到死丝方尽”，而春蚕的生命也恰好是在这绵亘的长丝之中。

## 三

《烛光》通过苏清品这样一个普通编辑的遭遇，遵循现实主义的创作原则，提出了一个根本性的问题：在我们社会主义国家里，在我们自己的革命队伍中，在我们的同志之间，人和人之间到底应当有一种什么样的关系？魏军同志是通过生活的各个侧面，像聚光镜一样把问题集中到这个焦点之上。首先，《烛光》通过苏清品与杜彩娴、林嘉训之间提出了这个问题；从苏清品与那位终于挤上了轿车的文坛新贵的关系中，又一次提出了这个问题；从苏清品与那位没有谋面最终没看到自己书稿出版而先逝世的《小说中的小说》作者的关系中，再一次提出这个问题，这不能不引起人的深思。《烛光》的匠心构思，像一个三棱镜，把不同的生活的光谱加以分析，然后再概括集中，从中展现出《烛光》作者理想的同志关系和他所摒弃的异化于社会主义性质的人群关系。

苏清品与《小说中的小说》的作者之间所展示的人与人之间的关系，是一曲崇高的共产主义人性的颂歌。马克思曾要求无产阶级文学要“表现伟大的人性

《感情危机》

美”。这种人性美，我们可以在苏清品与《小说中的小说》的作者之间看到。《小说中的小说》出于一个不是作家的作者之手，他之所以要写小说，绝不是为了自己成名和为稿费。他只是出于对历史，对生活的责任感，把他亲身的经历和看到过的事情写出来，希望人们去思考，从中得到一些有益的结论，他是真正的，在本义上是用自己生命去写那部小说的。遗憾的是他没有足够的生命去完成这部小说，苏清品替他完成了。苏清品用自己的心血和生命延续了那位作者的生命价值。苏清品同样没有任何个人的考虑，他努力争取在另一家出版社出版了已经成为遗作的《小说中的小说》，并且在有关出版社的支持下，击退了杜彩娴、林嘉训的无耻的破坏。苏清品这样做，只是为了对作者负责，对《小说中的小说》展示的历史与人生负责。

在《烛光》里，人们看到两次焚稿，一次是《小说中的小说》出版之后，苏清品为了祭奠作者和烧尽对杜彩娴之流的愤慨。再一次是苏清品自己的手稿偶然地化为灰烬——当然也寄寓了《烛光》作者的忧愤。

伟大的共产主义人性美，共产主义道德原则的必然胜利（它的标志是《小说中的小说》的出版），以及感叹于为了这人性美的胜利而“多余的”付出的代价及深广的忧愤——这三者构成了《烛光》的爱、愤怒、信心、希望，与忧叹，都是集中而强烈的。读完了《烛光》，而那焚稿后的一缕缕青烟，一抹抹烛光却久久地留在人们的心底。品嚼之中，使人感到加色，加味，加香。

原载1981年第8期《作品与争鸣》

1986年12月收入时代文艺出版社出版的《新时期争鸣作品丛书——感情危机》

## 第二节　苏清品的命运注定是悲剧吗？

古　明

读了《河北文学》第五期发表的魏军同志的短篇小说《烛光》后，感到颇有回味余地，特别是又读了魏军同志的原稿，心中更觉思绪起伏，不能自已。掩卷之余，总感到有必要谈一点拙见，对一些创作方面的问题求教于师友们，对繁荣文艺创作是不无裨益的。

《烛光》塑造了一个文学编辑苏清品无私正直的鲜明形象。作品以苏清品处理一件被别人轻率退掉的业余作者稿件为线索，在尖锐的矛盾冲突中刻画出苏清品那种“点燃自己照亮别人”的高尚品格。他不阿谀讨好有权有势的人们以谋求自己的私利，自己毫无怨言地过着清贫生活。他不为了自己的成名，利用职务之便迷恋于个人的创作。在他病入膏肓残年之末，他唯一的愿望就是利用生命最后的时刻，为一个业余作者的作品加工修改，抢救出这颗带着泥土的珍珠，多培养一个作者，把自己生命的最后一息献给祖国的文艺事业。在魏军笔下，苏清品这个人物形象刻画得质朴、可爱、真切动人。情深之处，催人泪下。对这样一个品格高尚可爱的艺术形象自然是无苛责的。值得探讨的是作品中展示的苏清品的悲剧命运。

《烛光》作品开始通过苏清品的形象描写和人物介绍，已经说明了主人公的悲剧命运。“苦恼、沉闷、压抑、惆怅，就分布在苏清品面部这一块小小的田地上，唯独没有地方耕耘那欢乐理想的种子。”同时作者借用了裴多菲的著名诗句暗示出主人公为了自己的探求“也许在中途毁灭”。作者着重刻画了编辑部主任杜彩娴和不学无术的编辑林嘉训，矛盾就在这三人两方中间展开了，杜彩娴与林嘉训形成了一种显然远远超过了苏清品能力的力量，迫使苏清品不得不在另外一家出版社出版了这个业余作者的作品。但是这个作者却在作品问世之前死去了，竟没有来得及看到自己问世的作品。于是苏清品悲愤地将第一本样书焚烧掉，作为对作者的祭奠。苏清品由于得罪了杜、林，实际上被剥夺了编辑发稿权，不得已开始了自己的创作。当他的作品即将完稿时，也就是他生命垂危之际，一次偶然的火焰烧掉了他的书稿，苏清品也燃尽了自己这最后一截残烛……

清贫不幸的家境，接连不断的厄遇，终于点燃的愤懑的怒火，直到在火焰中结束了自己不幸的一生，勾勒出苏清品一生悲剧的命运。苏清品的人格无遗是高尚的，是令人敬佩的。虽然他任劳任怨，却没有得到收获的欢乐。留下的只有感慨和凄忿，他是在失败中点完了自己最后的烛光。作者显然是企望运用悲剧的力量，打动读者内心的情感，建立一个感人肺腑的艺术形象。

对于悲剧鲁迅有句大家熟知的名言——“将于人生有价值的东西毁灭掉”。根据马克思主义的文艺思想，这种悲剧既不是偶然事件，更不是任人随意制造。悲剧是一种历史的必然现象。当一种先进思想尚处于萌生阶段，当一种进步力量尚处于幼稚时期，这种人生有价值的或言革命势力很难与旧的落后的反动势力所抗衡，于是悲剧就不可避免地产生了。在中外历史进程中和文学作品里，有哈姆雷特式的悲剧，也有祥林嫂的悲剧，有谭嗣同变法维新的悲剧，也有1927年反革命大屠杀或是话剧《曙光》所描写的那种中国工农革命中的悲剧。这里一个重要的条件就是：进步势力的幼稚弱小与反动势力尚且强大这样一种力量的对比。

然而在社会主义时期，在我们的社会里，革命的先进思想无疑是占据着统治地位，是强大的社会中坚。反动的旧势力虽然顽强地存在，毋庸置疑，他们只是处于一种被动的顽抗地位。不能否认，他们顽强地存在着，并伺机扩大自己的力量，但是他们毕竟不能公开合成自己的力量。我们的文学创作应该对社会主义社会有一个基本力量估计，即在一般情况下我们的社会里并不存在产生悲剧的必然因素。

从这种意义上讲，苏清品的悲剧命运就显得缺乏历史的必然。作品中的两把火虽然写得感情非常充沛，却缺乏内在的感染力量，给人一种纯属偶然之感，虽然不应该无分巨细地苛求，但是"业余作者"的突然死亡和结尾时因停电而火焚书稿的情节，至少总有一些人为造作之感。因而也减少了作品的感染力，损伤了苏清品的人物刻画。愚意认为，如果作者不是刻意强调这种悲剧效果，苏清品的人物形象与内心境界或许能够刻画得更加丰满深刻一些。

有人会说，苏清品的命运是有充分生活基础的，是一个有深刻意义的典型形象。在我们的社会里，确实存在许多像杜彩娴、林嘉训那样的人，他们利用工作之便，只是为了拉关系买电冰箱，牟取个人私利或对有来头的关系稿放弃原则，进行利益交换，或嫉贤妒能，对有真才实学的人压制打击，利用人事关系向上钻营。这属于那种任何一个社会都摆脱不了的旧的社会残余势力。他们的存在，对苏清品这样正直的人，或腐蚀，或打击，成为社会进步的阻力。稍有诚实之心的人都不会无视这种现实，但是有两点应该明确：第一，真实的不一定就是典型的。所谓典型，固然不在数量多少，主要是反映了事物的本质特征，或者是表现了矛盾过程的主导趋向。在苏清品和杜彩娴、林嘉训的冲突中，苏清品所代表的时代精神当然应该占主导地位，在矛盾的斗争中也应该是趋于胜利的一方。作品中对杜彩娴和林嘉训的刻画，虽然入木三分地针砭了他们内心的空虚和庸俗，但是主人公的悲剧结局，却减弱了对这种社会弊病的鞭挞的力量。第二，尽管杜彩娴和林嘉训一类人在社会上仍较普遍地存在，并且不可能在短时间内完全消除。他们的存在对社会的危害是以蚕食的特征表现的。他们一般地不会对苏清品造成不可抗拒的压力，也不会必然地导致苏清品的悲剧结果，他们或可得意于一时一事，却未必能占据永久的统治，以至如作品所描写的那样。换言之，在这样一种矛盾冲突中，苏清品悲剧命运无异于表现正义力量的软弱。因而不能准确地反映社会中进步与落后的力量对比。

这绝不是说，社会主义时期完全不会产生悲剧。“四人帮”给我们带来的巨大危害本身就是一场悲剧。不少文艺作品反映了这个时期许许多多悲剧。鞭挞了“四人帮”的法西斯统治，歌颂了人民与黑暗势力的斗争精神，反映了人民进步要求的成长，确属新中国成立以来的优秀之作。对于这些悲剧的成因，则是另外一个复杂的专门题目。《烛光》所描写的是“四化”进程中所发生的一个故事。这个时期自然有其特点。它既不同于1966年以来的情况，那时人们还没有经过这么一场巨大的政治风雨。它也不同于1976年以来的国情，人们总算渡过了那场超乎想象的狂风。现在的时代，既有17年的优良传统，又带有10年动乱的残痕，既不是莺歌燕舞的美好社会，也不是黑红不辨，是非不清的动乱时代。如何反映好这个时代的社会矛盾，更好地用文学形式创造出感人的艺术形象，是每一个文艺工作者需要认真思考的，并必然不断作出回答的课题。

《烛光》所表现出来的，如何恰当地运用悲剧这种艺术形式是一个很有意义的课题，一旦得以解决，无疑会有利于社会主义的文艺创作事业的发展与繁荣。

原载1981年第8期《作品与争鸣》

1986年12月收入时代文艺出版社出版的《新时期争鸣作品丛书——感情危机》

## 第三节　时代的火花

何春龙　孙清云

魏军同志的短篇小说《烛光》是一篇别具风格的好作品，它没有复杂曲折的故事情节，以朴素的语言，描写了一家出版社的三个编辑，围绕处理小说书稿所展开的矛盾冲突。《烛光》的作者善于在典型环境中展示人物性格特征。40多岁的某出版社小说编辑苏清品，在政治生命和个人生活中都有不幸的遭遇，但他不计较个人得失，勤勤恳恳、默默无闻地工作着，有一分热，发一分光。苏清品身上所表现的情操，正是我国大多数知识分子的美德。显然，作者是深知这一点的。魏军为苏清品精心设计了两个特定的环境：在“不像个家”的家里生活；在属于光明社会的一个有点黑暗斑痕的角落里工作。当我们在这个特定的环境中评价苏清品时，就立刻感到他的精神闪烁着时代的光泽。

苏清品一家老少三口住在九平方米的房子里，我们从作者描写的“垃圾箱”、小明的“铅笔盒”和一角钱的北京辣丝咸菜等细节中，不难想象出他生活的艰难程度。对此，苏清品有时也感到心酸、痛苦，但他从不抱怨，“把心灵的隐痛，默默地埋在心底。”这是多么可贵的品质。

然而，更可贵的是，他虽然对自己的不幸可以忍辱负重，对工作却有火一样的热情，从不保持沉默。尽管他工作在一个庸俗、低级、被杜彩娴污染的环境里，但他却从不趋炎附势，总是奋力抗争。他这种刚直不阿、疾恶如仇的性格，在对待两部小说书稿的不同态度上，得到了充分体现。苏清品拣回被林嘉训退稿的《小说中的小说》，没有顺手交给收发室完事，而是进行了认真地阅读，帮助作者修改。这样的工作态度不但没得到支持，反遭杜彩娴反对和林嘉训的冷嘲热讽。苏清品不惜几个月的业余时间，抱病帮助一位素不相识的作者修改加工了作品，却被杜彩娴利用手中的权力扼杀了，苏清品只好拿到别家出版社出版。他明知这样做必会得罪顶头上司杜彩娴，而又这样做了。杜彩娴要他帮助修改一部有来头但并无写作基础的关系稿时，他却以“作为编辑要对作品负责”断然拒绝。至此，苏清品的形象已经树立在读者面前。试想，假使《烛光》作者没有设计上面讲到的典型环境，没有选择独特的角度展开人物冲突，苏清品这个人物形象就失去了感人的魅力。

法国小说家乔治·桑说：“……我相信艺术，这种叙述故事的特殊艺术，只由于性格的对立而有价值。”《烛光》的作者在着力刻画苏清品性格的同时，也成功塑造了苏清品对立面的杜彩娴和林嘉训这两个反面人物形象。杜彩娴为了照顾“关系稿”的出版，百般阻挠《小说中的小说》的出版。她让苏清品帮助修改“关系稿”时说：“你在死人身上花这么大工夫，值得吗？你把这部作品改好出版对你大有好处……”寥寥数语，使我们看到了一个多么丑恶的灵魂。杜彩娴之流在我们生活中屡见不鲜，作者塑造这个人物意在鞭挞社会的丑恶现象，提醒人们消除这种社会弊端。

胡耀邦同志在《剧本创作座谈会上的讲话》中指出：“反映我们国家、人民的精神火光，同时又作为精神的灯火，引导九亿多人民有更高的精神境界，更高的理想，更高的革命品质、风格，推动我们历史前进，这就是我们文艺创作要注意的问题。”《烛光》的作者魏军同志是有意识的朝这个方向努力的。他热情讴歌了苏清品的伟大烛光精神。苏清品把自己的才华全部用在培养业余作者的崇高事业上，他虽然没有写出什么作品，而他的精神却是无价之宝。因此，苏清品的形象是催人向上的美的力量，《烛光》是一部成功的好作品。

原载1981年第8期《作品与争鸣》

## 第四节　手术刀剖向何处

——谈谈魏军的小说《心声》

肖立军

放在面前的是这样一篇小说：一个被歹徒扎伤的歹徒躺在手术台上，等待医生挽救他的生命；一个女医生面对着曾经残害过她的、生命垂危的罪犯，为抢救他付出了一夜的劳累。医生的手术刀对一个作为罪犯的人，特别又是一个这样的罪犯，应该抢救还是应该报复？假如手术刀在你的手里，你怎么办呢？这是《心声》向读者提出的一个十分值得思索的问题。

也许有人会以为《心声》是表现救死扶伤的革命人道主义的文学作品，其实并不全面，也不是要害。这篇小说是在一个新的文学概念指导下，通过对新生活的撷取，表现在道德和法律间活动着的人物——写罪犯，不单纯地描他面目可憎；写正面人物，也不单纯地处处都写成正直善良。而是从人的两个或两个以上的侧面，刻画出复杂的性格，塑造出生动的形象。据作者在一篇文章中表露，他这是在探讨“中国社会主义法制文学”（简称法制文学）的创作。法制文学的概念，其创作除恪守一般文学创作的原则外，最主要的特征是刻画守法、执法、维法，以及违法的人物形象，将社会主义法制作为我国社会主义道德力量的核心加以反映，表现社会主义法律制度下活动着的人们的生活。这是它区别于我们的工业、农业、军事、通俗等文学种类，乃至外国侦探、犯罪、推理、黑幕等文学的标志（关于法制文学，另有专文论述)。《心声》就是这样的法制文学作品。它描写了在特定场合下有着特殊经历的人物，罪犯肖天喜在人道的感召、法制的迫力下的忏悔，和女医生凌俐在法制的导引、人道的责任下的救护。

生活在社会主义时代的人，必须有社会主义的法制观念，丧失这一点就丧失了社会主义道德。肖天喜之所以无缘无故地在一个女青年的屁股上扎一枚大头针，又在无意中强奸了自己的亲姐姐，对女医生凌俐施暴，及哄抢三轮车工人的西红柿，其根本原因是在他的头脑里，没有一丝法制观念和道德观念，堕落成向别人发泄兽性的罪犯；他之所以能够猛醒，那是因为他的生命危在旦夕时，这个社会并没有将他弃之不顾或施行报复，明知他是罪犯仍伸出援助之手，使他的身心感到了社会的温暖，感化了僵冷变硬的兽性之心。这个人物形象具有一定的深度，那就是致他犯罪的不仅仅是社会的原因，恐怕更多的还是个人原因。虽然他也是动乱年代成长起来的青年，但如果把他的犯罪原因都归咎于社会，那么，和他同时成长的青年是不是都要成为罪犯呢？显然生活本身并不是这样。

比较起来，凌俐这个形象可能更复杂一些。她认出了眼前的病人，是曾对自己施行过暴力的歹徒，她在处于绝对强者的时刻，只要手术刀轻轻地一动就会致肖天喜于死地，了结心头之恨。从道义上说，凌俐采取报复手段，符合人物身份，她的遭遇是令人同情的。但她果真这么做的话，却违犯了社会主义法律，也丧失了社会主义的道德，不也由此成为违法者吗？尽管对方是一个罪犯，尽管事出有因，在这样的条件下，她却没有惩治的权力，只有维法的义务，医生的职责就是救人。然而，强烈的憎恨，会不会引起人的剧烈的内心冲突，凌俐不会是个例外。她想报复，理智又不容许那样做，在难以克制的情况下，她“重重地、然而又十分有分寸地在他的胸部划了一刀”，事后才排除了一切纷杂的感情，开始了专注的抢救。小说这样描写女医生，我以为是很符合人物的行为逻辑的。假如写她果然不计前嫌，对这样的病人毅然进行抢救，就会导致形象的不可信。任何处于凌俐这种地位的人，不管思想境界多高，强烈的憎恨都可能在冲动下激发报复之心甚至行动。因此，小说描写女医生这一刀，得到一点心灵创伤的平复，是很恰切的。

作者所以如此注意细节的描写，是要准确地表现自己忠于生活和真实地反映生活。忠实于生活，不等于一味地描写被同情人物的美善方面，也不等于一味地描写被批判人物的丑恶方面。文学作品恰恰就是写这个复杂性的。作者的倾向当然是根据描写对象的主要性格特征，决定其被同情或被批判的基调的，但却不是单纯地做人物的一个方面的细节描写，那样往往导致传声筒式的“纯粹”人物，违反生活的逻辑而遭到失败。《心声》正是在肯定凌俐医生理智地挽救罪犯的生命，特别描写了对罪犯实行惩罚的权力只有司法机关才有的意识活动，而否定了她从感情出发的报复。对罪犯肖天喜也没有让他良心发现式地自我完善，而是社会主义道德力量和社会主义法网促使他醒悟。这两个人物事实上都振作起来了，肖天喜走向公安机关和凌俐终于挽救罪犯，正表明对生活是充满了信心的。由此，我们又可以看到作品着眼于宣扬法制观念的创作特点。但文学作品宣扬某种观念，并不就是赤裸裸地灌输政策条文。例如，《心声》是反映有关法制的作品，它就不是靠宣传法律知识和法律常识，而是刻画了一个守法和一个犯法的人物形象，在形象中渗透着法制精神，让人看到什么是维法，什么是犯法，以此影响人们增强法制观念。当然这也不等于说作者不要或没有比较明确的意念。文学创作完全可以根据生活在创作前就形成某种意念，然后再从这个意念出发进行创作。关键的问题是如何将这意念转化为形象，从形象中体现出来，作家的创作实际上就是做这个转化工作的。转化得好，作品就成功，转化得不好，作品就失败，不存在没有意念的作家。

这篇小说不是为了给读者叙述一个奇特的故事，也不是为了勾起两位主人公对往事的痛苦回忆和陷入不可解脱的矛盾境地，而是通过刻画人物形象表达作者的严肃的社会责任感。如果说手术刀是医生为病人祛病的武器，那么，小说中的两个人物不啻是作者解剖社会的手术刀，通过他们的活动剖开生活的内核，使人们形象地观察社会主义法制，意识到它在人们的社会生活中有多么重要的作用。从这两个人物形象上，我们还可以看出具有某种象征的东西。医生被罪犯残害而仍然去挽救罪犯，这不仅是救别人，同时也是为了避免今后再遭到残害的自救，她是一个社会的缩影而不仅仅是一个人。罪犯也不是天生的，他产生于一定的土壤和环境中，没有适合的土壤和气候，他还会产生吗？他自己把自己折腾成罪犯后的自悔，不也正是我们在经历一场痛苦的折磨后的幡然醒悟吗？经过十年内乱，人们的法制观念淡薄，特别在青少年中根本就不知道还有法律制裁一说，他们的堕落、犯罪，更多的是来源于幼稚无知。因此制止青少年犯罪，挽救失足的青少年，是我们文学创作的一个义不容辞的责任，而对于法制文学来说更是责无旁贷的。更多地创作出催人向上，促人向善的法制文学作品，应该是热情关心青少年的作家的十分光荣而又艰巨的任务。

原载1981年《洛神》第4期，1982年《作品与争鸣》第5期 转载

## 第五节　诗歌和法制融为一体

——魏军的小说读后随笔

顾　工

1981年年底，我接到一份请柬，邀请我到全国政协礼堂，参加首届“中国社会主义法制文学”学术讨论会。我到的稍晚了些，有位蓬松着乌黑浓发的中年人，正在宣读他的《关于中国社会主义法制文学》论文。他身着公安警服，显得威严而凝重，看来他对社会主义法制和法制文学深为关注。他从马克思主义原理，保障社会主义革命和建设事业的胜利进行，保障社会主义民主、巩固人民民主专政、保护人民的利益，以及法律与犯罪和文学的历史源流、反映法律与犯罪的文学对象与范畴、法制文学的哲学美学基础、法制文学的任务等方面，分析和阐述得非常深刻、独到，使我深受吸引和感动。

这位热情、稳健的演说者，便是法制文学倡导者、北京文艺学会常务理事、

北京法制文学研究会会长、作家魏军同志。

魏军本来是位迷恋诗歌的诗人。在60年代初，我读过许多他寄给我的诗作，当中有不少闪光的章句，有些直到今天还深深铭刻在我的记忆之中——

我的笔跟随人民的脚步行进，
在壮阔汹涌的生活激流中，
搜捕着敌人留下的阴影……

没想到进入80年代，他的笔真的穿上了警服，为了保护人民的利益，和形形色色的犯罪分子奋勇作战。

有天，我读完他刚发表的一篇小说——《心声》，这是他对法制文学进行的一次新尝试、新探索；虽然有些地方还不太完美，但笔法之新颖和犀利，使我深为迷醉和激动。我掩卷沉思，又情不自禁地拿起电话，邀请他一同到公园的林荫道上漫步。

我故作遗憾地问他——

“你放下写诗的鹅毛笔，去蘸着斗争的血迹，描绘一张张丑恶的面孔、一颗颗污秽的心灵，你不觉得有损于你诗人的气质吗？”

魏军不以为然地微笑着，然后狡黠地反问：“你读过雨果的《悲惨世界》吗？你读过巴尔扎克的《人间喜剧》吗？你读过托尔斯泰的《复活》吗？他们在解剖当时的社会、当时的人和人的关系时，不也密切地牵连到资产阶级的法制吗？你觉得他们笔下的诗情，被玷污了吗？不，你应该相信，法制和诗歌是应该融为一体的——尤其是社会主义的法制和法制文学。”

我不想屈服，就继续和他争辩：

“嗯，你把许多世界名著都纳入法制文学，这真倒是一大发现，一大发明。但我们当前流行的许多惊险小说，侦破小说，推理小说，怎能和这些世界名著相提并论？无论在揭示人的灵魂的深度和广度上，在展示美的星空中，都要远远不如、相形失色。”

这位致力于法制文学理论研究和创作的作家，扬了扬眉毛，更为坚毅地回答说：

“是的，我们初创时期的中国社会主义法制文学，是不能和资产阶级法制题材文学相类比。但是，为了区别于外国惊险、侦探、推理小说，创造出适合我国的法制文学，我们必须不断探索、实践，创造我们自己的高峰。我们的法制文学，也会像其他类型的文学样式一样，在世界文学的大森林里，散发出自己独特的芬芳……”

从这次有趣有益的交谈后，又过了一年多。在今年的初秋，魏军激动地把他的几部新作放到我的面前：“你读一读吧，请你读一读。最好你还能写些读后感！”

他走后，我立即展卷翻阅。在《血染的晚霞》《月上柳梢头》《欲擒故纵》《法律后面的案件》《暗箭难防》《天平将要倾斜》等作品中，是充满着多少当前社会中的美与丑、爱与恨、生与死……我觉得作者在忠于他的追求，他的实践。他作品中的每一个人物，都可以在生活中寻找到隐约的面影。每一事件，都可以在公安部门的案卷中，发现它的来龙去脉。作者是善于幻想、善于虚构的，但他决不生编乱造，无中生有。《血染的晚霞》是围绕体育界体操运动员的活动来展开的——我边读边想：作者是把他在体育界工作多年的生活积累，全部倾注在这部小说中了。《月上柳梢头》是环绕外贸部门和诡秘的走私活动来展开的——我边读边想：作者在打击经济领域里犯罪活动中，是做过多少细致周密的调查研究呵！《欲擒故纵》是以敌人劫持我军事工程师为背景，根据劫持与反劫持斗争展开的——我边读边想：作者在当前我国实行对外开放的同时，始终保持清醒的头脑、冷静的观察，告诉人们不要忘记警惕。《法律后面的案件》《暗箭难防》《天平将要倾斜》则告诉人们由于党风不正，法制观念淡薄，孕育的非法行为与犯罪的血的教训——我边读边想：作者在敏锐地洞察社会，感受生活，客观反映生活本质的同时，以及感叹于为了人性美的胜利，所付出的代价和深广的忧愤。

最使我感到惊喜的是，作者在致力于法制文学理论研究、创作的同时，在创作上大胆探索，在艺术上有更高的追求——表现手法、题材开拓、深化主题……都有独到之处，植根于社会生活，作品内容不再是空泛的、琐碎的侦破过程的描写；而是将探讨的重点放在社会、人与人的关系、人的道德观念，以及社会交往方面……思想容量大，艺术水准高，无疑会促进法制文学创作的繁荣与提高。

更使我喜悦的是——作者对几位忠于职守的公安人员，都写得活灵活现、生气勃勃。如：刑侦队长刘军民、女侦查员师锐、年轻的男侦查员齐凡。作家所以熟悉他们的音容笑貌，主要是作者和他们穿着同样的警服，跃动着

魏军作品《不该公布的案件》

同样的红心——他们是朝夕相处的战友。

读完魏军的小说，有什么地方在使我微微蹙眉吗？如果作者或读者来问我，我要坦直地说：作者的诗人气质，在作品中还嫌流露得少了些，诗的芬芳还不够浓郁。假使人们认为我这是苛求，那么我要用作者的原话来作回答："诗歌和法制是应该融为一体的——尤其是社会主义的法制和法制文学。"

我期待着、远眺着更高的山峰……

1983年11月于北京

1991年文化艺术出版社出版的《不该公布的案件》代序

同年上海《文汇报》转载了长篇小说《不该公布的案件》

## 第六节　风雨中的法制文学

——关于《心声》的讨论

1981年《洛神》第4期发表了短篇小说《心声》，同期配发了肖立军同志《手术刀剖向何处——谈谈魏军的小说〈心声〉》后，某省日报对《心声》及肖立军的评论组织了讨论，先后发表黎可：《值得怀疑的手术刀——评小说〈心声〉及其评论》，闻毅：《这是什么样的"心声"——对小说〈心声〉及其评论的意见》，黄肃：《一篇无益于法制的所谓"法制文学"》，健平：《主题荒谬、情趣卑劣》，鸿玉：《虚假的编造——谈〈心声〉中的肖天喜》等批评文章。半年来该报除发表了河南政法界白春庆的《〈心声〉是一篇真实可信的好小说——兼与闻毅同志商榷》的肯定《心声》的评论文章外，其他均是一边倒的批判。据知情者透露，该报社收到了顾工等几位同志肯定《心声》的多篇文章，全部被扣压，未见天日。之后群众出版社以《文艺动态》形式打印成册，向公安部各局领导散发了批评《心声》的文章，大有讨伐之势。

《河南司法》杂志

1982年《作品与争鸣》第5期不加任何按语，以谙熟的编辑艺术，巧妙的版面编排，业内人员熟知的排版技巧，全文转载了小说《心声》及肖立军的《手术刀剖向何处——谈谈魏军的小说〈心声〉》和黎可的《值得怀疑的手术刀——评小说〈心声〉及其评论》后，某省报文艺副刊在《编者的话》一栏中说：“因版面关系，有关《心声》的讨论暂告一段。”

《北京文艺年鉴》

值得一提的是，正当某省报批判《心声》如火如荼之时，《河南司法》杂志，竟派一位编辑专程到北京向我约稿，我本无意奉稿，唯恐给他们招惹麻烦，但来人索稿态度十分坚决，盛情难却，开夜车赶写一篇理论文章《法制文学探索》，很快在《河南司法》杂志10、11分两期连载。更有趣的是那位在公安部组织散发《文艺动态》的同志，在一篇题为《创造具有中国特色的法制文学》的文章中说：“法制文学是近几年来新兴的一个名词儿。老实讲最初我是有保留的……”云云。然《创》文作者洋洋数千余言除做了些文字上的删改和“浓缩”外，几乎完全照搬了我的《关于中国社会主义法制文学》论文。有知内情的朋友愤愤地说：“你应该写文章揭露这种卑鄙剽窃行径。”一想到《心声》的厄运我就心有余悸，倘若批评《创》文作者，不知又要惹出什么事端。那朋友见我为难，针对《创》文中的抄袭段落，亲自撰写了文章《创造乎，剽窃乎？》欲意发表，我以为此文虽非出自我手，一旦发表，《创》文作者也会认为是在我授意下发表的，从此小鞋便

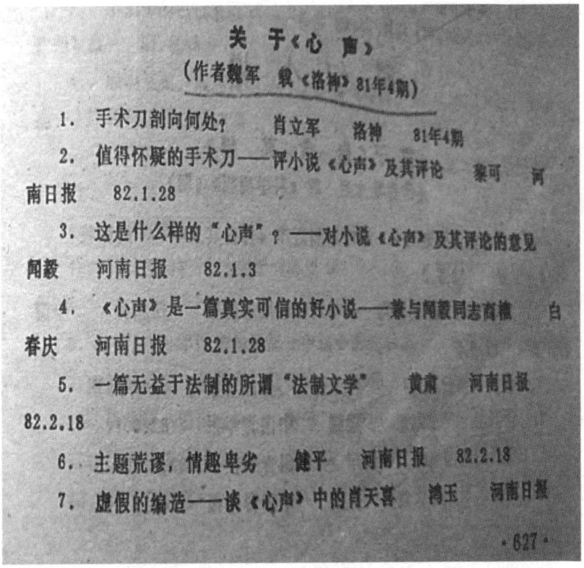
关于《心声》
（作者魏军 载《洛神》81年4期）

1. 手术刀剖向何处？ 肖立军 洛神 81年4期
2. 值得怀疑的手术刀——评小说《心声》及其评论 黎可 河南日报 82.1.28
3. 这是什么样的“心声”？——对小说《心声》及其评论的意见 闻毅 河南日报 82.1.3
4. 《心声》是一篇真实可信的好小说——兼与闻毅同志商榷 白春庆 河南日报 82.1.28
5. 一篇无益于法制的所谓“法制文学” 黄甫 河南日报 82.2.18
6. 主题荒谬，情趣卑劣 健平 河南日报 82.2.18
7. 虚假的编造——谈《心声》中的肖天喜 鸿玉 河南日报

·627·

1983年《北京文艺年鉴》刊发《心声》评论文章目录

有的穿了。我看后将文章塞进了抽屉，幸免于可能再遭受的一场厄运。

## 第七节　长篇小说《遭遇流氓》作品讨论会纪实

【按】就小说创作中的混乱状态问题，和作家创作中遇到的困惑和迷茫，在一次关于小说创作的座谈会上，不少作家、评论家、编辑结合魏军长篇反传销小说《遭遇流氓》的艺术特色进行了有益的探讨。

魏军作品《遭遇流氓》

有人评论说：“写故事是小说创作的基本规律，如果违背了这个规律，就不是小说了。因此说主张淡化主题，摒弃故事情节的小说不可取。”

有人说：“西方文学再怎么发展，故事和情节的驾驭能力，仍然是体现和衡量作家水平的标准。”

有人说：“故事是小说的重要因素，但作家不能单纯为写故事而创作，小说最关键的是通过故事表现人性。”

也有人说：“故事虽然是小说的重要因素，小说和故事还是有区别的。但区别在何处？有的人恐怕一辈子也搞不清楚。有一种简单的说法是，故事讲完后让人问‘后来呢？’而小说讲完后让人问‘为什么？’这中间的差别是每一位小说作者都应该认真思考的。”

还有人说：“小说的本质是虚构，遗憾的是当今小说创作中，虚构与非虚构的界限越来越模糊了，评价小说的体系也存在多种模式……”

与会者结合小说创作倾向问题，对魏军的长篇小说《遭遇流氓》思想内容和艺术特色进行了评价，现将发言记录整理如下，供大家探讨。

### 一、长篇小说《遭遇流氓》的思想内容积极、健康、向上

与会者认为，这是一部针对性很强的小说。字里行间流淌着作家疾恶如仇、呼唤正义的激情。其批判意识与人生的观念达到了时下流行作家难以比肩的高度。

两个颇具代表性的家庭演绎着两种形同水火的人生境界——任重一家的真、善、美与钱也乐一家的假、恶、丑，在整部作品中构成了十分鲜明的对比。正是通过这种对比，有效地提高了读者对现实社会，诸多现象的识别能力。使我们

更加清醒地认识到，在当今鱼龙混杂、泥沙俱下的生存环境中，对人生起决定作用的不仅仅是金钱，还有比金钱更重要的，乃是全社会的法制观念和人的道德准则，这正符合“以法治国，以德治国”的基本思想。作家能够从这种宏阔的理念着眼，又从日常生活中种种细节入手，使小说内容积极健康、庄重严肃，赖于魏军远见卓识的思考，率先创立法制文学理论，与他有深邃的法律知识是分不开的。作家的胆识与襟怀在其作品所涉及的法律、政策、伦理、人权、教育、卫生等方面都得到了全方位的展示和体现，无不与百姓生活息息相关。因此，魏军的《遭遇流氓》植根于生活，真切感人，跳动着时代的脉搏，其思想内容，对读者有较深层次的启迪和教育作用，读后发人深省。

## 二、长篇小说《遭遇流氓》的艺术特色

将梦与现实生活有机结合，足见作家匠心独运的巧妙构思。用《红楼梦》中人物开启现世人生之门，显得意味深长。通过“梦”使作品的首尾遥相呼应，给人一种浑然一体的感觉，使作品的结构、脉络清晰与稳固，这也许是作家有意在探索“梦文学”创作之规律吧。

以梦幻为切入点，巧妙地回避了容易引发现实生活中的一些麻烦（如机构名称、人物称谓等，避免了对号入座之弊端），并能使作品具有另一番超现实的奇趣——人生如梦，抑或梦如人生？这种象征性便自然而然地彰显出来了，所达到的艺术效果是不言而喻的。

从不同角度透视社会生活现状，使作品具有很强的辐射冲击力。作家以法律、政策、伦理、人权、教育等为视角，客观冷静地反映了当今社会现实生活中的种种弊端。对那些品质恶劣、道德败坏、徇私舞弊之徒，以及见死不救、打击报复等行为进行了无情地鞭笞。尤其是对那些因贪腐所导致的“人性泯灭、麻木不仁、良莠不分、好人无助，以及把金钱作为驱动社会发展的车轮，造成社会和人性的扭曲”等现象，进行了彻底揭露。一部小说能容纳如此多的内容，而又不显杂芜，作家对素材的处理颇见功底。

以小见大，细节独特而生动，使作品的生活气息更加浓郁，以“梦”为触角，大胆探求社会生活中人们的生存环境，毫无荒诞、虚假之弊端，具有强烈的现实感。

长篇小说《遭遇流氓》没有反映什么重大题材，作品以人们十分关注的反传销为线索，批判了某些人“金钱至上”的人生观。作品通过诸多生活中的小的插曲，构成了一幅绚丽多彩的画面，这些画面既体现了生活中的原汁原味，又反映了现实生活的典型性。正是这些画面增强了作品的可读性和耐读性，从而更为具

体、生动地凸显了作品的主题思想。作品中的人物性格，都是通过这些举止言谈中的细节表现出来的，是这部作品十分明显的艺术特色。

语言流畅，心理描写细腻、精微，人物形象真实可信，故事情节生动感人，某些地方乍看虽显琐碎，但从整体来看，并非多余。

总之,《遭遇流氓》这部作品的艺术成就是多方面的，不一一列举。当然也存在一些缺憾，作品的主观色彩太浓，有些地方无须作家站出来说话，也能增强作品的感染力，这是作家对读者信心不足的表露。尽管如此，从思想内容和艺术水准等方面权衡，仍是一部积极向上、弘扬主旋律，反映现实社会生活的，不可多得的成功的优秀作品。

2008年5月

## 第八节　从钱钟书的《围城·序》到魏军的《遭遇流氓》

——读魏军长篇小说《遭遇流氓》有感

首都师范大学　丁晓山

读完中国人民公安大学出版社2008年出版的魏军同志长篇小说《遭遇流氓》（以下引此作品中文字，并注明页码），掩卷沉思，不由让人想起钱钟书先生在《围城·序》中所说的话："我想写现代中国某一部分社会、某一类人物。写这类人，我没忘记他们是人类，只是人类，具有无毛两足动物的基本根性……"魏军同志的《遭遇流氓》恰恰写活了"现代中国某一部分社会、某一类人物"变态的流氓心理，对人们认识现实生活有很好的警示作用，颇受广大读者欢迎。作品还未正式出版就曾遭盗版，这自然是世人所不齿的卑鄙行为。但从反面分析,《遭遇流氓》遭遇流氓盗版的厄运，也说明了《遭遇流氓》在探讨以梦幻为线索，反映现实社会生活——寓意人生如梦，梦如人生的哲理，所折射出的社会弊端，和作品产生的社会影响是巨大的，这无疑为进一步开拓文学创作领域，繁荣社会主义文学事业起到了促进作用。因此,《遭遇流氓》被评为《新中国成立60周年十大法制长篇小说与十大法制纪实文学献礼书系》作品，这是所有读过《遭遇流氓》这部作品的读者都感到欣慰的。

《遭遇流氓》这部小说描写的是遍布中国官场的某些单位，刻画的是那种虽出身贫苦，但是人品极次，更是披着所谓"党员领导干部"外衣那种人。作品中的反面人物——钱也乐，"他不曾读过高中，更无上大学的经历，甚至连夜大也没有读过。初中没毕业辍学后便在家务农。（18页）"此人虽文化不高，但却狡诈过人。靠欺诈混入军队后成了一名农村兵，还入了党，“文化大革命”“支左”期间推行极“左”路线，曾逼死人命。按说此人激起的民愤极大，当难以立足。但凭他的奸诈、耍赖和死猪不怕开水烫的本领，阴错阳差地居然留在了这家“支左”的单位，并且当上了机关党委副书记，成了响当当的“党员领导干部”。

钱也乐的妻子劳汝茜出身更苦，她是孤儿，4岁被送进育婴堂，8岁被串村变戏法儿的骗子带走，后被人贩子卖到窑子当了雏妓。这么一个苦大仇深的女性，和出身贫苦的钱也乐成婚，倒也是门当户对。新中国成立后，是党挽救了他们，这对从小吃了不少苦的夫妇，翻身当家作主人后，却一点没有保留受苦人的纯朴和善良；相反，他们“却以自己的不幸，作为向他人和社会报复的理由，连对自己的孩子也很少有同情之心（65页）”，近似疯狂地追逐权力，骗取他人钱财。他们为了钱，可以背叛战友、恩人；他们为了房子，可以设圈套欺骗退休干部；他们为了金钱，可以假冒党组副书记、离休干部，什么仁义廉耻都不讲，什么道德底线也没有。在他们看来，那些忧国忧民的读书人，那些还讲谦让的文化人，是十足的大傻瓜。正如钱也乐所言：“文化人在搞学问上动脑子，在算计人上都是白痴，不叫别人算计了就算聪明了（141页）。”

俗话说，虎毒不食子。而这对夫妇，却连自己亲生的女儿都要算计。用劳汝茜的话讲：“人这东西都是互相利用，现在咱用不着他们，还得养着，凭什么呀？（65页）”他们把女儿赶到国外，不管是嫁人还是卖淫，能给家里挣钱就行。以结婚为名让儿子赖进女方家，是经过钱也乐苦心钻营的，钱也乐的算盘是，这样“到了女方家，吃、住、用全不用咱管了。这是其一，据说法律上有规定，夫妻共同生活八年以上，其房产可作为共同财产，万一中途他的婚姻有什么变故，他还能从女方家分到房子……（100页）”可谓机关算尽，计谋深远。钱也乐的儿子钱可，女儿钱川，也从小学会了骗吃骗喝，不劳而获。有这样的父母，就有如此的儿女，也只能是具有人的“无毛两足动物（钱钟书语）”这一生理特征了。而人本来应该具有的真诚、善良、美德，都与他们毫不相关了。

然而，问题在于，这种毫无人格的流氓、“青皮”“搅屎棍子”，在现实生活中比比皆是，他们在社会生活中居然还如鱼得水，颇为得意，这不能不说是社会的悲哀。相比之下，小说中的正面人物任重一家，任重信奉老老实实做人，勤勤恳恳做事的为人准则，却活得颇为艰辛和郁闷。在官场上不如钱也乐油滑，调动工作本来是按正职调入，宣布时却是个副职，任重无怨无悔。他在住房上也不如钱也乐能占。钱也乐连分带霸，住着两套计6间房，还外带独占了一段楼道。任重德高望重，却只能老老实实地按单位不足配置的数额分配，其中的一室还被钱也乐的公子钱可占据了，成了“沦陷区”。在生活中任重助人为乐，却时常遇到以德报怨的事，被朋友誉为“养狼专业户”，一不小心便养了恩将仇报的白眼儿之狼。而钱也乐能骗能诈，悠然自得。笑骂由你笑骂，有好事我自当之，有钱我必捞之，分房我自占之。而为人正派的人却忍气吞声，忧愤难平。作品中诙谐地说：“被骂的人不生气，骂人的倒气了个好歹。这叫什么事儿啊（991页）”。可见“钱也乐们”脸皮之厚。

作品不仅入木三分地剖析了钱也乐一家的无耻，更深层的问题在于，这种流氓+白眼儿狼，不是个别现象，在当今社会一些善良的人们一不经心就有可能遭遇这种噩梦，一时难以脱身。

人们不禁要问：在我们这个文明古国的文化基因中，是否潜伏着病态的遗传基因？这不能不让人想起柏杨先生写的《丑陋的中国人》对某些人的剖析。那么，我们的某些制度，是否还存在一些偏颇或有待完善之处呢?！联想到如今诸多“笑贫不笑娼”，“恨人有，笑人无”的现象，便知此言不虚。再看不少落马贪官有的也是出身贫穷，受过良好教育的有之，未受过良好教育的亦有之。有了权，却思捞钱，有了钱却又捞权，权钱皆有，便包“二奶”“三太”……最后吃喝嫖赌荒淫无度，成了不齿于人类的狗粪堆……

魏军同志的长篇小说《遭遇流氓》，通过两个普通的家庭，揭示了当今社会步入市场经济后，不同人对金钱和权力取向的价值观。作品一针见血地指出：有人唯利是图，却无人问津；有人恪守社会主义道德准则，却得不到肯定。这种不正常的社会现象，就像毒瘤依附在我们的肌体。作家通过《遭遇流氓》这部作品，向社会发出了呼吁：为了构建和谐社会，使我们国家健康发展，必须根除这个毒瘤。

《中国法制文学通讯》

作品手法新颖，以梦喻今，植根于生活，深刻反映了现实社会状况。视角独特，针砭时弊，入木三分，全方位、多角度揭示了社会弊端，与百姓生活息息相关，给人以哲理的启迪，是一部弘扬主旋律的优秀作品。

如果说，小说《围城》揭示了一个深刻的人生哲理——人生万事皆如围城：“外面的人想进去，里面的人想出来。”那么小说《遭遇流氓》，则给我们留下了一个实实在在的人生经验——在工作和社会生活中，一定要警惕那些唯利是图、不讲信誉、尔虞我诈、编造谎言、欺上瞒下、无所不为的流氓。作家告诫人们："不管你是引狼入室，还是被狼的谎言所占有，只要入室，断然不会空腹而归……（313～314页）"这正是善良的人们，一定要警惕的啊！

原载2009年《中国法制文学通讯》

## 第九节　魏军新作《荣辱悲歌》读后感

解放军原总后勤部研究室主任　王　波

1. 读了魏军的影视文学剧本，感觉他有深厚的生活积累，博闻强记。他是军、警两栖作家。不仅有公安方面的经历，军队生活更有储存。不仅有和平时期的，还有战争时期的。他的创作资源很丰富，这些生活场景时常在他脑海里闪现，使他创作时可以纵横捭阖。现在有战争方面生活记忆的作家，已经是凤毛麟角了。魏军创作的电视连续剧《荣辱悲歌》，是对历史真实的还原，重现那段渐渐远去的时代。使我们这些有历史记忆的人，读起来很有同感，唤起很多联想。对战争中的飞机轰炸环境，战俘营的环境，战地医疗队行军救治伤员等描写是生活的再现。生活环境和人物动作细节的描写，调动了他大量生活积累，能写出这样作品的作家是稀有的。《荣辱悲歌》是反映抗美援朝三次战役前后我军被俘人员在战俘营生活的，读后使人感到美军在战俘营与日寇在中国一样，用割肉、挖心、断肢、站刺笼、刺字等惨无人道的手段，残酷地迫害战俘，刑具不亚于渣滓洞。作家准确地描写了我军战俘在战俘营置生死于度外，与美军和蒋特做斗争的场景，是作家难得的生活积累。战俘们由个人无组织的斗争，到有领导有组织的反虐杀、反背叛的集体斗争，与战俘营总管杜德的斗争更是独特的精彩一幕，把故事推向了高潮。作家必须拥有生活，才能写出这样好的作品，这是一条颠扑不灭的真理。

2.《荣辱悲歌》是一部不可多得的关于抗美援朝战争期间，美军在战俘营虐杀战俘的鲜为人知的真实记录，有很大的新闻冲击力。国内多数人不了解志愿军被俘人员的情况。我是第一次看到这个情况，很新鲜，很真实，很震撼。人们不知道标榜文明、人权的美国人竟这样凶残、灭绝人性，这与日寇有什么区别？魏军同志曾作为志愿军的一员，他熟悉这段历史，作为作家出于对人民、对社会的责任感，他为我们记录了这段历史，这也是魏军对人民的贡献。现在美军在伊拉克、阿富汗、古巴的关塔那摩，对战俘不仅虐杀，还使用高科技拿人体作实验。

3. 魏军围绕着人物命运推动故事情节发展，巧妙地塑造人物，设计人物关系和情节。通过董芳、冀卫国、徐曼文等几个主要人物展开故事。董芳救了徐曼文，导致后来被俘，揭示了两个人物所处的不同环境、不同待遇、不同命运。董芳的命运无时无刻不牵动读者、观众的心。她是英雄，是有功之臣，历史却错误地把她钉在耻辱柱上，一生受到不公正待遇。她在抗美援朝战斗前线、战地医疗队、战俘营、昌图归管处、医院盥洗间、农场、铁厂、农村医疗队和医院等不断变动的工作环境中，都展示了不同人物性格和人性魅力。最令人震撼的是，她在临终前不忘把自己的遗体，献给祖国的医疗事业，这是对人性美有力的昭示。

4. 作品中战俘们为抗议美军虐杀战俘，要求改善战俘生存条件，终于将战俘总管杜德准将俘获。至此，杜德成了战俘的战俘，以及冀卫国为霍夫曼做手术，都是作家匠心独运的绝妙之笔，读后令人叫绝。

5.《荣辱悲歌》一旦搬上屏幕，定能产生轰动效应。盼《荣》剧早日在屏幕上与观众见面。

原载《中华儿女》2010年7月总第54期

## 第十节　侠骨热血唱大风

——读著名作家魏军影视剧本感悟

新闻出版总署图书司副司长　潘国彦

我有幸认识魏军二十多年了。20世纪80年代初到90年代初，我在新闻出版署图书司分管新建出版社的审批工作，当时正当整顿报刊、出版社期间，对新批出版社非常严格。有一天，一位穿着警官服装的同志到司里找我，要求申办中国人民警官大学出版社，来的这位警官就是魏军。经过多次艰苦地商谈，并经署领导批准，这所由公安部主管的“警官教育出版社”终于批准成立了，进入了百家高校出版社的行列。

魏军警容严正，讲话滴水不漏，言必有据，言必有信，给我留下深刻印象。在我的想象中，他应该是长于理论思维，面对顽敌又能痛下杀手的警官，看了他创作的多部影视剧本，才知道原来他脑子里存活着这么多鲜活生动的艺术形象。于是，我们公安战线不仅有一位执法如山的警官，又有了一位多才多艺、动人心弦的影视人。魏军13岁参军，后来涉足体育和文艺，可以说是文武双全。今天在这里举行魏军影视作品座谈会，群贤毕至，是一次难得的盛会，我本应前来学习，但近日因老伴刚做完白内障手术，我在家做“全职护男”不能分身，因此只能作一个书面发言，表示对魏军的真诚祝贺，并向各位领导、各位专家致敬及问候！

我对文艺纯属外行，读了魏军的影视剧本有四句话的感悟，这就是：浩然正气民族情，深情厚谊同志爱，侠骨热血唱大风，憎爱分明道义深。这些特点在魏军多部作品中都有鲜明的表现。《卢沟枪声》题材宏大，写得不好便容易流于公式、概念化，而魏军却举重若轻，将敌我双方的历史人物一个个带进特定的场景。刀光剑影，尽显我方英雄本色，血雨腥风，再现敌酋狡猾凶残，人物栩栩如生。

再如战俘问题是一个敏感题材，在过去极左思想影响下，我志愿军战俘的下场都不好，在当年既要受到敌人的严刑折磨，好不容易回国以后，又经受无休止的精神折磨。怎样正确表现这些特殊人群的精神世界？是一个很难把握的问题。而魏军写的《荣辱悲歌》，既充分揭露了美帝国主义侵略者的残暴、丑恶，又充分表现了我志愿军战士爱党、爱国的忠贞之心，在悲剧中看出人性的大美。这些描写都能看出魏军的功力。

在各种文学体裁中，影视剧是最难写的，因为它是立体文学，人物要能立得住，对话要恰如其分，故事要吸引人，体现出“情理之中，意料之外”的效果，这是最难的。而魏军在多部影视剧中都达到了这个要求，让人看得下去，读者和观众的思想和剧中人的命运交流，有共鸣，有反思，这样的剧本就有生命力。改革开放以来，影视剧得到了空前繁荣、发展，出了不少好作品，这是主流。但同时也有一些假、大、空的作品，还有一些胡编乱造低级庸俗的作品。据媒体报道，《中国青年报》正在举办一项名叫“红辣椒奖——2007年我最不喜欢的‘电视剧’评选活动”，并有多家网站协办，从审美到审丑，由扬长到揭短，这是一项有意义的活动。在这种情况下，我们今天弘扬正气，唱响主旋律，就显得特别重要，讨论魏军的影视作品的意义就在这里。魏军在影视作品创作上不仅大胆探索令人敬佩，他作为一名共和国警官，已经发挥了自己特殊的作用。早在1981年9月他就提出并创立了“中国社会主义法制文学

《和谐中国》专集

（简称法制文学）”这一全新的文学概念和文艺理论学科，成为中国法制文学理论无可替代的创始人，说明他具有敏锐的政治头脑和坚持先进文化的远见卓识，这是难能可贵的精神。党的十七大报告中提出：“文化是民族的血脉和灵魂，是国家发展、民族振兴的重要支撑”，“文化是国家核心竞争力的重要因素，在综合国力竞争中发挥着不可替代的作用”，“文化是全国建设小康社会的重要目标，已经成为衡量社会文明程度和人民生活质量的显著标志。”我们按照党的十七大精神，更加主动地推动社会主义文化大发展大繁荣，为人民奉献更多更好的作品。既要“雪中送炭”，又要“火暖自身”，在创作中升华自己的理想、信念，提高自己的才能，成为德艺双馨的艺术家。祝愿魏军同志不用扬鞭自奋蹄，跃马再行三万里！

原载《和谐中国》2007年第4期专刊
《中华儿女》2010年7月号（上）海外版转载

## 第十一节　电影文学剧本《荣辱悲歌》经典画面荟萃

网络记者　郑　毅　韩　伟

魏军作品《荣辱悲歌》

电影文学剧本《荣辱悲歌》以揭露美帝战争恐怖主义，打着人权幌子，公然践踏《日内瓦公约》，阻挠战俘遣返回国，虐杀我志愿军战俘等反人类罪行为背景，旨在弘扬爱国主义精神，树立积极向上的主题立意。作者匠心独运，以精准的细节安排和优美台词语言提炼，使作品艺术水准达到了新的高度，是不可多得的成功之作。现列举几个经典画面供大家共赏——

1. 在志愿军战地医疗转运站，冀卫国对伤病员说：“本人是医疗队队长，不像吧？我觉着也不像。我原本是机枪连长，挂花后住野战医院时，跟医生学了几天擦红药水、抹碘酒什么的。因工作需要，领导叫我当了医疗队长，虽说医术不高，但是开膛破肚、锯胳膊腿儿什么的还行。”一句话便把冀卫国乐观、幽默的性格，以及革命军人服从祖国需要的信念呈献在观众面前。

伤员们先是目瞪口呆，旋即哄堂大笑。

有人问：“队长，你把我们的胳膊腿儿都锯了，我们怎么上前线打仗啊？”这展示出军人大无畏的乐观主义精神。

2. 作者为赞扬战地医疗转运站汽车驾驶员的机智勇敢，设置了汽车在两侧山高入云狭窄的峡谷山路疾驶的地理环境。敌机向汽车俯冲，驾驶员老张眼睛一亮，看到前面更加弯曲的道路，猛踩油门，急打方向盘，汽车钻进了峡谷，只听“轰隆”一声惊天动地的巨响，山巅上顿时冒起冲天大火，黑色的浓烟把山谷笼罩。敌机误撞山巅爆炸了。这一特定情节，既符合影视艺术创作规律，又体现了志愿军战士的英勇善战精神。

3. 釜山战俘接收检查站，一个个美国兵疯狗般地向战俘扑去。

美国兵看到一名镶着一颗金牙的朝鲜人民军战俘，便用木棍把他的牙齿打掉，擦了擦牙上的鲜血，装进了自己的衣兜，吹着口哨悠闲地走开了。这一情节揭露了美军残暴和贪婪的本质。

4. 战俘营走狗、俘虏官肖缅沪，为美帝强迫志愿军战俘去台湾，对志愿军战俘说：“要说回祖国，我也不反对，都是中国人嘛，这有什么错……大陆是中国，台湾也是中国嘛，这是国共两党都承认的事实，你说是不是……”

5. 为向李奇微呈献志愿军战俘所谓自愿遣返去台湾的血书，沙仁杰第一次面露难色，他抓了抓头说：“这么多战俘，就是都打昏了一个一个地按手印，一天也按不完啊。肖大哥，你说怎么办，咱总不能让美国人说咱无能吧？”

肖缅沪思忖着：“我看这么着，干脆按战俘名册找人代签，管他什么鸡血、狗血，只要有血，什么指纹不指纹，手印的血越多越好，看不清最好。先把李奇微视察这件事应付过去，别的事以后再说。”

“要是大老美知道是假的怎么办？”沙仁杰提心吊胆地问。

“你没和美国人共过事，不了解他们。我在东京远东情报局受训时，亲眼见过美国人的欺骗行径，他们才不管什么真假，只要对他们有利怎么干都行。这就是美国。”

6. 李奇微的汽车向战俘营驶来。他的中校贴身警卫拿出一件军用风雨衣说：“将军，把风衣披上吧。”

李奇微一怔：“难道我的上将军衔，还不足以震慑这些共军战俘吗？”

中校警卫：“当然不是。只是为了防止战俘用臭鸡蛋、西红柿袭击将军。”

李奇微犹豫片刻接过风衣。

汽车驾驶员侧过身来对警卫说：“中校先生过虑了。我去过战俘营，这些俘虏每天两餐每顿只有半碗饭，哪有西红柿、鸡蛋迎接将军呢。”

7. 艾森克斯说：“霍夫曼中校他刚来战俘营工作，糟糕的是就病倒了，所以请你给他诊治。我知道你们共产党的医官一向奉行救死扶伤的人道主义精神，我想你不会拒绝吧？”

冀卫国这才明白了美军把他带出刺笼的意图。但他并不明白艾森克斯为什么叫他为霍夫曼诊治：“你们医院不是有军医吗，为什么不让他们救治?！”

艾森克斯说：“这里的医生无能为力，他们基本不能算是医生……”

冀卫国明白了，他想起如人们所说，战俘医院就是杀人房的别称：“你能相信我会给他诊治吗？”

“为什么不呢。我相信你会给他治好的。”艾森克斯把头一歪，做了个坚信而把握十足的动作。

……

艾森克斯见他犹豫不决，本想发火。这时里屋传来霍夫曼痛苦的呻吟声。他只好耐着性子说：“军医先生，不要犹豫了。贵军的政策是救死扶伤，优待俘虏……”他停了停，似乎找不出适当的话语，于是说：“就叫霍夫曼中校给你当一次俘虏，见死不救这不符合你们中国人的传统，我知道你们的政策是优待俘虏。”

“可他不是我的俘虏……”冀卫国对艾森克斯混淆是非的言辞很不满意：“恰恰我是你们的俘虏，你们优待过我们吗？”

艾森克斯张口结舌，半晌才说：“这个问题我们以后再谈，现在请你立即给中校手术。”

冀卫国：“你不怕我利用看病，对霍夫曼下毒手吗？”

艾森克斯：“呶，呶。这不是你们中国人的办事原则。这一点我有足够的信心。不是吗？”

8. 霍夫曼恢复健康后，一边穿着衣服问：“冀先生，你我都是交战国的军人，你们被我军俘获后，吃了不少苦，你为什么还要为我救治……”

冀卫国从鼻腔中发出一声冷笑：“霍夫曼先生，这个道理很简单，这是你我两国政治制度决定的。美国从摆脱英殖民统治成为独立国家后，一直主张对外扩张，与世界人民为敌，打着人道主义的幌子，干涉别国内政，肆意践踏《日内瓦公约》，残害、屠杀战俘。中国不仅不侵略别国，而且优待放下武器的俘虏，实行救死扶伤的人道主义，这个道理恐怕你们永远也不会明白。”冀卫国义正词严地说：“你不是放下武器的俘虏，反而接受了被你们俘获的战俘的精心治疗，这一点恐怕你就更不能理解了。不过，你们一天不停止残害、屠杀战俘，我们就不会停止和你们的斗争。”

霍夫曼不知如何对答：“你我之间还会有斗争吗？”

“有。你们以甄别为由阻挠扣留战俘，必然会遭到战俘们的反抗。”

9. 冀卫国站在最前面隔着铁栅栏说：“欢迎杜德将军前来战俘营视察。请将军到里面谈。”

霍夫曼急忙说：“同样出于安全原因，就在大门口谈吧。”

冀卫国冷笑道：“在大门外隔着铁丝网谈判，这对杜德将军有失礼之嫌。”

艾森克斯说：“国会议员可以在厕所里谈政治，只要不违背美国的利益，我们习惯在任何角落里谈判。”

10. 抬着粪桶的战俘走出大门时，埋伏在门口的几个敢死队员，立即冲出大门，蜂拥而至把杜德和霍夫曼团团围住，十几个抬粪桶的战俘，扔下粪桶，和敢死队员一起，连推带搡把杜德架在空中……

倾倒的粪桶，粪便在营区门口溢流。

美国兵被粪桶、粪便隔开，眼睁睁地看着战俘们把杜德抬进了营区。

霍夫曼中校死死抓住门柱制止关门，呼喊着：“快救将军！快救将军！”

美国兵刚要往前冲，铁门“咣当”一声无情地关上了。为反虐杀，战俘们俘获了战俘营总管杜德准将，上演了一出令人捧腹的滑稽戏。

11. 经过与战俘营总管杜德准将谈判，杜德答应中朝战俘四项条件，释放了杜德后，战俘代表收到战俘营临时司令官R. 波特纳签收的收条一张。冀卫国展开念道——

> 今收到由朝中战俘代表大会，送来一名美国将军——杜德准将。经检验杜德将军阁下，确实无任何侮辱与受损害的象征，特此证明。
>
> 美国战俘营司令官 R. 波特纳（签字）
>
> ×年×月×日

冀卫国念完后引起一片哄笑。

冀卫国说：“这个波特纳，不知是有意羞辱杜德的无能，还是出于美国人的幽默，竟把美国将军和东西类比。”

老朴说：“这不能不说美国人文化浅薄。”

胡子成说：“我倒觉得美国人，把不是东西的美国将军，比作东西也算是一种进步和发明。”

## 第十二节　欲知花岛处　水上觅红云

——评作家魏军的理论专著《中国法制文学导论》

文艺美学教授　计永佑

我之所以引韩愈的两句诗作为这篇文章的标题，是因为我觉得这两句诗有点像魏军探索并建立中国法制文学理论的过程。

我和魏军都是北京文艺学会的常务理事。1981年9月，一次会上魏军提出了“法制文学”这一概念。时光荏苒，一下子就过去近三十年了。三十年！在人的一生中，有效的劳动时间几乎是占了大半。在魏军首次提出“法制文学”这一概念时，当时在场的常务理事们，有人瞠目，有人不以为然。随后也没有太多的人议论，更说不上研究。在同年的12月25日，北京文艺学会在全国政协礼堂召开了首届中国社会主义法制文学学术研讨会。会上魏军宣读了《关于中国社会主义法制文学》的长篇论文。这篇论文应该是那次研讨会的主旨发言。顺便提一句，当时能在政协礼堂开得成这次讨论会，有三个因素。第一，它与几位独具慧眼的老同志有关：一位是时任北京市委宣传部副部长的孙一明同志，另一位是时任中国人民大学中文系主任、北京文艺学会会长的何洛同志，何洛当时已是白发苍然，但有着和狼牙山五壮士相似的英雄事迹——在抗日战争中，他曾经跳崖生还。还有一些老作家。例如当时已经驰名中外的军旅作家顾工同志。孙一明同志和何洛教授均已作古，如果他们九泉有知也会为魏军同志的成就含笑的。第二个因素，与当时的文坛形势有关。记得当时上演了一部译制片《加里森敢死队》，这是一部战争题材的影片，应该说与法制文学不太沾边。但当时对造成犯罪这件事上却颇引起了一些议论。一些报刊上，甚至广播中都有人说，某些少年犯看了《加里森敢死队》就学着影片的办法作案。今天说起这些事，有点像说相声，这件事当时确

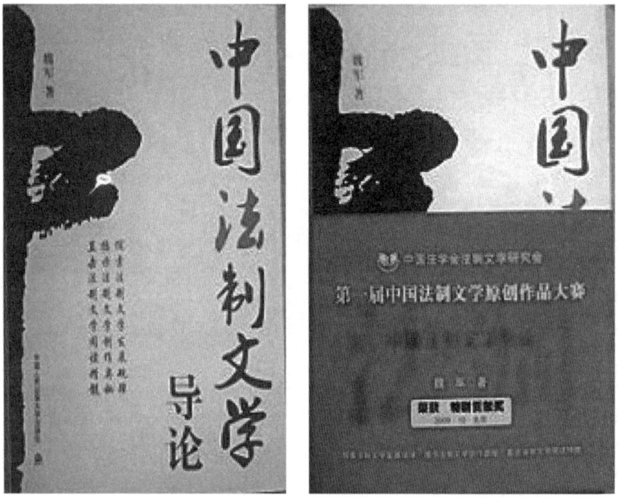


魏军作品《中国法制文学导论》

实是人们议论的话题。一个不言自明的结论是：需要从美学理论、文艺理论上澄清相关问题。谁来澄清？讲到这些问题时，文艺理论家，美学家都得有点“冒死食河豚”的勇敢精神。记得当时魏军曾经建议我：“研究一下法制文学好不好？你已出版了两本美学专著。应该是有条件的！”听了他的话，我有点飘飘然。要动真格儿的，我才知道创建一门理论有多难。

于是，便碰上了前面提到的第三个因素：魏军同志研究理论的勇敢与坚持精神。

在政协礼堂那次会上，我是抱着“带着耳朵听一听”的想法去的。听到的魏军的长篇发言，开始我还无精打采，但是愈听愈有兴趣，甚至有些振聋发聩的感觉。魏军同志的发言，客观地说是以极其概括论证的方法为法制文学打下了美学理论基础与方法论基础。会后，我同魏军同志告别时，讲了一句话：“冒死吃河豚吧！”

对魏军，我一向的看法是：他是形象思维发达的作家，写小说手到拈来；讲美学理论，可能要“隔山”了。

我见过能把形象思维与理论思维如此灵活地驾驭齐驱，读了魏军的《中国法制文学导论》后，当时我也只见过两个人：一个是我在“五七”干校时的室友，写《黄河大合唱》的张光年（光未然）同志，另一个就是人到中年的魏军同志了。现在这种人不可能是多如繁星的。

“欲知花岛处，水上觅红云”，现在魏军已经踏过万水，觅得“红云”了！我对他表示敬意与祝贺！

### 一、法制文学——一个美学与文艺理论新范畴的出现与论证

前已述及，“法制文学”这个概念还是在1981年由魏军同志提出来的。在美学研究中，提出一个概念与论证一个概念，使之成为美学与文艺理论的一个范畴，中间还有相当长的距离。回想一下，我们在美学建立的几百年中，究竟创立了多少范畴？我们在美学与文艺理论研究中创立一个新的范畴，其价值与艰辛可想而知。“法制文学”这个美学与文艺理论范畴，在魏军那里是经过了快三十年了。

任何一个学科的创立，任何一个学术范畴进入已经形成的学术体系，它必须完整地、有证明力地回答四个问题：对象、任务、方法及在学术体系中的地位。

魏军同志的《中国法制文学导论》，对上述四个问题都做出了有逻辑力量的、有充分事实根据的回答。我们有理由确认：“法制文学”这一范畴已经进入了我们的美学与文艺理论体系。

## 二、中国法制文学的对象

魏军指出：罪与罚是社会生活的真实反映。有犯罪就有制约犯罪的法律，这种现象的发生，催生了反映法律与犯罪的文学。他还援引了马克思的话："犯罪不仅生产罪犯，而且还产生刑法。"反映法律与犯罪的文学作品，古今中外，早已存在。但是，把它们作为一个美学与文艺理论范畴加以研究，并形成一整套理论体系，却是产生在我们中国，其开拓者就是魏军。魏军说："我认为，新中国成立后，在评价和探讨关乎法律与犯罪的文学作品时，应该有一个确切的，科学的概念界定。这个概念应以揭示社会主义时代，仍然发生犯罪和阻止、消灭犯罪现象为内容，从而维护社会主义法制，增强每一个公民的法制观念，自觉遵纪守法，共同构建和谐社会，从建设精神文明出发，命之为中国社会主义法制文学（简称中国法制文学）。"这段话说明了"中国社会主义法制文学，首先是中国的、社会主义性质的、反映法律与犯罪题材的，我国民族化的文学"。把中国法制文学作为一个美学命题来研究，就产生了中国法制文学这一范畴。这就明确了中国法制文学这一范畴的对象，以及这类作品的创作规律与评价标准。我认为魏军对有关法制文学对象的界定是准确的。

## 三、中国法制文学的任务

一个学科的创立必须有明确的任务，魏军对中国法制文学的任务，做了明确的说明与论证，这就为法制文学理论的价值打下了基础。

作为指导思想，魏军引述了胡锦涛同志的话："科学发展观，第一要义是发展，核心是以人为本，必须坚持以人为本。全心全意为人民服务是党的根本宗旨，党的一切奋斗和工作都是为了造福人民。要始终把实现好、维护好、发展好最广大人民的根本利益作为党和国家一切工作的出发点和落脚点，尊重人民主体地位，发挥人民的首创精神，保障人民各项权益，走共同富裕道路，促进人的全面发展。做到发展为了人民、发展依靠人民、发展成果由人民共享。"由此，魏军同志明确指出了法制文学的首要任务，就是法制文学作家创作时要以人为本，创建和谐社会，要尊重人权、保护人权。而且在创作打击与揭露犯罪的作品时，也要注意依法保护犯罪嫌疑人的合法权益。

保护人权是法制文学创作的重要任务。法制文学的另一项任务是建设社会主义精神文明。

魏军指出："法制文学的普及和发展与社会主义精神文明建设的进程并驾齐驱。社会主义精神文明建设，作为一个长期战略任务，是针对社会上还存在着诸多不文明因素和现象而提出的。为了建设精神文明，除政治思想、宣传教育工作外，还要依靠文学艺术工作做必要的辅助手段，法制文学作家义不容辞，应努力创造宣扬守法、维法、执法和催人向上，促人向善的作品。”

法制文学创作在建设社会主义精神文明的洪流中是一支不可或缺的大军。明确了法制文学是为了建设社会主义精神文明，法制文学创作中出现的追求猎奇，追求“票房价值”的倾向，是一个重要警示。

法制文学的另一项重要任务，是捍卫社会主义法制，做社会主义法制忠诚卫士。魏军的《中国法制文学导论》专有一节论述了这一重大问题。

法制文学作家在这个问题上，常常是面临一个十字路口。改革开放以来，在我国文坛上，出现了一些捍卫社会主义的法制文学好作品，我们为之高兴。但是，正如魏军所指出的，在法制文学创作中也出现了一些与我国法制相悖，甚至反法制的作品。大搞官能刺激、打抢杀或黄赌毒，套用西方文学手法，编织离奇故事，模拟犯罪，宣扬凶杀、打斗、色情技巧。魏军指出这类作品“自诩法制文学，实为反法制的文蛹”。

法制文学的任务是宣扬与捍卫社会主义法制。与这一任务相悖的作品，不能归入法制文学之列。

法制文学的第四项任务是给人以美的享受。文学的审美功能是一切作品应该共有的，法制文学作品也不例外。文学创作的规律是源于生活、高于生活。如果一部作品，其表现的内容不是“高于生活”，而是歪曲生活，低于生活，那就不是文学，当然也就不是法制文学。文学必须有审美价值，而不是把污泥浊水喷向读者，否则它就丧失了文学的本性。

法制文学的第五项任务是加强推广法制教育。这也是文学共有的教育功能在法制文学中的体现。魏军指出：“在法制文学创作中，必须反对宣传‘法盲’。”他说：“古人云，不知者不为罪。若以‘法盲’论之，其不混淆了罪与非罪的界限，法律岂不成了一纸空文？‘法盲’的谬说，不能维护社会主义法制尊严，有损于人们对法律的正确认识，只能为犯罪分子张目，是反法制的。”

## 四、中国法制文学的哲学美学基础

任何一种文艺学科的建立，都离不开它的哲学美学基础与方法论基础。魏军的《中国法制文学导论》用了相当的篇幅论证了这两个问题。

魏军指出：“……因此，要求法制文学作家，必须以实践检验真理的现实主义理论为基础，坚持马克思列宁主义哲学美学原则，按照客观社会生活的真实面貌，和法制文学艺术规律进行创作和理论研究。”实践是检验真理的唯一标准的现实主义，这种现实主义不同于见什么就写什么的自然主义，它所要求的是经得起实践检验的现实主义。因此，这种现实主义必须是反映现实生活本质与规律的。

谈美学基础，不能不谈文学创作的思维规律。首先碰到的是形象思维与抽象思维问题。关于形象思维问题几十年前有过一次大争论，结果得到一个共识：文学创作要靠形象思维。而这个结论又在法制文学实践中碰到一些困难。因为任何作家，进行法制文学创作时，都要时刻想到法律，甚至还要有法律知识素养。“法盲”是与法制文学无缘的。魏军认为：作家利用形象思维，进行形象化概括、塑造典型艺术形象，以创造出典型环境下的典型人物性格。而且抽象思维在揭示作品主题意义和发现事物本质方面有着不可替代的作用。

我认为这一观点反映了法制文学创作中的思维规律。

## 五、中国法制文学的方法论基础

实践是检验真理标准的现实主义，这是法制文学方法论的最根本的基础。但是，在法制文学创作中怎样贯彻这个方法论原则呢？前人对此探讨不多。魏军辟专章谈了案例与法制文学创作的关系。

案例在现实生活中是法制文学的聚焦点。如何处理案例是在法制文学创作中随时要面对的问题。案例与创作应该是法制文学创作的特殊方法。

魏军对案例在法制文学创作中的定位是：“创作法制文学作品，案例只是一个引子。”他说：“案例作为法制文学作品创作素材无可厚非，但要根据作品主题并服从塑造艺术典型的需要，对案例要进行全方位的改造。”这种创作方法就与自然主义的创作方法划清了界限。

## 六、中国法制文学与其他学科的关系

这个问题是处理法制文学在科学中的地位问题。法制文学首先与法学、法律学有密切的内在联系，以艺术典型宣扬法制，法制文学作家不懂法，是不行的。在一定意义上说，法制文学作家同时也应该是法学家。魏军当选为中国法学会理事是当之无愧的

像一切文学作品一样，法制文学作品也有它的时代性。魏军指出：“无论哪朝哪代，反映法律与犯罪的作品，无不打上那个时代的烙印。”因此，社会主义时代的法制文学，在时代意义上不同于古代的公案小说，这里有一个传承与发展的问题。

其次，是关于侦探小说，在一定意义上，它只是法制文学的题材与创作手

法。魏军认为："侦探小说尽管曾受到某些专家、学者和批评家的白眼和贬斥，但它能流传到今天，并且在出版界继续蓬勃发展，已是不争的事实。"

中国当代法制文学，在发展进程中，曾经受到苏联的惊险小说与惊险电影的巨大影响。魏军认为："苏联惊险影片取得的成功，除艺术家在创作上不断革新艺术手法外，和作品积极向上、具有高度思想性主题、真实地反映现实生活有关。"中国法制文学受外域文学的影响是不争的事实。这也是我们应该探讨的比较文学。只有在这种探讨中才能如实地确定中国法制文学的地位。

与中国法制文学密切相关的，还有日本的推理小说。魏军辟专章论述了这个问题。魏军指出："日本推理小说作品的特点，一是运用推理手法侦查破案，二是运用推理的艺术技巧推动故事的情节发展。"因此，推理只是反映法律与犯罪文学作品的一种艺术表现手法。推理小说也应该是从属于法制文学的范畴之内的。

原载2009年《中国法制文学通讯》

2013年5月,《经济与社会研究发展》杂志转载

## 第十三节 读魏军的《中国法制文学导论》想到的……

吴 越

### 一、中国法制文学理论权威

魏军同志是我的老朋友。早在1981年9月他率先创立了法制文学这一崭新的文学概念和文学理论学科，说明他具有敏锐的政治头脑和坚持先进文化的远见卓识，他的这种创造性的开拓精神是十分可贵的，推动了我国法制文学的发展，成为中国法制文学理论创始人和中国法制文学理论不可替代的权威。

1986年9月应《热河》杂志之邀，在笔会上我认识了魏军同志，这次笔会不仅有作家，也有当地的业余文学爱好者，魏军《关于中国社会主义法制文学》的发言，深受与会者欢迎。因此，会议期间承德人民广播电台为魏军的发言做了专题节目向全市播放，《承德市报》发表了沙雨、文江同志撰写的题为——《法制文学是特殊的文学领域——访北京法制文学研究会会长魏军》专访，之后《承德市报》又连载了魏军的中篇小说《鸟语之谜》，受到好评。

魏军有从军、从警、从文、从政的经历，在同龄人中有这样丰富的社会经历也是不多见的。他对古今中外关乎法律与犯罪题材的文艺作品，有一种出乎自然的钟爱。早在20世纪50年代初，部队进行爱国主义教育和警惕性教育时，他对苏

联的惊险文学就爱不释手，之后他又阅读了大量我国公案小说、新中国成立后的反特小说，以及西方的侦探小说和日本的推理小说等。他长期在公安部工作，因此，他有得天独厚的接触和系统、深入地研究关乎法律与犯罪文学作品的条件，这就造就了他对这类作品有独到见解和创造性地发挥。

他曾创办、编辑大型文学期刊《啄木鸟》，创办并主编《侦破小说选刊》和《世界奇案佳作》，创办北京法制文学研究会并当选为会长，创办公安部警官教育出版社，被任命为社长兼总编辑，创办中国法学会法制文学研究会，当选为会长兼秘书长，并当选中国法学会理事。这些开拓性的事业，无一不和我国法制建设有关，他出任中共中国文联纪律检查委员会纪委书记后，仍和“法制”有密切联系，他这种执着的创业精神更是令人佩服和感动。

他不但创作了多部法制题材小说和影视剧，而且长期以来坚持法制文学理论研究并取得了可喜的、令人瞩目的成就。1990年他的第一部法制文学理论专著——《法制文学与创作》一书，荣获第一届全国通俗文艺优秀作品“理论佳作奖”，受到社会关注。

魏军同志的新作《中国法制文学导论》荣获第一届中国法制文学原创作品大奖赛“特别贡献奖”，并列入中国政法大学和部分政法院校研究生教材，可喜可贺。

《中国法制文学导论》既然称之为“导论”，也就是“指导性概论”，属于理论著作无疑。

大家都知道，理论是指导实践的。但是任何一种理论，都不是坐在书斋中凭空想象杜撰出来的。理论产生于实践，在实践中总结，形成理论基础，反过来再用于指导实践，经过多次反复，在实践中提高、升华，最后才能产生“放之四海而皆准”的理论。魏军的法制文学理论研究，就是遵循这一原则，结合自己的创作实践加以总结而产生的，体现了实践是检验真理的原则精神。

《中国法制文学导论》荣获“特别贡献奖”，使魏军成为中国法制文学创作和理论研究的领军人物，在我国当今作家队伍中，创作、理论研究并重，并取得优异成绩的，实属凤毛麟角，不可多得。

我以为，理论家最好就是实践家。魏军同志正是这样一个既有创作实践，然后产生理论，经过近30年的实践，最后形成较成熟的法制文学理论的实践家兼理论家。由他来写作《中国法制文学导论》，是最最恰当的，也是理所当然的，而且非他莫属。他不但是“法制文学”概念和法制文学理论的创始人和研究者，而且迄今为止，在研究关乎法律与犯罪的法制文学理论方面，如此深入、全面、系统，还没有第二个人达到他这样高的水平和成就。因此，说他是“中国法制文学”的理论权威，是当之无愧的。

## 二、法制文学是一个新的文学理论学科

从文学概念出发，“法制文学”不仅是一个新的文学概念，而且也是一门新的文学理论学科。这个文学概念和理论，扬弃了以往关乎法律与犯罪作品不科学、不准确的称谓和界定，给这类作品以科学的界说和新的命题与生命，对研究这类作品，推动法制文学创作发展，繁荣文艺事业，加强法制建设，开展普法教育，构建和谐社会，有不可低估的作用。它是综合了多种固有的文学样式之后归类产生的。所以说，在高等院校文科专业中，可能是比较年轻的文学种类，但从它所反映法律与犯罪的内容看，却有悠久的历史可考。因此，作为一种文艺现象，特别值得注意和探讨。

有人以为：法制文学，不就是侦探小说和推理小说吗？不完全是。

侦探小说，是以案件的发生和侦破过程为主要描写对象的作品，由于突出的是曲折离奇的故事情节，最受读者特别是青少年读者欢迎。据统计，侦探小说在欧美的图书销售量占到图书总数的15%到25%。柯南·道尔塑造的大侦探福尔摩斯，率先成为世界上最知名的虚构人物；阿加莎·克里斯蒂的小说销售总量，居然达到了20亿册（据《2000版吉尼斯世界纪录》）。

继侦探小说走红图书市场后，就是“推理小说”。

推理小说，是以推理方式解开故事谜题的一种文学作品，故事通常都以凶杀案、盗窃案为主题，而中心人物则是侦探。所以也有人说推理小说是侦探小说的一种，不过强调的是逻辑推理，而揭开谜底的往往并不是侦探。

世界最早的推理小说要说是我国的《包公案》了，因为小说中的包公办案，比较注重“推理”（囿于时代背景，难免也有主观和迷信的描写）。20世纪二三十年代，推理小说在欧美得到发展；六七十年代在日本风行，跃居世界首位。“推理小说”这个名称，也是日本首先启用的。然，日本的推理小说，是从我国公案小说脱胎出来的。优秀的推理小说，不仅情节曲折离奇，引人入胜，而且通过深入细致的分析和精确的判断，从而得到读者的欢心和佩服。

和侦探小说、推理小说近似的，还有苏联的“惊险小说”和新中国成立初期的“反特小说”“肃反小说”，等等。

尽管我们可以把《包公案》和《福尔摩斯探案集》这些“公案小说”“侦破小说”纳入“法制文学”这个大框围中，但是绝不能倒过来说“法制文学”就是公案小说或侦查破案小说。

那么究竟什么是“法制文学”呢？

魏军同志的理论专著《中国法制文学导论》告诉我们：法制文学的形式和表现手法，也许可以和侦探小说或推理小说有类似甚至相同的特点，但其内涵必须高于侦探小说和推理小说。它是以维护、探索社会主义法制为首要任务的文学形式，肩负着法制教育和法制建设的重任，绝不是以离奇甚至荒诞的故事来取悦于读者。

读过侦探小说和推理小说的读者，大都有这样的经验：一部侦破小说捧在手里，也曾经被它的离奇故事所迷惑，爱不释手，可一旦“真相大白”，往往又会长叹一声：“原来案情这样简单！”

这就是侦探小说的致命伤：除了离奇，很少内涵，值得反思。推理小说因为强调的是“逻辑推理”，至少在“知识性”上，比侦探小说略胜一筹。

因此，不论是侦探小说还是推理小说，长期以来，都被列入“消闲文学”的范畴，很难步入高雅的文学殿堂。——尽管克里斯蒂的小说销售总量达到了20亿册，但是从来没有人提出要把她推荐为诺贝尔文学奖得主。

### 三、法制文学是雅俗共赏的文学

法制文学虽然也涉及案件侦破，但它绝不是公检法司四个部门的“档案实录”或“档案材料文学化”。法制文学虽然歌颂了许许多多与不法分子英勇奋斗的刑侦司法人员，但它也绝不是单纯的“歌德”文学。

法制文学必须突破“讲破案故事”这个单纯的通俗小说的老框框，才能从“消闲文学”提高一步，从健全法制、捍卫法制出发，以案件为载体，通过生动的故事，增加内涵，让人读后产生反思，再回过头来考虑作品的合法性，使通俗文学提升为高雅文学、主流文学，从而达到“雅俗共赏”这个最高境界。

特别需要说明的是：魏军同志倡导的“中国法制文学”，全称是“中国社会主义法制文学”。他强调“法制文学是社会主义法制的忠诚卫士”，要求法制文学作品要以维护社会主义法制为己任。也就是说，法制文学不仅具有“寓教于乐”的任务，还应承担“监督、提醒”司法当局，对国家法制建设建议、建言的任务。

魏军同志是这样说的，也是这样做的。他创作的长篇小说《荣辱悲歌》，就是一部具有深刻内涵的、典范的高雅法制文学。他以被俘志愿军归来人员回国后的坎坷生活为主题，描写这些爱国的战俘们，如何在战俘营中抗议美军战俘营当局阻挠战俘遣返回国，与美、蒋特务英勇斗争，最终达到了遣返回祖国的胜利。魏军同志不仅指出了，由于极左路线的干扰，强加于志愿军被俘归来人员种种不公正的“结论”和处理，又肯定了我党“有错必纠”“实事求是”的优良作风，用形象思维提出一个十分严肃的问题。

## 第十四节　著名作家——纪委书记

——访北京法制文学研究会会长魏军

《中国纪检监察报》记者　宏程　复生

1993年初，在一次中央部委机关纪委书记会议上，一位发言的中年纪委书记引起了我的注意。他中等身材，脸色凝重，情绪激昂，慷慨直言，将办案工作的酸甜苦辣尽情道来。他对纪检工作之熟悉，感触之深刻，我认定这是一位事业心与正义感俱重的“老纪检”。会议结束后，我前去拜访他，接过名片，我定睛一看，方知眼前的这位“老纪检”竟是作家魏军同志。

中國紀檢監察報

ZHONG GUO JI JIAN JIAN CHA BAO　中共中央纪律检查委员会　中华人民共和国监察部　主办

1995年3月29日　星期三　第52期　国内统一刊号:CN11－0176　邮发代号:1－204

抓牢

著名作家— 纪委书记

— 访北京法制文学研究会会长魏军

《中国纪检监察报》记者宏程、复生　文

魏军的经历非常丰富，1951年13岁参加志愿军，后学过快艇驾驶，当过快艇教员，在多所高校学习工作过，后又长期在公安部做编辑工作。新中国成立以来为广大观众、读者所熟知的侦破电影、小说如《肃反小说选》，反特电影文学剧本《虎穴追踪》《徐秋影案件》《羊城暗哨》《秘密图纸》《冰山上的来客》《寂静的山林》《猎字99号》《保密局枪声》《蓝色档案》《黑三角》《东港谍影》《405谋杀案》《戴手铐的旅客》等作品都出自他手。大型文学刊物《啄木鸟》也是他一手创办的。他还是中国法制文学理论创始人和北京法制文学研究会创始人和会长。他著作颇丰，除散发表在全国报刊的小说外，出版小说集《海滨奇案》《昙花梦》，长篇小说《不该公布的案件》等六七部。魏军现任中共中国文联纪委专职书记，中国作家协会会员，是知名度较高的作家，而出任专职纪检书记领导干部的，魏军是全国第一位。

在谈到时下反腐倡廉工作的困难时，魏军同志对记者说："纪检工作是党的事业，总得有人干，组织上安排我来干，是对我的信任，我必须服从，必须干好。"记者与魏军同志长谈时，话题自然较多地集中在反腐倡廉和纪检监察工作的"热点""难点"问题，引起我们的万千感慨。

记者问道："这几年反腐斗争声势挺大，虽处理了一批贪官污吏，但群众还不满意，您觉得在具体工作中存在哪些问题呢？"

魏军脸色凝重，半晌未语。良久，他终于开口了："党中央提出反腐败斗争，是十分英明的决策，搞不搞反腐败，确实是关系到党和国家生死存亡的大事。我曾随中直机关调研组到华东一带，就纪检工作进行调研学习，从中进一步体会到反腐败倡廉政的重大意义。但是反腐败斗争开始后，一些地方和部门对中央指示阳奉阴违，有令不行，有禁不止，反腐败斗争成了一句空话。前天我读了《法制日报》一篇文章——《反腐败也要打假》，是一篇切中时弊、入木三分的好文章。文章列举了四条假的表现：一是假喊，二是假抓，三是假查假纠，四是假汇报。事实上就全国而言，何止这四种假货。比如假支持办案有困难的单位，假保护纪检办案人员的合法权利，假从严处理调查核实的顶风违纪案件，假查处弄虚作假欺上瞒下的行为，假严惩打击报复、造谣诬陷的案件等。在这种情况下纪检监察机关处于忍辱负重、孤立无援的境地……"

魏军喝了口水继续说："纪检工作不同于别的工作，一旦上马就要查个水落石出，限期结案，不能推，不能压。当前党风不正，要查处在职党员干部——特别是领导干部，如同扛着点燃导火索的'炸药包'，多么盼着在机枪掩护下冲上去呀！董存瑞舍身炸碉堡，部队一举攻克了隆化城据点。纪检办案人员扛着点燃导火索的'炸药包'往前冲，如果英勇牺牲后党风就能端正，腐败就能遏制，为

中国社会出版社出版《匿名信》

湖南人民出版社再版《匿名信》

党为国捐躯也会心甘情愿。可是作为‘党的忠诚卫士’的他们，如果连自己都保护不了，反腐败岂不成了一句空话?！”

“那么您觉得咱们这支队伍的状态如何？”记者问。

魏军不假思索地说：“纪检监察队伍是好的。当前权钱交易的社会风气甚盛，纪检监察机关权钱皆无，他们手中只有《党章》和《纪律条例》，没人与之交换。绝大多数纪检监察干部是一身正气，两袖清风。”魏军思忖片刻又继续说：“据我所知，一些腐败分子，一旦把单位领导干部拉下水，再由领导出面，干涉案件查处，使你无法调查，无法取证。所以说，反腐败必须真抓实干，必须打假，否则就会失信于民。”

话题扯到文学创作上来，记者问：“您认为反腐败离不开法制。那么这类作品是否也应属于法制文学呢？”

魏军说：“党的纪检工作政策性很强，同创作侦破作品不同。这类作品从某种意义上讲，要着重描写人物内心世界的矛盾冲突。其矛盾纠葛，又因某些事件发展而变化，这就构成了错综复杂的矛盾冲突，驾驭和解决这些矛盾有较大的难度，不过我正在构思一部长篇小说，等有了时间才能动笔。”

“能透露一些梗概吗？”

“不能，因为故事还在发展，人物命运还没定型……”

记者说：“我期待你的大作……”

1995年5月12日，本文经关登瀛推荐在《作家文摘》上摘发，题为《身为作家的纪委书记》，在社会上引起极大反响。

半年后魏军的长篇反腐小说《匿名信》问世。这是后话。

魏军应邀为《中国纪检监察报》文艺副刊《清风阁》题刊头画

# 第十八章　坚定文化自信

坚定文化自信。首先要弄清坚定什么样的文化？是西方对我渗透的文化侵略，篡改革命历史，游戏人生、娱乐至死的文化；还是客观反映历史，恪守“二为”文艺方针，讴歌党、讴歌人民、讴歌祖国、讴歌英雄的精神力作?！这个问题是促进与繁荣文化发展的首要问题。毛主席在《中国社会各阶级的分析》一文中明确指出：“谁是我们的敌人，谁是我们的朋友，这个问题是革命的首要问题”，这就是从有阶级存在的角度分析的。文化的存在与发展，虽不能一概以“敌人”和“朋友”简单论之，但其却有阶级属性和鲜花、毒草之分。好的文化能促进国家建设繁荣发展，坏的会使人们丧失斗志，甚至成为破坏国家发展的帮凶。

## 第一节　坚定文化自信　清除文化垃圾

——让英雄重返银（屏）幕

习近平总书记在党的十九大报告中指出：“坚定文化自信，推动社会主义文化繁荣兴盛。”他还强调“要繁荣发展文艺创作，坚持思想精深、艺术精湛、制作精良相统一，加强现实题材创作，不断推出讴歌党、讴歌祖国、讴歌人民、讴歌英雄的精神力作”“倡导讲品位、讲格调、讲责任；抵制低俗、庸俗、媚俗”。习总书记的报告，为推动我国文艺繁荣发展再一次指明了方向。然，近些年来某些影视编导者，把影视当成赚钱的工具，兜售其虚假、低俗、媚俗、庸俗的黑货，公然背弃“二为”文艺方针，摒弃文艺作品的教化作用。特别是抗战“神剧”，肆意歪曲历史，游戏人生，把汉奸、土匪、恶霸、妓女等打扮成抗日英雄倍加赞扬。有的作品淡化和模糊主题，以报私仇、泄私愤，使用三角恋、多角恋招徕观众。歪曲历史、去英雄化的作品屡见不鲜，把真正抗日英雄和抗日军民挤出屏幕，甘当西方对我文化侵略的帮凶。有的电视剧打着“历史”“使命”

《卢沟枪声》《荣辱悲歌》《烽火青纱帐》入围第三届北京剧本推介会优秀作品

旗号，借揭露日本鬼子的残暴为名，行赞扬日本侵略者英勇善战之实，不惜笔墨为日军侵我中华，杀我军民，为其实现“大东亚共荣圈”唱赞歌，“杀”光剧中我全部抗日人员，给人灌输“抗日必死”“抗战必亡”的精神鸦片。尽管结尾假惺惺地轻描淡写一笔日本宣告无条件投降，也掩盖不了其作者文化汉奸的丑恶嘴脸。

有的电视剧编导者为抬高投资额度，大发不义之财，滥用闪回叙述，几乎所有画面都不厌其烦地重复再现，演员表演和形体动作、思维，都靠画外音和字幕说明，给人以“看图识字”和看小人书的感觉。本来十几集就能使观众了解全剧，却要拉长到五六十集，甚至更长。这种缺乏社会担当，一味捞昧心钱、滥竽充数，不懂影视艺术的编导者们，在影视圈已泛滥为患。随便组织个文化公司，靠蒙来的钱，拍一部烂剧就把自己打扮成制片人、编剧、导演，是造成目前电视剧低俗、庸俗、堕落的重要原因之一。加之某些行政管理部门，不负责任，任意放纵，给这些烂剧大开方便之门，毁我民族之魂。

出现这些奇怪现象的原因，如果不是某些编导者缺乏对历史客观、真实的认知和文艺工作者应有的社会责任担当，那就是别有用心，背弃中国社会主义文艺应有的教化作用和“二为”文艺方针，随意编造歪曲历史、游戏人生和乏味离奇的故事，用虚假、冗长、琐碎、无聊的杂碎戏弄观众，或利用电视平台沽名钓誉，追求一夜暴富。又何况有的作者本身就动机不纯，甘当西方对我文化渗透和侵略的帮凶。

更可悲的是，某些媒体不仅未对文化垃圾制造者进行批评，相反却大加赞誉。作品一经上映，还会受到媒体苍蝇般地嗡嗡吹捧，把演员捧为大腕和“帝、后”之类，甚至连其结婚生子、离婚、外遇也极尽吹捧之能事，于是这些“名人”飘飘然不可一世，耍大牌、要高价、打人、骂人、强奸、吸毒、赌博成了他们生活的一部分，令人嗟叹。这些为有良知的国人所不齿的文化垃圾，不仅对广大观众，特别是青少年毒害很大，抹杀我中华民族与侵略者殊死斗争的光辉历史，同样也毒害了意志薄弱的年轻演员。这些“名人”“大腕”“帝、后”违法乱纪、锒铛入狱的都屡见不鲜。

凡此种种可谓五花八门，不胜枚举……

笔者最近重读了鲁迅先生1934年11月23日发表在《中华日报·动向》上的一篇杂文——《骂杀与捧杀》。

先生一针见血地指出：“……批评家的错处，是在乱骂与乱捧，例如说英雄是娼妇，举娼妇为英雄。

“批评的失了威力，由于‘乱’，甚而至于‘乱’到和事实相反，这底细一被大家看出，那效果有时也就相反了。”

80多年前先生将文艺批评概括为“骂杀”和“捧杀”是何等精辟和尖锐，与今天“捧臭脚”的吹捧是何等相似。

文化堕落的原因是多方面的，影视行政管理部门审核不严，疏于管理也是其中之一。

要想改变电视剧创作的混乱现象，除有效地规范文化市场外，编导者应认真学习习近平总书记在北京文艺座谈会上的讲话和党的十九大报告“坚定文化自信，推动社会主义文化繁荣兴盛”的精神，培养和践行社会主义核心价值。在习近平新时代中国特色社会主义思想指导下，文艺工作者在文艺创作时，要适应新时期发展的需要，在遵循“双百”“二为”文艺方针的同时，认真贯彻落实习近平总书记对我国文化建设的一系列重要讲话精神。创作者应自觉增强自己的法律意识、社会担当。

坚定文化自信，清除文化垃圾，首先遇到的是歌颂什么，反对什么和为什么人服务的问题。面对肯定与否定，爱与憎，同情与厌恶，拥护与反对，作家、艺术家应有一个明确、客观、冷静的选择，这就是作家、艺术家的人生观、世界观和党性原则的体现。古往今来，不论哪个时代，哪个阶级的作家，他们的作品无不打上阶级的烙印。文学艺术是反映社会生活的一面镜子，作家、艺术家的作品，客观公正地反映、评价社会生活主流，是其赖以生存和发展的关键，倘若把它当成“哈哈”镜，任其歪曲历史，亵渎社会生活主流，游戏人生，罔顾艺术创作规律和教化作用，以追求低级趣味获取不义之财，自甘堕落，也就失去了作家、艺术家的道德良知。因此，在文艺界要大力宣传习近平总书记在艺工作座谈会上的讲话和党的十九大有关坚定文化自信的重要讲话精神，使某些丧失社会担当的文艺工作者迷途知返，自觉创作讴歌党、讴歌祖国、讴歌人民、讴歌英雄的精神力作，才不愧为“人类灵魂工程师”的光荣称号。

各级影视行政主管部门，要加强党的领导，“要牢牢掌握意识形态工作领导权”。对送审的稿件，组织党性强的、有较高文化修养和道德的专业人才，认真负责，严格按政治标准和艺术标准审评，杜绝“红包敲门”和任“稿”唯亲，严防暗藏与“二为”文艺方针相悖的垃圾、毒草出笼。要“注意区分政治原则问题、思想认识问题、学术观点问题，旗帜鲜明地反对和抵制各种错误观点”，既不能一棍子打死，也不能盲目无原则地开绿灯、唱赞歌。

文艺作品不能客观地反映历史真实面貌，也便不能真实地反映现在社会生活。没有历史也就没有现在，歌颂英雄就是捍卫历史和现在。

文艺批评家和评论家，对于一些不尊重历史，甚至篡改历史的作品，不加规范和提醒，是不负责任的表现。当前出现的类似抗战“神剧”，打着抗日救国招牌，行歪曲历史，抹黑抗日英雄之实，并长期霸占银（屏）幕，是对历史的篡改，对道德的绑架，对社会主义文化的背叛。历史是人民创造的，坚定文化自信，清除文化垃圾，尊重历史，崇尚英雄，让英雄重返银（屏）幕，是每个有良知国人的心声。

## 第二节　用泪水书写历史

——重温创作《荣辱悲歌》感悟

2020年是中国人民志愿军抗美援朝出国作战70周年。翻开《荣辱悲歌——一名志愿军女俘的坎坷人生》，又唤起我创作这部作品时心如刀绞之痛，使我又回忆起与之有关的往事——

1951年是朝鲜战争爆发后的第二年，当时为响应党和国家“抗美援朝，保家卫国”伟大号召，不少中华儿女踊跃奔赴抗美援朝战场，其中不乏十几岁正在读书的青少年。年仅十三的我，也报名参军了，从此我和人民军队结下了不解之缘。

作为人民军队的一员，我对那场战争自然格外关注。我关心战场上每日战况，更关心我军的每一次胜利。正当我把全部热情和欢欣都倾注在企盼我军早日取得胜利之时，一个偶然的机会，我读到了披露我军在一次战役中失利的消息，不仅伤亡惨重，还有不少同志被俘。我想起了卓娅、赵一曼、刘胡兰，从此我更关注那些被俘战友的命运。

在朝鲜战争中，志愿军被俘的有两万多人。美帝国主义为了阻止我志愿军被俘人员自愿遣返回国，在釜山战俘收容所和巨济岛、济州岛战俘集中营内，对这些手无寸铁的战俘，用飞机、坦克、机枪进行杀戮，指使叛徒特务进行割肉、刺字等残酷虐杀，强迫战俘写不愿回国的血书。我志愿军战俘为能顺利遣返回国，与敌人展开了殊死的、可歌可泣的斗争，不少人在斗争中献出了生命。九死一生，有6673人终于回到祖国大陆，另有一万四千多人被胁迫到台湾和中立国。战俘当中确有极少数人是背叛祖国的败类。如《荣辱悲歌》中美军战俘营“以俘治俘”的俘虏官沙仁杰的原型，就是混入我军后，在朝鲜战场主动投敌的原国民党安东纺织厂的警备队员，朝鲜战争停战后，被我方处决的“杀人魔王”李大安。肖缅沪的原型是解放战争时期被我军俘获的原国民党军中尉副连长，人称“笑面虎”的王顺清。

有战争就要死人，有战争就有战俘。战争瞬息万变，就连最有经验的指挥员，有时都难能驾驭瞬息万变的战场变化。鉴于此，对这种失利，人们还是给予宽容和信任，于是就有了“没有常胜将军”和“胜败乃兵家常事”之说。朝鲜战争我军装备低劣，补给不足，在敌强我弱、极其艰难的环境中作战，志愿军战士多是在弹尽粮绝和身负重伤丧失了战斗力的情况下被俘的。有的抱有誓死不当战俘之信念，决定以死报效祖国，又因意外原因做了俘虏。从此他们的名字永远钉在了战俘的耻辱柱上。谁之过，难道要让他们永远背负战俘罪名，承受社会对他们的唾弃吗？众所周知，电影《英雄儿女》中王成的原型在准备牺牲前高喊：“向——我，开炮！”他是真正的英雄，为了胜利视死如归。不幸的是他没有死，却成了战俘。

在辽宁省昌图县志愿军被俘归来人员管理处（简称归管处），集中在这里的被俘归来人员，最初的日子是令人难忘的——首长接见，看电影，参观社会主义建设成果，听了归管处当局对归来人员宣布的二十字政策：“热情关怀，耐心教育，严格审查，慎重处理，妥善安排”，个个更是欣喜若狂，感到终于回到了祖国大家庭了，心中编织着重生的梦想；但是在落实处理和安置时，情况却与这些温馨的话语大相径庭，面对敌人枪林弹雨没有皱过眉头的志愿军战士们，听到最后处理的消息却泪如雨下。他们大多数人是背负开除党籍、开除军籍、开除团籍，遣回原籍、内部控制、监督劳动等沉重的枷锁，离开了昌图归管处在社会上爬行。前面提到的电影《英雄儿女》中王成的原型，身负重伤高喊“向我——开炮”，他本应成为“黄继光式的英雄”，就是因为他没死，而沦为战俘。听起来有些滑稽，遣返回国后，除强加给他的各种罪名外，多年来他忍辱负重，过着家徒四壁和靠老伴卖鞋垫为生的隐居生活，在他的桌上却长年放着一本，永远抹不掉记忆的《荣辱悲歌——一名志愿军女俘的坎坷人生》，读后他在想什么，只有他自己知道……

这本书虽说写的不是他的经历，但他对《荣辱悲歌》中志愿军女俘董芳在战俘集中营遭到的杀戮和虐待感同身受，自然会唤起他的记忆。笔者从网络上得知，他读了《荣辱悲歌》后抱头痛哭，我们不要问他痛哭的原因，我们应该探究为什么我们对自己队伍中九死一生归来的被俘人员，与西方国家对被俘归来人员的处理截然相反。西方国家把被俘归来人员视为英雄。在第二次世界大战中有一个名叫密特朗的人，曾是纳粹德国的战俘，后来他当了法国的总统，这与我们对被俘归来人员实行监督劳动，无视他们做人的尊严，简单是天壤之别呀。朝鲜战争时任美国远东军司令、联合国军司令的克拉克就曾说过：“在朝鲜战场上被朝中方面俘获的美国军人有不少就是英雄。”我，人民军队的一员、《荣辱悲歌》的作者也要说：“在志愿军被俘牺牲在集中营和归来人员中，包括被胁迫到台湾去的人员中，有不少也是伟大的英雄、烈士，王成原型就是一例。”电影《英雄儿女》中王芳的原型——解秀梅，志愿军一等功臣，是我河北省保定市高阳县的老乡，她的事迹虽在电影中得到相应的宣传，但是转业后因无钱治疗，两次遭医院停药，不治身亡，令人落泪。他们是我们的兄弟、姐妹，我们的战友、朋友和亲人啊。战争是残酷、惨烈、悲壮的。女人的天性是温柔、慈爱和善良，她们是人类繁衍生息的母体。伟大的苏联作家高尔基在赞扬妇女时说：“是她们用乳汁养育了整个世界。”女人在人类历史上的崇高地位，毋庸置疑。

一向自我标榜为文明国家的美利坚合众国，却干着十分龌龊和令人不齿的反人类罪恶勾当，虐杀、侮辱女俘，女俘的命运可想而知。这就是我为什么写《荣辱悲歌》，意在揭示女俘在集中营与敌人殊死斗争的生活，为和平而呼吁。远离战争，特别是女人，为保护女人的尊严而作。

魏军作品《荣辱悲歌》

创作这部作品是痛苦的过程，也是人的灵魂回归的过程。70多年前伟大的抗美援朝战争，我中国人民志愿军不畏强敌，毅然出国作战，那段历史已经远去，渐渐被人们遗忘，我志愿军经过了近三年在朝鲜战场上的浴血奋战和英勇牺牲，在敌强我弱的不利情况下，终于把以美国为首的联合国军打到了谈判桌上，这是战争史上以弱克强的伟大胜利，应该为之大唱赞歌。然，多少年来囿于不便说出的原因，有关抗美援朝的文艺作品一直被尘封，以所谓“重大革命历史题材”而被限制出版、拍摄。《荣辱悲歌》更因为作品中揭露美帝虐杀志愿军战俘，和受“左”的影响对志愿军战俘归来人员结论不实，处理过重等原因，一直没有出版社敢于冒险出版。可喜的是，1980年中共中央办公厅下发了第74号文件，对志愿军被俘归来人员处理作了相应纠正，公安部群众出版社率先出版了《荣辱悲歌——一名志愿军女俘的坎坷人生》一书，后经广大读者来信要求，改编为电视连续剧，收入中国电影出版社出版的《魏军影视剧本选——军事、公安题材剧作专辑》一书，在社会上产生极大影响。2010年湖南人民出版社又再版了长篇小说《荣辱悲歌——一名志愿军女俘的坎坷人生》，更引起社会广泛关注，广大观众、读者纷纷来信、来电要求将《荣》剧搬上屏幕。因说，有关反映朝鲜战争的作品，被视为所谓敏感题材，《荣》剧在一次申报审批中遭拒。据悉，美国拍摄的有关朝鲜战争的电影，就有几十部之多，我们除了电影《上甘岭》《奇袭》《英雄儿女》之外还有多少是反映抗美援朝的作品呢？

70多年过去了，历史依然存在，不因回避而消失，建议有关部门解禁反映抗美援朝战争的影视作品，特别是揭露美帝肆意践踏《日内瓦公约》，残害志愿军战俘的反人类战争罪行，让子孙后代了解中国人民志愿军那段惊天地，泣鬼神的在朝鲜战场上浴血杀敌的壮举，于发展爱国主义教育百利而无一害。

《荣辱悲歌——一名志愿军女俘的坎坷人生》作品，直笔作史，格调悲壮、凝重，记述了人民军队非凡气节、志愿军战士高贵品质和爱国主义精神，以及我党有错必纠的实事求是的优良作风，客观真实地反映了历史事实。前事不忘，后事之师，忘记历史就意味着背叛！

2020年10月修改

2021年7月二次修改

## 第三节 “娱乐至死”可以休矣

“娱乐至死”源于美国媒体文化研究者、批判家尼尔·波兹曼1985年出版的关于电视声像逐渐取代书写语言过程的同名《娱乐至死》一书。书中分析娱乐至死导致社会公共话语权由理性、秩序、逻辑性，逐渐演变为脱离语境、肤浅和碎化，一切公共话语以娱乐方式出现的现象，以此告诫公众，要警惕媒体技术的垄断。该书剖析了以电视为主的新媒体对人思想认识、认知方法乃至整个社会文化发展趋向的影响，认知媒介的危机，通过电视网络的媒介，最终成为娱乐至死的牺牲品。尼尔·波兹曼对这一理论进行了有理有据的阐述和分析，是对20世纪后半叶美国文化的探究和哀悼，令人深省。

尼尔·波兹曼这一理论提出至今已有37年了，我们姑且不评论尼尔·波兹曼的娱乐至死论是否精准，在美国产生的社会背景以及对美国社会影响的得失。纵观我们今天社会生活中的这一现象，特别是对青少年的负面影响，是不言而喻的。

20世纪五六十年代，中国人崇拜的偶像通常是勤劳勇敢、无私奉献的英雄模范人物。青年学生追求的志愿，是将来当工程师、教师、医生……有志把自己学到的知识奉献给祖国。然，如今在媒体若有若无的影响下，中国大多数青年人的偶像悄然换成了“影帝”“影后”“天王”“小鲜肉”。在步入21世纪之后，随着“韩流”“日漫”的强势侵袭，中国爆发了一场声势浩大的追星狂热。更可悲的是我们官方媒体对那些“天王、影帝、影后、小鲜肉”连篇累牍地进行报道，对其结婚生子、离婚外遇、吸毒嫖娼、卖淫倒贴、打人骂人、锒铛入狱也倍加关注。更有甚者，某省卫视节目长期以出洋相调侃、打情骂俏、胡言乱语戏耍青少年为卖点，使其迷失了方向，加入浑浑噩噩的追星大军行列，扬名爱钱，就是不爱国。对那些腰缠万贯却要大牌、偷税漏税，还不以为耻，反以为荣的所谓明星们佩服得五体投地，为了追“星”，有的青少年甚至甘付生命的代价。一些所谓的明星也恬不知耻，不惜丧失人格为走红地毯，苍蝇般地吸吮西方散发着臭鸡蛋气味的刊物和“霉体”，渴望借这些平台昭著臭名。

通过对尼尔·波兹曼这一理论的认识，不妨对目前我国电视和网络时代的娱乐化倾向进行一些反思——现今进入媒体时代，各种形式的娱乐节目已经形成了文化垄断，侵占了人们大部分精神消费领地。娱乐悄然无声息又堂而皇之地渗透进了社会生活的各个角落，麻痹人的精神，最终让人心甘情愿、毫无反抗地加入娱乐至死的狂欢之中，丧失理智，背弃信仰，麻木不仁，一切向钱看、沽名钓誉，抛弃亲情，崇洋媚外，忘祖辱国……直至娱乐至死。纵观当今社会之瘟病，令人嗟叹。近些年来西方文化对我们的侵蚀，难道不值得警惕吗?!

娱乐，温馨惬意的象征；死亡，冰冷恐惧的末路。

人，是社会的微细胞，没有人也就没有了家庭和国家。如果每个人只思娱乐、沉湎于精神享受，倘若一味追求娱乐就是一切，娱乐至上，不思劳动创造财富和为社会发展而努力，试想——每个人只想享乐，你拿什么享受？小到个人，大到国家，必死无疑。

中国有句俗话叫“乐极生悲”，意是得意忘形，追求享乐，坠入混沌泥沼而不能自拔。历史上多少帝王因贪图奢靡生活，在灯红酒绿，歌舞升平中走向了死亡。

随着科技发展，特别是影视和互联网技术进入了千家万户，给人们的生活提供了通讯、娱乐、购物等诸多更为方便的展示空间，从此改变了人们传统的行为生活方式。然，与此同时，互联网、电脑普及之后，信息也以碎片化的形式充斥在我们生活的各个角落，让人无法进行深度阅读和获得信息，致使我们对信息的关注仅仅停留在表面，真正获得能沉淀下来的有价值的信息少得可怜。人们再也没有耐心读完一部长篇小说和有价值的学术论著，也无法通过深度的新闻报道，对某个事件形成客观理性的认知。互联网让人懒于思考，盲目遵从或照搬他人片面总结式的发言和对社会片面的评价，导致受众只对娱乐信息有兴趣，对其他事物则漠不关心，降低人们对信息的分辨能力，选择性忽略大量有价值的信息。由此导致人们在尚未搞清楚事情的原委时，就不假思索地随波逐流或盲目发表个人意见，加之互联网管理不严，一些不负责任的不当言论在微博等社交媒体上发表，不绝如缕。接受者有不知真实情况的人，也有带着主观恶意造谣、传谣的人。他们对党和国家、人民乃至英雄无端进行诋毁、抹黑，以消遣度过使自我感觉愉快的空闲时间，出现了一批“端起饭碗吃肉，放下饭碗骂娘”的“两面人”，以及各类形形色色，为西方文化对我腐蚀、侵略的帮凶。

娱乐应在道德规范中进行，娱乐也应属于上层建筑。不同时代，不同阶级有不同的娱乐方式和内容。人类对娱乐的需求无可厚非，但是，娱乐的方式，娱乐的形式，娱乐的内容，要有选择。制造娱乐者和消费娱乐者，也有接纳什么和摒弃什么的问题，辨明是非是首要问题。因此媒体和娱乐制造者要有社会责任感，不能一味自我沉湎于娱乐和与孔方兄热烈拥抱的快慰，甘当西方文化的附庸，被娱乐至死文化包围和绑架，用刺激性的精神鸦片，占据人生大部分时间，让人们在不知不觉中丧失思考能力，沦为行尸走肉。更可耻和令人作呕的是，由于西方文化的腐蚀，有些人已不像中国人了。见面、告别不说中国话，张口哈喽，闭口OK、拜拜。甚至目不识丁的老太太也教倒霉孩子向大人说拜拜……更有甚者，在网络视频中刷存在感的先生、女士，开口就是“哈喽”，好像只要说出“哈喽”，他（她）就是高人一等的外国人了，殊不知这种“假洋鬼子”的嘴脸，已为真正的中国人所不齿。这些人与鲁迅先生20世纪30年代批评的，自诩高雅的酒肆小二儿，对酒客说：“酒要一壶乎，两壶乎？菜要一碟乎，两碟乎？”何等相似；所不同的是，先生批评的是那些“高雅人说，白话鄙理浅陋，不值识者一哂之者也”的自诩高雅的人。现代迷恋西方文化的“高雅”人，就是数典忘祖，令人喷饭，可悲，可叹。

我们主张坚持文化自信，文艺作品要有寓教于乐的作用，要恪守文艺教化作用和社会责任担当。

文艺欣赏者，特别是青少年，要清醒地认识到自己是中国人，要自觉接受和欣赏讴歌党、讴歌祖国、讴歌人民、讴歌英雄的优秀节目，从而陶冶情操，树立正确的人生观，重新振作起来，把有限的青春献给祖国和人民。

受娱乐至死的影响，一些人厌恶我们主张正常的、有教化功能的娱乐，而毫无原则地热衷娱乐至死的精神鸦片，令人嗟叹！

切记——毁掉我们的，不一定是我们远离和你“厌恶”的东西，而恰恰相反是我们与你不经意的和盲目的热衷、不明是非所“热爱”的东西。

娱乐至死，可以休矣！

2020年7月20日

# 第十九章　作家的灵感与作家的生活

作家的劳动，是创造性的劳动。由于对社会和生活深入观察和感悟，他们所反映的生活现象，有着很强的超前意识，就这种劳动成果而言是前所未有的，不能复制和重复的，因之称为创造性劳动。作家在孕育创作的过程中要有激情，灵感是激情的结晶，获得创造性潜在功能的激情，从而产生创作灵感。

什么是灵感？

它是科学活动中因思想高度集中、情绪高涨而突然表现出来的创造功能。如牛顿发现万有引力定律、瓦特发明蒸汽机等，都是灵感的反映。

文艺创作者由于艰苦学习和在长期社会实践中不断积累经验与知识，以深厚的社会实践活动为基础，本着严肃的劳动态度和负责精神，凭借丰富的实践经验和知识积累，谙熟的艺术修养和艺术技巧的掌握，进行酝酿思考的紧张阶段，由于有关事物的启发，而突然产生的富有创造性的思路，在思维活动中探索的重要环节得到明确的解决，是产生灵感的前提，故称为获得灵感。

作家的灵感来源于作家的社会生活。作家的生活源于作家的社会实践和经历，作家的经历哺育作家的创作。由此可见灵感不是天生的，更不是极少数“天才”所独有和随意杜撰的。灵感每个人都可能有，但不是每个人都能获得灵感而有收获。就作家而言，没有社会实践经历，即使偶得灵感，创作出的作品也是苍白乏味的；具有丰厚的社会生活经历，一旦产生灵感，才能运用自如地调动其生活积累，其创作才能游刃有余。以艺术手法和逻辑思维，发挥其独特的想象力，创造出符合生活规律，源于生活又高于生活的故事和人物艺术形象，可见灵感与作家的生活是密不可分的。作家的经历越丰富，生活底蕴越深厚，其想象力就越强。这就是作家的创作与灵感的关系。有的灵感可能因某人某句话产生，有的可能是因某一件事的启发产生，不一而足。有了灵感，作家如何调动生活积累，这要看如何发挥想象能力了。因此，经历对人生是最重要的，不可替代的，尤其是作家。

有人问：“作家是不是每部作品都赖于灵感冲动才能进行创作呢？”我的回

答："是，也不是。"有的作品由于作家有丰厚的生活积累，形象思维中已经形成故事、人物，并获得了某些细节，就可直接进入创作。诚然，如果没有创作激情，也就不会有作品产生了。

试举三部短篇小说，也即获得灵感后的调动生活积累的创作经历，使读者从中窥见灵感的获得和创作灵感的延伸、演变和发展，如何创造出人物真实、故事感人、起伏跌宕、情节曲折的作品全过程……意在提醒文学初学者，一旦灵感进入头脑，切不可坐失良机，抓紧灵感的手，使其将形象思维带入逻辑思维领域，任其驰骋、翱翔……

## 第一节　小说《鸟语之谜》的灵感来源

一句话引发的创作灵感——

一天，北京空军文工团一名导演，从农村老家探亲回京后，到我家做客。席间他问我说："在老家遇到一个人去偷邻居家的鸡，主人失手把偷鸡人打死了，这应负什么法律责任？"

这一句话引起了我的想象，我突然发现可以农村经济改革为背景，颂扬勤劳致富，批判不劳而获违法犯罪，由此出现的两条道路的斗争。以法制题材内容，侦查破案手法，推动故事情节发展和塑造典型人物、典型环境，经过认真构思创作了具有思想性、认知性，符合法制文学专业特征，起伏跌宕，通过鹦鹉学舌，侦破了已无法恢复杀人现场的一起嫁祸于人的刑事犯罪案。《鸟语之谜》就这样形成了。全文附后——

作为《鸟语之谜》灵感来源的鹦鹉

## 鸟语之谜

“趁火打劫案”结束后，常思明就到中央政法干校学习去了，这一去就是半年。

他回到县公安局后第一件事情，就是听取小许这半年多来的工作汇报，然后又翻阅了案卷。常思明一边看着案卷，一边打开锈迹斑斑的圆铁盒，左手拿一张卷烟纸，右手捏了一撮烟末，放在纸上，熟练地卷了一支烟。他点燃后吸了两口，夸奖道：“干得不错。”

小许受到表扬，憨厚地笑了笑说：“老常，这还有一份。”顺手把一份案卷递给了他。卷宗上写着：“交通事故肇事案。”

常思明翻了一下问道：“这是怎么回事？”

“你走后一个星期左右，也就是八月二十三日，在张家桥公路上，汽车轧死一个人。司机是地区造纸厂的，所以这起案件就移交地区公安局办了，以交通事故肇事致人死亡判司机有期徒刑两年。”

“这么说司机有违章行为？”

“没有。”

“那为什么给予刑事处罚呢？”

“就是因为有一条人命。”

常思明若有所思地说：“根据刑法规定，不构成交通肇事罪。”

“你是说对司机处罚重了？”

常思明点了点头说：“我们应该把这个情况反映给地区公安局。”

“这……我们插手好吗?！”

“没什么不好的，有错必纠。”常思明拍了拍小许的肩膀，“你想想，司机被判刑，会给他的家庭、亲友们带来怎样的后果？”

小许思忖着点了点头。

### 1

常思明打算把自己对张家桥“交通肇事案”的一些想法，向地区公安局反映一下，然后请他们再做核实，如果确属轻罪重判，酌情减免处罚也就结案了。常思明到地区公安局和老张交换了看法后，老张听了常思明的介绍，觉得此案确有疑点，对这起案件也非常重视。老张是地区公安局刑侦科科长，看上去比常思明还大几岁，他和常思明是老相识，又是中央政法干校第17期同窗，但从相貌和性格来看，俩人却没有一点共同之处。老张浓眉大眼，方脸盘，连鬓胡，说话粗声粗气，铜钟一般，待人热情，性格豪爽，爱开玩笑；常思明呢，细眉小眼，瘦长的脸上没有一根胡须，典型的“雷公”嘴，他沉默寡言，性格近乎古板。谁能相信这样两个人之间会有共同语言呢?！然而共同的事业，使他俩心心相印，只不过他们各有各的考虑问题的习惯和方法罢了。两个人谈得投机，征得了领导同意，走访了此案的有关单位，并且询问了在押司机，重新验证了车辆。离开地区公安局前，老张握着常思明的手说：“老伙计，王小黑的死，是什么性质，看来非查清不可，这件事还是你办吧。”

常思明想到这里，面对桌上的案卷，抽着自卷的烟，陷入了深思……

司机的口供是否属实？这是问题的关键所在。如果有出入，那么车胎内侧的血迹又怎样解释呢？这难道是巧合吗？常思明百思不得其解。他合上案卷走到墙边，墙上贴有一张全县公社、生产大队分布图。他站在地图前，久久地凝视着，他的思维，依然在王小黑之死这条扑朔迷离的长河中流淌……

“请你再谈谈那天出事的经过？”常思明和蔼地说。

那司机用手擦了擦额头上沁出的汗滴说：“八月二十三日，我从县城回来，大约晚上八点多钟，车开到张家桥一带，公路上有一口猪被我轧死了，我想可能是社员的猪，怕引起麻烦，没停车就把车开回来了。第二天早晨我洗刷了车，可是就在下午我准备出车时被捕了。说我轧死人了畏罪逃逸。”

“你承认了吗？”

司机忐忑不安地说：“当时我很害怕，我想可能是我看错了，要知道轧死的是人，我怎么敢逃逸呢，这不是罪加一等吗?！”

常思明和老张又到司机单位找到了那台车，重新进行了勘查。说真的，这是一项非常棘手又毫无把握的工作。事过半年之久，这台车风里来雨里去，有什么痕迹恐怕早就不存在了，又何况出事第二天司机已经洗刷过车。他手拿放大镜，围着车转了一个多小时，终于从车胎内侧的夹缝里，找到了一块豆粒大的、黑乎乎的东西。常思明小心翼翼地用刀片刮了下来，放进试管里。经检证明确是猪血。与司机供认轧死猪的情节是吻合的。那么这是谁家的猪呢？半年来张家桥一带没人报案丢猪，而偏偏在这个时候又出了人命案。

想到这儿，常思明又点了一支烟吸着、沉思着。他心乱如麻，几乎失去信心；然而他又想，难道说此案确系司机铸成，不属于刑事案件。如果说王小黑之死和司机无关，这可能是一起错案。王小黑究竟是怎么死的呢？如果是他杀，凶手岂不逍遥法外了吗?！

“吱”的一声，房门打开了，走进来的是小许。

小许的出现打断了常思明的沉思。他把头转过去，只见小许容光焕发，精神抖擞。看得出他比一年前和老常侦破“趁火打劫案”时老练成熟多了。常思明去中央政法干校学习期间，小许办了几个案子，深得领导好评，小伙子自然有些兴高采烈，多少流露出点得意的神情。常思明想，小许机智、聪明，但有时却有些急躁和满足一时的成就，这就有可能在工作上主观臆断，如果不及时提醒他，就有可能给工作带来损失，甚至出现错误。想到此，常思明正欲开口，小许却抢先说：“老常，此案已经结案了，又不是咱们办的，何必自找麻烦?！”

常思明闻听此言，先是一怔，他没想到小许会说出这样的话来，想到小许参加工作不久，如果给他讲清道理，他会一丝不苟地扑在工作上。因此，常思明平静地说：“小许，这个麻烦非找不可了。我从车上采取了痕迹，经检验证明是猪血，那么王小黑是怎么死的，现在还是个谜。我看我们得到张家桥公社走一趟。”

小许惊讶地说：“这么说有他杀的可能？”

“现在还很难说，不过这个谜底非揭开不可。”

2

自从中央制定了农村经济改革和活跃农村市场政策以来，农村生产队职能逐渐涣散，副队长王得财是村里最得意的人了。你看他手里夹着烟卷，嘴里哼着二黄：“……蟒袍玉带不愿挂，愿在江湖走天涯……”村里的人都知道王得财这阵子小日子过得不赖，手里有几个钱，每顿饭叫婆娘摊俩鸡蛋，二两老白干儿下肚，话就多起来了，断不了哼两句二黄、梆子什么的。

说来这个四十多岁的生产队副队长，也没什么嗜好，他唯一的爱好就是养鸟。可是冀中平原树稀林少，飞禽珍鸟难光顾这里。有时偶尔飞来一两只黄雀、长尾巴拉儿什么的，让王得财见了心里直发痒，那婉转的鸟语，纤长的尾巴令他陶醉，真想有一张大网，把它们网到自家的鸟笼里，整天陪伴自己，但是要想捉到它们不是件容易的事。儿时的王得财为了满足自己的愿望，在麦收前后没少光着屁股跟着大人们，到麦地里去轰鹰巴落儿，却又常常一无所获，即使逮住一两只，也没他的份儿，王得财不过只是跟着人们过轰鸟的瘾罢了。王得财见鸟眼馋，没办法只好掏麻雀养。养麻雀也有学问，大的不能养，要养破壳后刚长出毛的。这麻雀算是鸟类里最好养的一种。三茬翎的小麻雀养不了几天就会飞了，虽然叫得并不好听，但落在手上，抖动着娇嫩的翅膀，倒也十分开心。王得财用香火把它下嘴片的尖儿烧掉，这样麻雀就不能自己觅食了，以免它吃饱飞掉，这样驯服后它就能听任主人召唤了。有时候王得财把鸟撒到房顶上，吹吹口哨，小麻雀就从房顶上飞到他的手上，十分开心。王得财饲养麻雀十分认真，不光给它吃粮食，还经常逮些蚂蚱、蜻蜓给它改善伙食。王得财上学去时，就把麻雀放进自编的笼子里，放学后第一件事就是跑到跨屋给麻雀喂食。有一次他放学回来，把书包一扔，跑到跨屋去看心爱的麻雀，没想到鸟笼已经散了架，梃杆上还沾着羽毛和血迹。不用问，是叫猫吃了。这个该死的猫竟敢吃我的鸟，他恨透了这只猫。从那时起在他小小的心灵里就埋下了复仇的种子。他把猫叫到面前，给它点鱼刺，这猫自然不知道他的用意，在王得财脚下伸着懒腰，一动不动地注视着他的手。王得财用小刀把蒜瓣削得溜尖，四面都浸出了汁液，然后把猫搂在怀里，用力把蒜瓣塞进猫的鼻孔深处。可怜这猫辣得难忍，号叫着在地上打滚儿，不住地用前爪狠抓两腮，猫脸上流出了鲜血。从此这猫见了王得财就跑，唯恐再遭毒手。

三十多年过去了，王得财当然不养麻雀了，他从城里带回两只鹦鹉，放在一个漂亮的笼子里，每天从地里收工回来，免不了要逗逗鹦鹉，这鹦鹉十分乖巧、可爱，王得财教它们简单的话语，它们都能模仿，什么“来了”“请进”“你好”“再见”之类，尽管它们没有黄雀那样婉转的歌喉，但它们的甜言蜜语令人捧腹发笑，王得财真是喜滋滋的。

王得财本来生活条件并不松快，时常紧巴巴的，屋里又有个常年卧炕的病老婆，免不了再拉些饥荒，这使他很苦恼，只有两只鹦鹉陪伴叫他开心。农村经济改革后，他见有人做小买卖，手头比他松快多了，就连在汽车站卖花生的老迷糊都比他强。王得财真是又恨又羡慕，心里不免有些发痒。要不是有这么个病老婆拖累，凭我王得财这股子机灵劲儿，我就不信比不了你老迷糊。他有些不服气，一心想发家致富。如今兴一部分人先富起来，怎么个富法儿中央没说，就凭我“得财”这个名字，要是得不了财，我宁愿把脑袋割下来，叫人当尿壶。现在要紧的是得想个富起来的法子……

一天王得财从地里回来，迎面碰上大队会计，王得财说有事商量，就和会计进了家门。进屋后，王得财看到老婆趴在大水缸上舀水，便走上前去关心地说：“你不好好躺着，怎么下炕了？”

媳妇没有吭声，王得财上前去搀，没有搀动，用力把她抱起来。啊！王得财这才发现媳妇在舀水的时候，不慎浸入水缸浸死了。王得财把她放在炕上，窝别好一会儿，媳妇也没缓过气来。王得财号啕大哭，在会计的劝慰下才止住了哭声。

“我王得财算倒了大霉了，少年丧父，中年丧妻，都叫我赶上了……”

王得财从大队里借了点钱，买了个薄皮柳木棺材，把媳妇埋了。如今没了拖累，可要想跑扯个小买卖，也得有本钱啊，钱从哪里来呢？靠从鸡屁股里抠出来的那点钱顶个屁用！

王得财站在院子里，看着左邻右舍，思绪万千……

王得财家坐落在村东边，有三间大北房，院内有一棵椿树，加上坐落在村边，这棵树有时也有鸽子、喜鹊栖息。树上的鸟儿啼鸣，笼中的鹦鹉跳跃欢叫，给这个小小的院落增加了生机。左邻是一户刚摘帽的富农，负担较轻，生活富裕。右舍是大队保管员王小黑家，两口子过得也不错。媳妇陈玉香颇有几分姿色，做姑娘的时候，年轻小伙子见了她没一个不眼馋的。也就是王得财媳妇死了没几天，保管员王小黑醉酒后在过公路时被汽车撞死了。

王得财对陈玉香本来就有几分好感，又是街里街坊，他帮助料理王小黑后事时，跑前跑后，处处为陈玉香精打细算，没花几个钱，里里外外应酬的十分得体，颇得陈玉香欢心。这对孤男寡女，一来二去就有了感情，只是各自都刚办完丧事，谁也不好开口。后来在好心人的撮合下，两家把中间的隔壁墙一拆，俩院合一个院，一溜六间大北房连在一起，院子比原来大了一倍，谁见了都羡慕。就这么着，一对孤男寡女住到了一起，两口子和和睦睦，像是一对原配夫妻。陈玉香在副业队干活，王得财弃农经商，这大概就是他唱的“蟒袍玉带不愿挂，愿在江湖走天涯”吧。据说这阵子买卖还不错，王得财没少抓挠钱。可他经什么商，卖什么货，谁也不知道。人们只知道王得财个把月回家一次，大包、小包提拎一大堆，吃的、穿的、用的样样都有，就是没见他卖过。陈玉香本来就有嘴馋、手懒的毛病，如今吃穿都不愁，一掏兜十块的票子拿出好几张，这能不叫她高兴嘛。

王得财自然也是美滋滋的。你看他二两蛤蟆尿下肚，对着他心爱的鹦鹉又亮开了嗓子——“蟒袍玉带不愿挂，愿意在江湖走天涯”，然后把小米递到鹦鹉嘴边。鹦鹉把米啄了几下抖抖翅膀，又喝点水，王得财心满意足地说：“你知道，我知道……”

3

常思明和小许进入张家桥公社已经十天了。小许第二天外出还没回来，现在只剩常思明一个人留在驻地。

常思明起床后，从水缸里舀了一茶缸水，他漱了口，洗过脸，然后打扫了院子。这院墙内有棵繁花怒放的杏树，一串串枝条从院墙内伸向院外，蜜蜂们不时飞舞着采集花粉。透过院墙可以看到村外绿油油的麦田。麦田的尽头，有一条凸出地面的公路，公路沿着麦田伸向远方，恰似一个坚实的堤坝，紧紧地把碧绿的麦浪拦住。

早晨，公路上有提篮的、挎兜的短途贩运小贩。汽车站旁有一个茶棚，是等车的乘客和小贩喝水打尖的地方。另一边有修车的、钉马掌的。这里人来人往，倒也热闹。此时，以县税务员身份出现的常思明，站在院内透过院墙，看到农村经济政策改革，活跃农村市场以来的繁荣景象，使他又想起了那个未曾见面的经商能手王得财。

对于王得财，常思明从人们的议论中和这几天摸底，已略知一二。他是副队长，却有半年多不管队里的事了，如今这种弃农经商的事，也见怪不怪，中央不是提倡一部分人先富起来吗，王得财为什么不能先富起来呢?！可是在社员眼里，人们并不这样认为，因为王得财毕竟是个干部，他理应带领大家致富，不能只管自己致富。但是财迷心窍的王得财哪能听得进人们的议论。队里、地里全见不到他的影子。常思明到这个公社的头一天，听说王得财就出发了，所以至今他们也没见过面。常思明凝视着远方，公路上长途汽车在张家桥站远远地把下车的乘客甩在后面，然后又拖着长长的尘烟，消失在一片绿色麦浪夹持的公路深处。常思明又想起那起“交通肇事案……”在押司机的陈述、王小黑的死亡的幻影……

常思明思忖着这几天在群众中进行的调查，人们尽管语言表达方式不同，但所涉及的内容和事情基本相同。至于这一带谁家丢了猪，大人小孩都说没有。人们说：“谁家丢了猪，都到队里广播站去广播。自从队里动员社员把猪圈起来以后，这一年就没听说哪家再丢过猪了。”群众反映的情况，和司机所说大相径庭，难道司机没有说实话，可是车胎上的猪血又是怎么回事呢？想到这里常思明这才感到此事真有些冻豆腐——难拌（办）了。时隔半年之久，除采取了一点莫名其妙的猪血痕迹外，其他足以扩大侦查线索的现场、遗留物一无所获。怎样才能揭开王小黑死亡之谜呢？

吃过早饭，常思明来到长途汽车站，他到茶棚要了一壶茶水，自卷了一支烟，百无聊赖地边抽、边喝、边和掌柜的聊起来了。

“你在这儿卖水有多长时间了？”

“一年多了。”

“在你这儿打尖的过往行人都熟吧？”

“差不离儿。”

常思明还想询问那位掌柜的去年八月二十三日“交通肇事案”的情况，这时一辆卡车停在路边，司机下了车，走到茶水棚灌水。常思明见是空车，遂向司机问道：“师傅，拉什么货？”

司机诙谐地说：“都是些判了死刑的家伙。这不，刚送它们上西天去了。”

常思明不解，愣愣地看着茶房掌柜的，冀从他脸上找出答案。

掌柜的笑着说："他是屠宰场的。"

常思明也笑了，忙问："这么说你常跑这条路？"

"不，有时候顶个班才跑一两趟。"

常思明忽然想起造纸厂司机供认轧死猪的事，便问道："没人押车，猪从车上跑了怎么办？"

"一般情况跑不了，要是拦网破了也保不住。去年张师傅就丢了一头猪，仨月的奖金全吹了。"

"那是什么时候的事儿？"

"大概在七八月份吧。"

"我听说有头猪叫汽车轧死了。"常思明想了想又说："不知是不是他丢的那头猪?！"

"我回去告诉张师傅，让他来找你。"

"不用了。"常思明说："一两天后我进城，我去找他吧。"

司机高兴地说："这太好了，正好这几天他休病假。"

司机灌完水，告别了茶棚掌柜和常思明，汽车拖着长长的烟尘开走了。

常思明从车站回来，走到王得财家门口，见门开着就进了院子。

"老王回来了？"常思明在院子里喊。

陈玉香听到有人说话，摩挲着两只和面的手，迎了出来："是老常同志啊！快请进。你看我这两只手……"虽说乡下人没有握手的习惯，但她依然感到有些失礼，来者毕竟是县里的干部啊！

"屋里请。"

常思明没反应。

"快请进。"陈玉香见他没有进屋的意思，又重复了一句。

"请进——我知道。"笼中的鹦鹉听到主人说请进，机械地重复一句"请进"后，又莫名其妙添油加醋地加了一句"我知道"，这引起了常思明极大的兴趣和诧异。常思明走到笼子前，好奇地观察着这只小生灵。

陈玉香含笑走到他身边解释着，又像是在客人面前炫耀鹦鹉的乖巧和主人饲养调教有方，说："这是老王心爱之物，他从小就爱养鸟。"

常思明若有所思地"噢"了一声，从米盒里捏几粒米投入笼中，算是对鹦鹉的奖励，笑着对鹦鹉说："你知道？"

"我知道。"鹦鹉又重复了一遍。

常思明差点笑出声来。鹦鹉受了惊，在笼中拼命跳跃。常思明怕它碰伤，便离开了笼子，然后回过头来，看着满脸堆笑的陈玉香说："老王不在家？"

“还没回来呢。”

常思明没进屋，站在台阶上，仔细打量着这个院落说：“这个院子倒挺宽敞，就是房子不合格局。一般是三明两暗，你们这是六间明房。”

陈玉香很是佩服常思明的眼力，到底是县里的干部，一眼就能看出其中奥秘。少顷，她有些伤感地说：“本来是两家人，只是去年我俩先后……”她有些说不下去了，“老王待我不错，后来我们就两家合一家了。”

常思明佯装刚知道这事的样子：“真不好意思……”

陈玉香豁达地说：“都过去了。”

常思明关心地问：“现在你们过得还不错吧？”

“凑合着过吧。”

“听说老王跑买卖是把好手，他跑什么买卖？”

“我也说不清。我想他不会干违法的事吧？”陈玉香对这个县税务员似乎有些警惕了。

“那当然，我是想打听一下，跑什么买卖能赚钱，我有个远房亲戚也想跑扯个小买卖，不知干什么好，我也就是帮他打听打听，所以就想起了老王同志。”

陈玉香觉得此人说话实在，便说：“你们县干部也……”

常思明笑了：“老王不也是干部吗。中央允许一部分人先富起来，还是老王有远见先走了一步。”

陈玉香听罢忙说：“他回来我叫他去找你，你们商量吧。”

常思明和陈玉香又说了会儿闲话，便要告别而去，当他走到鸟笼旁，诙谐地对鹦鹉说：“再见！”

“再见！”鹦鹉重复着又说：“我知道！”

常思明陷入深深的思考……

4

常思明从陈玉香家出来，抄近路从田埂上往回走，一边走一边思忖着“我知道”这句令人费解的鸟语。这是什么意思呢？是主人有这样的口头语？抬头一看，迎面正好碰上王得财的邻居蒋凤鸣，蒋老汉已年过七旬，但身子骨还很硬朗。大儿子原在石家庄教书，1957年被错划“右派”，被遣送回家监督劳动，在城里医院工作的儿媳，迫于无奈离了婚。后来，中央调整政策，去年摘了老头子富农帽子和儿子右派帽子，恢复了工作，眼下还是光棍一条。二儿子和女儿也都是年过三十的人了，如今也都没结婚，只因为蒋老汉一直戴着富农的帽子，没人愿攀这门亲事。现在一家四口，劳力强，花费轻，再加上大儿子每月都往家寄钱，日子过得很富裕，据说现在提亲的人踢破门坎，蒋老汉心中好不欢喜。可是近来蒋老汉突然沉默不语，见了谁都想躲着走，是什么原因，谁也说不清，自然也没人去打听。如今农村政策搞活了，干活的人多了，做小买卖的人多了，都想抓挠几个现钱先富起来，谁还有工夫打听那些张家长李家短，一个蛤蟆三个眼的闲事。常思明来到张家桥的第二天，就了解到了一些有关蒋凤鸣的情况，只是新来乍到，情况不熟不好轻易和他接触。今天老汉正背着粪筐，沿着路边拾粪。常思明觉得这倒是一个搭讪的机会，便三步并两步跨到老汉身边，想摸摸他有什么心事："蒋大爷，拾粪呐？"常思明突然发问，使得老汉又惊又喜，一股用语言难以表达的滋味在老汉心里翻腾着——"大爷"这个称呼多少年没人叫了，干部不叫，连几岁的孩子也不叫，他的名字总是和"地富反坏右"联系在一起。蒋老汉感到，本来就戴着富农的帽子，又偏偏姓这个倒霉的"蒋"字，这就叫他觉得比"地富反坏右"分子还低一头。如今摘了帽儿，人们似乎也可以叫他"大爷"了，但是出于干部之口，他还没听到过。今天这个县里来的干部，不仅叫他"大爷"，还把"蒋"字放在大爷前面。他感到姓"蒋"似乎也没什么不好了。为什么不能姓蒋呢？《百家姓》上本来就有嘛。

蒋老汉见是县里来的干部急忙搭讪道："是常……"他不知该不该在"常"字后边加上"同志"二字，舌头上打了疙瘩。他想我虽然摘了帽子，能叫县里来的干部"同志"吗？据说"同志"这个称呼是在党的人才能叫的，我蒋凤鸣算老几？我可不能自讨没趣。因此，蒋老汉把"常"字后面的话咽了回去，不知说什么好，只好说："闲着也是闲着，在家待着也闷得慌，不如出来走走。"话不投机，后面的话自然也就不好说了，说着脚不停地继续往前走。

常思明从他的眼神里，已经窥出老汉内心的忧郁和不安。常思明任凭蒋老汉不辞而别，只好看着他远去的背影，再也没和他搭话。这时常思明忽然在脑子里产生一个奇怪的联想——"趁火打劫案"结案后，他和小许回到县公安局，小许为自己第一次参加侦破获胜而高兴，在街上买了瓶衡水老白干和一包酥鱼。中午吃饭的时候，小许跑到老常屋里，说庆贺他初战获胜，俩人边吃边聊，小猫花花闻到了腥味，蹲在床边等待主人赏些鱼头鱼刺。花花目不转睛地盯着主人手里的鱼，然而主人并没有给它，而是一块块送到自己嘴里。常思明回过头来，看到花花可怜的样子，用筷子夹了个鱼头，扔给了花花，花花一口吞了下去，舔舔鼻尖，又目不转睛地盯着主人。常思明看了看猫，又对小许说："把半导体拿过来，再有十来分钟，就该播刘兰芳的《岳飞传》了。"

小许惊讶地说："你没看表怎么知道时间快到了？"

常思明把送到嘴边的酒杯停住说："你看花花的眼睛，瞳孔快缩成一条线了，这说明快到十二点了。猫的眼睛随着时间和光线而变化，长期以来我就靠猫的眼睛判断时间，误差前后不超过十分钟，不信你看看表。”

“哎呀，还真准，现在只差八分钟。”小许佩服地说：“我什么时候也能像你一样料事如神就好了。”

常思明憨厚地笑了笑说：“这不是料事如神，平时你多观察，多分析才能准确地判断事物。古人有句名言叫‘行成于思，毁于随’，这句话很有道理。”

说话间花花趁他们不备，偷偷蹭到桌边，刚要偷吃酥鱼，被常思明发现，举手佯装要打，花花受惊，眼睛里收缩成线的瞳孔急剧变化，然而这一纵即逝的变化，还是被常思明捕捉到了。

常思明想到这儿，觉得蒋老汉的眼睛里，似乎也有一种捉摸不定的忧虑和恐惧。这究竟是为什么呢？

常思明觉得，要解开这个谜，非三言两语之事，他决定从省城回来再详细了解。

下午，常思明从张家桥搭车，到城里找到了屠宰场的那位张师傅。张师傅提供的情况和在押司机的口供基本一致，他坚信在押司机的口供是可信的。那么保管员王小黑的死，就成了这起“交通事故肇事案”的关键，他本打算到地区公安局向老张汇报，可是抬头一看已经到了莲花池公园门口，脑海中又闪现出和陈玉香谈话时的情形——“我知道”，鹦鹉那奇怪的鸟语，是什么意思呢?！人们教鹦鹉学舌，不外乎“请进，请坐，再见，你好”之类。那么主人教它“我知道”是出于何种动机呢？想到此，常思明决定先到公园认真观察那些飞禽异鸟和鹦鹉的生活习性。

今天不是星期天，公园游人不多，然而在假山后面的飞禽馆前，却里三层外三层围着不少人，游客们兴高采烈挑逗笼中鹦鹉，不时发出阵阵愉快的笑声。

“你好？”

“你好！”鹦鹉机械地重复着。

“再见！”

“再见！”鹦鹉又重复了一遍。

“你叫什么？”有人问。

鹦鹉抖动着翅膀没有发声，它有些茫茫然。过了许久方叫道：“再见！”人们对这答非所问报以哄堂大笑。

常思明挤到最前面，认真地喊道：“我知道。”围观的游人，齐把目光投向他。鹦鹉抖动着翅膀，许久又莫明其妙地说了声：“再见！”

一阵笑声过后，一位观赏者戏谑地说：“看来你比鹦鹉聪明多了。”

常思明不以为然，憨厚地笑了笑，他挤出人群离开了飞禽馆，来到饲养室，这儿有一个老头儿，正在拌饲料。常思明走上前去，十分客气地说："老大爷，向您老请教个事儿。"

老人停下手中的活计没有开口，等待常思明发问。

"老大爷，这鹦鹉学舌都能说些什么话呀？"

老人笑着说："你问这个呀，这要看在哪儿养了，公园人多嘴杂，人们说什么的都有，它只能学说些简单的双字语，稍微复杂一点它就学不了啦。如果是自家养的，短一点的话兴许也能说上一两句，不过得下点功夫，一句话没个十天半月的恐怕也不行。你这么喜欢鹦鹉不妨试试。"

常思明告别了老人，就直奔地区公安局去了。

常思明来到地区公安局，小许正好和老张谈话呢，他落座后，便掏出那个锈迹斑斑的铁盒，自卷烟抽了起来。

老张给常思明倒了一杯水，对小许说："正好老常也来了，你就说说吧。"

小许说："王得财根本就没做什么买卖，他以介绍对象为名，把外省贫困地区的姑娘带到河北，从中渔利，他这是贩卖人口。"

常思明抽着烟说："你跟踪他没被发现吧？"

"没有。"

老张点了支烟吸了两口问："除此之外还有别的罪行吗？"

"我调查了几个他介绍的人家，有的女方受骗，被他奸污过……我看就凭这些，就能给他定罪。"

常思明听完小许的汇报，皱了皱眉头。心想这是什么致富的道路啊，要是叫这部分人都先富起来，这不都是犯罪吗?！于是他对王得财更加怀疑了。他想王得财一定还有别的隐私，脑海中又浮现出鹦鹉的话语——"我知道！"

常思明对老张和小许说："鹦鹉说完'我知道'后，我问'你知道？'它很快回答说'我知道'。"常思明接着说："可是公园的鹦鹉并没有这样的反应，根本不会说'我知道'这样的话语。看来公园的鹦鹉没有接触过这样的语言。那么把这两句话连起来就是'你知道，我知道'，而鹦鹉只能重复'我知道'这样的简单话语。王得财干了什么见不得人的事情，唯一的目击者就是鹦鹉，王得财做贼心虚，曾对鹦鹉说过'你知道，我知道'，这样鹦鹉就学会了。"

老张听后高兴地说："很有道理，老伙计，你可成了生物学家了。"说着转向小许说："小许同志，当侦查员可不简单，你可要好好向老常学习呀。"

小许点了点头："老常真成了中国的福尔摩斯了。"

5

“老常，侦破中的推理、演绎手段的运用，是不是也像写小说一样，可以假设和虚构？”小许看完老常的案情分析后，觉得有些情节多少带有小说的神秘色彩，于是向常思明发问。

常思明卷着烟，笑眯眯地说道：“这和写小说不一样，小说是文学作品，有些情节可以夸张和虚构。我们破案则要完全以事实为根据，以法律为准绳。要取得有根据的证据，这就要深入调查，然后去伪存真，逐步缩小侦查范围，最后破案。”

“照你这么说，那些侦破小说，对我们公安侦破工作，没有一点用处了?！”

“那倒不一定。如果你想当作家，学习人家的写作技巧和艺术表现手法，那是无可非议的，不过侦破案件，切不可故弄玄虚。侦破小说对我们开阔眼界，打开思路，对我们的侦破工作，还是有帮助的。我这次到中央政法干校学习，还特意到公安部群众出版社买了日本推理小说《点与线》《猫知道》和《福尔摩斯探案集》，我劝你抽空看一看，侦查员应该掌握多方面的知识。”

“我一定看。”小许认真地说，“那么这起‘交通事故肇事案’是不是你也运用了推理和演绎，有些地方我还是不明白。你能不能给我详细讲讲，叫我也来个理论联系实际，开开窍。”

常思明深知小许是个好学的人，遇事爱刨根问底。常思明也正想和他一起分析案情，于是又掏出那个铁烟盒，卷了一支烟，吸了两口，若有所思地说：“文学作品，作家们十分注重其必然性和逻辑性，对一些孤立的偶然突发事件，简直到了不能容忍的程度。因此，常常采用铺垫、伏笔、暗示手法。不这样他们认为不符合生活真实。其实生活中常有例外，侦查破案时偶然性和巧合屡见不鲜，突发性案件不可能有文学作品中的铺垫、伏笔。比如这起‘交通事故肇事案’，如果不是发现有轻罪重判的错误，恐怕就很难发现这是一起复杂的凶杀案了。”

小许第一次听老常说这是一起凶杀案，不由吃了一惊。但他并不以为老常是故弄玄虚，这个老常虽说像个老娘们似的，没想到在侦查破案方面竟这么缜密，他一定是发现了重大线索，不然他不会这么说。小许想，我跟踪了王得财那么久，怎么就没发现呢，还一直把王得财的诡秘行为看作是投机倒把。

常思明见小许迷惑不解的神态，笑着说：“没想到吧？”

小许诚恳地点了点头说：“你是怎么发现的？”

“这很简单，只要深入调查，就能发现问题的症结，除非没人犯罪。”

“可你对这起案件从来没说隐藏着凶杀案情啊？”

“是啊，这起凶杀案事隔半年之久，杀人现场和尸体都无法勘验了。因此只能把人们谈话中的只言片语，做些归纳演绎，然后从种种假设中运用逻辑推理。先说王得财老婆的死因，除王得财外，大队会计是他老婆死后唯一到过现场的目击者。我找会计了解情况时，据他说，当时水缸里水很满，所以就被淹死了。问题就在这个‘满’字上。你想，如果水很满，伸手就能舀到水，根本没必要把头伸到水缸里，人就不会溺死，可她又偏偏溺死在水缸里了，怪吧。要是水缸里水少，也不至于淹死。因此，她的死因很可疑。”常思明吸了口烟又说：“不论水缸里水多水少，如果没有外界的压力，或者施以强制手段，她是不会溺水死亡的。还有一个重要细节，会计和王得财把他老婆搬到炕上的时候，会计发现窗台上有一碗没喝完的水，证明了我的推理是正确的。你想，死者想喝水，伸手就可从窗台上拿到，根本不用下炕到水缸里舀水喝，这就否定了王得财对会计说的是因下炕舀水溺死的可能。”

小许听到这里，急不可待地问：“如果是王得财把老婆杀死的，那么现场肯定留下痕迹，邻居也会听到些动静吧？”

“按常情应该是这样，可当时作为意外死亡，并没报案请公安局勘查现场，那么即使当时有痕迹，现在时过半年也无法勘验了。至于邻居听到动静没有，这恐怕和王小黑的死和蒋老汉情绪反常有关。但这已无法查证了，只有王得财才能说清楚……”

小许越听越觉得离奇，怎么又跟王小黑和蒋老汉扯上了关系了?！小许一头雾水，睁大眼睛静静地听着——

常思明说：“如果把受害者的嘴堵上将其窒死，再浸入水缸制造假现场，就不会有什么响动了，这是第二点。会计只是受害者死后的现场目击者，而凶手行凶时，并没有目击者，其实当时的目击者就是鹦鹉。鹦鹉受惊后，王得财对鹦鹉说了他不该说的话‘你知道，我知道’，而且这句话成了王得财的口头语，这个可爱的鹦鹉，不但学会了‘我知道’这半句话，而且还告诉了我。如果把这些支离破碎的线索归纳起来，就可能成为某种证据，因为这些已不再是孤立的、个别的偶然事件了，它们之间有内在的必然联系，这就得出了结论：王得财是杀人凶手。”

小许点了点头。

“王得财老婆死后，紧接着又出现了王小黑的死，这段时间太接近了。按一般常情，陈玉香和王得财都正处于极度悲痛之中，可俩人很快就结了婚，那么王小黑的死就值得怀疑。根据陈玉香和大队会计说，王小黑没有喝酒的嗜好，那么死后的王小黑嘴里怎么会有酒精味呢?！”

小许突然插话："案卷上确实有王小黑嘴里酒精味的记载。"

"这是事实。我只是作为一个疑点提出。另一个疑点是，那时公路上车稀人少，司机又没有违章，王小黑酒后被车撞死就不可信，所以'交通事故肇事案'就不能成立，这是一起错案，必须纠正。"

常思明把烟蒂扔在地上，用脚把它踩灭，接着说："在押司机供述，他开车轧死猪的时间是八月二十三日下午八点左右。夏天这段时间天还没完全黑。因此，司机能看到猪横过公路，从右侧钻到汽车后轮致死的。从车胎上采取的血迹来看，证明司机的口供属实。电影散场后人们在公路上发现了王小黑的尸体。王得财对人说可能是西去的汽车轧死的。于是地区公安局调查了八月二十三日前后所有从县城返回省城的汽车，只有在押司机路经张家桥一带时与本案的时间吻合而被捕。王小黑的尸体什么时间出现在公路上，当时并没有搞清楚，加上与轧死猪的事件巧合，造成了一起错案。"

小许认真听着常思明的分析，不时提问："你是说王小黑的死和王得财也有关系？"

"是这样，至少王得财是知情人。现在我只能这么推断，至于详细情况，只好请王得财自己补充了。"

小许忙问："下一步我们怎么进行？"

常思明把笔记本合上说："王得财回来后，立即和他接触，揭露他以介绍对象为名贩卖妇女的罪行，由此打开缺口……"

## 6

夕阳的余晖，洒在万顷碧绿的麦田，不时泛起碎银般的光斑。王得财乘坐的最后一班长途汽车，已经停在张家桥汽车站了。他下了车，绕过茶棚，斜插麦田，沿着狭窄的田埂走来。他觉得这样可以避开刚收工的社员。此次归来他虽说并没少抓钱，但他心里多少有些忐忑不安了。这些天他总感到眼皮跳，这不是好兆头，会不会我干的这些事败露了呢?！他看到农村经济改革以来，社员的劳动热情确实比过去高多了，都在走劳动致富的路，他这个致富路能走多久呢?！不如早点罢手算了。

王得财走在田埂上，眼前一片一望无际的绿色海洋，他像大海里的一叶小舟，仿佛随时都有被大海吞没的危险。微风吹来，眼前恰似水花飞溅的游泳池，池里泛起簇簇浪花。那些身着游泳衣的姑娘，仿佛在他眼前闪现。那修长的手臂，隆起的前胸，圆润粉腿……曾吸引过他，使他如痴如醉。他曾用宽厚的嘴唇，在旅馆的房间，吻过多少女人的嘴唇，蹂躏过多少女人的躯体，这些被他诱骗的外地姑娘，为了摆脱家中的贫困，远嫁他乡时，曾投入我的怀抱。如果说这买卖不做了，金钱女色自然也就不复存在，我还要面向黄土背朝天地在土里刨食儿。他似乎一时拿不定主意。忽然他又想起拿蒋老汉那笔人命钱，他担心蒋老汉把这事说出去……王得财不敢再想了……

王得财回到家，把包袱交给陈玉香。她看了他一眼，似乎也感到这次他回来有些不景气，她没打开包袱查看，只是顺便问了一句："钱呢？"

王得财把涂满香皂的脸抬起来，紧闭双眼说："钱倒不少，只是今后不会那么顺手了。"

陈玉香听罢说："你到底做什么买卖？真叫人吃不准，连我也不告诉。"

王得财一边擦着脸说："这个你别操心，我王得财一不抢，二不偷，凭本事挣钱，你尽管花就是了。"

陈玉香想，他说得也对，跑买卖自然不是妇道人家管的事，不说也就罢了。陈玉香笑了笑，再也没开口。

王得财把毛巾搭在绳子上，抬头看见笼子，上前一步忙问："怎么少了一只？"

"死了。"陈玉香一边给他盛饭，一边不以为然地说。

王得财先是一愣，觉得这也不是好兆头，他若有所思地哼唱道："我好比笼中鸟，有翅难展……"

"我知道。"鹦鹉莫明其妙地说。

王得财再也没对鹦鹉说"你知道"这句话语。

"玉香，这钱先不要动了，万一买卖做不成，将来可用它放债。"

"今儿个你这是怎么了？说话颠三倒四的。"陈玉香觉得王得财情绪不对，可能是买卖不顺手，遂想起常思明那天问做买卖的事来，说："县里来了个税务员还打听做买卖的事呢。"

王得财听了不由一惊，把送到嘴边的烙饼又缩了回来问："他说了些什么？"

"想叫你顺便买点便宜东西，听口气也想抓挠个现钱，你不妨探探他的口风。"

王得财一块石头落了地，把大腿一拍："着哇！"其实他想的和陈玉香想的不是一码事。他不愿轻易丢掉现在干的行当，从蒋老汉索取的几百块钱，如今他已经成了万元户，况且还有女人受用。王得财说："我这就去找他商量，玉香拿酒来。"

陈玉香一边拿酒，一边提醒王得财："第一次见面，人家喝你的酒吗？"

"我自有办法。"

王得财来到常思明住地，不由放慢了脚步。院子里十分安静，他见房门虚掩着，定了定神提高了嗓门："常同志在这儿住吗？"

小许因为跟踪过王得财，一下就听出来人正是王得财。

常思明顺手拿起一张《河北日报》，向屋门走去："你……"

"我是这村生产队的副队长，王得财。"

"噢。久仰大名。王队长，快请进。"

常思明把他让进屋后，王得财一眼便看到一个上身着白色警服的人，不由一愣，忙说："你有客人？"

"这是我的一个表侄。"常思明指了指小许说："在县公安局工作，到地区办事回来，听说我在这儿，顺便来看看我，他想让我帮他买点便宜东西，可我哪有这个门路……"

王得财听后如释重负笑着说："这事交给我，要什么你开个单子。"

"好，王队长愿意帮忙，我就放心了。"

小许在一旁憨笑。

常思明看到王得财手中的酒瓶，笑着说："你这是要到哪去呀……"

"咱们也算是有缘，来一起喝吧。"

常思明："托你办事还让你破费，哪有这个道理。"

"这也不是特为你买的，我走到门口，见屋里亮着灯，就进来了。我这人喝酒爱热闹，你们二位又不是外人……"说着用牙咬开了酒瓶盖，把酒倒在一个碗里，然后又从兜里掏出一包花生米，右手捏了两粒填进嘴里，端起碗先呷了一口，把酒推给常思明。

常思明没有接，也没拒绝，若有所思地说："听说你前几年日子过得挺紧巴，做买卖也得有个本钱吧，这个翻身仗是怎么打的？"

王得财一听似乎话里有话，心里狠狠地骂道："这小子憋的什么屁？"当他看到常思明诚恳又若无其事的样子，也看不出有什么恶意，似乎又放心了。现在这年头谁不想抓几个现钱啊。王得财又喝了一口，话就多起来了："咳，我这也是耳挖勺里炒芝麻——小鼓捣油。随便借点就够倒腾了。"他回答的轻松自然，如果你不注意，几乎听不出这个"借"字来。

尽管常思明有些漫不经心，但是这个"借"字，一瞬间已经在他脑海里扎了根。"看来老王是个快活人。听说半年前你还有件腻歪事儿？"

"咳，别提了。老婆在水缸里淹死了。"他有些不愿再提这件让他伤心的事儿了。

常思明给小许使了个眼色，小许走出屋门后，常思明又问："是舀水时出的事儿？”

王得财低头故作伤心状“嗯”了一声。

“听说窗台上有一碗水，她怎么还到水缸去舀水呢？”常思明的声音似乎变得严肃起来。

王得财越听越不对劲儿，下意识抬起头来，看了看常思明严肃的脸。这时小许又出现在门口，常思明问：“人来了吗？”

小许回答道：“在隔壁等着呢。”

王得财一头雾水，丈二的和尚——摸不着头脑。他的思绪紊乱，两眼木然，他已经意识到今天是凶多吉少，这使他又想起死去的鹦鹉，肯定不是好兆头。还没等他理出头绪，常思明又发问了：“你老婆到底怎么死的？”

这句话犹如惊雷轰顶，在王得财的脑海里炸开了，他再也无法自圆其说了，颤抖着宽厚的嘴唇说：“你们是……”

“我们是县公安局的！”

王得财下意识“啊”了一声，手一抖把盛酒的碗碰倒了，酒洒在炕上，散发出一股刺鼻的气味。

“我，我……”王得财舌头上打了疙瘩。

“你说吧！”

王得财听到这句不容分辩的话语，不禁打了个寒战。他抬起汗淋淋的头，两眼闪动着一缕绝望的光。当他的目光和常思明的目光再次相遇时，他真的感到一切都完了。

常思明见王得财被征服了，他再一次提高嗓门：“你说吧！”

王得财擦了擦汗，开始供述：“是我杀死了我老婆……”

“说下去！”

“我怕邻居听见，用毛巾把她的嘴堵上，然后浸死在水缸里。后来，后来，我把会计叫到我家，是为找个目击证人。”

常思明问：“这和你‘借钱’做小买卖有什么关系？”

王得财听了不由一怔。

王得财刚要顺着常思明的发问回答，突然听到常思明又转了话题。王得财呆若木鸡……

“王小黑死前你和他喝过酒吗？”

“没有。”当听到王小黑三个字，王得财惊恐万状，此时他想，他们什么都知道了：“我，我……”

这时常思明却一反常态，似乎显得格外平静温和，就像和老朋友聊天一样坦然："你只要把细节做些补充就行了，其他的'你知道，我知道'。"

王得财又是一惊，心中暗想："这家伙连鹦鹉的口供也搞到了，这个该死的鹦鹉把我出卖了。"他第一次咒骂这个可爱的精灵。

"我说，我全都交代……"

事情正像常思明预料的那样——

王得财看上了陈玉香，就生了邪念。于是先把病老婆除掉，他觉得如果唆使陈玉香离婚，不一定能达到目的，即使得逞一时，留下王小黑这个仇人迟早会败露。况且王小黑确实问过那天他老婆的死因，可能他听到了不该听到的隐情，于是一不做二不休，干脆把他除掉。老婆死后没几天，他从蒋凤鸣家偷了一根木棍，趁那天晚上公社演电影，王得财得知王小黑从队里回家，躲藏在一个地方，趁其不备，用木棍猛击王小黑头部，这一棍正好打在太阳穴上，王小黑当即昏死过去。王得财把他背到蒋凤鸣家的鸡窝上，又用棍子捅了捅鸡窝，鸡受惊后"咯咯"乱叫。屋子里蒋凤鸣和儿子听到鸡叫夺门而出，看到有人偷鸡，抄起王得财放在门口的木棍，照偷鸡人身上就打，那人竟一动不动，才知出了人命，不知如何是好。王得财听到吵闹声，急跑过来扳起偷鸡人察看，惊道："啊，这不小黑吗？"

王得财用手试了试小黑的气息，惊讶道："大叔，不好了，没气了。"

蒋家父子惊呆了，蒋凤鸣急得两腿一软，"扑通"跪在地上哀号说："队长，这可怎么办？俺可不是成心的，你得给俺说句公道话呀！"

王得财见事已奏效说："大叔，您老别急，这事也怪不得你，街里街坊的，谁叫他生邪念，这也是老天有眼，他自作自受。"王得财又安慰蒋老汉道："大叔，我倒有个办法……这事要是想了结喽，恐怕得花点钱。"

"队长，你快说，只要不吃官司，花多少钱都行。"蒋凤鸣诚恳地说："我这富农的帽子政府刚给摘了，要是再扣上个杀人犯的帽子……"蒋老汉说不下去了，竟然哭出声来。

"大叔，你别说了，这事儿你知道，我知道，给他嘴里灌点酒，趁这会儿人们看电影去了，把他背到汽车道上去，等电影散场后人们在汽车道上发现，就说是喝醉酒后汽车撞死的。这大夏天的人一埋，两三天就烂完了，连查也没地方查了。"

电影放完后，人们纷纷回家时在公路上果然发现了王小黑的尸体。一传十，十传百，不大工夫就传到了陈玉香的耳朵里了。她听说丈夫死了哭了好一阵，免不了找队长兼邻居大哥想办法。王得财热心地为陈玉香操办了丧事，深得陈玉香好感，和陈玉香结婚后王得财又从蒋凤鸣处捞了一笔钱，开始跑扯贩卖人口的

"小买卖"了。

小许见常思明把材料整理完后问："老常，你说王得财从发家致富导致犯罪，是什么性质的问题？"

常思明说："什么性质？情杀、诈骗、诬陷、诱奸、拐卖妇女……既有刑事的，也有经济的，还有政治的，他是五毒俱全，一样也不少。"

"政治的？"小许疑惑地问。

"他破坏农村经济改革，这不是政治问题吗？"常思明语重心长地说，"中央指示允许一部分人先富有起来，可是王得财的致富道路，国家能允许吗？如果说任其泛滥，我们的国家会成什么样子，这难道不值得深思吗"？

小许诚服地点了点头，陷入了深思。

第二天，当太阳升起的时候，常思明和小许，踏着田间小路迎着朝阳向县城出发了……

原载《参花》1983年1月号

《承德市报》连载于1986年9月27日

## 第二节　小说《鼾声如雷》的灵感来源

因鼾声无眠引发的创作灵感——

公安部组织部分干部到北戴河休养所休假，休养所小楼前廊后厦，居高临下，地处海边，站在室内能看到波浪滚滚的大海。没想到我的同屋老兄鼾声如雷，吵得我一夜无法入眠。"文化大革命"后国家恢复职称，忽想起落实知识分子政策之难，犹如干打雷不下雨，联想到"今夜无眠"的困境，遂创作一篇小说，题为《鼾声如雷》，全文附后——

### 鼾声如雷

一向与人无争的任琪，一反常态，决定要求到休养所去休假。按中央政策和所里规定，这本来是天经地义的事情，没想到却成了地质研究所的一桩难题。年老的研究员当然要去，年轻的劳模也要安排，还有那些领导干部……怎么办？任琪这次下定了决心——力争。难道任琪真的有那么大兴致去休假吗？其实不然。他想利用这仅有的十天时间，把关于《地震活动与地震预测》的学术论文赶写出来。

50年代他从部队转业后考入北京地质学院，毕业后从事过一段时间的地质勘探工作，后来随着日月的流逝，年龄的增长，他告别了勘探队员的帐篷，在研究所的大楼里重扎营盘，开始了地质研究生涯。邢台地震后，他从报纸上看到地震给人类带来的危害，于是想着把地质结构研究和地震预报结合起来加以比较研究。1976年7月，凭借多年研究积累的经验，他测出华北地区将有地震发生，尽管尚无把握完全肯定，但在科学工作者的良心和对人民的责任感的支配下，任琪还是把他观测的资料报告了有关部门。可是当时，他的意见不仅受到冷落，还被扣上破坏“反击右倾翻案风”的罪名而受到批判……

但他并没有被打倒。继续查阅中外资料，对地震的活动、地震结构、地震预报以及有关地震前兆的复杂现象和奇异反应，进行了深入研究和观测。党的十一届三中全会后，他向国家地震局呈报的研究提纲，受到关注和重视，他打算尽快把《地震活动与地震预测》的论文写出来，争取冬季在国际学术讨论会上进行讨论。因此，他决定去海滨休养所，以劳代逸，以摆脱家中斗室的拥挤和纷杂事务的困扰，专心致志地撰写他的论文。

几经周折，任琪终于被批准去休养所休假了。海滨休养所与家中最大的区别是环境幽静、卧室舒适。洁白的床单，罩在略有弹性的钢丝床上，躺下去想必比木板床舒适。任琪把旅行包用力往床上一放，那提包像触在弹簧上，颤动了几下，证实了他的判断，他的脸上似乎绽出了笑容。他把洗得褪了色、袖口和下摆已经开绽的灰色涤卡制服，挂在暂时属于他的那一格大衣柜里。他走进卫生间，又意外地发现梳妆镜后面也有三个格子，于是他把本来已经放进床头柜里的洗漱用具拿出来，放进最下面的一格里，让它们各得其所。他想，将来一旦单位的住房解决了，我也做一个，免得东西放在窗台上有碍整洁和观瞻。一头沉写字台，这是任琪最为倾心的，多少年来他一直想购买一张，因房间拥挤无处放置，只好作罢。桌上有一个热水瓶，他提了提，水是满满的，这里的一切，都使他感到欣慰和满足。

晚饭过后，任琪一人独自在海边漫步。他凝视着茫茫的大海，思潮起伏，大海为什么会无风而起三尺浪呢？潮汐、地球运转和地震也有关系吗？他坐在岩石上，这岩石不像电影里那样陡峭而千姿百态，这块巨石像一个卧在沙滩上的长面包，大概是海水冲击形成的，也许它原来就有裂痕？这与地震的形变和地震结构难道也有关系吗？远处传来的阵阵喧嚣打断了他的遐想。他侧目望去，只见从一座座别墅和休养所涌出一簇簇人群向海滩走来，个个脸上带着笑容，迎着扑面的海风，漫步在潮湿、柔软的沙滩上。人们陶醉于大海的宝藏之中，有的拿着海浪送来的颗颗贝壳，精心从中挑选着自己的心爱之物。据说这贝壳经过精选加工，可制成千姿百态的灯座、烟具等工艺品。可是这些人，多是出于好奇，拿回家去，证明自己的海滨之游后，也许就顺手扔掉了。任琪并无这样的兴致，他在开拓着自己的乐园，沿着小径向休养所走来，曲折幽静的小径，投下他颀长倾斜的身影，牵动着他那瘦削的身躯。他想，今晚美美地睡上一觉，明天把资料放在写字台上，摊开厚厚的文稿，就可以专注地工作了。多么可贵的十天呵！应该充实文稿中水氡含量的异常变化、地磁场的短临变化，以及地电阻率短期加速等论据。时间允许的话，再做些文字上的修饰和润色。

任琪一边走着，不时思考着自己的种种安排和设想，这是一个万无一失的计划。当夕阳消退的时候，他已经踏上了休养所的二层小楼。一踏上楼梯，就听到甬道上传来清脆的“跳马”的喊声。他正要移动另一只攀上楼梯的脚，被这突如其来的喊声惊得一怔，险些跌下楼梯。恰似重力的马蹄扣在心上，他迎着万马奔腾、浓烟翻滚的疆场走来，又听到“钓主！”一声呐喊，任琪又是一怔，瞬时间，脑海中思考的水氡动态和地震活动性图像变化在他的脑海中凝固了、静止了。

休养所小楼，既无亭阁，也无画廊，朴素无华，适用大方。前廊、后厦十分宽畅，墨绿色的纱窗，能把偷袭的蚊蝇阻挡在室外，坐在甬道里可以享受四面来风。晶亮的落地玻璃窗，能遮风挡雨。

任琪绕过烟雾缭绕的“疆场”，走到后厦甬道。这儿虽说比前廊窄些，但没有浓烟，也没有呐喊，显得空旷、静谧。他站在窗前，任凭海风吹拂、浸润。他撩了撩吹乱的、夹着银丝的短发，在狭长的甬道中踱步。当他走到自己住室的门前，见室内已亮起了灯，这才想起同屋的那个旅伴。他推开纱门，一眼便看见写字台上已堆满大包小兜等什物。一个细高挑儿的汉子，正伏案算账，点钞票。看来这是个算账的行家里手，不一会儿工夫就清点完毕。任琪对算账是深感头疼的，在家时轮流收十来户几百元的房租、水电费，没有一两个钟头是无法算清的，他常常弄错而自掏腰包。此时他不愿打扰对方，静静地坐在自己床上，摸出一支烟，准备点燃。那汉子把余钞装进衣袋，抬起头来，笑容可掬地递过一支过滤嘴“凤凰”：“来，换一支。”

任琪没接，礼节性地挪动了一下臀部。钢丝床受到压迫和扭动，发出琴弦般的脆响。他举了举夹着烟的手，谢绝了。那汉子没再谦让，自己点了一支吸起来：“我是局里的采购员，在机关食堂见过您……”采购员用夹着烟的手，指了指堆在桌上的物品，“都是给别人代买的，干我们这一行，一侍候不到就得罪人。”他吸了一口烟又说：“以后需要什么，尽管说话。”

“我，我……”这个过去颇有几分口才的任琪，第一次听别人谈论商业经，一时不知说什么好，舌头上打了疙瘩。

“说真的，您，我早就听说过。”采购员笑着说，“爱提意见，疾恶如仇……可又有什么用呢？”

的确，任琪的意见多被人嗤之以鼻。他虽无宰相之腹，随着年龄的增长和慢慢看破红尘，肚子里也能装些事了，因此腹部逐渐发达起来。他想，没想到我已沉默这么多年，在人们心目中，如今还有一丝记忆。在任琪看来，眼前这个房客，虽有着一般采购员的世俗，谈吐中却不乏一点儿正义的渴望。

“就拿这次休养来说吧，明文规定照顾三十年以上工龄的老同志……”他停了停说，“吃饭的时候您看到了吧，那个胖女人带着个小胖子……”

“嗯。”任琪应了一声。

“那是局里P处长的老婆和小儿子。”说到这里，采购员露出轻蔑的神情，“说是陪儿子养病，其实呢，那小子刚从公安局放出来，到这儿来是为避人耳目。更可气是还住单人套间，空调、沙发，电视，样样都有。哪儿说理去呀！”

要在过去，任琪准能拖住那个胖女人问个明白，可是现在他只是翕动一下嘴唇，却说不出话来。

沉默了一会儿，任琪若有所思地点了点头。但他不愿再把自己置身于愤懑的气氛之中，他把烟蒂捻在烟灰缸里，指了指那张空床问：“这位同志……”

“哦，快回来了。”采购员又慷慨激昂起来，“他是局里的小车司机，论工龄也不够格，给头头开车，眼下又有这么个机会，也就照顾了。”看来他对小车司机来海滨休养并无太大的反感。说话间胖司机走进房间，哗啦啦，把足有二三斤的战利品——贝壳、海螺统统倒在写字台上，亮开破锣般的嗓子说：“你们看，收获不小吧？”他拿起一个小贝壳说：“这儿的老乡说，这种贝壳拿到工艺用品商店卖三块钱一斤呢。”

一听到买进卖出，采购员又打起了精神，也凑到写字台前，拣起一个端详了一会儿，觉得并无令人叹服的特征，便扫兴地放在桌上。

“别走哇，还有新鲜的呢。”胖司机从塑料袋里抓出一把绿莹莹的海菜，依然摊放在桌上……

任琪看到写字台上堆满大包、小兜、贝壳、海螺……思考着明天办公桌如何启用，遗憾的是这张桌子，并不像大衣柜那般是天然的自治区域。

休养所虽不是宾馆，但每个房间也都是两人的标准间。仔细一看这间卧室怎么有三张床呢？这要从任琪申请休养时说起。尽管任琪符合休养条件，但因“意见篓子”的历史问题不被人待见，自然把他的名字锁在了意见箱里了。又因这次他坚持不懈要求休养，无奈只得将他的床位安排在和司机、采购员一起的非标准房间了，以示照顾。

深夜，任琪躺在床上，月光透过雪白的丝绸窗帘投进室内，本来入睡很快的任琪，此时毫无睡意。是思念爱人和孩子？年近半百的任琪，哪里还有那种脉脉柔情。是休养所吃住不好尚不适应？这儿开饭进食堂，睡觉钢丝床，比在家淘米切菜、斗室木床舒适多了。真正使他不适应的是身旁如雷的鼾声。多少年来，他深居简出，从未离开过“草堂三舍”（卧室、客厅、书斋兼用，任琪把仅有十五平方米的自家斗室称为“草堂三舍”），没想到刚冲出禁锢，又陷入烦躁的困扰。任琪侧目张望，只见胖司机微张的嘴巴和翕动的鼻翼，轻松自如地发出雄狮一般的吼声。一阵紧似一阵，一声高过一声。每当胖司机声嘶力竭之时，又和入一个刺耳尖啸的哨音，似闷雷从头顶掠过，余音缭绕，伴随着飘忽的浓云传向远方……然而余音未止，鼾雷又由远而近滚滚而来，起伏跌宕……采购员呢，他蜷曲着干瘦的身躯，显得力不从心，嘴唇微微隆起，咕噜噜深吸一口，又从圆唇中呼出管乐声，恰当地和入胖司机鼾雷的间隙，仿佛天才的乐师，精心配器的乐队。如此周而复始，任琪怎能入睡呢？这难道也是知识分子天生的怪毛病吗？

任琪本来是能吃善睡的，他眉上的伤疤就是在朝鲜战场行军入睡时摔伤的。他从朝鲜回国后，在部队机关当保密员时，“肃反”运动正向纵深发展，因他经受过战争考验，自然立场是坚定的，组织上派他和另一位同志负责监督看管有特嫌的保密室主任，为避免发生意外，吃饭睡觉寸步不离，对其一举一动，一言一行，甚至入睡后翻身梦呓，都要一一记下、一一汇报。几个月后，问题查清了，纯属子虚乌有，保密室主任不仅官复原职，还提级晋衔。而任琪却因长期提心吊胆，睁一只眼闭一只眼入睡，留下了后遗之症。他睡觉时惧怕有人在旁吃东西、翻报纸、说话，总之他怕一切声音。睡觉之轻，他能听到同屋人的呼吸声。最使他头疼的是那毫无节奏感的磨牙、呱嗒嘴、打鼾的噪音，每每听到就心烦意乱。

任琪经历着这鼾雷的磨难，他把被子拉开，鸵鸟似的把头埋进被子里，极力克制着自己的情感。他开始默默地数数儿“一、二、三……一百七十七,一百六十八”。他数错了，汗水湿透了枕巾，那沉闷的鼾雷，丝毫也没有因为他拒绝聆听而减弱，依然无情地进入他的耳鼓，刺激他的神经，搅乱他的思绪……他真想把胖司机推醒，但是他不能，弄不好会招来“臭”知识分子穷毛病的闲话。他翻了个身，有意让钢丝床发出脆响，他以为别人听到这声音，会清醒，会息声，然而这是徒劳，不过是在鼾声乐章中，又和入一个打击乐音符。

“哼——咳！”任琪拖腔拿调地控制着自己的音量，从口腔中，从鼻孔中，迸发出两个单调而沉闷的咳嗽声。任琪咳嗽后，自己也觉得可笑、可悲和不可思议。他的咳嗽果然奏效了，胖司机下意识地转动了一下身躯，但是身体还没放平稳，从口腔中又响起更大的“雷声”。任琪想，政治上搞错的、划错的都已昭雪、平反了，可因监督“特嫌”分子留下的后遗症却伴我终生。任琪隔窗望明月，耳听鼾雷声，这“雷声”仿佛是地震前隆隆骤起的，他置身于震源之中。

经过一夜鼾雷的困扰，以及对夜的条件反射的恐惧，任琪感到头昏脑涨，他本来打算饭后伏案撰写论文，现在已精疲力竭，头脑空空。什么地磁场短临变化，动物习性异常，都被鼾雷轰得不知去向。他担心计划落空，枉过十天，呆望着堆在写字台上的大包小兜、贝壳和海螺。本来逗人喜爱的绿莹莹的海菜，也令人感到厌恶，更何况它还散发着一股咸腥气味儿呢。这些什物不知羞耻地躺在写字台上，不分昼夜地沉睡……

“老任，不出去转转，买点儿海味？”采购员吃完早饭，用火柴棍剔着刚刚嚼过酱牛肉的黄稀的牙齿，还没进屋就亮开了与他瘦弱身躯不相称的嗓子。

写字台的占领者，看来又要有增无减了。任琪验证着自己的判断，听到招呼回过头去：“哦，哦，我想再睡一会儿！”

“难得海滨一游。”采购员不解，操着自来熟的老朋友口吻，打动着对方，“这么好的天气，您怎么关在屋里睡大觉？”

“我，我……”任琪一肚子苦衷难以言表。

采购员打量着精神萎靡的任琪，似乎明白了：“哦——没睡好。”采购员指了指胖司机的床：“他的呼噜真吓人。”

任琪露出一丝苦笑。

“休养所不是征求过意见吗？”采购员献计地说，“请他们调换一下房间，和不打呼噜的住在一起。”

任琪没有反应。

“您不好说，待会儿我去帮您说。”

胖司机拎着汗衫，一只手拿着如同抹布般的手绢，擦着和头一样粗的脖颈上的汗，喜气洋洋地跨进屋门，看来他的精神很好：“你们打算到哪儿去逛？”见没人搭话，他又说：“任师傅，你可快走运了。”

任琪觉得这个称呼很刺耳。他想自己一夜没睡，简直是遭罪，何运之有？任琪没有开口。

“我给你透个信儿。”胖司机打着饱嗝，嘴里喷出一股泡菜的酸味，“你给国家地震局捅的那个材料，新来的郑书记看了……”

“是不是……”采购员不知任琪捅的什么材料，有些替任琪担心。

“前几天我去接新调来的郑书记，他一边看材料，一边点头，还问我认识不认识你。我说是所里有名的‘意见篓子’。”胖司机揶揄地笑了笑，一仰脖子倒进半杯水，在嘴里咕噜好一阵，才吐在痰盂里，“现在忍气吞声多年了，没多少人记得他了。郑书记说，‘任琪工作不是很好吗？’我说工作好有什么用，没人买他的账。看郑书记的神色，任师傅，你要走运了。”说完胖司机拿起塑料袋，向门外走去，也许他又要拣海菜去了。

任琪斜卧在床上，梳理纷乱的思绪，他想稍事休息，然后开始工作，当室内完全静下来后，他却瞌睡起来……“叭”的一声，从前廊传来“跳马”声响，又把他从梦中惊醒了。他真后悔来这里休假，为什么没考虑到这异常的变化呢。此时他的思绪陷入十分矛盾的境地。他想回去，又怕招来更多的闲话。那些无所事事的人，不是天天在你脚下闹地震吗？适应一下再说吧。他改变了原来的计划，决定上午睡觉，晚上工作。他把前廊后厦的门窗牢牢关上，然后又拉上窗帘，把阳光和“跳马”“钓主”之声，限制在最小的范围，重新倒在比木板床舒适的钢丝床上。

任琪的房间一直没得到调整，这是他预料之中的，他没有期望，也就没感到失望。他调整了作息时间，前廊有的几张下棋和打扑克的桌子任他选用。夜晚他把桌子放在灯下，灯虽然高了些，但比家中15瓦的灯泡还明亮。此时他正在把十几年的心血，用几天的时间，重新组合起来，倾注在稿纸上……

九天过去了，又是一个早晨，任琪吃过早饭回到自己的房间，依然拉好窗帘，关好门窗，倒到床上。随着屋门“吱”的一声，走进两个人来。为首的是采购员，后面跟着一个领导干部模样的人。任琪见有生人进来，礼貌地坐了起来。

“老任同志，新来的郑书记看你来了。”采购员一反常态，尽力把声音压低，使人感到深沉、中肯。

“你就是任琪同志？”

任琪站起来点点头。

“我叫郑直。”说着他伸出宽厚的手，握住了任琪筋骨凸露的手，“新官上任三把火嘛，和大家见见面。”郑直尽力使谈话的气氛活跃起来。

任琪把椅子推给郑书记，没等他落座，自己先坐在了床上。他不知新来的郑书记光临，对他将有怎样的评价。他似乎又清楚地知道，每每领导找上门来，总是掐尖掰权地教诲一番：“遇事要和群众商量嘛，不能只搞个人冒尖儿，这样要脱离群众的咧。”其实任琪只不过不愿滚入无所事事的浑流中罢了。领导的批评无疑是正确的，有谁听说过自己的上级说话是错误的呢，这无意又鼓励了那些多事之人拨弄是非、闹地震的热情，他对种种冷遇一筹莫展，从此守口如瓶，最终成了“群众脱离他”。此时任琪一时弄不明白郑书记的意图，于是不卑不亢，面无表情，等待郑书记进一步开导。

“你那篇学术论文提纲很有见地嘛。”

任琪耐心地等待着郑书记开场白结束后，“但是”后面那些曾使他多次陷入困境的字眼。然而出乎任琪的意料，郑书记说：“国家地震局决定，让你参加今年在青岛召开的国际学术讨论会。抓紧时间准备吧。”任琪听到这个消息本应欣喜若狂，然而现在他却丝毫不为所动。

郑直见任琪没有反应。

“任琪同志有什么困难吗？”

“这几天他正在赶写……”不知采购员是出于同情，还是替任琪反映调房间的意见遭到冷落而不快，有意在领导面前告状，“眼睛都熬红了……”

郑直打量着这位在领导面前无力扮笑的任琪问：“是休息不好吗？”

“今天郑书记要是不来，这会儿他就睡觉了。”

“身体不好？”郑直又问。

“他怕打呼噜。”采购员说，“只好黑白颠倒了。”

郑书记轻松地说：“给他开个单间，保证他休息好，抓紧把论文写出来。”

“北楼的周转房，早在一个月前，P处长的老婆就带着小儿子住进去了。我给休养所反映，把老任调到不打呼噜的房间去，所领导说研究研究……”

“乱弹琴！”郑直有些激动了，“竟有这样的事，中央一再指示，要尽快落实知识分子政策，我们连给怕打呼噜的同志调一下房间都解决不了，还谈什么搞‘四个现代化’。”

“郑书记。”任琪没想到新来的郑书记如此动感情，再也不能沉默了，“不用费心了，今晚我能写完，明天该回去了……再说政治上我没有需要落实的问题。”

郑直听了任琪这番话，像打碎了五味瓶，心里着实不是滋味。落实政策难道只限政治问题吗？但他不好当着下级的面开口。郑直一把抓住任琪的手，用力握在自己的手里，许久……他甩开任琪，穿过宽阔的、回荡着“跳马”声的甬道直奔休养所所长办公室去了……

任琪呆望着郑直消失在甬道尽头的身影，脑海中又映出地震活动性图像的种种变化，地电阻率在加速，他仿佛听到了临震时隆隆的轰响……

原载《西湖》杂志

## 第三节　小说《好闷热的天哟！》的灵感来源

在公交车里闷热难忍时产生了创作灵感——

北戴河是避暑胜地，中央单位大多在北戴河都有休养场所。盛夏，又一次我来到公安部驻北戴河办事处（对外称休养所）休养。第二天，群众出版社的同志打长途电话告诉我，山西北岳文艺出版社发来一封电报，邀请我去太原参加笔会。来北戴河时是部里安排集体购买往返火车票，如若中途离开，只能自己购票。我决定到秦始皇岛火车站购票。暑期这里一票难求，我在乘公交车返回休养所时，车上乘客拥挤，车内散发着一股股酸臭汗味，因“闷热难忍”顿生灵感，路上构思一篇，以颂扬老一辈革命者战争年代为党立功，兼或批判时下党风不正为主线的小说《好闷热的天哟！》，全文附后——

## 好闷热的天哟！

“他醒过来了。”

一个陌生女子柔声细气的说话声，隐约飘进他的耳鼓。

这话语像是对别人说的，又像是对他说的。在他的意识里，不曾和这样的女子有过交往。他试图睁开双眼，看看是在什么地方，然而眼睑像两扇生锈的铁门，沉重的难以启开，眼前一片漆黑……

值得庆幸的是，他的意识还算清晰，这使他感到周身不适。心区一阵阵疼痛，呼吸闷闷的，四肢像灌了铅一样沉重。这时他才意识到，自己大概是躺在床上。

那女子的话音刚落，耳边又响起衣服的摩擦声，他以为有人走近了他的身边，这声音停止后，有人发出一声叹息——

“继续观察吧！”

他或许已经意识到是躺在医院里，这使他十分惊诧。

他静静地躺着，周围的一切——阳光、色彩、大地、蓝天都隐匿在沉重的眼睑后面，只有那紊乱的思绪，还在顽强地编织着梦中久已逝去的幻影……

他终于实现了多年的夙愿。

他到过很多地方，用他的话来说，有人的镇，有井的村，都有他的足迹，总之他跑了大半个中国，战争年代嘛，南征北战自然是常事，然而让他感到遗憾的是，没见过真正的大海。

电视屏幕上的大海，惊涛骇浪，白帆点点，令人神往，引人遐想。大海究竟是个啥样子，他不甚了了。有人说海水是咸的，他说那么大的海，搁上十斤八斤的盐，能咸吗？他不信。

他想，也许每个人的口味不同，不亲口尝尝就别下结论。

这天，单位组织离休老干部去海滨休养，他像个孩子似的一夜没睡好。第二天拎着老伴为他准备的简单行装就出发了，临上车前老伴还担心地说：“你有心脏病，一个人出门行吗?!”

“怎么不行。”他笑着说：“我这病情绪好的时候没事，看看大海，散散心，兴许还会好了呢。”

噢，他真的看到了大海。一望无际的大海水天相连，那波涛汹涌澎湃，咆哮着滚滚而来。他沿着海滨小径流连忘返。

海水浴场人声鼎沸。红的、黄的、绿的、蓝的，各种花色的游泳衣，裹着白色的、黄色的、褐色的和黄白色的肉体在海滩上攒动，在浪花中翻腾，衬托着岸边簇簇色彩缤纷的阳伞，像一幅色彩斑斓的油画。他想走进画卷，为画卷增添一点色彩。然而遗憾的是，他的衣着，他的肌肤颜色，实在太嫌灰暗和无光泽。他终于却步而止，望海兴叹。

海真大呀，听人说地上有什么，海里就有什么。他真想一头扎进大海看个究竟。他相信关于大海里有龙宫的传说，但不相信海里会有树木和庄稼生长。因为这植物长期泡在水里会淹死的，像谷子、高粱、玉米什么的，能长期泡在水里吗？他对这些庄稼再熟悉不过了……

一个巨浪席卷而来，冲击在岩石上，飞溅的浪花，洒在他的身上，仿佛下起了倾盆大雨……

雨，越下越大，天空黑沉沉的仿佛一口漫无边际的被捅漏的铁锅吊在头顶，无休止地向大地倾泻着，大地一片汪洋，房屋冲倒了，一株株尚未成熟的高粱，在水中挣扎、摇曳……

大雨停止了，洪水退去了。田野上留下一片片腐烂、枯黄的残根败叶。这一年颗粒未收，他小小的年纪就尝到了饥饿难忍的滋味。十几岁的他，告别了亲人，背井离乡，到很远的地方串村乞讨。一座不算太高、太大的山上，有一座只剩颓垣断壁的古庙，成了他的栖身之地。白天他下山行乞，夜晚和老鼠为伴。他病倒了，几天没有下山，病痛和饥饿使他已无缚鸡之力。几只硕大的老鼠，在他身上跳来窜去，他无心驱赶，这老鼠更加有恃无恐，借他的体温栖息在他的身下，“吱，吱”叫个不停。

雪花从庙顶的洞穴中飘落在他的身上，他想这场大雪过后，也许自己就告别了这个世界。他下意识翻转了一下身躯，只听“吱”的一声，一只老鼠压在他的身下，他拿在手中厌恶地正欲扔掉，不知为什么，手停止在眼前，他看了好一会儿，终于把它送到了嘴边……

他想起那场大雨给他带来的不幸……

他旋即离开了岩石和海浪，沿着海边走来。这儿也是一个海水浴场，有同样的防鲨网，然而遨游者却寥寥无几。海滩上筑有几幢别致的小楼。靠近大海的一边，有宽敞整洁的走廊，走廊中设有几张精致的圆桌，桌上放着饮料，几位上了年纪的老者，披着浴衣在下棋、在攀谈、在啜饮。

有人说海水是咸的，这是真的吗？他见这里游人稀少，便向浴场走去……

“站住，不准进！”

他愣愣地停住了笨拙的双脚，抬头看了看眼前这位阻拦者。站在他面前的是一位二十出头的青年，他身着武警制服，红色的肩章上有一宽两细的黄杠。他当过兵，知道对方是一名中士。他似乎对中士有些不屑一顾，径自朝海边走去。

“站住！”中士提高了嗓门，“干什么？”

“尝尝海水是不是咸的。”他笑着说。

“这是首长浴场，闲人免进。”

“我还没喝海水呢，怎么就成闲人了。”他认真地说。

“少废话。”中士对他的戏谑极为反感，“快走开！”

他重新打量着这位身穿警装的中士，军装是这样熟悉和陌生，深绿深绿的，比他穿过的军装还要凝重。他思忖着中士的话语，陷入了沉思……

“连长，他醒过来了。”班长说。

连长看了看这个衣衫褴褛的少年。嘴边上还沾着血渍和鼠毛：“哪来的这么个宝贝。”

“在山上破庙发现的。”

“给他洗洗脸，换件衣服。”连长关切地说：“到伙房弄点吃的。”

不一会儿班长端来一碗小米干饭，上面有几块腌茄皮。虽说都是凉的，但他吃着很香，连自己也不知道吃了几口饭菜就光了。他用企盼的目光看着周围的人，那目光分明是企望和要求。

“小家伙，你饿的时间太长了，不能再吃了，不然会吃坏的。”

他没说话，脸上泛起一抹自嘲的苦笑，似乎不相信这话是真的。无奈饭是人家的，不让吃也只好作罢。

他想起在一次战斗中，就是那个给他洗脸、换衣、端小米饭的班长，为了掩护他牺牲了。这是多么好的军队呀，使他永生难忘。

他疑惑地注视着眼前这位比当年班长还小的中士。

中士严肃的话语似乎没有商量的余地：“你没看见牌子上写着‘禁止通行吗’？”

“这又不是国境线，为什么禁止通行。”

“要是国境线，我就开枪了。”中士也不含糊。

“你敢。”他气得脸色苍白，嘴唇有些颤抖。“我还没见过解放军打老百姓的呢。老子当兵打仗的时候还没有你……”

吵闹声惊动了值班室的战士。几个战士七手八脚地把他拉开了，这才算平息了这场争吵。

他愤愤地离开了浴场。

他怎么样也没想到，来到海滨会惹出如此不快的事来。是我做错了什么，还是因为我的穿着不入时、太土气？不入时有什么错？他反复思忖着，一时找不出定论。

他翻了个身，想睁开双眼，看看这到底是什么所在，然而他的思绪又在他脑海中不停地闪回着往日残留的记忆——欣慰的、怅惘的，以及发生的桩桩小事交织着萦绕在脑际。那逝去的年华，生活的征途仿佛还在延续，变得越来越清晰、贴近。然而，眼前的事越来越模糊、悠远。他想认真梳理一下这紊乱的思绪，这使他终于发现自己的确是躺在医院的病床上。

他想起第一次进医院时，也是清醒后才知道的……

漆黑的夜晚，西北风呼啸着扬起阵阵沙尘，部队隐蔽在离敌人的炮楼四五百米之外的土坎后面，这里离敌人的工事也不过百米。壕沟有三米之深，宽二十来米，里面注满了水，已过冬至时节，水面上夜晚结了一层薄冰。虽说过了秋收季节，但因为兵荒马乱，人们无心收获和耕作，田野上依然残留着干枯的玉米秸、高粱茬，在凛冽的寒风中战栗、摇曳，发出扑噜噜的响声。折断的玉米秸，被狂风卷起抛向空中，转动着从空中倾泻下来，滚到隐蔽的战士们身边停住了……

一颗照明弹划破了夜幕的黑暗，把大地照个通明，接着炮楼里的敌人，打开了探照灯，巨大的光柱在炮楼四周搜寻着每一寸土地。敌人终于发现了隐蔽的部队，不停地向我军射击，我军被迫提前发起攻击。

战斗打响了，连长第一个跃出战壕向司号员命令道：“吹冲锋号！”

“是。”司号员坚定地回答。

号声响彻夜空，战士们龙腾虎跃，向敌人的阵地冲去。有的砍断吊桥的绳索，桥板摔在地上，战士们冲向桥堍，狭窄的桥面被阻塞了，有的战士不得不沿着壕沟疾跑，寻找穿越障碍的突破口。部队受到阻击，战士们纷纷跳下壕沟，攀上云梯。壕沟水深没顶，浸湿了战士们的军装，爬上壕沟的战士不顾寒风凛冽，冒着枪林弹雨向敌人冲去。突然一颗带着呼啸声的迫击炮弹飞来，在离连长和司号员几米的地方爆炸了，待连长睁开双眼，抖了抖身上的土后，才发现司号员趴在自己身上，鲜血浸染了他的军装，渐渐凝结成红色的冰屑……

“司号员，小杨子……”连长悲痛地呼喊着，没有声响，没有反应。“卫生员，快把他背下去。”

卫生员把司号员背下了火线。

几天后，他从昏迷中醒来，第一次听到一个陌生女子柔声细气的话语："他醒过来了。"

今天他又听到了三十多年前的这句话语，唤起了他对往日的回忆。

他记得那次住进医院的情景，当他睁开双眼时，看到的第一个人便是连长。连长握着他的手说："我们胜利了，我军就要大反攻了，部队马上南下，小杨子，你留在野战医院好好养伤，伤好后再回部队。"

他听了连长的话后，几次要求随部队一起南下，终因伤势未愈没被批准，从此和连长天各一方。一晃三十多年过去了。在一个偶然的机会，市政府举行茶话会，在茶话会上两人不期而遇，自然分外欣喜，当年的连长已是今天的市长。在场的人们谁也没想到他这个小干部竟和市长是老战友，令人羡慕不已。

市长看出人们的疑惑，诙谐地说："我这条命还是他救的呢。"于是给人们讲了司号员的故事。

在场的人无不交口称赞。

他确信自己是在医院里，虽然没有看到连长。但他不知道这次是怎么进了医院。在家时定期去医院检查身体或看病，那是顺理成章的，况且还有老伴陪伴左右，现在怎么会躺在一个陌生医院呢。我不是来海滨休假的吗？噢，想起来了，那天海滨浴场的不快，使他一夜没有入睡，他革了半辈子命，想尝尝海水也成了问题。那年轻的中士太不近人情，什么首长的浴场，狗屁。就是省长也不至于这样吧，何况这个小小的海滨市，不过是个地级市，当官的咱见多了。

第二天上午，他绕过浴场来到一片无人涉足的海滩，踏上一块巨大的岩石极目远望，大海一望无际，远处有两艘渔船，在浪峰和浪谷中时隐时现，恰似两片木瓢在海洋中摇晃飘荡。

他注视着远处的巨浪，想看看它是怎样地，怎样地冲到他的眼前，然而不肖几分钟眼睛就模糊了，分辨不清，哪个是他选择的浪峰了，海浪也和人的思维一样飘忽不定。眼前的巨浪，高高地把浪峰托起，浪峰升到了极限，蜷曲着又跌落下来，卷席筒般地落入浪谷，一个平静了一个又起。浪花拍击在岩石上。他下意识弯下腰，用手舀了一捧海水，像久渴的人吸吮、啜饮甘露。啊，海水果真是咸的，且有丝丝苦涩。尽管他不解个中原因，但毕竟得到了满足和证实。

他怀着欢慰的心情，沿着小路朝休养所走去，无意中来到一片绿荫深处，待他定睛一看，松墙旁矗立着一块"禁止通行"的牌子，不禁却步。他看了看离木牌有十几米的地方站着一个警卫，才转身原路返回，那警卫向他投以自豪而轻藐的微笑，他感到心灵受到了猥亵。

他回到住处躺在床上，思忖着这几天的遭遇，使他闷闷不乐。他怎能想到在这个海滨旅游区，竟有这么多的禁地，他愤愤然决心离开这个令他倾心而又令他愤然的地方，如果集体回家还要经受几天熬煎呢，他决定自己购票回家。

中午他已无心午睡，一个人乘公共汽车直奔火车站而去。到了车站一看，等候买票的地方如同海水浴场，人声鼎沸，令人心烦。他好不容易挤到售票口，售票口如同监狱传饭的小门紧紧关着，不知是票售完了，还是没开始售票。他问一位叼着烟跨坐在窗台上的青年。那青年满嘴脏话："你问我，我问谁去，我等了一天也没见他妈的开门。"

"这儿不卖票吗？"

"卖票?！"另一青年愤愤地说："票都走后门了。"

"那回去怎么办？"

"怎么办?！等立秋再说吧。"那青年狡黠地笑笑说："现在想走，想辙去吧。这鬼地方能进不能出，下次谁要再来这儿，谁是孙子。"

他听完这番话傻了眼。想辙，哪有辙呀，他决定在休养所睡几天觉，权当住进医院，只好等集体返回了。

他乘上回休养所的公共汽车，怏怏而归，路上思忖着几天来的郁闷和不快，使他更加烦闷。汽车里挤得透不过气来，散发着一股股酸臭的汗味，使他头昏目眩，一阵阵恶心。

汽车行驶了不久就停了下来，烈日炎炎把车顶晒得滚烫，车厢像一个封闭的铁桶，一丝风也透不进来，人们个个汗流浃背，不停地发问："车为什么不走了？再不开可要焖熟了。"

有人隔窗眺望，只见一辆三轮摩托车疾驶在被太阳晒得发软的柏油路面上，驾驶员和车斗里的人身着警服，不停地用话筒喊着让行人靠边行走和车辆停止运行。摩托车驶过后，驶过一辆奥迪轿车，后面簇拥着两辆闪着警灯的警车，煞是威风。这时人们才知道公共汽车停驶的原因是在过车队。因车多路窄，车队过后汽车一时开不起来，车厢闷热难忍。他再也支撑不住了，昏沉沉倒在一个乘客身上，那人刚一挪动身体，他终于瘫软在地上，车内骚动起来……

"有人昏倒了，快开车送医院。"

任凭你有多急，车只能蜗牛似的爬行。

"这叫什么事，又不是北京，过哪门子车队。"有人抱怨说。

"旅游季节这个城市过车队是常事，当官的都来海滨休假，过车队不比北京少，去年夏天就有一辆救护车被堵住，病人死在车里了。"

"妈的。这些当官的不顾老百姓死活，还谈什么清正廉明……"

他躺在病床上，胸中一阵郁闷，心口疼痛不止，头脑膨胀，有些麻木，脖梗一软歪倒在枕下……

“快抢救。”随着话音，有人在给他打针，他的嘴上扣上了一个橡胶口罩，医务人员忙碌着。

有人议论说，这个患者心脏病发作，因为交通阻塞，耽误了最佳抢救时间。在场的人无不扼腕叹息。

正在医务人员束手无策之时，病房里进来两个人。有人凭着在电视里看到的记忆，认出了为首的那位同志是省政府所在地的市长，后面那位大概是他的秘书。

市长拨开众人，走到病床前，大为惊诧：“啊，小杨子！”

在场的人对市长称年过花甲的死者为小杨子，大为不解，个个面面相觑。

“市长，你认识他？”秘书问。

“嗯。”市长痛苦地回忆着，“三十多年前，我当连长时他是我连的一名司号员……”市长有些哽噎，低沉地说：“战斗中他救过我的命……”

“市长是怎么知道这个病人是自己的战友呢？”有人无意中发问。

市长没答话。

“市长并不知道。”秘书讷讷地说，“市长来视察工作，下午在听汇报时，接到一个举报电话，说市长上街动用警车，造成交通阻塞，有人昏倒在公共汽车里……”

医护人员个个表情冷漠地听着。

“其实市长下午一直在会议室开会，可能是别人把他的车开出去了……”

市长摆了摆手，凝视着死者的脸，他怎么也想不到在战争年代给了他第二次生命的战友，在和平时期却……他自言自语地说：“养不教，父之过。是我管教不严，是我那个不肖之子害了你。小杨子，我，我……”他再也说不下去了。市长抽泣着把白色床单蒙在小杨子脸上……

众人眼含热泪，不知说什么好……

原载《江南》杂志 1999年1月收入《心声——魏军小说选》

从以上三部作品的创作可以看出，创作灵感和作家生活经历有关。有丰厚的生活积累，就能从细微生活点滴中，窥视和激发创作灵感，作家创作灵感一旦萌生，就能打开生活积累的宝库，使其在作品中发出奇异光彩……可见深入生活是创作的最佳途径。

# 第二十章　中国法制文学风雨四十年

“余致力中国法制文学创作和理论研究，凡四十年，其目的在追求促进法制文学发展与繁荣，积四十年之经验，深知欲达此目的，必须唤起广大作家，联合有志于研究中国法制文学理论的工作者，共同奋斗（仿敬录孙中山语）。”

作家的劳动是创造性劳动，就劳动成果而言，是前所未有的，没有创造性精神的作家，不能称之为作家。犹如没有创造、发明，就没有科学家一样。余在文学创作探索中四十年如一日，现将文学创作旅途留下的深重足迹呈现给读者，从中一窥文学创作与生活积累的重要和探求之艰辛——

1977年，为缅怀朱总司令创编《朱老总永远活在我们心中》电视专题片，北京电视台（即中央电视台前身）播映。

1981年9月，在北京文艺学会常务理事会上，率先提出并创立中国法制文学概念和法律与文学交叉学科理论，成为中国法制文学理论创始人。

1981年10月7日，北京法制文学研究组成立，魏军当选为组长（公安部群众出版社），副组长计永佑（对外经贸大学）、肖立军（《文艺研究》杂志社）、陈京卫（《作品与争鸣》杂志）、安兴本（中国社科院文学所）、金栋贤（八一电影制片厂）、李德堂（北京社科联）等同志。研究组就我国反映法律与犯罪的文学作品创作现状进行了分析与探讨，确定了中国法制文学研究课题和年内召开首届“中国法制文学学术讨论会”。1981年《北京社联通讯》第7期报道了法制文学研究组成立的消息。

1981年12月25日，法制文学研究组在北京文艺学会的支持下，如期在全国政协礼堂召开了首届“中国社会主义法制文学学术讨论会”。学会秘书长田丁同志主持了会议，会长何洛同志致开幕词。魏军同志宣读了题为《关于中国社会主义法制文学》的长篇论文。陈京卫、安兴本、金栋贤、喻晓宪等同志，分别做了题为：《法制内容是社会主义法制文学创作的重要题材》《论法制与文学的关系》《略论法制文学的表现手法》《法制文学与现实主义》等书面发言。在会上发言的还有部队作家顾工、电影界的王云缦、中国人民大学的季怀民、司法部的董洪范、《中国法制报》的李福民等同志。参加学术讨论会的有在京的政法界、新闻界、文艺界、出版界，以及电台、电视台、报刊记者、编辑百余人。《北京日报》《中国法制报》《文艺报》等报刊为学术讨论会发了消息和报道。中国社科院文学所、北京社会科学研究所等单位，以文艺动态形式详尽介绍了学术讨论会的情况。

1981年，魏军同志结合中国法制文学理论研究，探讨新的艺术表现手法，创作了短篇小说《心声》，同年发表在《洛神》第4期，并配发了肖立军同志《手术刀剖向何处——谈谈魏军的小说〈心声〉》的评论文章，肯定了作者在中国法制文学理论研究与创作探索上取得的成就。该刊“编后记”对小说和评论文章表示肯定并希望读者讨论。之后，《河南日报》副刊先发表《值得怀疑的手术刀——评小说〈心声〉及其评论》，后发表了河南政法干校白春庆《〈心声〉是一篇真实可信的好小说——兼与闻毅同志商榷》文章后，该报又在半年内连续发表了六七篇批评文章。

1982年，《北京社联通讯》第2期刊登编者按，并发表了首届中国法制文学学术讨论会《关于中国社会主义法制文学》等五篇论文摘要。同期发表了宁柯同志的《一个新的文学概念和理论的诞生——魏军同志谈法制文学》记者专访。

1982年上海社科院《资料索引》第5期，为中国法制文学学术讨论会论文作了介绍。从此，中国法制文学为社会关注、肯定。

1982年1月8日，《中国法制报》头版发表了魏军同志的《简论法制文学》论文。

1982年，《作品与争鸣》第5期转发了小说《心声》全文和肯定与否两篇评论文章后，《河南日报》副刊以版面有限宣布“有关《心声》小说的讨论暂告一段”。

1982年，《当代文艺思潮》第3期正式刊发了魏军同志的《关于中国社会主义法制文学》长篇论文。

1982年，《电影介绍》第2、3、4、5、6期连载魏军的《法律·犯罪·电影》理论文章。

1982年3月，北京人民广播电台《首都生活》节目播发了题为《法制文学与精神文明——访北京法制文学研究会长魏军》的记者访谈。

1982年5月2日，《戏剧电影报》头版头条发表了魏军同志题为《不能忽视的主观犯罪——谈法制题材影剧》兼评电影《绿色钱包》的文章。

1982年7月，应全国马列文艺论著研究会邀请，魏军、何洛、计永佑、周忠厚等同志赴哈尔滨参加年会。会议期间与黑龙江省政法、公安战线、文艺工作者、报刊编辑、记者、业余作者等40多人座谈法制文学理论研究和创作等问题。魏军同志在会上介绍了法制文学理论研究和创作。北京文艺学会会长何洛同志主持了会议，常务理事计永佑、周忠厚同志相继发言。参加座谈会的还有中国社科院吴介民、杨炳同志。

1982年7月27日，在北京文艺学会的支持下，北京法制文学研究会经有关部门批准正式成立。会议选举魏军为会长，计永佑、肖立军为副会长，陈京卫为秘书长，安兴本为副秘书长，金栋贤、李德堂等为理事。此时有会员三十多人，其中有作家、导演、编辑、记者、文艺评论家、教授以及公安、政法界人士。

1983年,《北京文艺年鉴》以《关于〈心声〉》为题，刊发了《心声》在《河南日报》讨论时发表的部分文章目录,《值得怀疑的手术刀——评小说〈心声〉及其评论》《〈心声〉是一篇真实可信的好小说——兼与闻毅同志商榷》等七篇文章。

1983年,《参花》第1期发表魏军法制文学侦破题材中篇小说《平原鸟语》。并配发了肖立军同志《看似寻常最奇崛——评魏军的小说〈平原鸟语〉兼谈法制文学》(《平原鸟语》后有报刊转载时改名为《鸟语之谜》)。

1983年，黑龙江《艺术》杂志第1、2期“征文连载”魏军通过描写一起交通事故，反映社会风尚的中篇小说《悲欢》。

1983年11月，顾工同志发表《诗歌和法制融为一体——魏军的小说读后随笔》。对法制文学理论研究深为关注。

1984年,《中国电影报》记者冯湄发表《作家魏军谈法制电影》。魏军就当前反映法律与犯罪作品创作倾向结合《少年犯》存在的问题进行了探讨，对不利于法制教育的“法盲”谬说提出了批评。

1984年,《电影介绍》第3、4期，就法制题材电影创作存在的问题，发表了魏军同志《巧合的艺术效果》和《艺术贵在创新》的文章。

1984年7月，应山西人民出版社邀请，魏军同志参加了该社主办的通俗文学创编会，并就法制文学特征和创作存在的问题发表了意见。出席会议的还有相声艺术大师侯宝林，湖北、湖南、北京等多地作家、编辑近百人。

1984年11月《今古传奇》杂志聘任魏军为特约编辑，并出席在湖北武汉东湖召开的第二届特约编辑会议，魏军同志就传奇文学与法制文学的关系发表了意见。

1985年,《今古传奇》杂志第1期发表了魏军的法制文学侦破题材中篇小说《血染的晚霞》。

1985年，山东济南《泉城》改刊名为《当代小说》时应该刊主编郭震约稿，连载魏军小说《海滨奇案》。

1985年，北京法制文学研究会与洛阳地区文联创办了魏军主编的《侦破小说选刊》，在第1期上发表了宁柯同志的记者专访《一个新的文学概念和理论的诞生——魏军同志谈法制文学》和魏军的中篇法制文学侦破题材小说《月上柳梢头》。

1985年2月14日，陕西省《法制周报》邀请魏军参加其举办的法制文学座谈会，并讨论该省创办《法制文学报》事宜，魏军同志在会上做了主旨发言。会议还印发了魏军的《关于中国社会主义法制文学》和宁柯的《一个新的文学概念和理论的诞生》两篇专访文章作为会议文件。参加会议的除主办单位和陕西省委宣传部领导外，还有贾平凹、路遥、肖云儒等三十多人。会后陕西电视台、西安电视台、有关报刊为法制文学座谈会播发了新闻和消息。

1985年5月，由北京法制文学研究会主编，由文化艺术出版社出版《世界奇案佳作》丛刊。前言中简要介绍了北京法制文学研究会成立以来所取得的成就。全文发表了魏军《关于中国社会主义法制文学》论文。同年，《鸿雁》杂志7、8期又连载这篇论文。

1985年5月，山东文艺出版社出版了魏军第一部《海滨奇案》小说集。

1985年8月，应湖南《文艺生活》杂志邀请，魏军同志在笔会上，就法制文学创作与通俗文学的区别发表了意见，并受聘为该刊特约编辑。

1985年，西南政法学院将魏军的法制文学资料编入《阅读写作讲义》。

1985年9月，魏军同志参加了《北国风》在门头沟举办的通俗文学创作座谈会，与刘绍棠同志多次讨论法制文学创作问题，刘绍棠同志欣然担任北京法制文学研究会顾问。

1986年6月，北方文艺出版社出版了魏军小说集《昙花梦》。

1986年9月，在《热河》杂志举办的笔会上，魏军详细介绍了法制文学理论研究和创作体会。承德人民广播电台专门采访制作了专题节目向全市转播。27日《承德市报》记者沙雨、文江在该报发表《特殊的文学领域——访北京法制文学研究会会长魏军》，阐述了法制文学创作的特殊性。该报即日起连载魏军中篇小说《鸟语之谜》。

1986年，魏军筹备成立公安部“警官教育出版社”，后被任命为社长兼总编辑。

1986年10月，《热河》杂志发表了魏军中篇侦破小说《欲擒故纵》。

1986年，《关于中国社会主义法制文学》作为科研成果收入中国人民警官大学科研成果名册，并在《中国人民警官大学学报》上发表。

1987年，王啸文在《文艺界》第3期，《写作》杂志第5、6期发表长篇评论《绿洲传来驼铃声——魏军的法制文学作品读后》。文章说："在法制文学这块新开辟的文学'绿洲'里，我们毕竟已看到初露的曙光，已听到清新、悦耳的铃声。我们有足够的理由相信：魏军和他的'驼队'将给我们带来辛勤耕耘更加丰硕的成果。"

1987年6月28日，《文艺百家》杂志，发表鲁扬文章《沙驼，驰骋的沙驼——记中年作家魏军》。文章把魏军对法制文学理论研究和创作比作沙漠之舟，艰辛地开拓驰骋。

1987年12月23日，《中外产品报》发表了吕阜生的《魏军与法制文学》，肯定了法制文学对关乎法律与犯罪文学作品的科学界说，与小说《心声》的创作成就。

1989年，《热河》杂志发表魏军的《暗箭难防》中篇侦破小说。

1990年3月，魏军同志关于法律与犯罪的法制文学理论专著《法制文学与创作》一书由警官教育出版社正式出版。《警官书讯》评论说："这是我国第一部较为全面、系统的法制文学学科的文艺理论专著，同时也是公安、政法院校文科专业师生必读的教材。"1992年12月该书获中国通俗文艺研究首届优秀作品"理论佳作奖"。

1991年5月，文化艺术出版社出版了魏军长篇小说《不该公布的案件》。

1992年2月，《文汇报》连载长篇小说《不该公布的案件》。

1992年11月14日，《法制日报》发表了关登瀛《普普通通 大名鼎鼎——魏军印象记》，肯定了魏军法制文学理论研究和创作成就。

1993年4月12日，何亦香的《魏军印象》发表在《沈阳晚报》上，介绍了魏军对法制文学创作与研究的执着精神。

1995年3月29日，《中国纪检监察报》记者宏程、复生撰写的专访《著名作家——纪委书记：访北京法制文学研究会会长魏军》，在《中国纪检监察报》上发表后引起社会关注。魏军阐述了反映纪检监察案件与法制文学涉及的犯罪创作的共性与区别，以及反腐败的艰辛和反腐打假的必要性。

1995年5月12日，《作家文摘》转发《身为作家的纪委书记》一文后在社会上引起强烈反响。之后魏军和报社收到读者百余封来信。

1996年9月，中国电影出版社出版魏军系列小说《轻吻红罂粟》。

1998年9月，魏军的长篇小说《匿名信》由中国社会出版社出版。1998年10月16日，北京文艺学会召开了作品讨论会，会议筹备期间得到了曹子西会长和马尚瑞、李德堂、李淑敏以及中国作家协会领导陈建功等同志的关怀和支持。到会的有顾工、陈建功、吴越等作家、诗人、文艺评论家、学者、编辑、记者20多人，与会者一致认为《匿名信》是一部催人向上，弘扬主旋律的成功之作。会后《北京社会科学》杂志、《文化月刊》《中国文化报》《中国艺术报》等报刊发了消息和评价。

1999年1月，中国文联出版社出版了《心声——魏军小说选》。

2006年1月，群众出版社出版了魏军长篇小说《荣辱悲歌——一名志愿军女俘的坎坷人生》。

2007年5月，中国电影出版社出版了《魏军影视剧本选——军事·公安题材剧作专辑》一书。该书收入了电影文学剧本《自焚》《黑色烟雾》《海市蜃楼》《前面就是公海》四部，电视文学剧本《戴黑纱的婚礼》《鸟语之谜》两部，电视连续剧《卢沟枪声》《荣辱悲歌——一名志愿军女俘的坎坷人生》。高占祥同志为该书题字"先进文化是民族之魂"并作《序》。

2007年11月22日，北京法制文学研究会、北京文艺学会、中国电影出版社，在中国电影家协会学术厅，联合举办了《魏军影视剧本选——军事·公安题材剧作专辑》作品研讨会。出席会议的有军旅作家、法制文学作家、文艺评论家、影视工作者、编辑、记者、专家学者30多人。与会者对魏军的作品给予了充分的肯定，特别是对电视连续剧《荣辱悲歌——一名志愿军女俘的坎坷人生》表示极大关注和赞赏，肯定了作品主人公爱国主义、国际主义和热爱党的高尚风格。

2007年3月，北京法制文学研究会与"北京新世纪之声华夏文化发展中心"签约注册了"中国社会主义法制文学网"。

2007年10月，北京法制文学研究会会长魏军，拜访司法部原部长邹瑜同志，商讨成立全国性中国法制文学研究会事宜，在邹部长的关心、支持和推动下，于2007年12月18日，起草申请报告呈交司法部，后因司法部机构调整，于2008年9月10日改向中国法学会申请，于2008年10月10日中国法学会正式下文批准同意成立"中国法学会法制文学研究会"。

2008年5月，中国人民公安大学出版社出版了魏军以反传销为题材的长篇小说《遭遇流氓》。

2008年12月1日，中国法学会在人民大会堂北京厅召开"首届中国法学会优秀成果奖""百名法学家百场报告会活动"表彰大会。魏军同志应邀出席大会。

2009年1月10日，在国动办招待所七楼会议室，举行中国法学会法制文学研究会第一届全国会员代表大会，选举产生第一届理事会理事、常务理事、秘书长、副会长、会长。会议由易孟林同志主持，中国法学会学术研究部王海英副主任宣读了中国法学会《关于成立中国法学会法制文学研究会的批复》文件。会议通过了《中国法学会法制文学研究会章程》。魏军同志在会上做了研究会筹备工作的发言。会议选举魏军同志为研究会会长兼秘书长，易孟林为执行副会长，江礼华、马威、肖立军、安兴本、叶为宝、赖梁盟、阳红光同志为副会长。

2009年1月11日上午，中国法学会法制文学研究会成立大会暨第一届中国法制文学原创作品大赛启动仪式，在北京人民大会堂隆重召开。出席大会的有本会名誉会长、司法部原部长邹瑜，著名军旅作家白刃。本会顾问：中共中央宣传部原副部长龚心瀚、公安部原副部长胡之光、原八机部副部长冯佩之、最高人民检察院大检察官戴玉忠、湖南省政协原副主席李贻衡、武警总部原纪委书记萧星华将军、中国人民解放军艺术学院院长陆文虎少将、电影表演艺术家田华、中国法学会副会长孙在雍、中国文联原副主席胡珍、中国作协原党组成员郑伯农等同志，以及会员代表200多人。中国法学会党组书记、常务副会长刘飏同志到会并致祝词，当选会长魏军讲话后，两位名誉会长白刃、邹瑜就法制文学研究工作问题先后讲话。大会结束时邹瑜、刘飏、魏军等领导同志为第一届中国法制文学原创作品大赛启动仪式剪彩并与出席大会同志合影。

2009年1月，中国人民公安大学出版社出版了魏军理论专著《中国法制文学导论》，该书荣获第1届中国法制文学原创作品大赛“特别贡献奖”，司法部原部长邹瑜给魏军颁发了获奖证书。该书和魏军另一部理论专著《法制文学与创作》已列为中国政法大学和部分政法院校研究生教材。

2009年1月19日，魏军、易孟林经中国法学会批准参加中国法学会第六次全国会员代表大会，20日在人民大会堂隆重开幕，党和国家领导人胡锦涛、吴邦国、温家宝、习近平等同志出席了大会。魏军、易孟林均被批准为中国法学会会员，魏军同志当选为理事。

2009年2月2日，由邹瑜同志动议，在国宏宾馆举行迎春茶话会，聘请原最高人民检察院检察长刘复之同志出任名誉会长，刘复之欣然慨允，魏军向刘复之颁发了名誉会长证书。在座的六七位部长、副部长均同意担任我会顾问。至此本会有名誉会长三人：刘复之、邹瑜、白刃，部级顾问30多人。

2009年8月，中国法学会法学理论骨干研讨班在北戴河举行。为贯彻落实中共中央政法委员会《关于“大学习、大讨论”活动中抓好集中教育培训工作的通知》提出的要求，2009年8月3日至5日，在北戴河举办了为期三天的法学理论骨干研讨班。这次研讨班主要学习了中央政法委秘书长周本顺同志《社会主义法制理念》，中国法学会副会长、吉林省高级人民法院院长张文显《介绍马克思主义理论基础研究与建设工程中法学理论部分的研究进展情况》，外交部政策研究司司长乐玉成《国际形势和我国的外交政策》，以及全国人大原常务委员会副委员长蒋正华《当前宏观经济形势》等报告。研讨班对四个报告组织了讨论，与会者发言热烈，普遍反映通过学习，提高了认识，拓宽了思路，收获很大。出席这次研讨班的学员有来自中国法学会各研究会的会长、副会长、秘书长等领导同志100多人。中国法学会党组书记、常务副会长刘飏，副会长周成奎、李清林、胡忠、秘书长林中梁等同志主持并参加了会议。中国法学会法制文学研究会会长魏军、执行副会长易孟林同志应邀参加了研讨班的学习。魏军同志在小组讨论会上介绍了法制文学研究会的情况，受到与会者的关注。

2009年9月，湖南人民出版社再版魏军长篇反腐小说《匿名信》。

2009年11月，《中国法制文学》发表了魏军反映社会问题的中篇小说《鬼推磨》，后收入《不是文集的文集》一书。

2010年1月，湖南人民出版社再版长篇小说《荣辱悲歌——一名志愿军女俘的坎坷人生》。

2010年，中国法学会法制文学研究会会长、作家魏军参加反映森林警察生活的电影《参天树》剧本创作讨论和影片开机仪式。

2010年，魏军参加由中华全国总工会宣教部、中华全国工商联宣教部、新闻出版报社、中央人民广播电台法制部、中国文化报社、中国・北京法制文学研究会主办的第七届“新世纪之声・和谐中国”（伯和杯）征文评选活动表彰大会，大会在人民大会堂隆重举行。出席表彰颁奖大会的国家领导人及有关领导同志，他们是：全国人大常委会副委员长司马义・艾买提，全国政协副主席、中华全国总工会副主席张榕明，全国政协科教文卫体委员会副主任、国家新闻出版署原署长于友先，司法部原部长邹瑜，电影表演艺术家田华，全国政协九局原局长、中国文化产业促进会副会长马威，中华全国工商联宣教部部长史泽鄱，中共中国文联纪律检查委员会专职书记、中国法学会法制文学研究会会长、著名作家、中国法制文学理论创始人魏军等。

2012年10月，魏军任《经济与社会研究发展》杂志总编辑。

2013年，《经济与社会研究发展》杂志发表《关于中国社会主义法制文学》（修改稿）。

2013年，北京法制文学研究会为加强法制教育，创办《司法廉政》期刊。

2013年11月，《中国作家》杂志发表了魏军的电视连续剧《烽火青纱帐——冀中抗日锄奸反特惩叛记》。

2014年4月29日，作家魏军参加“英雄儿女西柏坡（平山）文化产业投资有限公司”成立大会暨揭牌仪式。为纪念世界反法西斯战争和中国人民抗日战争胜利70周年，该公司首先推出作家魏军创作的反映冀中抗战题材的30集电视连续剧

《烽火青纱帐——冀中抗日锄奸反特惩叛记》，作为“英雄儿女文化系列作品”首篇，得到平山县委、县政府的肯定与大力支持。

2014年9月，解放军文艺出版社出版了魏军长篇电视小说《烽火青纱帐——冀中抗日锄奸反特惩叛记》。

2015年12月，魏军的《荣辱悲歌——一名志愿军女俘的坎坷人生》《卢沟枪声》《烽火青纱帐——冀中抗日锄奸反特惩叛记》三部电视连续剧入围北京第三届剧本推介会优秀作品。

2015年12月，魏军为奇幻电影《碧海珠》出任艺术总监。儿童电影《碧海珠》取材于当今我国社会农村儿童父母外出打工，而忽视对儿童的关怀，造成儿童父母关爱的缺失的引起社会普遍关注的热点问题。

2017年8月5日，中国法学会法治文化研究会聘任魏军为名誉会长。

2018年6月16 日，魏军受聘为爱国工程研究院院长。

2019年9月6日，魏军创作了电影文学剧本《抗日战火中的奇葩——孩子剧团战斗生活轶事》。

2020年1 月11日，魏军参加“不忘初心、牢记使命 爱国普法系列活动之‘廉政中国’万里行暨‘法治文化与法治中国’论坛”启动仪式。

# 后　记

文学来源于生活，作家应写自己熟悉的生活。

作家熟悉的生活大体可分为两种：一种是亲身经历，包括直接获取；一种是间接经历，这就要多读有关资料，从资料中获得和认识生活。

生活经历对作家尤为重要，这就是人们所说的生活是创作的源泉。毛主席《在延安文艺座谈会上的讲话》就指出，作家、艺术家要到工农兵中，到前线去，这就是体验生活，熟悉生活。只有生活积累丰厚才能创作出真实动人、脍炙人口的好作品。好的作品就是写生活中重要的人和事。重要的事也不是什么都写，人活着，吃饭、睡觉很重要，不吃不睡就会死亡。这是谁都知道和天天都经历的事情，这种人人都司空见惯的事，没必要加以赘述，创作要有所取舍和提炼，这就要调动你的生活积累，用逻辑思维发挥想象力，才能塑造出典型人物、典型环境，创造出典型艺术形象。

现实生活中，没有那么多惊天动地的大事，生活积累就是对社会的观察和对生活的感受。感受得越深，观察得越细，你就越能提炼出作品中感人的细节，没有细节的作品不仅苍白乏味，也失去了生命力。换言之，没有细节的作品，不能称为文学作品。

南朝宋何承天的《上历新法表》中说：以新故相涉，自然有毫末之差，连日累岁，积微成著。就是这个道理。

故笔者把与文学创作有关的点滴细微经历，加以汇集，从中可窥众多微小不显露之事也能闪烁萤火之光，作为从事文学创作之感悟和体验，愿奉献给青年文学爱好者朋友参考，虽非经验之谈，或许也有可借鉴之微薄启迪作用吧。

魏　军

2020年6月22日初稿
2020年6月29日修改
2020年7月20日第2次修改
2020年8月22日第3次修改
2020年10月25日第4次修改
2021年1月 6日第5次修改
2021年1月20日第6次修改
2021年7月16日第7次修改